CAFÉ AMARGO

Obras de Simonetta Agnello Hornby en MAXI

La Mennulara
Café amargo

SIMONETTA AGNELLO HORNBY
CAFÉ AMARGO

Traducción de Carlos Gumpert

MAXI
TUSQUETS
EDITORES

El papel utilizado para la impresión de este libro es cien por cien libre de cloro y está calificado como **papel ecológico**.

Título original: *Caffè amaro*

1.ª edición en colección Andanzas: febrero de 2017
1.ª edición en colección Maxi: septiembre de 2018

Adaptación de la cubierta: Maxi Tusquets / Área Editorial Grupo Planeta

Ilustración de la cubierta: © Ferdinando Scianna / Magnum Photos / Contacto

Fotografía del autor: © Ivan Giménez / Tusquets Editores

Diseño de la colección: Guillemot-Navares

ISBN: 978-84-9066-566-4
Depósito legal: B. 16.069-2018
Impresión y encuadernación: Liberdúplex, S. L.
Printed in Spain - Impreso en España

Índice

Índice de los personajes principales 9

1. Un enamoramiento de otros tiempos 11
2. Un día que deja a todos perplejos 19
3. Un flechazo 22
4. Después de toda noche oscura acaba saliendo el sol ... 28
5. Vuttara 36
6. Las tres industrias sicilianas 44
7. La mariposa 56
8. Un fruto nunca probado 62
9. Un insólito acuerdo prematrimonial 70
10. Con una mano delante y otra detrás 74
11. Galletas de anís 79
12. El espejo roto 84
13. Maria lo toma amargo 91
14. Las compras del ajuar 96
15. La madre de Pietro 103
16. Encaje de Bruselas 110
17. La boda 114
18. Maricchia piensa 120
19. Luna de miel 124
20. Una luna de miel dichosa que corre el riesgo de acabar mal 132
21. Regreso a Sicilia 145
22. El nacimiento de Anna en la casa de Girgenti 156
23. Cada día tiene algo hermoso 166
24. Veraneo en Fuma Vecchia 170

25. Desheredado 173
26. Leer y escribir 181
27. 1914. Año Nuevo en Trípoli 187
28. Los dulces de los Difuntos 203
29. «Y la bella Trinacria... el sulfúrico regolfo» 210
30. Hígado a la veneciana y *fritella* para Giosuè 220
31. Al verdadero amor se le perdonan tantas cosas 229
32. Nos une un solo destino 236
33. Chantaje 243
34. «Soy el espíritu que niega» 252
35. *«Ora veni lu patri tò»* 259
36. 1935. Entregad el oro a la patria 264
37. Carta desde Buenos Aires 269
38. El *Almanaque de la mujer italiana* 273
39. Creer, obedecer, combatir 282
40. Via San Callisto 286
41. La muerte de Pietro 295
42. Las cartas de Giosuè 300
43. Siroco 307
44. Los baños judíos en Casa Professa 314
45. 9 de mayo de 1943. Bajo las bombas 321
46. En la *opera dei pupi* 326
47. Un paseo juntos por Palermo 335
48. Deseada y amadísima 340
49. 1948. La visita de Ruben 347

Nota de la autora 357

Agradecimientos 363

Índice de los personajes principales

FAMILIA MARRA

Ignazio, casado con Titina Tummia.

Hijos:

Maria, casada con Pietro Sala; tres hijos.
Filippo, casado con Leonora Margiotta; dos hijos.
Nicola, soltero.
Roberto, soltero.

Nietos:

Anna, Vito y Rita Sala.
Ignazio, apodado Zino, y Stefano Marra.

Huéspedes permanentes:

Giosuè Sacerdoti, hijo de Tonino, un judío de Livorno.
Maricchia y Egle Malon, hermana e hija respectivamente de Carlin Malon, valdense de Torre Pellice.

Parientes de los Marra:

Elena, hermana de Ignazio, madre adoptiva de Maria, casada con Tommaso Savoca.
Diego Margiotta, primo de Ignazio, casado con Nike Zalapi; hijos: Luigi y Leonora, mujer de Filippo Marra.
Matilde Sacco, prima de la madre de Titina, madre adoptiva de Nicola, soltera.

Peppino Tummia, hermano de Titina, casado con Giuseppina Sala; hijos: Carlo y Carolina.

FAMILIA SALA

Los hermanos Sala:

Vito, casado con Anna Alletto.
Giacomina, soltera y monja de casa.
Giovannino, soltero, mantiene relaciones con su secretario, Matteo Mazzara, antiguo administrador del museo.

Hijos de Vito:

Sistina, casada con Giacomo Altomonte.
Graziella, casada con Riccardo Di Gesù.
Giuseppina, casada con Peppino Tummia.
Pietro, casado con Maria Marra.

Hijos de Pietro:

Anna, casada con Pippo Carta; hija: Rosa.
Vito, casado con Beatrice Russo; sin hijos.
Rita, enamorada de Ruben Goldsmith, un estadounidense.

1
Un enamoramiento de otros tiempos

Alto y reluciente como el carro de Santa Rosalia, el Isotta Fraschini subía retumbando por via Grande, una calle que cruzaba serpenteando el pueblo de Camagni. Debajo de la capota de lona impermeable, Pietro Sala iba al volante —gorra de cuero negro, gruesa chaqueta turquesa, anteojos y bufanda— con Leonardo a su lado, él también con gorra, anteojos y sobretodo gris cruzado. En cada curva, el automóvil parecía rozar los muros de las casas: detrás de las contraventanas, muchos ojos atónitos.

Via Grande se había quedado vacía. Las mulas de carga con provisiones y mercancías a lomos habían sido atadas a toda prisa en las anillas de las escaleras que cortaban la calle. Como hormigas enloquecidas, la gente, las carretillas, las calesas y las carrozas habían buscado refugio. Los zaguanes nobles estaban abarrotados de extraños, al igual que el interior y los umbrales de las tiendas, las *putìe;* los carreteros habían acercado los carros a los muros y habían echado una manta sobre la cabeza de las mulas. De vez en cuando resonaban rebuznos aislados y gritos de algún memo. Los perros estaban alerta. Las escaleras exteriores de las casas y las escalinatas de las iglesias se habían transformado en palcos y refugios.

Al paso del vehículo, accionado por una energía inanimada, los alumnos del Colegio Menor Nacional, apiñados en los balcones del internado, dieron rienda suelta a un aplauso entusiasta. Fue suficiente para que volviera la normalidad. Los perros ladraban. La gente se echaba a la calle, curiosa. Los chicos seguían al automóvil despreocupados del humo que les abrasaba los ojos y la garganta. *Cu sunnu i forasteri? Cu c'i purta? Unni vannu?* ¿Quiénes son esos forasteros? ¿Quién conduce? ¿Adónde van? ¿Qué clase de máquina es ésa? En la última curva, el Isotta Fraschini aminoró la marcha; después volvió a acelerar hasta que llegó a la placita a la que daba el barroco palacio Tummia.

De pie frente a la portería, vaciada para la ocasión de sus macetas e impecable —suelo reluciente, fresco olor a lejía—, el señor Totò estaba listo para dar la bienvenida al cuñado de su amo, el barón Peppino Tummia. Un rugido del motor, un volantazo, y el Isotta Fraschini dejó atrás el portal. Pietro bajó de un salto. Después de un rápido saludo al señor Totò y a los mozos, tomó las escaleras que llevaban a la planta noble y dejó que fuera Leonardo, empapado en sudor y abochornado, quien contara las increíbles aventuras del viaje desde Fara hasta la pequeña multitud admirada que poco a poco iba rodeándole a él y al automóvil.

—Vaya, ¿te gusta entonces el cacharro? —le preguntó el señor Totò.

Leonardo le lanzó una larga *taliata,* después se desabrochó la levita que le lamía los zapatos para desvelar, por debajo, su uniforme de cochero:

—*Nonzi!* ¡No, señor! ¡Cochero de los Sala nací, igualico que el señor Ciccio, mi padre, y cochero soy!

El dormitorio de los barones Tummia estaba dividido en dos ambientes: por un lado el dormitorio propiamente dicho —adonde Catalina, la doncella de la baronesa, había hecho pasar a Pietro—, y, por otro, oculta por una gruesa cortina a ras de la alcoba, una sala de estar que coronaba la sucesión de salas de representación del palacio. Apoyada en los cojines y vestida de punta en blanco, Giuseppina Tummia hacía ganchillo. Ante la noticia de la llegada de su hermano se había incorporado, había dejado la labor sobre la cama y, púdica, se había tapado con un mantón los pies descalzos.

—Pietru', benditos los ojos que te ven..., hacía mucho tiempo que no venías.

Pietro, con gran desenvoltura, se había sentado en el borde de la cama y hablaba sin parar para no dejar a su hermana mayor la oportunidad de hacerle preguntas y, sobre todo, de reprenderlo. Vano intento.

—No entiendo cómo te ha permitido nuestro padre venir en automóvil. ¡Las carreteras no están preparadas! No debes conducir: es peligroso para ti y para los perros. Se asustan y se dejan atropellar. ¡Si el automóvil derrapa, tú también morirás!

—Es el precio del progreso. Quien va a caballo se arriesga a una caída, si no a algo peor. Y además recuerda que tengo mucha suerte..., no me faltará tampoco con los automóviles. El Isotta Fraschini ha dejado el pabellón muy alto en la Targa Florio del año pasado, es un coche de toda confianza. ¡Te garantizo que no moriré montado en él! —Pietro tomó la mano de su hermana y le dio un beso en el dorso—. Tu marido me ha contado que Fuma Vecchia está en venta y que se encarga de todo vuestro cuñado, Ignazio Marra: tengo una cita con él esta mañana. Quiero hacer de ella una reserva de caza, y he pensado en convertir la torre en una casa de veraneo. Vamos a ser vecinos, nos veremos a menudo.

—¡En cuanto se te pase el entusiasmo, la abandonarás como hiciste con la casa de Palermo, decorada con muebles de Ducrot! ¿Cuánto tiempo estuviste en ella? ¿Dos, tres meses? El único sitio donde estás a gusto es Montecarlo. —Giuseppina tenía la mirada fija en el ganchillo y meneaba la cabeza—. ¡Otro de tus caprichos! —Y luego añadió—: ¿Cómo está mamá?

—Como de costumbre: feliz entre sus monjitas haciendo esclavinas de ganchillo, como tú. —Lo dijo con una mueca indescifrable, y parecía contrariado; después se despidió de su hermana y le aseguró que para la hora de comer estaría de vuelta.

La insistente brisa, que corría por los callejones entre las murallas de las casas, molestaba a los transeúntes que se movían con cautela, despreocupados, al parecer, del desconocido que caminaba con la cabeza erguida y a paso ligero.

—*Mericano?* —preguntó la pastelera.

—*Nonzi.* La pinta es más bien de italiano —contestó su sobrina..

—¿Y pa' qué está aquí?

—Ni idea —dijo la sobrina distraída.

—Pos mejor 'mericano que italiano. ¡Ésos traen guita, los otros nos la roban con los impuestos!

—¡Mucho mejor! —dijo una clienta que había comprado un puñado de torteles—. *I figli masculi c'arrubbano, 'sti italiani, a noi puvareddi!* ¡Esos italianos nos roban nuestros hijos varones, a nosotros, pobres desgraciaos! ¡O es que os olvidáis de tos esos jóvenes, tan guapos, robaos por las levas y la guerra de África!

La portería de casa de los Marra parecía desierta. La placa ABOGADO IGNAZIO MARRA estaba atornillada en la puerta interior de entrada. No había nadie esperando a Pietro. De la oscuridad surgió una mano; doblando el dedo índice, le hizo un gesto para que siguiera por las escaleras hasta la segunda planta; después, el pulgar recto le hizo una seña para que tocara el timbre.

El aroma a jazmín era muy dulce. Pietro tenía un olfato finísimo: con cada inhalación, una sensación de bienestar iba penetrando en él. Pasos que bajaban, y después, silencio. En el descansillo, exuberantes manojos de flores blancas y rosadas ribeteaban la ventana abierta de par en par. En un rincón, agazapado, un joven de pelo oscuro miraba intensamente un punto del patio; cuando vio a Pietro, volvió en sí, se quitó el sombrero y siguió bajando.

El despacho de Ignazio Marra tenía un aspecto severo: vitrinas repletas de volúmenes y carpetas, un escritorio y sillas de madera oscura. Dos grabados revelaban su afiliación política: un anciano Francesco Crispi de bigotes caídos y Giuseppe Mazzini de joven, pensativo. La reunión de negocios fue breve —Pietro aceptó la cantidad solicitada por el vendedor y quedaron en que visitaría la torre antes de confirmar la adquisición de Fuma Vecchia—, y ambos se disponían a despedirse. En ese momento se oyó un gran *vuciare* de niños; subía por la ventana y Pietro, curioso, se asomó.

—¡Os felicito! ¡Me esperaba el habitual patio interior y veo en cambio un montón de plantas y rincones de conversación! ¿Es obra vuestra? —Pietro había adoptado el tono familiar de quien habla con el cuñado de su hermana.

Al no poseer una casa de vacaciones, Ignazio había transformado el patio en un agradable refugio donde se estaba al fresco en verano, se recibían visitas y podían jugar los niños.

—Las plantas, al crecer, se han ido comiendo el patio. —Orgulloso, le mostraba desde lo alto su creación—. He dejado un corredor de distribución a lo largo de todo el perímetro, al que dan las habitaciones de servicio y el comedor. Junto a las paredes puse doce plantas trepadoras de jazmín, que al ir creciendo han llegado hasta las ventanas interiores: su aroma hace que me sienta en el campo, ¡además de mantener alejados a los mosquitos! —En el centro del patio había hecho construir un cenador, que en esa época estaba cubierto de rosas, del que arrancaban cuatro senderos delimitados por setos de boj—. El único capricho que me he dado es la vidriera de estilo moderno en el comedor. —Y se la señalaba.

La vidriera servía de telón de fondo a la rotonda de ladrillos rojos equipada con mesas, sillas y bancos de hierro fundido, albahaqueros que contenían árboles y arbustos y dos estatuas de mujeres desnudas. Debajo del despacho, un pequeño jardín de plantas aromáticas —lavanda, romero, salvia, orégano, hierba de limón y arbustos de laurel que se habían convertido en auténticos árboles— con un joven emparrado de glicinias en el centro, a cuya sombra dos mujeres absortas bordaban un mantel. El huerto estaba delante de la cocina: macetas de perejil, menta y albahaca, un estrecho parterre rectangular de berenjenas en flor y una tupida maleza de plátanos. Gracias a su posición elevada, Ignazio leía con orgullo cada detalle del jardín. Entre las hojas grandes, de pie, había una vieja —probablemente una antigua criada de la casa— vestida de azul oscuro, con una cofia bordada de encaje y un delantal de algodón de color azul claro. Pietro ya se había fijado en ella antes: tendía pañuelos húmedos sobre el laurel sin sujetarlos a las ramas. Mientras tanto, Ignazio le estaba señalando dos círculos concéntricos. El interior estaba formado por árboles de cítricos de reluciente follaje —del que colgaban como si fueran festones cuerdas para tender la ropa—, mientras que el externo era un emparrado de uva de mesa.

—¡Para ocultar a la vista la ropa tendida a secar! —explicó. Después, con un «Discúlpeme», se volvió hacia el portero que estaba esperando para darle un mensaje.

Pietro volvió a mirar hacia fuera. Dos chiquillos perseguían a un niño de no más de ocho años que, con una honda en la mano, iba huyendo de aquí para allá saltando por los setos, metiéndose entre los parterres, escondiéndose bajo el follaje, desde donde los desafiaba: «¡No os la doy! ¡Es mía ¡Es mía!». Debajo de la pérgola las dos bordadoras, una vestida de gris y la otra de blanco, no los perdían de vista. La que iba vestida de blanco, con el pelo recogido en una trenza brillante, se levantó y corrió tras los dos chiquillos. Era muy joven también. Los adelantó y atrapó al fugitivo, que no se resistió. Los otros dos se habían parado y la miraban en silencio: por la tez y los rasgos parecían hermanos; a una señal de la muchacha se acercaron dóciles. Les dio una reprimenda, hablando con calma y una voz límpida; los tres la escuchaban con los ojos clavados en ella, como hechizados. Pietro posó una mirada indolente en la muchacha: tupidos cabellos castaños, rostro ovalado, piel aceitunada, cejas bien marcadas, ojos oscuros, nariz recta y labios gruesos. Y entonces, como si le hubiera lanzado un hechizo a él también, al igual que a los tres niños, ya no pudo apartar los ojos de ella: muy erguida, con el vestido de muselina blanca cerrado en el cuello, corpiño ceñido y una falda recta con un pliegue en la parte posterior, la respiración agitada, mostraba sin darse cuenta su cuerpo —pechos, nalgas y muslos—, como si estuviera desnuda; al mismo tiempo, cuanto más miraba Pietro su rostro de facciones regulares, más crecía en profundidad y en belleza. Eran sus ojos los que hablaban, grandes y engastados, con forma de almendra, con una intensa luminosidad. La muchacha callaba. Todo estaba en silencio. Luego ella levantó una mano para rozar con una caricia las cabezas de los tres chiquillos, empezando por el pelo rizado y acabando en la barbilla. Uno por uno, éstos le dieron un beso en la mejilla y volvieron a entrar en la casa contritos, el más pequeño entre los mayores. Ella permaneció de pie, con la honda entre las manos, la mirada aterciopelada puesta en ellos, dulcísima; Pietro admiró una vez más su pecho jadeante, perfectamente modelado, la delgada cintura y la espalda arqueada. Mientras tanto, la anciana se acercaba con pasos lentos.

—¡Bien hecho! —la felicitó, con el vozarrón de los sordos.

—Gracias, Maricchia —contestó ella, y le acarició el brazo.

Tras volver al bordado, la muchacha empezó a entonar una canción de amor napolitana; un canto quedo, con sentimiento, siguiendo el compás con la cabeza. Pietro la escuchaba. E Ignazio también, que se había acercado a él.

—¿Quién es?

—Mi hija.

—Es muy hermosa... —murmuró Pietro sin apartar la mirada.

Los dedos volaban sobre el lino, las jóvenes cantaban juntas. De vez en cuando, se susurraban algo la una a la otra y se reían. La de gris parecía la mayor. Tenía un rostro insignificante y movimientos pausados; rara vez levantaba la mirada, absorta en su tarea. La otra, sin dejar inactiva la aguja, se permitía pequeñas pausas. Levantaba la cabeza para observar un gorrión que bajaba volando para arrancar una gota de agua a la fuente y retomar inmediatamente altura, seguía las nubes fugitivas en el cielo, después bajaba la mirada para ver quién entraba en el patio y lo saludaba con una amplia sonrisa acompañada de un movimiento de la mano, casi como ofreciéndose cual obsequio. Volvía al bordado descuidado, lo acariciaba y reanudaba el movimiento de la aguja puntiaguda, pero no reemprendía de inmediato el canto: aguardaba a que la voz solitaria de su compañera llegara al arranque de una nueva estrofa.

Por turno, se interrumpían para preparar las nuevas hebras. La muchacha cortaba el hilo con unas tijeritas que llevaba atadas a una cinta que le colgaba en el pecho, después tomaba en sus manos aguja e hilo y se preparaba para enhebrarlo: la punta de la lengua asomaba de los labios carnosos y humedecía rápidamente el hilo. Si con eso no entraba por el ojo, se demoraba con toda la lengua para humedecerlo un poco más. Después lo alisaba y levantaba la aguja, con los labios entreabiertos, la mirada clavada en el ojo de la aguja, la barbilla alta y el cuello tenso; mientras tanto, la mano izquierda se «afanaba» con el hilo acariciándolo de arriba abajo. Los dedos delgados palpaban, alisaban y acababan por amansar al gran protagonista del bordado. Eran movimientos rítmicos, de sacerdotisa. Sugerentes. Sensuales. Pietro se sintió invadido por una languidez insistente. Trató de apartar la mirada sin conseguirlo.

Una ráfaga de viento se llevó los pañuelos imprudentemente puestos sobre el laurel; revoloteando, acabaron enredados en las ramas más altas. La anciana soltó un grito. Desde la cocina acudieron otras mujeres, pero la muchacha fue la primera en llegar. Encaramada a los árboles, justo por debajo del observatorio de Pietro, se esforzaba en recogerlos, sin saber que estaba siendo observada. Pietro seguía sus movimientos agraciados, contemplaba su cuerpo armonioso, su rostro enrojecido velado de sudor, su frente enmarcada por los mechones huidos de la trenza y su pecho lozano, y se excitaba. Una vez rescatados los pañuelos, la chica se los entregó a la anciana y regresó al bordado con su amiga. Canturreaban juntas *A cura 'e mamma.* Como si se hubiera percatado de los ojos del extraño, la muchacha desplazó la silla hacia la pérgola. Pietro se movió y volvió a tener una visión completa. Ella *murmuriava* los versos de la canción y lanzaba en dirección a Pietro largas miradas oblicuas. Después sonreía. Pietro quería que esa sonrisa estuviera dirigida a él, y solamente a él. La deseaba. Quería tocarla. Poseerla. Se la comía con los ojos. Y se hinchaba, sin turbación ni vergüenza.

—¿Cómo se llama?

—Maria.

Un largo silencio, después.

—Maria... Maria... —repitió Pietro. Se volvió hacia Ignazio. Tomó aliento, se enderezó y le preguntó—: ¿Me la concedéis?

2
Un día que deja a todos perplejos

La hora de la comida hacía rato que había pasado; el timbal de pasta al horno iba recociéndose a cada minuto. Los Tummia estaban esperando a Pietro en el salón, irritados.

—¡Vámonos a la mesa! ¡Me estoy muriendo de hambre! —decía Carolina, de diecisiete años. Nadie le hizo caso: su madre, Giuseppina, se estaba quejando a su marido por haber apoyado a su hermano en la extravagante idea de comprar Fuma Vecchia.

—Y, además, ¿cómo se te ocurre mandarle a ver a tu cuñado? Todo el mundo sabe que Ignazio Marra no es más que un socialista manirroto, que ha echado a perder la vida de tu hermana y de sus hijos... ¡Yo no le confiaría ni una sola lira!

—¡Ya está bien de esperar! ¡No habrá quien se coma la pasta! —lloriqueó Carolina.

La idea de pasta recocida dejó turbados a sus padres. Estaban discutiendo la posibilidad de enviar a Leonardo a casa de los Marra para traer al amo de vuelta, cuando Pietro hizo su entrada en la habitación. Con impecable educación, se disculpó por el retraso:

—Pero es que tengo una excusa excelente; ¡el corazón! —Anunció que se había enamorado de Maria, la hija de Ignazio Marra, y que tenía la intención de formalizar el compromiso lo antes posible—. Gracias, Peppino, por haberme sugerido que comprara Fuma Vecchia. ¡Pasaremos allí los veranos, a vuestro lado! —Y Pietro se detuvo, aguardando las congratulaciones por el segundo enlace entre los Sala y los Tummia. Ninguno de los tres habló.

—Tío, y Maria ¿qué dice? —intervino Carolina atreviéndose a decir lo que le preocupaba.

—Sólo pude verla desde lejos. Estará encantada cuando nos conozcamos —respondió él, tranquilo, y miró a su hermana; fue un brevísimo cruce de miradas, porque Giuseppina sufrió un desvanecimiento: se deslizó en el sofá, con la cabeza inclinada en el respaldo, y se desmayó diligentemente.

Sin inmutarse, los dos hombres se dirigieron hacia el balcón, y desde allí observaban a Carolina, acostumbrada a atender a su madre en ocasiones semejantes; le pasó las sales por debajo de la nariz y empezó a pellizcarle los dedos, aguzando el oído para captar la conversación entre su padre y su tío. Pietro tenía la intención de salir de inmediato con Leonardo hacia Fara: informaría a su padre de sus intenciones y regresaría por la noche.

—¡Conduciré yo mismo el automóvil!

—¡Nooo! —gimió Giuseppina, que se había espabilado justo en ese momento—. ¡No..., no..., no lo hagas! No conduzcas, Pietruzzo... —Y tras un nuevo patatús se dejó caer contra el respaldo.

Los hombres permanecían ante el balcón y la contemplaban con cierto hastío.

—¿Qué me aconsejas? —le preguntó Pietro a Peppino.

—Debo informarte de que en casa de los Marra escasea el dinero. Es un buen abogado, pero a causa de sus ideas políticas no está bien visto por los terratenientes, que no han olvidado su incauta participación en favor de la chusma en las revueltas de los Fasci. En pocas palabras, que son pocos los clientes que le pagan bien. Además de a sus hijos, Ignazio mantiene en su casa a dos herejes, la hermana y la hija de un amigo suyo piamontés desaparecido o muerto no sé bien cómo, y a un muchacho de dieciocho años, hijo del director del Colegio Menor Nacional, un toscano que murió durante el conflicto de los Fasci, en el 93. Y tal vez proporcione casa y comida a alguna mujerzuela de Palermo... de la que mi hermana no sabe nada, ¿queda claro? Dinero para la dote seguro que no tiene, debe pensar en la universidad de su hijo mayor. Te cuento esto porque tu padre en mis tiempos tuvo que negociar mucho con la dote de tu hermana.

—Todo será muy diferente en el caso de Maria —respondió altivo Pietro—. No obstante, el consejo que te pedía tiene que ver con los desmayos de tu mujer.

—¡Ah! Prométele que conducirá Leonardo y después haz lo que te parezca. —Y Peppino, ofendido, se alejó con el pretexto de que quería ir a hablar él mismo con Leonardo.

Pietro se acercó a las mujeres.

—Tío, pero si Maria no sabe nada y no te conoce..., entonces aún no hay ningún compromiso, ¿verdad? —preguntó Carolina.

Pietro no tuvo tiempo para responderle.

—¡Tú! —silbaba una voz mortecina, procedente del sofá—. ¡Tú! —En posición supina, con el brazo derecho levantado, Giuseppina señalaba con el dedo índice a su hermano—. ¡Tú que te jactas de la amistad de príncipes y de grandes duques! ¡Tú que te pasas la vida en los hoteles más elegantes del mundo! ¡Tú a quien tanto le gustan las recepciones en casa como a un gran señor! ¡Tú que te sientes un coleccionista de cuadros! —La voz iba ganando fuerza y veneno con cada frase—. ¡Tú que te consideras un gran experto en arte! —Y prosiguió, con voz aguda—: ¡¿Ahora resulta que *tú* quieres una mujer de pueblo que no conoce el mundo y ni siquiera Palermo?! ¡¿La hija de un socialista que no tiene un cuarto?! ¡Qué gracia me haces! ¡Y seguro que a nuestro padre le hace la misma gracia! —Y dicho esto se desplomó sobre los cojines, con los ojos moviéndose en círculo como si hurgaran amenazadores en el cerebro. Pietro no contestó. Giuseppina se irguió con ostensible esfuerzo y, luchando por controlar el tono de voz, continuó—: ¡Si quieres de verdad una esposa de Camagni, aquí tienes a esta hija mía, que por si fuera poco es noble! —Sin dar tiempo de replicar a su hermano, se volvió hacia Carolina—: ¿A que te gustaría casarte con tu tío?

Había llegado, por fin, el momento de Carolina, que lo había oído todo: tirada de cualquier forma y con las piernas abiertas, se había desmayado en el sillón de su padre.

3
Un flechazo

En el comedor, Titina le estaba enseñando a la nueva criada, Maddalena —una chica robusta, de pelo negro, no mayor que su hija—, cómo poner la mesa.

—Las cestitas del pan van a ambos lados del centro de mesa, la sopera colócala siempre delante de mi marido.

La puerta ventana se abrió de repente y entró Ignazio; con expresión sombría despidió a Maddalena con un seco «Sal de aquí».

—¿Qué ocurre, Ignazio? —A Titina no le parecía bien un comportamiento tan grosero.

—Pietro Sala me ha pedido la mano de Maria —contesto él, dejándose de rodeos.

—¡Oh, Dios mío! ¿Dónde la ha visto? ¡No será desde luego por la dote!

—Me ha dado a entender que está al corriente de nuestra situación, sabe perfectamente que no podremos proporcionarle una dote adecuada y eso no constituye un problema. Se ha enamorado, ¡¿lo entiendes?! ¡Estaba aquí, en mi despacho, hace un cuarto de hora! Quiere comprar Fuma Vecchia, y estaba a punto de irse cuando se le ha ocurrido echar una ojeada al patio. Maria estaba bordando con Egle. ¡Un flechazo! —Ignazio agarró una de las dos cestitas y la sacudió contra la mesa—. ¡Un flechazo! Puedo testificarlo: ¡un fle-cha-zo! —Y clavó la mirada en los ojos de su mujer—. Titina, ¿me entiendes? ¡Fue verla y quererla!

—No hay de qué preocuparse: ya se le pasará. —Titina hablaba en voz alta—. Los flechazos van y vienen. —Era incapaz de quedarse quieta. Tomaba los saleros y volvía a dejarlos donde estaban, verificaba las jarras de agua, alisaba las servilletas, las doblaba y las alisaba otra vez. Y continuaba hablando. Era un soliloquio, más que una conversación—. Sabemos por Giuseppina que es un mujeriego. Un holgazán. Alguien poco de fiar. ¡Hay que ver lo mal que se lo ha hecho pasar al buen hombre que es su padre! —Titina retiró los lavadedos de la mesa y los apiló en el aparador. Después volvió a dejarlos donde los había cogido—. Le gustan las mujeres de mundo, sofisticadas. ¡Mi Maria es un ser inocente! —Colocó los vasitos alrededor de la botella de cristal de rosolí—. Es demasiado viejo para ella. Y guapo tampoco es que sea: bajo, con esas gafas... ¡Parece un judío! Tiene más años que yo, ¡debe de rondar los cuarenta!

—Te repito una vez más que se ha enamorado, Titina. ¡Enamorado! ¿Lo entiendes? —insistía su marido—. Quiere desposarse. De lo contrario, ¿por qué razón compraría una propiedad en Camagni para levantar una casa de veraneo familiar, junto a la de su hermana?

—Y tú ¿qué le has dicho? —Titina se lo estaba tomando por fin en serio.

—Que tienen que conocerse. Será Maria la que decida, ella sola. Francamente, Pietro Sala es un partido excelente, si a ella le gusta. Mañana iremos todos a Fuma Nuova y los dos podrán verse. El roce hace el cariño.

—Maria es todavía una niña. —Titina no quería saber nada de ese matrimonio.

—A su edad tú ya estabas casada y eras madre.

—Es verdad. Pero los tiempos han cambiado. —Titina hablaba ahora en voz baja, recalcando cada sílaba—: Tú me has enseñado que la mujer es igual al hombre. Que tarde o temprano obtendremos el derecho al voto. Me has dicho que el presidente Zanardelli llegó incluso a pensar en introducirlo para nosotras también. Y que llegará el divorcio... Hoy en día las mujeres ya no se enmaridan en cuanto se convierten en mujeres: estudian, trabajan, dan clases en los colegios... Las maestras se marchan a trabajar lejos de casa, y la gente las respeta. Las mujeres de hoy son personas modernas, ¡y nuestra hija es la más moderna de todas! Si incluso quería ser pianista... ¡Hasta que comprendió que no podíamos permitirnos mandarla al Conservatorio, con cuatro varones que educar!

—Titina mía, no me digas que te arrepientes de haberme tomado por marido... —Ignazio le rodeó la cintura.

—Arrepentida no, ni de eso ni de todo lo que me has enseñado... ¡Pero eran otros tiempos! Y, además..., ¡eras muy atractivo y yo me enamoré! —Titina extendió una mano para hacerle una leve caricia.

Al acabar la comida Ignazio le pidió a Maria que se quedara en el comedor con él: era su forma de hablar cara a cara con sus hijos, tanto para reprocharles algo como para darles alguna buena noticia. Con ella, la mayor y la única mujer, esas conversaciones tenían una intimidad muy especial, a veces conmovedora: el padre trataba de darle una educación política, y a pesar de que él mismo hubiera tenido que dar prioridad a la educación de sus hijos varones frente a la de su amadísima hija, la animaba a considerarse igual a cualquier otro ser vivo y a hacerse respetar, en un estado de cosas en el que era inimaginable que las mujeres llegaran a tener derecho al voto. Maria se acercó al ventanal que daba al jardín, donde la estaba esperando su padre, entristecida: hubiera preferido ir a tocar el piano. Sólo había un piano en la casa de los Marra, y había que respetar los turnos. Se había convertido en su refugio desde que, cumplidos los catorce años, dejó de asistir a la escuela: lo tocaba en cuanto tenía un momento libre, si es que no tenía tareas domésticas que hacer, cosa que ocurría pocas veces. Pero después de comer era su turno. Renunciaba de buena gana al descanso de la sobremesa por esas dos horas de música: las mejores del día.

Conforme a lo solicitado por su madre, observaba a Maddalena mientras recogía la mesa, para enseñarle; asustada por la presencia del amo, la muchacha no sabía qué hacer y Maria, sin que se le notase, le indicaba con gestos y miradas elocuentes que retirara y apilara los platos, y luego los vasos, que recogiera los cubiertos limpios y que metiera por último las servilletas en los servilleteros de cada uno, animándola en voz baja con repetidos «¡Muy bien!», más o menos merecidos.

—Esta mañana ha venido a verme Pietro Sala, el cuñado de tu tío Peppino. Está interesado en comprar Fuma Vecchia, para transformar la torre en una casa de veraneo y disponer de un pabellón de caza en el bosque. —Maria le escuchaba con paciencia; estaba acostumbrada a las conversaciones con su padre, quien daba siempre largos rodeos—. En el momento de irse, ha echado un vistazo al patio y... —La voz se le atascó.

—Mis hermanos se han peleado —se le anticipó Maria—, espero que no os hayan molestado. —Y se apresuró a defenderlos—. No hubo demasiado alboroto.

—No, no fueron ellos, sino tú...

—Canturreábamos un poco, Egle y yo, es verdad..., pero lo hacemos a menudo... —Él la miraba fijamente, como si no la estuviera escuchando; trataba de imaginársela mientras cantaba. Maria no le entendía—. ¿Es que se ha quejado de mí?

—Hija mía, tú no has hecho nada malo o indiscreto... Verás..., el caso es que te ha visto, te ha estado mirando durante largo rato... y se ha enamorado de ti. Desea casarse contigo.

Las últimas palabras le habían salido de un tirón. Maria se lo quedó mirando, atónitos ambos por la enormidad de aquellas palabras.

—¡Pero si no me conoce! ¡Y yo no sé ni quién es!

—Por eso te lo estoy contando. Sí que sabes quién es. Estamos emparentados indirectamente, su hermana está casada con el hermano de tu madre. Es mayor que tu madre, pero la diferencia entre tú y él es menor que la que hay entre tu madre y yo... Cuando nos casamos..., ella tenía catorce años y yo ya había pasado de los cuarenta. —Ignazio, incorregible romántico, sintió un conato de emoción ante el recuerdo de Titina de joven—. Desea casarse contigo —repitió.

—¿Y yo qué he de hacer? —Maria se sentía confundida—. ¿Mamá qué opina de todo esto?

—Tu madre y yo somos de la misma opinión. Permíteme que te dé una visión general del asunto. Pietro Sala representa un excelente partido en nuestra zona. Su padre adquirió hace años un feudo con su respectiva baronía, y la gente del pueblo los llama barones, aunque no lo sean. Aparte de tener una posición acomodada y de ser un rico terrateniente y propietario de minas, es, sobre todo, el único heredero varón de su padre y de su tío soltero. Ha sido educado en Nápoles, viaja, disfruta de la vida... Es muy aficionado a las artes y muy culto. No creo que tenga intereses políticos, y si los tuviera, serían de signo liberal, opuestos a los míos. Quiere pasar parte de su tiempo en Camagni, y por eso va a comprar Fuma Vecchia. Sin lugar a dudas, habrá tenido muchas otras mujeres. Pero ahora te quiere a ti. Como esposa y madre de sus hijos.

—¡No puede amarme! ¡No me conoce!

—Un flechazo.

—¿Cómo que un flechazo? —Maria se puso rígida, levantó la cabeza y clavó sus ojos curiosos en los de su padre.

—Que ilumina la vida, que te atraviesa. —Él, turbado, sudaba—. Que arrasa todo lo que está a tu alrededor: sólo ves a tu amada.

—¿A usted le ocurrió alguna vez algo parecido?

—Sí.

Maria exigía algo más de su padre. Y él, pudoroso, murmuró:

—Nunca me he arrepentido de haberme enamorado de tu madre y de haberte tenido a ti.

—Y a mis hermanos... —le corrigió ella, que había vuelto a ser hija y hermana protectora.

—Pues bien, Maria, ¿qué contestas?

—No le conozco...

—Le conocerás mañana, en la recepción de los Tummia en Fuma Nuova. Te será presentado.

Maria se puso rígida, con la mirada ensombrecida.

—Pero no estás obligada a hablar con él si no te gusta —se apresuró a decirle su padre, y añadió—: Sólo si así lo deseas. La elección es tuya. Puedes decirle: «No, gracias, no tengo nada más que decirle o escuchar de usted, Señor Flechazo». O bien: «Vamos a ver qué impresión me causa usted, Señor Flechazo». —Trataba de dar a la conversación un tono ligero y conseguir que sonriera.

Maria no le secundó.

—¿Usted qué me sugiere?

—Lo que te sugiere tu madre. Conocerlo, escucharlo, y después ya decidirás. ¡Ésta será siempre tu casa! —Después, como pensando en otra cosa, agregó—: La verdad es que no esperábamos poder casarte, especialmente en estos momentos...

—¿Por la dote? —preguntó Maria con vehemencia.

—No te entiendo...

—Giosuè se gradúa este año, Filippo dentro de dos años... ¡Va a costar mucho mantenerlos fuera de casa, en la universidad! ¡Es imposible que podáis pagar también mi dote! —Y suspiró, afligida—: ¡Costaría más que mi Escuela Normal!

—¿Y qué sabes tú de estas cosas?

—Las paredes hablan, los ojos observan... ¡Yo sé que tenemos poco dinero, y no me quejo! —Maria hubiera querido suavizar el golpe que le estaba lanzando a su padre, quien sin duda no se esperaba que ella le hablara de la situación financiera familiar y de su frustrada educación. Intentó que sus labios se relajaran en una sonrisa conciliadora, pero no pudo—. Preferiría quedarme sin marido y asegurarme de que mis hermanos estudien en una buena universidad. Yo también quisiera trabajar y ganar dinero. Y ayudar a la familia.

—Piensas demasiado, imaginas cosas que no existen... —le tomó el pelo su padre—. Escucha. Te aconsejo que decidas antes que nada si quieres conocer a Pietro Sala. De lo demás ya hablaremos más adelante. Por lo que me dijo, con dote o sin dote, te quiere como esposa. —Se la quedó mirando en silencio, luego se despidió—: Ahora me voy al círculo. Piensa en ello y después me cuentas, *bedda mia*.

Y se abrazaron, ambos con los ojos húmedos y sin lágrimas.

4
Después de toda noche oscura acaba saliendo el sol

Maria subió las escaleras corriendo, sentía la imperiosa necesidad de estar sola, delante del piano. Aprovechándose de su complicidad, había cometido una falta de respeto hacia su padre, y le crecía por dentro una rabia indefinible contra sí misma que iba convirtiéndose en angustia. ¿Y si su padre, ofendido, decidía poner fin a sus conversaciones después de comer, ante la cristalera con vistas al jardín?

Sacó de la cómoda la partitura del *Concierto en La menor* de Edvard Grieg. Giosuè se la había regalado hacía poco, ella se había quedado prendada, pero aún no se la había aprendido de memoria. Colocó la partitura en el atril, no sin haber acariciado primero la cubierta. Antes de empezar dirigió la mirada hacia la ventana. La parte posterior de la casa daba a la ladera norte de la colina, la Addulurata, la Dolorosa, llamada así por la iglesia del mismo nombre, accidentada y escarpada —a diferencia de la ladera sur, que descendía suavemente hacia la llanura y sobre la cual se habían levantado los palacios nobiliarios y la monumental iglesia Matriz—, pero no por ello escasamente edificada. En el curso de los siglos algunas chozas se habían convertido en casas de verdad, de dos plantas, formando poco a poco compactas murallas horadadas por pasajes y callejones ciegos, e intercaladas por escaleras y callejuelas. Las casas, siglos atrás ocupadas por los judíos, estaban habitadas por los pobres del pueblo. Una parte estaba casi abandonada. El núcleo urbano acababa bruscamente a los pies de la colina, donde comenzaba la llanura de Camagni; plana y verde como un estanque, se extendía hacia el horizonte y, en la lejanía, se encrespaba en olas de trigo hasta las laderas de las colinas boscosas que cerraban el panorama. Detrás de ellas, claro y luminoso, el cielo azul. Fuma Vecchia se hallaba en una de esas colinas. Maria aguzó la vista para identificar la torre; vencida, volvió a la partitura.

Abrió la ventana, como su madre le había enseñado, para el disfrute de cuantos vivían allí debajo, ancianos y mujeres que rara vez salían de casa. A veces su invisible audiencia la llamaba para sugerirle una canción conocida o un fragmento de ópera. Y ella los ejecutaba.

El sol abrasaba, y no se veía un alma por la calle. Maria tenía malos presentimientos. Acabaría marchándose muy lejos de su pequeño mundo tan amado. No volvería a disfrutar de aquellas vistas. ¡Adiós a sus esperanzas de estudiar con Giosuè, de obtener un diploma y de dar clases más tarde! Cuánto iba a echar de menos a Giosuè.

Un recuerdo del pasado.

Era una fría noche de enero. Ella tenía tres años. Le había despertado el vocerío de unos hombres en casa. Había oído hablar de forma confusa de las fechorías de los bandidos, de los secuestros de personas, de las visitas nocturnas de los soldados a las viviendas particulares, y temió lo peor. Buscó a tientas a su hermanito; Filippo, de poco más de un año, dormía profundamente en la cama de al lado. Volvió a su propia cama mientras escuchaba. Le bastó identificar la voz de su padre para serenarse. Tiró de la manta y sujetó la sábana entre los dedos pasándosela por el labio superior, una deliciosa y levísima sensación de cosquilleo le hizo deslizarse poco a poco en el sueño.

A la mañana siguiente, después de un desayuno que Maricchia quiso que fuera exquisito añadiendo clavo y canela a la papilla de leche caliente y pequeños trozos de pan duro, se quedaron en la antecocina. Filippo jugaba con el gato, de lo más contento. Ella se entretenía enrollando la cuerda alrededor de la peonza y desenrollándola, sin lanzarla al suelo. Estaba tensa y se había acurrucado contra la puerta que daba al vestíbulo para escuchar a las personas que entraban y salían y captar algunas palabras. Pero todos permanecían en silencio, o susurraban. Luego oyó otros ruidos, inexplicables: martillazos, muebles que se movían... Por fin llegó su madre. Tenía unas profundas ojeras y un vestido oscuro que se le tensaba sobre el vientre grávido. Besó a Filippo, pero no se entretuvo con él. Se volvió hacia ella: «¿Te vienes conmigo al salón?», dijo, y le dio la mano. Y ella la siguió confiada. Estaban delante de la puerta, su madre vacilaba. «Ayer murió el padre de Giosuè. Él se ha pasado toda la noche aquí, al lado del ataúd. A Giosuè le encanta leerte libros, te quiere mucho...» Y, consciente de que debía asignarle una tarea que, a sus tres años, la niña pudiera cumplir pero tal vez no llegar a entender, continuó: «Trata de persuadirlo para que se tome una taza de leche en la antecocina con vosotros». Y entreabrió la puerta para enseñarle cómo se había transformado su alegre salón. Los sofás y los sillones, desplazados contra las paredes, estaban cubiertos de velos negros, al igual que los cuadros y los espejos. En el centro, bajo la lámpara, habían colocado un féretro cubierto con un paño rojo. A sus pies, hombres de rodillas y con la cabeza gacha murmuraban palabras incomprensibles, después se levantaban y otros tomaban su lugar. Detrás, muchos otros hombres silenciosos. De pie, junto al cadáver, Giosuè. Solo. «Vamos, Maria...», susurró la madre, y la empujó hacia la habitación.

La imagen de Giosuè al lado del ataúd se solapaba con la vista de los tejados de Camagni. Maria volvía a ver la escena como si estuviera asomada al salón de casa: la madre la llevaba junto a Giosuè y la dejaba allí. Ella se acercaba a él y le daba la mano; después, sin decir nada, fiel a las órdenes maternas, lo guiaba a través de la multitud, con la espalda recta y la cabeza erguida, consciente de que la miraban. Los hombres se apartaban para dejarlos pasar, con los ojos fijos en Giosuè, que la seguía. Él no se fijaba en ellos, sólo la miraba a ella, Maria lo notaba, y se daba la vuelta a cada paso para tranquilizarlo.

Desde entonces, desde hacía más de diez años, Giosuè se había convertido en parte de su familia.

Otro recuerdo.

En diciembre, el padre había ido a ver al rector del Colegio Menor Nacional para discutir sobre el futuro de Giosuè, quien iba a graduarse en el mes de junio, en vísperas de sus diecinueve años. En la mesa había anunciado que, según el rector, Giosuè era el alumno más brillante de la escuela y que podría elegir entre las mejores universidades de Italia.

Giosuè había buscado sus ojos. Y ella había correspondido a esa mirada llena de felicidad.

Al terminar de comer, su padre le había pedido que se quedara con él. Parecía turbado. Comenzó repitiendo lo que ella ya sabía: la madre de Giosuè estaba enferma y él, antes de ir a vivir a su casa, había sido criado y educado por su padre, sin ayuda de nadie más. «Tonino me nombró tutor de Giosuè, deseaba confiármelo a mí, y no a la hermanastra nacida del primer matrimonio de su mujer, en el caso de que él llegara a faltar; sabía que yo procuraría educarlo como a él le hubiera gustado. Ahora sabemos que Giosuè tiene todas las papeletas para realizar el sueño de su padre. Y esto se hará a costa nuestra.» Clavó sus ojos en los de su hija. «Eso significa que habrá menos dinero para ti, ¿lo entiendes?»

Maria asintió.

«Me gustaría contar con tu ayuda si llego a faltar yo también. Giosuè a veces es muy ingenuo, como su padre. No ve la fealdad de los demás, no se resiste a una solicitud de ayuda. No piensa en su salud, que no es buena; por ejemplo, cuando enfermó de tifus, durante la convalecencia quiso reanudar todas sus actividades y acabó sintiéndose tan mal que perdió un año de estudios. No ahorra nunca esfuerzos. Especialmente para ayudar a los demás. ¡Igual que hizo Tonino, aquel 20 de enero de 1893, cuando lo mataron!» Su padre titubeó. «Debes saber que la madre de Giosuè es judía. El antisemitismo no desaparecerá mientras los cristianos sigan predicándolo, como hacen cada Viernes Santo. Muchos judíos rusos han buscado refugio en otros países europeos, y otros seguirán su ejemplo. Mantente próxima a Giosuè, atenta a lo que hace..., dale buenos consejos, a ti te escucha. Tú, Maria, eres sensata.» La miró intensamente. Parecía exhausto. «En conclusión, que debes protegerlo. ¿Me lo prometes?»

Maria se lo prometió. Se agachó para tomar la mano de su padre y besarla.

—¡Señorita Maria, que ya estoy lista! —chillaba la vieja nodriza desde abajo, sentada en su sitio en el teatro imaginario, con las piernas abiertas delante del umbral de la casa. En el centro del delantal azul, las lentejas que había que limpiar apartando piedrecitas y pajitas.

Perdida en sus recuerdos, Maria repitió jadeando:

—¡Lo prometo! ¡Lo prometo, *'gnura* Annettina! —Y se apartó del alféizar.

—¡Muy amable! —respondió la otra, socarrona, mientras que las primeras notas bajaban desde lo alto y llenaban la calle.

Las manos brincaban paralelas sobre las teclas, de una octava a otra; a continuación, las singulares notas caían como gotas de agua sobre el alféizar y rebotaban llenas de dulzura. Un *allegro moderato,* límpido. Nuevas gotas, y al final la melodía estallaba nota tras nota, la espiral se ensanchaba en un *andante* majestuoso, y Maria era feliz.

Eran las nueve en punto de la noche, la hora de ir preparándose para acostarse. Aparentemente, había sido un día tranquilo como muchos otros. Los jóvenes habían cenado en la antecocina con Maricchia y Egle y, a continuación, se habían retirado a sus habitaciones. El calor se había vuelto sofocante e imperaban los mosquitos. Maria había bajado al jardín para llenar un cuenco de jazmines: su olor los mantendría alejados. La ventana de la habitación de Giosuè daba al jardín, y él a menudo se unía a ella. Juntos regaban las plantas, charlaban y comentaban el día que acababa de terminar. Maria le contaba lo que había ocurrido en casa y las conversaciones de los adultos, mientras que él la mantenía informada de la prensa local, que leía en el Colegio Nacional. Hablaban de lo que harían al día siguiente, juntos o cada uno por su cuenta. Y se reían: las imitaciones de Giosuè, divertidas y carentes de malicia alguna, eran irresistibles.

Regaban los parterres más sedientos; el agua era escasa, y cada gota contaba el doble por las noches. Giosuè dispensaba la cantidad adecuada a cada planta. Maria lo seguía con el rabillo del ojo. Atento en el vestir, de mediana estatura, moreno, de cabello rizado, rostro decidido de rasgos bien marcados y manos bonitas, era un joven atractivo. Ella hubiera querido abrazarlo, decirle que era muy bueno, que todo el mundo en casa le quería, y que ella le estaba especialmente agradecida por la ayuda que le prestaba a su padre y a ella misma.

Maria pensaba en su padre. Era, según decían todos, un excelente abogado de derechos reales: propiedades, superficies, enfiteusis, usufructos, usos, viviendas y servidumbres prediales. En la época de los Fasci de los Trabajadores, cuando ella era una niña, había defendido las reivindicaciones de los campesinos para la aplicación de los derechos de uso y la distribución de las tierras demaniales que estaban destinadas a ellos, con lo que se ganó la enemistad del Estado y los clientes, que se dirigían a otros abogados y sólo recurrían a él en los casos más complejos, de mala gana. Uno por uno, los jóvenes abogados habían acabado yéndose: el trabajo escaseaba. El padre había tenido que despedir incluso al pasante. Giosuè, a quien le hubiera gustado estudiar Derecho, empezó a dormir en una habitación de la misma planta y hacía los deberes en la mesa del practicante, listo para ayudar en cualquier tarea, y para aprender.

Con el beneplácito de la madre, Giosuè ayudaba también a Maria en los estudios. Cuando los padres le comunicaron que dejaría el colegio a los catorce años, igual que sus primas, ella había sufrido. Estaba convencida de que querían que, al igual que sus hermanos, completara estudios profesionales con el fin de trabajar, y que habrían hecho de todo para disponer del dinero necesario. Así que Giosuè le hizo una propuesta: solicitaría a la inspección de educación el programa de la Escuela Normal, cuyos licenciados obtenían la idoneidad para dar clase como maestros, y estudiaría las asignaturas para poder enseñárselas a ella. Se lo dirían a su padre sólo cuando Maria hubiera aprobado el examen como aspirante libre. Giosuè, por lo tanto, le asignaba deberes y se los corregía con un lápiz rojo y azul.

Maria, a cambio, le llevaba jarabes e infusiones cuando estaba enfermo y le pasaba revistas y periódicos. En cuanto veía en la antecocina la colada seca, lista para ser planchada, sacaba de la cesta su ropa interior y buscaba agujeritos, descosidos y botones que faltaran; entonces, sin que los demás se dieran cuenta, se la arreglaba. Y, como una pequeña madre, lo consolaba cuando estaba triste o preocupado.

¿Acabaría todo eso si se casaba?

—¿En qué estás pensando? —Giosuè la conocía muy bien.

—Uno a quien no conozco quiere casarse conmigo. Mi padre me aconseja que me vea con él.

Él dijo:

—Tengo un secreto.

—¿Te ha aceptado la universidad? —se aventuró Maria—. ¿A cuál irás?

—Al continente...

Un velo cayó sobre los ojos de Maria.

—Acabaremos olvidándonos.

—¡Imposible! —Giosuè sacudió la cabeza con énfasis—. ¡Imposible! —Se había colocado delante de ella impidiéndole que siguiera regando. Maria tuvo miedo, nunca lo había visto tan alterado—. ¡Es imposible que nos olvidemos! ¡Nosotros dos, Maria, tenemos una relación de almas! ¡Las nuestras están entrelazadas como una *trizza 'i fimmina,* una trenza de mujer! —Giosuè parecía exasperado—. ¡Somos algo mejor que hermanos! ¡Más que hermanos! ¿Lo entiendes, Maria? ¡Nos une un solo destino! —La miraba sombrío. Luego prosiguió—: Estamos unidos desde el asesinato de mi padre, fuiste tú la que me espabiló, la que consiguió devolverme las ganas de vivir y de convertirme en un hombre digno de él, de hacer que realizara sus deseos... No lo olvido... *¡Trizza 'i fimmina,* eso somos! ¡Dondequiera que nos arrastre la vida! —Se quedó en silencio, sudoroso. Maria, pálida, miraba las regaderas vacías, que colgaban desoladas de sus manos—. Perdóname —murmuró Giosuè.

—¿Por qué? Todo eso es cierto... —Lo miraba tranquila—. Vámonos a dormir, venga... —Y le acarició el brazo.

Maria no paraba de dar vueltas en la cama bajo la sábana, inquieta. Su padre tenía la intención de correr con los gastos universitarios de Giosuè. ¿Tendría suficiente dinero para mandar también a Filippo a la universidad? Se sentía angustiada. El matrimonio con Pietro Sala lo facilitaría todo: un plato menos en la mesa y una hija con el futuro asegurado sin tener que preocuparse por la dote. «Después de toda noche oscura acaba saliendo el sol», le decía Maricchia cuando la veía preocupada. ¿Y si le gustaba ese tal Pietro Sala?

Apartó la mosquitera y tomó el cuenco de jazmines; inspiró profundamente su aroma aceitoso. La lámpara del descansillo seguía encendida, de modo que su padre aún no había regresado del círculo. Abrió la puerta para que entrara luz y cogió un tarjetón:

> Señor padre,
>
> Me disculpo por hoy, no me esperaba haber despertado tanta atención en el joven barón Sala. Acepto vuestro consejo y siento curiosidad por conocerlo mañana.
>
> Vuestra devota y encariñada hija,
>
> Maria

Era la primera vez que escribía a su padre; dejó el tarjetón en un sobre y lo introdujo por debajo de la puerta de la habitación de sus padres.

Después se acurrucó bajo la sábana y se sumergió en el sueño, con una punta de la sábana entre los labios.

5
Vuttara

Con el ceño fruncido, los labios apretados, Giosuè luchaba contra un recuerdo que no estaba dispuesto a evocar, aún no. Lo envolvía como una espiral, le rozaba el pelo, le acariciaba la piel, le hacía cosquillas en las orejas, se demoraba bajo las aletas de la nariz con la esperanza de penetrar en él. Pero él no quería, no estaba listo; se quedaba mirando la luz frente a su ventana, la de la lámpara de queroseno en el descansillo de los dormitorios de los Marra: la única en la oscuridad. Una figura vestida de blanco pasó fugaz por delante de la lámpara; después apareció Maria: se dirigía a su habitación, lenta y serena, la trenza en el hombro, el cuerpo oculto por el amplio camisón blanco de escote modesto. Como cuando era una niña. Esa serenidad acabó por disipar las reservas de Giosuè, que se abandonó al pasado.

Era el 20 de enero de 1893, él tenía seis años. Hijo único de padres ancianos y fervientes socialistas, había sido educado en casa y destacaba en los estudios. Parecía demasiado maduro para su edad —conocía el mundo exterior sólo a través de los amigos y las actividades políticas de su padre, que se lo llevaba a todas partes como si fuera su sombra— y era asiduo a casa de los Marra, pues el abogado era el mejor amigo de su padre.

Se habían levantado antes del amanecer: iban a marcharse con el abogado Marra a Vuttara, donde el Fascio de los Campesinos tenía la intención de llevar a cabo la toma de posesión simbólica de un antiguo feudo de doscientas cincuenta hectáreas de excelentes tierras, convertido en demanial y destinado a ser repartido y asignado a los campesinos de Vuttara. Esos terrenos despertaban el deseo de otros, hombres poderosos, que aguardaban el momento adecuado para apoderarse de ellos siguiendo una praxis bien conocida: obligar al municipio a posponer la distribución de la tierra mientras ellos buscaban protectores y gente a la que corromper en las oficinas pertinentes; llegados a ese punto, actuarían rápidamente, forzando la asignación a sus hijos o a testaferros.

Llevaban suficiente comida para ellos y para los amigos con los que iban a encontrase en Vuttara —rebanadas de pan, tortilla envuelta en papel encerado, naranjas, agua, galletas—, y mantas para sentarse. «¡La comida no debe faltar, seguramente seremos muchos!», le dijo su padre mientras salían de un Camagni adormecido. «El Ayuntamiento no parece contrario a la distribución de la tierra entre los campesinos, que marcharán sin armas. Los Fasci de los Trabajadores ya han logrado varias victorias.» Y repetía: «Va a ser un día estupendo». Su presencia era una demostración de solidaridad hacia los amigos del Fascio; suponía también un acto de desafío de los dos cincuentones a Francesco Crispi, antiguo amigo y compañero garibaldino, que se había pasado al otro lado y planeaba aplastar a los Fasci. Y durante el viaje, su padre no dejaba de repetir, como para convencerse a sí mismo: «Va a ser un día estupendo».

Se encontraban en el interior de la región: montañas, colinas, valles y ríos crecidos por las lluvias invernales. Los rayos oblicuos del joven sol caían sobre las columnas de roca que sobresalían soberbias en las cimas de las montañas como enormes pámpanos —algunos altos como torres; otros, simples obeliscos o astillas gigantescas— y resaltaban los colores y las vetas. En el valle, sus sombras dibujaban extrañas figuras sobre los campos sembrados. Entre grandes peñascos y palmeras enanas, en las escarpadas laderas de las montañas, los almendros silvestres exhibían una floración temprana y parecían desde lejos copos de algodón rosado. Las yeguas iban subiendo una detrás de otra.

No había una sola casa, un solo hombre, un solo animal, un solo pájaro bajo el cielo luminoso. Todo se había detenido. Giosuè inhalaba el olor a humedad de la tierra y apretaba los brazos alrededor del torso de su padre: se sentía completamente feliz.

En los últimos meses, su padre había sentido la urgencia de transmitirle todo lo que sabía e inculcarle sus principios socialistas: alfabetización universal, igualdad de hombres y mujeres, necesidad de mejorar las condiciones de los trabajadores. Le hablaba del feudalismo, abolido poco antes del desembarco de Garibaldi, y de cómo, en aquellos días, los barones poseían feudos que no podían enajenar: estaban obligados a administrarlos, a garantizar el orden en las ciudades feudales, a impartir justicia, al mantenimiento de las prisiones y a proporcionar soldados al ejército del rey si así se les requería, pues detentaban el monopolio de la violencia. «En cambio, en los terrenos que rodeaban los *comuni,* los municipios, sus habitantes, denominados comunistas, ejercían cuatro derechos, llamados "usos": buscar leña, excavar piedras para la construcción, recoger hierbas silvestres y pastorear animales de carga. Para los pobres, beneficiarse de estos usos significaba la diferencia entre dormir al aire libre o disponer de un techo, entre el ayuno y una sopa en la barriga.» Hacía una pausa y añadía, con severidad: «Las reivindicaciones de los trabajadores que vamos a ver son antiguas y modestas, pero importantísimas». Luego volvía a sonreír: «Esta marcha de quinientos campesinos marcará el comienzo de un futuro mejor para todos. ¡Va a ser un día estupendo!».

A medida que se acercaban al pueblo, su padre y el abogado Marra iban cambiando de humor; escudriñaban el paisaje en busca de los amigos socialistas y masones que se habían comprometido a acudir, y de otros partidarios de los Fasci, supuestamente en camino también para celebrar la toma de posesión de las tierras demaniales. Pero no había ni rastro de ellos. A continuación, unos cantos. Aceleraron el paso. Desde la cresta de una montaña divisaron a los campesinos reunidos en la llanura frente al pueblo, listos para marchar juntos hacia su tierra prometida, cantando en voz alta. Los quinientos.

—Aprende, Giosuè. —Y el padre hizo un amplio gesto con el brazo en dirección a los terrenos del valle, delante del pueblo—. Estas tierras son parte del patrimonio común: pertenecen a todos. —Y espoleó a la yegua para tomar el sendero que bajaba hacia la población.

Los cabecillas hablaron largo rato. Algunos manifestantes daban señales de impaciencia, pero permanecían quietos, esperando órdenes. Los cantos resonaban de un extremo a otro de la llanura. Las dos yeguas trotaban alrededor de los manifestantes. Ignazio Marra y Tonino Sacerdoti saludaban a los amigos y recibían saludos a su vez. A Giosuè le hubiera gustado apearse de la montura y unirse a la marcha.

—No es lo adecuado, tienen que ocupar ellos solos las tierras que les están destinadas. Celebraremos juntos la victoria cuando se haya completado la ocupación —dijo su padre.

Dos amigos masones, un abogado y el alcalde de Tilocca, se reunieron con ellos. Los cuatro decidieron tomar un tentempié lejos de los manifestantes. Encontraron un sitio en una cima y desmontaron. Comieron bajo un algarrobo, bebiendo el vino traído por los otros, con los ojos fijos en los quinientos. Se inició una animada discusión sobre diversas cuestiones: el estado de sitio, los políticos, la leva y las condiciones del ejército que Crispi pretendía enviar a África para hacer de Italia una potencia colonial. Giosuè se había apartado para comer: había colocado la tortilla sobre una rebanada de pan y había echado sobre ella un poco de pimienta que traía en un cucurucho, después la había cubierto con la otra rebanada. La apretó entre las manos, con fuerza. A continuación le hincó el diente: húmeda, sabrosa, una delicia. Dejaba caer las miguitas al suelo, sobre las rocas, sobre las hojas muertas, y asistía divertido a las marchas y contramarchas de las hormigas que, codiciosas, tenían que centrarse cada vez en un objetivo diferente.

Los dos amigos se habían reunido con los manifestantes; su padre guardaba los restos de comida en sus alforjas y se preparaba para seguirlos.

—Ven, Giosuè, quiero hablar contigo. —Le puso las manos en los hombros—. Tu madre y yo te hemos educado para que seas bueno, respetuoso, diligente y generoso. Para no hacer daño a nadie. —Lo miraba con ojos dulces y severos. Era consciente de estar ganándole por la mano y de tener delante a un interlocutor receptivo pero inmaduro aún. Con todo, estaba convencido de poder dejar caer unas semillas en su mente, y de que las palabras pronunciadas con pasión retornan con el tiempo para encender la inteligencia de las cosas—. Para conseguir una sociedad civil y pacífica, el Estado debe poseer el monopolio de la violencia. La violencia debe ser patrimonio únicamente del Estado: no puede compartirse. ¡Recuérdalo siempre! El monopolio de la violencia corresponde a las fuerzas del orden y al ejército, violencia interna y externa. Si el Estado no lo mantiene, pierde el control de la nación: significa su muerte. Si abusa de él, pierde la confianza de los ciudadanos. Si lo usa mal, confunde al pueblo y pierde su respeto. Aquí los gobernantes han delegado sus responsabilidades en la mafia. Nos estamos convirtiendo en un Estado dentro del Estado. No hay certezas, no hay libertad, no hay justicia.

Giosuè observaba, frente a él, los ojos de su padre, pero de vez en cuando su mirada se desplazaba hacia las hormigas hambrientas.

—Ignazio, ¿qué te parece?

—¡Yo digo que tienes razón!

—El Ejército Real está formado por reclutas reluctantes, reacios a luchar e ignorantes.

—Los oficiales carecen de una instrucción adecuada...

—... y los generales demuestran no poseer sentido común.

—¡Igual que los hombres del Gobierno!

Tonino se dirigió de nuevo a su hijo:

—Giosuè, cuando acabes el colegio, irás a la Academia Militar. Alcanzarás los más altos grados, y entonces tendrás que esforzarte por llevar al ejército la eficacia y la conciencia. Mantente siempre al servicio del pueblo.

—¡Bravo! —aprobó el abogado.

—¡Si yo llego a faltar, cuento contigo, Ignazio, para hacer de él el mejor general de Italia! —Tonino apretó el brazo de su amigo, y con el poco vino que quedaba brindó en honor del Ejército Real.

Se encaminaron de nuevo hacia el pueblo. Las yeguas bajaban prudentes sobre la tierra yerma. El sol había salido, el aire era fresco y límpido. Vuttara, reclinada sobre la ladera de una montaña de piedra desnuda, de color rosa estriada de azul, parecía seguir adormecida. Las ventanas estaban atrancadas y las calles desiertas. Hasta los perros parecían haber desaparecido.

Se había unido más gente a los manifestantes, nadie iba armado. Hubieran querido estar ya en camino, se mostraban inquietos y cantaban. Tonino e Ignazio desmontaron de sus caballos para saludar a los amigos, después volvieron a montar y se quedaron a un lado mirando: los cabecillas estaban hablando con algunas personas que tampoco iban armadas. Del alcalde y del concejo, ni rastro.

Entonces comenzó la marcha. Compacta, unida, ordenada.

Ruido de botas sobre los adoquines. Como la riada de un torrente en crecida, guardas, aparceros y tiparracos salían de sus escondites subterráneos: sótanos, criptas de iglesias desacralizadas, almacenes. Aviesos. Mudos. Enviados para provocar.

Los manifestantes iban alejándose del pueblo, en orden, como si no hubieran notado ni oído nada. La riada llegó a la llanura y los siguió a paso normal. Después más rápido. Los manifestantes aceleraron el paso cantando. Algunas cabezas se volvieron a mirar. Nadie hablaba.

De repente, la riada empezó a correr dando voces. Epítetos obscenos, frases provocadoras. Los desafiaban a enfrentarse, hombre contra hombre.

—Su acento es forastero. Han venido a propósito, de pueblos lejanos. Todos —observó el abogado Marra.

—No van a conseguir nada. Nuestros chicos son buena gente, no les harán ni caso. Y si se portan mal, la gente de Vuttara intervendrá. Todos están desarmados. No te preocupes —respondió Tonino.

Levantó un brazo en señal de saludo a los manifestantes, que lo habían reconocido. También el abogado los miraba, pero su rostro estaba desencajado, con la boca tensa bajo los tupidos bigotes caídos, la mirada sombría clavada en una colina que llevaba un rato observando. En la cima aparecieron decenas y decenas de soldados en formación armados para el combate. En ese momento, los forasteros se lanzaron contra los manifestantes para involucrarlos en una pelea; pero ellos aceleraban y mantenían la distancia.

El pueblo parecía estar bajo un hechizo. Puertas y ventanas cerradas, ni un alma en la calle.

Tras una orden, los forasteros se agacharon para recoger piedras del adoquinado con las que amenazaban a los manifestantes. Las lanzaban hacia ellos, pero no para alcanzarles. Era como si quisieran ganar tiempo.

—Esto se está poniendo feo —murmuró el abogado.

Desmontaron y ataron a las yeguas a un tocón. Giosuè se quedó escondido allí cerca, debajo de un almendro que crecía detrás de un peñasco, desde donde podría observarlo todo, protegido. El abogado y Tonino se acercaron a los manifestantes. Un hombre había salido del grupo para abrazarlos, luego reanudó la marcha.

El Ejército Real avanzaba compacto, parecía que fueran cientos de soldados. Cada vez más cerca.

Los forasteros comenzaron la batalla: ahora tiraban piedras para hacer daño, y lo consiguieron. Los manifestantes continuaron la marcha, los forasteros los acosaban. Quienes recibían el impacto caían y se levantaban. Ni una sola piedra fue lanzada como respuesta. Entonces, de repente, todo cambió: el objetivo a partir de ese momento era matar. El primer alcanzado fue precisamente el hombre que había saludado y abrazado al padre de Giosuè, no muy lejos de ellos. Se había quedado atrás y cayó al suelo: una pedrada directa a la cabeza dio en el blanco. Estaba sangrando.

—¡Ayudadme! —gritó.

—¡Encárgate de Giosuè si no vuelvo! —Y Tonino se arrojó a la refriega.

Arrodillado junto al hombre tendido en el suelo, trataba de limpiarle la herida como podía y de contener la hemorragia. Acudieron otras personas, Giosuè perdió de vista a su padre. Un disparo, el primero. A continuación, más ruido de fusilería. Todo proveniente del ejército. Una barahúnda de hombres que huían, socorrían a los heridos, gritaban.

La cabeza del cortejo de los manifestantes seguía avanzando sin dejar de cantar.

Los soldados, desplegados en la llanura, disparaban. Gritos. Disparos. Gritos. Disparos. Las voces se hicieron más fuertes, y luego cayó el silencio.

Giosuè no recordaba mucho más de aquel día en Vuttara, ni del siguiente. Le contaron que el combate quedó interrumpido para permitir que los aldeanos, que salieron de sus casas ante los primeros disparos, ayudaran a los heridos. Algunos se habían dirigido hacia su padre. Recordaba que no lloró. Recordaba que el abogado le hizo montar en su yegua: le colocó en la silla delante de él. El cadáver del padre, envuelto en una manta, los seguía atado a la otra yegua. Recordaba que llegaron a Camagni de noche y fueron a casa de los Marra.

Durante las largas horas de velatorio, se le aparecía nítida la mirada de consternación de los soldados que asistían, a lo lejos, a la recolección de los muertos. Eran chicos asustados. Le resonaban en la cabeza las palabras de su padre: «Tendrás que esforzarte por llevar al ejército la eficacia y la conciencia. Mantente siempre al servicio del pueblo». Seguiría el camino destinado para él: una carrera militar.

Se quedó con los Marra por necesidad: su hermana se llevó a su madre a Livorno y aceptó el ofrecimiento de Ignazio de quedarse con él hasta que ella y su marido se organizaran con la escuela y la casa para acogerle a él también. Pero la cosa fue para largo, y él, mientras tanto, apoyado por el afecto de los compañeros y de los profesores del Colegio Menor Nacional —del que su padre había sido rector— expresó su deseo de permanecer en Camagni: no quería abandonar los estudios ni a los Marra, que se habían convertido definitivamente en su «familia», para trasladarse a Livorno y acabar trabajando en la empresa textil de su cuñado.

6
Las tres industrias sicilianas

A los sicilianos les gustaba mucho reunirse en círculos, todos rigurosamente masculinos. Además de jugar a las cartas e intercambiar información, se discutía de política local y también de política nacional. Muchos, sobre todo los ancianos, iban allí simplemente por no quedarse en casa. En las localidades pequeñas, el círculo consistía en una simple habitación sobriamente amueblada que daba a la calle principal; los círculos podían pertenecer a una asociación obrera o campesina de ayuda mutua (cientos de ellas habían nacido tras la anexión al Reino de Italia), o a una hermandad religiosa, y se reconocían por las sillas de madera colocadas en la pared exterior, a ambos lados de la puerta, desde las que los miembros observaban el *passìo,* el ir y venir de la gente, o sobre las que dormitaban. En los centros urbanos más grandes, los hombres de ideas políticas o nivel económico semejantes se reunían en círculos recreativos donde se les servía agua y *zammù,** limonada e incluso café; muchos tendían a convertirse en una especie de gremios o de asociaciones profesionales de trabajadores, cuando no, incluso, en auténticos partidos políticos.

La reforma de 1882 había ampliado la base electoral y la había duplicado. Pequeños propietarios, artesanos y empleados, convertidos en electores por capacidad y no por riqueza, habían fundado círculos políticos en los que nacieron agrupaciones político-sindicales bajo la apariencia de sociedades de socorro mutuo, y se plantearon reivindicaciones que acabarían poniendo patas arriba

* Licor digestivo típico de Palermo a base de agua fría y anís. *(N. del T.)*

el viejo orden económico y social. Ignazio había participado en la fundación de algunos de esos círculos de signo masónico y socialista.

Además del Círculo de los Nobles y del Círculo Garibaldi, políticamente opuestos, en Camagni estaba el Círculo Agrícola, el Círculo de Socorro Mutuo Quinzio Cincinnato, el Círculo de Conversación, el Círculo Saboya y el Círculo de los Agricultores. Ignazio acudía al Círculo Garibaldi, en la calle del mismo nombre, en Camagni Bassa, del cual había sido miembro fundador. Iba después de comer, los días laborables, para leer los periódicos, enterarse de lo que se decía por ahí y comentarlo con los amigos.

Esa tarde había salido de casa algo turbado; Maria había planteado asuntos nunca abordados que le inquietaban: su trabajo, la falta de recursos de la familia y la cuestión de sus estudios interrumpidos. Sin darse cuenta, Ignazio había tomado un atajo poco usual para ir a Camagni Bassa: bajaba por un callejón desierto y desolado flanqueado por casuchas y atravesado por callejuelas y cuestas por las que incluso a los burros les hubiera costado trabajo subir. En las puertas de las viviendas que habían quedado intactas y vacías con la vana esperanza del retorno había tablones clavados que bloqueaban la entrada. Las malas hierbas, después de haber colonizado alféizares, canalones y tejas, habían penetrado en el interior a través de las ventanas hundidas.

Preso de la ira ante las condiciones que habían empujado a muchos de sus paisanos a decir adiós a su patria, Ignazio se olvidó incluso de su hija. La emigración era un fenómeno nuevo provocado por la anexión a Italia. «Éramos los mayores exportadores de trigo, cítricos y azufre de Europa, y quizá del mundo... El erario de los Borbones estaba repleto de dinero. No faltaban los pobres, claro que no, ¡pero ninguno de ellos se veía obligado a marcharse a causa del hambre!», iba mascullando para sí mismo. Incluso en tiempos de escasez, era raro que alguien muriera de hambre. Además, las entidades religiosas se ocupaban de los enfermos y de los necesitados, y ofrecían puestos de trabajo. «Después de la unificación de Italia», pensaba, «muchos sicilianos han optado por marcharse..., ¿qué habrán conseguido, en el extranjero, esos desgraciados?»

Cuando conseguían reunir el dinero para el viaje y la llegada, los hombres jóvenes, tanto si tenían familia como si no, partían hacia Estados Unidos, la meta preferida. Al llegar los esperaba el «amigo» que luego los entregaba al «amo», sicilianos ambos que habían emigrado hacía tiempo. En Nueva York, el sistema era similar a la esclavitud urbana; en los campos de algodón y en las plantaciones de caña de azúcar del sur los sicilianos reemplazaban a los esclavos y eran tratados como tales. Ignazio sentía cómo le hervía la sangre cuando escuchaba las historias de homicidios, linchamientos y abusos perpetrados a menudo por sus propios compatriotas, que explotaban a los recién llegados impunemente y sin piedad.

«¿Qué ha hecho por ellos Italia?», reflexionaba con amargura.

De un día para otro, el Estado, arrogante y desconocedor de la realidad siciliana, había saqueado el erario del reino Borbón y lo había utilizado para pagar las deudas de las guerras de Independencia, para la modernización de las industrias y para la instrucción de la población del norte. Tras la benigna dictadura de Garibaldi y el plebiscito para la unión con el Reino de Cerdeña, el nuevo Parlamento del Reino de Italia había impuesto a Sicilia reformas desde arriba y había extendido la legislación, la burocracia, el régimen fiscal y el servicio militar obligatorio durante cinco años, lo cual tuvo como consecuencia que los remisos se lanzaran a la clandestinidad y se reforzara el bandolerismo. La obligación de usar la lengua italiana, sin que nadie se preocupara de enseñársela a la gente, había llevado a los sicilianos a rechazar lo que iba tomando cada vez más la apariencia de ser un régimen colonial por parte de los piamonteses. Las condiciones de vida, ya míseras, empeoraron drásticamente. Desde ese momento, la isla se convirtió en un regalo no deseado para administrar y explotar con el mínimo esfuerzo.

«¿Y yo? ¿Yo qué he hecho?», se preguntaba Ignazio. He votado por la izquierda, he predicado el socialismo, y no he obtenido nada. Después de habernos estrujado, el Gobierno ha resuelto tratarnos como una región que ha de ser explotada, humillada y condenada a seguir pobre y analfabeta, abandonada a la mafia y a los potentados, que manipulan las elecciones con la ayuda de viejos nobles, convertidos en senadores del Reino y en diputados.

En el silencio, una mano infantil, estridente. De desafío.

Iu cca sugnu,
e tu unni si'?
Nesci nesci,
ca mortu si'.

Aquí estoy yo,
¿y tú dónde estás?
Sal, sal,
que muerto estás.

Eran dos niños de no más de cuatro años. Habían salido de un callejón, caminaban abrazados en sentido contrario, cantando a voz en grito y moviendo rítmicamente las gruesas *trizzi 'i fimmina,* que les caían sobre los hombros. Iban desnudos y estaban delgadísimos, con el estómago dilatado del que sobresalía el ombligo. Grotescos. Desde una calle lateral surgieron otros dos algo mayores. Llevaban unas cortas camisas hechas jirones que dejaban entrever sus pequeños penes. También ellos estaban en los huesos, con el vientre hinchado y *trizzi 'i fimmina.* Se agazaparon contra la pared, con los ojos clavados en los otros dos que seguían subiendo y cantando. «*Amunì!,* ¡vamos!». A esta señal, lanzaron una lluvia de guijarros, que no alcanzó a los otros dos, quienes aceleraron el paso y el ritmo de «*Nesci nesci, ca mortu si'! Nesci nesci!*». Estaban cerca. Las piedras les llegaban ahora casi a los pies, pero no se detuvieron. Una piedra algo mayor alcanzó en el vientre a uno de los niños, que se tambaleó pero no se cayó; los otros se aproximaron, amenazadores, con el canto ronco.

Ignazio se detuvo un poco más adelante mirando a su alrededor. El sol quemaba las losas. Era como si el pueblo estuviera dormido. De repente, el alboroto: los niños se peleaban a patadas, puñetazos y mordiscos, gritando, como cuando los hurones, que esperan enmarañados a ser sacados de la jaula para desencovar a los conejos, se dejan llevar a una orgía de mordiscos sangrientos a la vista de los cazadores.

Desde una casa abandonada, una vieja asomada a la ventana los observaba indiferente.

¿Cómo ha sido posible tanta degradación en tan poco tiempo?, se preguntaba Ignazio, horrorizado. Con la espalda apoyada en un portal atrancado seguía la pelea; en determinado momento le pareció que uno de los pequeños le mordía el pene a otro. Se acordó de la decepción sufrida en los años posteriores al plebiscito, cuando albergó esperanzas de que el nuevo Estado considerara la alfabetización y la enseñanza del italiano, el nuevo idioma unitario, como la máxima prioridad, mientras que, por el contrario, disminuyeron las escuelas, especialmente para los pobres. El Gobierno italiano no había querido financiar las industrias ni las actividades artesanales necesarias para el nacimiento de una clase media, cosa que hubiera facilitado la transición del feudalismo al capitalismo. Y para rematar, el tiro de gracia. En el sexto año de la unificación de Italia, la miseria del pueblo aumentó de repente a causa de la desaparición de las corporaciones religiosas —las únicas que facilitaban a los pobres rudimentos de alfabetización, puestos de trabajo, atención médica y alimentos—, disueltas sin que se creara una red de apoyo alternativo. Ignazio, que no era creyente, lo había deplorado, al prever el aumento de riqueza de los potentados y de los antiguos feudatarios mediante la adquisición de los bienes confiscados a la Iglesia, a expensas de quienes nada tenían. Como en efecto sucedió.

—¡Marchaos! —gritó a los niños. No hubo reacción—. *Itivinni!* —E Ignazio apresuró el paso; los niños se escondieron rápidamente en otro callejón, todos juntos. Después, el silencio.

Había rastros de sangre en las losas del suelo. Ignazio se quedó mirándolas. ¿He combatido toda mi vida en la política para dar esto a mi gente?, se preguntaba.

Era un fracasado. Republicano, carbonario garibaldino y masón, había conseguido poco, o nada, para Camagni y para su isla. Trató de reconfortarse: gozaba del respeto de la gente de la provincia, era un buen profesional, ayudaba a los desposeídos y se le consideraba una persona generosa y recta, un padre ecuánime. Ecuánime. Ignazio parpadeó: *un padre ecuánime.* Se le aparecieron los ojos de Maria mientras le hablaba de Pietro Sala.

¿Qué le había hecho a su hija?

Tenía la mirada apagada, su amada Maria, como la de Rosalie Montmasson, la última vez que se encontraron por casualidad en una calle de Roma, en el lejano 1879. Habían sido muy buenos amigos. Ella era la sombra de sí misma; no le dijo nada de su marido ni del ultraje que había sufrido. Rosalie, la única mujer entre los Mil, había marchado con ellos siguiendo a su marido, Ciccio Crispi, a quien conoció en el exilio en Marsella en 1848 y con quien se casó más tarde en Malta. Lo mantuvo trabajando de lavandera y de mujer de la limpieza durante los largos años de exilio. En 1878, convertido en ministro del Interior, Crispi, a pesar de estar casado, contrajo matrimonio con otra mujer en Nápoles, con la que tuvo una hija. *Il Piccolo* de Nápoles recogió la noticia y la clara voluntad del ministro de abandonar a su primera esposa, que se había vuelto un obstáculo para su ascenso social. Crispi, furioso, reaccionó atacando: su historia con «esa mujer» había sido «un simulacro de matrimonio», y, en todo caso, «los esponsales malteses eran nulos por defecto de forma». El fiscal decretó el archivo de la causa. Meses más tarde, Crispi volvió al Gobierno y fue elegido presidente del Consejo de Ministros: todo olvidado.

Maria y Rosalie tenían una característica en común: la lealtad. Al igual que la francesa, despreciada y humillada por el hombre al que aún amaba, no era capaz a pesar de todo de hablar mal de él y se había refugiado en la dignidad de un generoso silencio, de la misma manera Maria aceptaba sin deseo de revancha el que su padre la tratara como inferior ante sus hijos varones. Sin resentimiento.

«Preferiría quedarme sin marido y asegurarme de que mis hermanos estudien en una buena universidad», había dicho, dispuesta a inmolarse como Rosalie y a apoyar a los varones de la casa. Ignazio se despreciaba como padre. *Quisiera trabajar y ganar dine-*

ro. Maria era una chica moderna por mérito de su madre. Pero la isla seguía siendo antigua. Las mujeres permanecían confinadas en el gueto de las tareas domésticas y de la enseñanza. *Y ayudar a la familia,* había dicho Maria. Los lazos familiares eran poderosos entre los sicilianos, tanto en la solidaridad como en las agarradas.

El campanario de la Addolorata daba las horas en la lejanía. Ignazio aceleró el paso en dirección al círculo. Estaba casi desierto. Cogió un periódico, pero no lo leyó.

No había visto realizados sus dos sueños de juventud y de madurez: parcelar las tierras feudales transformadas en demaniales bajo los Borbones y las confiscadas a la Iglesia por los Saboya para repartirlas entre los campesinos, venderlas a los propietarios agrícolas y darles la oportunidad de unirse en cooperativas y pequeñas industrias; en definitiva, de modernizarse. Y, además, alfabetizar a los sicilianos para formar una clase media de obreros y empresarios, maestros, funcionarios públicos.

Abandonada por el Estado desde los disturbios de 1866, Sicilia se había convertido en una tierra de bandidos y fugitivos. El vacío institucional había acarreado una impredecible revolución social: la aristocracia de los antiguos señores feudales había hecho buenas migas con los antiguos arrendatarios mafiosos, ambos en busca de poder y dinero. La mafia se había infiltrado en las clases medias y profesionales adoptando las características industriales de la burguesía: orden, previsión, circunspección. Y respetabilidad. Con los potentados compartía el monopolio del orden, de la violencia y del trabajo. El resultado era que los campesinos acababan siendo aplastados dos veces: por los terratenientes y por los mafiosos.

Ignazio había tratado de hacer algo. Defendía los derechos del pueblo y propagaba el credo socialista con la esperanza de que echara raíces entre la clase media o que incluso la formara. Nada de eso había ocurrido. La confianza del pueblo en el Estado y en las reglas brillaba por su ausencia. La alfabetización avanzaba muy lentamente. El Estado estaba decidido a concentrar los recursos en las regiones del norte, altamente industrializadas, y favorecía las escuelas de esas zonas. En el sur, la mortalidad infantil aumentaba. El pueblo se empobrecía. Emigraba.

En Riesi, Grotte, Sutera y Modica, Ignazio y su amigo Giovanni Prosio habían apoyado a la Iglesia Valdense, que alentaba la creación de escuelas de adultos, para asegurar que los campesinos y los trabajadores pudieran defender sus reivindicaciones.

Había un fermento socialista en la Sicilia oriental, y muchas esperanzas. Al final de la década de los ochenta Ignazio confiaba en que, por fin —gracias al crecimiento de las asociaciones de obreros y artesanos y a los bancos pequeños—, la clase media pudiera fortalecerse. En ese momento era un hombre vigoroso que acababa de alcanzar los cuarenta años. Su familia estaba emparentada con la nobleza de Camagni, con la que él seguía teniendo trato. Titina, la hermana de trece años de Peppino Tummia, había florecido como una muchacha exuberante, de pelo claro y ojos marrones, curiosa y decidida. Él sabía explicarle el socialismo, los Fasci, la política. Le hablaba de sus sueños, de la justicia, de un futuro prometedor para todos, y ella se quedaba prendada de sus palabras. Hacía preguntas y exigía respuestas satisfactorias. Lo había seducido con la frescura de la adolescencia y su inagotable curiosidad. Una vez, cuando él era huésped de los Tummia en Fuma Nuova, Titina entró una noche en su habitación. Se le ofreció, inmadura, carnal y convencida de lo que estaba haciendo. Ante el rechazo de Ignazio se dejó llevar por un afectado llanto, y como se mostró dispuesta a dar curso a sus sollozos en voz alta, sabiendo que iba a despertar a los demás, él tuvo que ceder. Así nació Maria, a quien Titina quiso dar el nombre de su madre; pequeña y de ojos profundos como los de la madre, aquella recién nacida le había parecido un objeto precioso, un milagro, una esperanza, un ángel. Ignazio siempre había amado intensamente a Titina a pesar de las otras mujeres, y ella nunca había sentido celos: sabía que tenía una relación privilegiada con él, basada en la confianza y en una complicidad sexual que nunca se había apagado.

Ahora, Maria quería inmolarse por la familia. El periódico languidecía sobre las rodillas de Ignazio, mientras su mirada estaba fija en los azulejos opacos del pavimento. Maria quería inmolarse, en su mente había utilizado precisamente esa palabra.

El círculo se iba llenando de socios que regresaban después del descanso de la sobremesa, llenos de energía. Un antiguo compañero de colegio, Alfonso, que había estudiado Ingeniería en Turín, había invitado al círculo al ingeniero Manfrinato, un colega véneto que era ahora el inspector del ministerio encargado de controlar el puerto de Girgenti. Sentados cerca del sillón de Ignazio, hablaban del despilfarro de dinero público en Sicilia. Manfrinato recordó que desde 1862, cuando se iniciaron las obras del puerto de Messina, se habían dilapidado millones durante más de una década: el lugar elegido era manifiestamente poco adecuado, el dique seco tuvo que hacerse de nuevo en otro lugar. Para el puerto de Girgenti habían sido presupuestados nada menos que seis millones. Cuando éstos se agotaron, fueron solicitados y concedidos otros cuatro. Al final todo se abandonó para centrarse en otro proyecto.

—¿Por qué tanto despilfarro? No puede deberse únicamente a la incompetencia.

Ignazio alzó la vista, el véneto estaba mirando a Alfonso, que le devolvió la mirada, avergonzado.

—Aquí las cosas son así —dijo. Después, echando el humo, agregó—: Son asuntos de los que no se puede hablar. La clase política lo sabe y sale beneficiada.

—Entiendo —dijo el otro—. Pero ¿es que el pueblo no se queja? ¿Qué dicen los pescadores, los empresarios, los empleados del puerto... y lo poco que tenéis de marina comercial, que podría intensificar su tráfico si las instalaciones portuarias fueran más eficientes? —No recibió respuesta. Derrotado, también él empezó a fumar otra vez.

Poco a poco, Alfonso volvió a la carga:

—Ya has visto Palermo, estás al tanto del éxito de la Exposición Nacional de 1891, conoces también Catania y Messina. Son ciudades que han duplicado su población, y que son preciosas: allí pueden verse las mansiones de los nuevos ricos, las villas de estilo modernista, el teatro Massimo de Palermo y el de Catania, los edificios públicos, monumentales... Son ciudades de la burguesía en pleno crecimiento, destinos de los cruceros de las celebridades, de los miembros de las familias reales europeas. Eso es lo que ven los sicilianos, y lo que ve la gente de la ciudad. Los pobres olvidan que carecen de alcantarillado, se olvidan de que viven en tugurios..., total, están acostumbrados, es como si se hubieran quedado hechizados por la belleza y el lujo de los demás.

Manfrinato vio la ocasión para volver a la carga:

—¡Pero si aquí la gente se muere de tifus y de cólera! Mientras viajaba, con unas incomodidades indignas de los tiempos que corren y por unas carreteras apenas transitables, he visto campos abandonados, niños desnudos, campesinos y mineros de solfataras demacrados... ¡La gente emigra de aquí a causa del hambre! ¿Por qué no reaccionan y levantan industrias?

Alfonso miró a su alrededor, los tres estaban solos.

—No es así, Manfrinato —dijo—. Aquí tenemos tres industrias, Ignazio las conoce y me corregirá si me equivoco. En el frente económico, los nobles y sus antiguos arrendatarios se han unido a la industria del atropello con actividades torvas destinadas a evitar la asignación de las antiguas tierras feudales, transferidas a los municipios con la obligación de distribuirlas entre los campesinos. O simplemente con la explotación ilegal de la población a través de la usura, pactos agrarios a su favor y contratos de aparcería ilegales.

—¿Y la mafia lo permite? —intervino el joven veneciano, en cuya pálida piel descollaban manchas de color púrpura de ira.

Alfonso se mostró sorprendido:

—¡Disculpa, se da por supuesto que no hay industria, incluida la extracción del azufre, que pueda florecer sin el permiso de la mafia! En este caso, la colaboración ha sido completa. —La segunda industria, explicó, la de la violencia, no estaba totalmente bajo el control de la mafia. Los bandidos de las montañas reconocían su existencia y autoridad, pero en su ilegalidad habían quedado como el único bastión de la independencia de los sicilianos frente a las instituciones, de las que la mafia era una columna. Pactar con ellos resultaba imposible. Las comunicaciones en el interior de la isla siguen siendo tan primitivas precisamente por eso. Para viajar hay que contar con la ayuda de los mafiosos, que no siempre es eficaz, o con la protección de los propios empleados, armados hasta los dientes. Al mismo tiempo, el crecimiento urbano y las pocas industrias emergentes subvencionadas por el Estado daban la impresión de un país que iba modernizándose y ocultaban a los visitantes la realidad: pobreza, violencia y analfabetismo. La gente seguía emigrando en masa.

—¿Pero es que no hay ni un solo municipio, ni una sola administración, que sea independiente?

—En el caso de que exista, por aquí, desde luego, en el oeste de Sicilia, no la conocemos —respondió de inmediato Alfonso—. La tercera industria vosotros también la tenéis: la corrupción. Entre nosotros está muy desarrollada. Abarca las concesiones estatales, los votos comprados; está en la policía, en todas las actividades civiles. ¡Ay de los que se resisten o la denuncian! No sólo la mano de la mafia o la del potentado, sino también la del prefecto cae con fuerza sobre los hombros de quienes se atreven a denunciar. La pena va del aislamiento a la exclusión de la sociedad civil, incluyendo la que rodea al representante del Estado. Pero puede endurecerse en forma de secuestro, daños a los familiares o muerte ejemplar. —Alfonso se volvió hacia Ignazio buscando confirmación. Pero Ignazio no se movió, parecía adormecido, con las piernas estiradas hacia delante. Sólo el ceño fruncido traicionaba su angustia.

Diego Margiotta, primo hermano de Ignazio, había entrado en el círculo junto con otros. Hablaban alegremente. A su llegada, Alfonso y el ingeniero veneciano se levantaron para irse.

De pie delante de Ignazio, Diego se dirigió hacia él:

—Primo, sé que no estás dormido..., espabila, quiero felicitarte por las buenas noticias.

Los ojos de Ignazio ardían de despecho.

—¿Qué buenas noticias? No tengo ninguna que dar.

—¡No te hagas el tonto, todos sabemos que hay obras en curso para una boda por todo lo alto de tu hija!

—Tú hablas mucho y entiendes muy poco.

El otro respondió:

—Bueno, si te pones así..., yo creía que al envejecer tu mal carácter iría mejorando, sobre todo con una noticia como ésta. Vas a convertirte en suegro de uno de los mayores propietarios de minas de la provincia. Desde luego, será todo un cambio para ti... Ahora tendrás que apoyar la posición de los amos.

Ignazio no respondió y se dio la vuelta. Diego, dirigiéndose a los demás, se echó a reír:

—Somos primos y nos queremos: siempre estamos discutiendo, pero las buenas noticias nos unen. Siempre digo que los trabajadores del azufre son gente con suerte. Tienen su trabajo aquí, no les hace falta emigrar. Ahora, los de los Sala tendrán incluso una ama con un corazón dulce.

Ignazio envió a un chico a decirle a su mujer que no volvería para cenar. Abandonó el círculo de mal humor: necesitaba descansar, y se encaminó hacia el burdel de doña Assunta. Eran amigos desde hace mucho tiempo. De ella recibiría vino y comprensión.

Bien entrada la noche, Ignazio volvió a casa exhausto. Titina, en camisón, estaba leyendo. Y lo estaba esperando. El olor a vino le reveló dónde había estado.

—¿Quieres que te ayude a desnudarte? —le preguntó.

—Gracias, Titina mía.

Y mientras ella le quitaba los zapatos, Ignazio mascullaba:

—No se la quiero dar a ese tipo, no..., no...

—Espera, hay un sobre en el suelo, al lado de la puerta. —Titina lo recogió—. Es para ti.

7
La mariposa

Durante la penúltima década del siglo XIX, una coyuntura internacional favorable, el progreso científico e industrial del norte de Italia, el fin de la guerra aduanera con Francia y las notables remesas de los emigrantes acarrearon cierto grado de prosperidad a Sicilia. Sin que hubieran hecho nada por ello los gobernantes, el bienestar alcanzó Camagni, localidad marcadamente empresarial y, en su contexto, moderna. En las laderas de una colina boscosa no lejos del pueblo, la burguesía se había construido hermosas casas de veraneo con el estilo moderno que prevalecía en Palermo; la villa de los Tummia en Fuma Nuova era una de ellas. Construida en piedra de color miel, la fachada estaba decorada con franjas de baldosas de cerámica con dibujos florales, la casa exhibía numerosas terracitas y una pequeña torre panorámica con barandilla y cenador de hierro forjado, y gozaba de un amplio y exuberante jardín con palmeras y agaves. Una vez al año, a finales de mayo, los Tummia daban en él una recepción; antes de la comida, los invitados paseaban por los bulevares mirando y dejándose ver, en dirección a los invernaderos y más allá, donde arrancaba el bosque de Fuma, hacia la *ménagerie* de animales pomposamente llamada «el zoo».

A Peppino Tummia le gustaba sorprender a sus invitados con nuevas y costosas adquisiciones de plantas raras, procedentes de viveros del norte de Italia o del extranjero, y de animales exóticos. Ese año había importado de Argentina tres monos capuchinos, que le había mandado un antiguo aparcero suyo que había emigrado en los años setenta y había hecho fortuna. A cierta distancia, los monos sudamericanos parecían realmente frailes: el pelo blanco en el hocico, la garganta y el pecho contrastaba con el color oscuro del cuerpo. Los invitados acudían en masa al zoo, entre otras cosas para ver la jaula construida para albergar a los capuchinos; se decía que era del tamaño de una capilla noble del nuevo cementerio. Era muy alta, en efecto: incorporaba un viejo olivo de tronco retorcido y una higuera entre cuyas ramas los monos se acurrucaban para dormir.

Alejado de los demás y a paso lento, Ignazio Marra paseaba con su esposa e hija del brazo, seguido por sus hijos mayores, Filippo y Nicola.

—Si no te gusta, no estás obligada a aceptarlo, ¿lo entiendes? —susurró a su hija.

—Ya lo sé, padre, me lo dijo ayer.

—¡Recuérdalo!

Todo ocurrió como si fuera pura casualidad. Peppino y Pietro, de regreso de la jaula de los monos, caminaban con desenvoltura hacia los Marra. Después de las presentaciones, Peppino sugirió ir a ver el invernadero para enseñar a sus invitados algunas especies de mariposas africanas que había introducido entre las plantas tropicales. Tomó del brazo a su sobrina y enfiló por el sendero que llevaba a los invernaderos, con los demás tras ellos. Maria, impasible, escuchaba atenta las explicaciones. Pietro, visiblemente emocionado, los seguía a un paso de distancia; luego aceleró y se colocó a su lado. Maria hizo como si no se diera cuenta; olía las flores, tocaba pausadamente las hojas con los dedos, como si las acariciara, observaba las mariposas que se posaban en las plantas y las seguía en sus vuelos sin pronunciar palabra. Sus grandes ojos oscuros se escabullían, evitando cuidadosamente cruzarse con los de Pietro.

Un enorme arbusto estaba completamente cubierto por una colonia de mariposas de alas con arabescos blancos y negros, que a su llegada alzaron el vuelo a la vez y dejaron al descubierto el follaje de color verde brillante; después, en lugar de alejarse, formaron una nube oscura en cuyo interior revoloteaban en agitado desorden. Una, más débil, volaba más bajo que las demás y acabó por adherirse al cabello engominado de Peppino, batiendo las alas desesperadamente. Molesto, él se soltó del brazo de su sobrina y, con un golpe seco, se la quitó de encima. Pietro se apresuró a agacharse y a recogerla en la palma de la mano. Tío y sobrino se detuvieron: Peppino, sudoroso, se alisaba el pelo despeinado con sus gruesos dedos; Maria, erguida, miraba a Pietro con curiosidad. Inclinado aún sobre la mariposa, la animaba con leves toques para que reanudara el vuelo. «Vamos, vamos», susurraba. Entretanto, Peppino había recobrado la compostura; dio un paso atrás, y luego otro, y por último fue a reunirse con los demás, dejándolos solos. «Vamos, vamos, vamos, vamos», susurraba Pietro; y elevó la mano, a la espera de que la mariposa se armara de valor. Un estremecimiento, tímidos aleteos, y después, con un sufrido salto, la mariposa se separó de la mano de Pietro, pero sólo para volver a caer de inmediato en la palma abierta, atenta para recogerla. Después de un par de salidas en falso, la mariposa comenzó a revolotear, como si no supiera bien qué camino tomar. Hasta que recobró vigor, adquirió velocidad y alcanzó a las otras que volaban, abriendo y cerrando las alas, cada una siguiendo su propio ritmo y mostrando con cada aleteo, en toda su belleza, su intrincado dibujo en blanco y negro.

Maria las seguía hechizada, con la risa en los ojos.

Ya de pie y a su lado, Pietro murmuraba frases de disculpa por no haberle dirigido aún la palabra.

—No tenéis por qué pedirme disculpas, habéis ayudado a esa maravillosa criatura de Dios a hallar de nuevo su camino y al mismo tiempo a recuperar su vida. —Maria hablaba rápidamente y en voz baja, con la mirada dirigida aún hacia arriba.

—¡Ay, señorita! Cuando lo que debería haber hecho es persuadir a otra criatura de Dios, igualmente maravillosa, para que se decida a cambiar su propio camino y a pasar su vida a mi lado... Como mi esposa.

Maria se puso pálida, luego se sonrojó. Agachó la cabeza. Parecía titubear. Notó una manita en la suya. Roberto, su hermano pequeño, estaba a su lado.

—¡La mariposa vuela de nuevo! ¿Has sido tú, Mimi? —La miraba esperanzado. Ella le sonrió—. Yo no..., ha sido este caballero... —Y por fin miró directamente a la cara a Pietro. Detrás de ellos, en el jardín, algunos jóvenes reunidos bajo las glicinias, con una copa de vino en la mano, se reían. Uno, algo apartado y muy pálido, no apartaba los ojos de Maria.

Después de este episodio, a Pietro Sala no volvió a vérsele en la recepción de los Tummia, cosa que provocó inquietud y chismorreos. ¿Por qué se habría ido tan temprano y sin despedirse?

Se decía que estaba interesado en la hija de Marra el abogado: ¿habría sido capaz de rechazarlo, la tonta?

¿O le habría dado un patatús?

Hubo quienes juraron que lo habían visto en el invernadero de las mariposas, con una mariposa blanca y negra en la mano. Largo rato. Vete a saber si era venenosa, con esos bichos exóticos de los Tummia nunca se podía estar tranquilo.

O puede que hubiera recibido un mensaje de la Friulana, una antigua amante suya, que solía alojarse en el burdel de Ponente y a la que nunca dejaba de hacer una visita cuando pasaba por Camagni.

Los Marra volvieron a casa a primera hora de la tarde. A Ignazio no le gustaban las recepciones, y las de los Tummia, en particular, mucho menos, pues les reprochaba la ostentación de su linaje —uno de los últimos títulos otorgados por el soberano Borbón antes de la llegada de los Mil— y sus excesivos gastos, como la *ménagerie*. Por otra parte, los Tummia nunca habían aceptado su matrimonio con Titina. Lamentaba haber accedido con tanta facilidad a la solicitud de Sala, y le atormentaba el sentimiento de culpabilidad en relación con su hija. Decidió acercarse al círculo.

Después de saludar a los socios alcanzó un periódico y se arrellanó en un sillón. Era incapaz de concentrarse. Volvía a Pietro Sala y a su familia: la presencia del Isotta Fraschini en el pueblo había sido todo un acontecimiento y los socios no se cansaban de hablar de ello, con palabras de admiración hacia el coche y de envidia por la riqueza de los Sala, veteadas con cierto matiz de desprecio.

—Deberían prohibir su entrada en el pueblo, ¡interrumpe el tráfico! ¡Basta una sola distracción para matar a animales y a cristianos! —dijo uno; y luego añadió, pedante—: ¡Parece ser que el cochero del baroncito Sala ha tenido que hacer un examen y tiene la licencia de conducir!

—¡No me lo puedo creer! ¡Si Leonardo Ingrascia no sabe hacer la *o* con un canuto, y además es un analfabeto! —declaró uno de los notables del pueblo.

Otro negó con la cabeza:

—Acabará matándonos a todos... Basta con levantar una palanca o presionar un botón ¡y ya no puede pararse!

Uno de los socios más jóvenes, estudiante de Medicina, afirmó que el humo que salía del tubo de escape de los automóviles era muy tóxico y les había provocado picor en los ojos a los jornaleros que volvían al pueblo por la carretera.

Un hombre que tenía a su mujer hospitalizada había sabido a través de una fuente de toda confianza que un desgraciado, después de haber inhalado largo rato el humo, había acabado en el hospital, de donde no había salido aún.

—Hace media hora, mientras regresaba de Camagni por la carretera de Fara, atropelló a dos perros, uno detrás de otro, en las afueras del pueblo. ¡Lo vi con mis propios ojos! —se adelantó otro.

—Es la pura verdad —confirmó uno a su lado—, mi cuñado estaba allí. Muertos despachurraos. Pero él se detuvo, y lo lamentó mucho. Esperó a que llegara el amo, y como era un cazador, le dio dinero para que se comprase dos perros de caza.

—¡Bien hecho!

—¡Así se hace!

Otros mostraron su aprobación:

—¡Ojalá fueran todos tan escrupulosos como él!

—Y tan ricos —masculló uno que se mantenía aparte.

Aquel viaje en plena tarde a Fara no dejaba de ser un enigma. Pietro había abandonado la recepción de su cuñado antes del almuerzo, había ido a Fara y había vuelto a Camagni antes de cenar, conduciendo él mismo aquel aparato infernal. Un caballo hubiera tardado aproximadamente diez horas, él había empleado casi la mitad. Desde luego, no sin coste: se había cobrado varias víctimas entre liebres y conejos, y además tres perros —se hablaba de que habían acabado bajo las ruedas una docena, número que se duplicaba en las historias amplificadas por el vino.

¿A qué se debían tantas idas y venidas? El director de la sucursal de la Banca Sicula era hombre de pocas palabras: «¿Qué puede haber ocurrido?». Y luego permaneció en silencio durante toda la velada.

Pasaron a hablar de los Tummia. Se *murmuriava* que la hermana, Giuseppina Tummia, o su hija, Carolina, que también se había sentido mal el día anterior, se habían desmayado: Pietro Sala, que estaba muy unido a su hermana, debería haberse quedado junto a ella. Y, además, podía haber informado de todo a su padre a través del telégrafo: todo el mundo sabía que el viejo Sala tenía una conexión telegráfica privada entre su casa y las minas de azufre de su propiedad, una de las cuales no estaba lejos de Camagni.

O quizá Pietro había ido a Fara debido a un asunto urgente y delicado. Era bien sabido que el barón Tummia se había endeudado por su incauta inversión en la fábrica de hielo, ya abandonada definitivamente, y por otras cosas, de las que era mejor no hablar. Estaba pendiente una causa contra él, así como el pago a los trabajadores e incluso el sueldo del director. ¿Acaso había ido Pietro a rogar a su padre que le hiciera un préstamo para su cuñado y había vuelto con el dinero?

Se habló de Pietro como un hombre entregado a los placeres. Cada uno tenía una anécdota que contar.

—Lo que ve y desea tiene que ser suyo —dijo uno que se consideraba su amigo. Los socios estuvieron de acuerdo en que se pegaba la gran vida entre Roma, París y Montecarlo, ignorando su principal deber: dar un nieto a su padre.

Sin embargo, a pesar de todo, Pietro era muy querido por sus modales amistosos, su conversación brillante y su generosidad.

—Nunca le ha hecho daño a nadie.

—Pietro Sala es un hombre rico y consentido, pero asume la responsabilidad de sus acciones.

—Es el primero en correr a ver a un amigo enfermo o en dificultades.

8

Un fruto nunca probado

La enorme mesa de la antecocina de la casa de los Marra tenía diferentes funciones: allí se amasaba la pasta, las criadas planchaban la ropa grande —sábanas, mantas, manteles, toallas, cortinas— y los hijos menores comían allí los días de diario, excepto cuando los padres los invitaban a su mesa. Maricchia y Egle comían allí todos los días.

A su regreso de Fuma Nuova, a pesar de haberse atiborrado, los chicos cedieron a la glotonería e hicieron los honores a la merienda que había preparado Maricchia: rebanadas de pan negro con una fina capa de membrillo encima y limonada a voluntad. Hablaron de la excursión; Nicola alabó el Isotta Fraschini, estacionado lejos de los carros y las calesas, meta de peregrinación admirativa por parte de jóvenes y viejos. Maria estaba silenciosa. Le hubiera gustado quedarse sola y tocar el piano, pero su turno ya había pasado: se quedaría cosiendo con Egle y Maricchia.

Sentadas ante la ventana para aprovechar la última luz antes del ocaso, Egle y Maria sustituían los cuellos y los puños lisos de las camisas de los chicos, un trabajo de precisión: había que descoserlos y quitarlos con cuidado, prestando atención a no estropear la tela, y luego reemplazarlos por los de recambio, haciendo pasar la punta de la aguja exactamente por los minúsculos agujeritos que habían dejado las piezas que acababan de quitar. Maria hilvanaba con paciencia los cuellos ya preparados y canturreaba *Ascoltami Lucia...*, un aria de *Lucia di Lammermoor,* seguida por el murmullo de Egle.

Estaba triste. Sus padres no le habían manifestado hasta entonces la posibilidad de un matrimonio antes de los dieciocho años. Al contrario, inicialmente la habían animado a asistir al Collegio di Maria, su tercera opción; la primera, el Real Conservatorio de Música de Palermo, había quedado descartada a priori a causa de la distancia y el coste, por más que pudiera alojarse con la tía Elena, la única hermana de su padre; también la Escuela Normal de Camagni se había revelado excesivamente cara. A Maria le habría gustado buscar trabajo como institutriz o profesora de música. Pero al final sus padres le habían pedido que esperara y permaneciera en casa.

Si se casaba con Pietro, abandonaría Camagni de inmediato y para siempre. Con un desconocido del que no estaba enamorada, pues no había habido tiempo. Maria pensaba también en los aspectos positivos. Lo poco que sabía de él no le resultaba desagradable: amaba a los animales, parecía tener buen corazón, sus modales eran impecables y, aunque no era un hombre guapo, tenía su encanto. Era también el tío materno de los primos Tummia. Con eso bastaba. Maria se sentía privilegiada: su padre le había asegurado que no daría su consentimiento para el matrimonio sin su aprobación, mientras que sus parientes y amigas se casaban con desconocidos elegidos e impuestos por sus padres. Que Pietro fuera rico no le interesaba. De su padre y de Giosuè había asimilado las suficientes nociones de socialismo para no codiciar la riqueza, a pesar de sentir temor ante la pobreza.

Pasaron a bordar servilletas; el bordado de la esquina era una ramita de cerezo en punto raso y punto yerba. Maria metió en el ojo el hilo de seda roja bermellón, después cogió la punta de la aguja entre el dedo índice y el pulgar para hacer un nudito.

—¿Cómo puede gustarme un fruto que nunca he probado?

Maricchia había levantado los párpados lacerados y observaba muda los dedos ágiles de Maria, que habían prendido el hilo y reanudado el bordado.

Roberto había ido corriendo a llamar a su hermana; los tíos Tummia se encontraban en el salón y su padre quería que ella estuviera presente. Maria lanzó un suspiro quedo y se disculpó con las demás; después siguió a su hermanito.

Los Tummia se presentaron en casa de los Marra justo en el momento en que Ignazio regresaba del círculo. Ni siquiera les había dado tiempo de descansar un rato después de la recepción. A la entrada de la casa les estaba esperando Pietro: poseído como un prisionero, caminaba con los brazos cruzados alrededor de la gran mesa central. Inmediatamente después de su encuentro con Maria había dejado Fuma Nuova para ir a Fara, a ver a su padre, que había aprobado el matrimonio —cinco horas de automóvil por carreteras muy malas—, y, loco de amor, había implorado a su hermana y a su cuñado que pusieran fin a sus angustias yendo inmediatamente a ver a los Marra para llevarles la buena nueva y preguntar si Maria accedía a los esponsales.

—Por eso estamos aquí —dijo Giuseppina—. Mi padre está dispuesto a venir mañana mismo para pedir la mano de Maria y acordar formalmente el matrimonio. Mi hermano quiere casarse tan pronto como sea posible.

—¿Y la dote? —preguntó Ignazio; quería que le fuera confirmado que no era una exigencia, tal como Pietro le había dado a entender. El cuñado le tranquilizó al respecto.

—Con una mano delante y otra detrás, así la quiere mi hermano... —El comentario de Giuseppina no pasó desapercibido.

—Hablaremos con Maria y os daremos una respuesta —replicó Titina, arisca.

—Podrías preguntárselo ahora mismo, Titina, y darnos su respuesta. Recuérdalo, sin dote.

Las palabras de su hermano no obtuvieron el resultado que esperaba.

—¡Prefiero que no se case nunca antes que venderla! —chilló Titina.

—Cálmate, Titina mía. —Ignazio le puso una mano en el hombro—. No podemos excluir que a Maria le haya gustado Pietro... ¡No lo sabemos! Tenemos que preguntárselo.

—¡Pues venga, llámala tú entonces! —Titina estaba fuera de sí—. ¡Pietro Sala lo quiere todo y enseguida! ¡No me gusta en absoluto! ¡Ha obligado a mi hermano a traernos esta embajada ofensiva! ¡No somos unos muertos de hambre! Me parece un loco, un loco como su... —La *taliata* de Peppino la enmudeció.

Giuseppina tuvo que tragarse la ofensa, impasible, traicionada sólo por el temblor de las manos.

—¡Llamemos a nuestra hija! Escucharemos lo que tiene que decir —abrevió Ignazio.

Con las prisas por obedecer a la llamada de su padre, Maria se olvidó de quitarse la aguja clavada en el peto. Su tío se había levantado, ceremonioso, y le explicaba que había venido con su mujer en nombre de los Sala. Pietro se había enamorado de ella y quería hacerla su esposa.

—El barón Sala, que es también mi suegro, está dispuesto a cerrar el compromiso. —Los Sala la recibirían con los brazos abiertos y le asegurarían una vida rica, si no opulenta—. Rica..., ¿lo entiendes, Maria? ¡Sin preocupaciones! ¡Tú y tus hijos!

Sonaron unos golpes en la puerta.

—Oh, Dios mío..., ¡que no se le ocurra presentarse aquí, en persona! —murmuró Titina, con la mirada sombría.

Asomó la cabeza de Giosuè, sonriente.

—Disculpad... —No parecía tener intención de irse—. Siento molestar. Es que ha llegado el correo... —dijo dirigiéndose a Ignazio.

—¡Ya hablaremos luego! —respondió éste, brusco.

—¡Maria —la apremiaba su tío—, te invitarán a los mejores salones, en el continente y en el extranjero, tendrás trato con lo más granado de la aristocracia, conocerás a artistas, músicos, escritores y políticos! —Pietro se comprometía a proporcionarle unos ingresos, no pedía dote y le daría completa libertad para decorar y administrar la casa donde vivirían en el edificio de Girgenti. También sería dueña del piso de Palermo y de la casa de Fara.

Cuanto más prometedor pintaba su tío el futuro que la esperaba, más embarazosa era la situación para Maria. Hasta que, aturdida, dejó de escucharlo. Sólo notaba el malestar de su madre y la tensión de su padre y se sentía responsable de ello. A la primera oportunidad dijo lo que pensaba, con voz clara y corazón tembloroso:

—Si mis padres me lo aconsejaran, yo no me opondría a casarme con Pietro Sala. Pero, antes de prometer que seré su esposa, quisiera hablar con él en privado. Y me gustaría que, por el momento, nadie supiera nada de su propuesta de matrimonio. Disculpadme —agregó después de un leve titubeo—, pero me están esperando unos bordados que he de terminar antes de que oscurezca.

Obligada a llevar a su hermano el humillante mensaje de una quinceañera sin un cuarto, Giuseppina —a quien nunca le había caído simpática Titina— concibió por Maria una feroz e invencible antipatía, que transmitió a sus hermanas mayores y que no tardó en transmutarse en odio.

Cuando los Tummia se despidieron, Titina fue a buscar a Maria a la sala de costura para acompañarla a ver a su padre. El abogado se había desplomado en su sillón, mostrando así todos sus años.

—Dime, hija mía, ¿qué se oculta en tu pecho?

Maria habló seria y con una veta de tristeza.

—Sé que si no me caso con Pietro Sala, o con cualquier otro, seré una carga para vosotros. Lo sé muy bien, y también sé que podría trabajar, encontrar un trabajo...

El padre se quedó de piedra, no sabía qué contestar. Fue Titina la que tomó la palabra:

—¡Maria, escúchame! ¡Ni se te ocurra volver a pensar que eres una carga para tus padres! ¡Nunca! Ésta es tu casa, tanto como lo es mía, y siempre lo será. —Luego bajó la voz, resuelta—. Queremos que escojas por ti misma, sin prisa alguna, el hombre con el que te casarás. Escogerlo significa tratarlo, conocerlo. Uno que te guste como persona y al que te sientas preparada para amar como hombre, un hombre con quien compartirás la cama. La cama, ¿lo entiendes? ¡Con quien deseas tener hijos! Por el momento no has tratado a Pietro Sala y no puedes saber si te gusta. Si decidieras casarte por otras razones, empezando porque no exijan dote, me sentiría fracasada como mujer y como madre. ¿Me entiendes, Maria? Eres muy inteligente y me fío de tu juicio.

—Mamá, usted que lo conoce..., dígame qué piensa de él.

—Te lo digo sinceramente: preferiría que buscaras otro, por muy rico, bueno, culto y atractivo que sea. No me gusta su familia, y dado que desde hace veinte años tengo a su hermana como cuñada, algo sé de los Sala. Sigue aquí, Maria, y espera al hombre adecuado, uno que te quiera y te corteje... sin tantas prisas.

—Y usted... —Maria se volvió hacia su padre.

—Hija, tu madre lo ha dicho perfectamente. —Y se le quebró la voz—. Ahora vete y piénsatelo. Tienes sacrosanto derecho a disfrutar de la vida. Siempre. A buscar tu ventura.

Era casi de noche. Una pálida luna asomaba por el tejado. Maria había salido al jardín en busca de aire fresco antes de retirarse a su habitación. Se sentía como vaciada. Estaba en el cenador, con los brazos colgando junto a las caderas, desolados. Miró a su alrededor, después levantó su mirada cansada, que vagando fue a parar a la ventana de Giosuè, junto a la del despacho de su padre, delante de la suya. La lámpara de escritorio aún estaba encendida. Maria vio su cabeza inclinada sobre los libros y lo llamó.

Lo esperaba de pie. Las rosas trepadoras, recién regadas, exhalaban su aroma. Giosuè se unió a ella en un instante.

—¡Ahora puedo desvelarte el secreto!

Estaba radiante. Había recibido la tan esperada carta de la Real Academia Militar de Módena, la mejor del Reino.

—Ya sé que no debería haber interrumpido vuestra conversación con los tíos. Llamé y entré sin pensar. Quería contárselo a tu padre: ¡somos treinta, de un total de dos mil solicitudes! ¡Voy a ser un oficial del Ejército Real!

No pudo continuar. Se sentó en el asiento de piedra, con las manos en las rodillas, los ojos bajos. En silencio. Maria se puso a su lado, no le entendía. Giosuè lloraba en silencio. Sin saber qué hacer, ella le tendió su pañuelo. Él se secó la cara, con la cabeza agachada.

A Maria también le entraron ganas de llorar. Todo estaba cambiando en su vida. Giosuè se marcharía, tal vez para siempre. Se casaría con una mujer italiana del norte, se establecería en el continente, quizá cerca de Livorno, junto a su madre. ¿Y ella? Probablemente se iría de casa antes que él. Una idea horrible. Maria no quería dejar a su familia. Giosuè seguía llorando, quedo.

—No llores... Es una noticia estupenda, justo lo que querías —le dijo.

—No me siento un militar, prefiero la literatura, la poesía... Tu padre siempre me ha animado, ha pagado incluso la pensión, que es carísima... Ha querido cumplir el deseo de mi padre, que deseaba una carrera militar para mí.

—¿Por qué? Si era socialista... —Maria no entendía.

Giosuè hablaba y a Maria fue inundándole una especie de alivio: ya sabía qué hacer. Si se casaba con Pietro, le daría a su padre los medios para cumplir la voluntad de su mejor amigo y también para enviar a Filippo a estudiar Ingeniería en la Universidad de Catania. La divina Providencia. Se sentía agradecida a Pietro por su amor, y dispuesta a hacer todo lo posible para corresponderlo. Su madre se acostumbraría a tenerlo como yerno. Y así como Giosuè aceptaba que el deber de un hijo consiste en ejecutar los deseos de su padre, ella haría lo mismo. Trataría de amar a Pietro y construiría su propia felicidad junto a él.

—Demos un paseo por el jardín y vayámonos a dormir. —Después, con una sonrisita, añadió—: A nosotros nos basta con saber que siempre seremos amigos.

El alivio se tiñó de melancolía y melancólicos eran también los pasos de Giosuè mientras avanzaban, uno al lado del otro, entre las sombras del jardín.

El matrimonio Marra se fue a la cama muy abatido. De Maria y Pietro Sala dijeron poco o nada. Hacía un fresco inusual y se taparon con la colcha de algodón que incluso en verano dejaban doblada a los pies de la cama. Titina se había acurrucado en su lado, de espaldas a Ignazio. El marido, como de costumbre, le rodeó la cintura. Titina no se movió. La mano de él buscaba la botonadura del camisón. Consiguió llegar al pecho, pequeño y firme, y lo sujetó en el hueco de la mano. Titina era hermosa y joven: aún no había cumplido los treinta años. Ignazio respiraba el olor embriagador de su copioso pelo y el más punzante de las oscuras axilas, que sobresalía por el hueco del camisón. Titina no se movió. Ignazio no se atrevía a manosear el pezón ya duro.

—¿Por qué es tan importante esta boda para ti? —No había traza de sueño en la voz de ella—. Podría vender las joyas de la dote, ¡no me importa! —le apremió Titina.

—¡Ésas no se tocan! ¡Son nuestro último recurso!

—¿Ni siquiera por nuestros hijos?

—Por ellos sí, *in extremis,* pero no por Giosuè.

—¿Y él a qué viene ahora?

—Prometí a Tonino, cuando estaba a punto de morir, que lo acogería en mi casa y lo enviaría a la Real Academia Militar de Módena. Hoy Giosuè ha recibido una propuesta de admisión.

—Pero si tiene una madre. Lo hemos mantenido durante doce años. ¡Pídeselo a ella, que desde luego no pasa hambre en Livorno!

—¡Se lo prometí!

Titina retiró la mano de su marido del pecho. Luego se desabotonó por entero y se volvió hacia él, con el camisón levantado hasta las axilas.

9
Un insólito acuerdo prematrimonial

La mujer del portero de la casa de los Marra estaba fregando con una bayeta las losas de la escalera. Trataba de estirar el cuello para comprobar si en el patio, como todo el mundo seguía llamando al jardín, había alguien. Sólo vio a Maricchia, en su rinconcito debajo del plátano de sombra.

De repente, unos pasos; Giosuè volvía del Colegio Menor Nacional, adonde había ido temprano por la mañana para dar la buena noticia a los maestros. Entró en el zaguán, decidido.

—¡Deteneos, las escaleras están mojadas! —le gritó la portera, pero él la hizo callar:

—El abogado me ha mandado llamar: me está esperando.

Y por toda concesión subió las escaleras de dos en dos.

—Un trabajo urgente —le explicó Ignazio—, Giosuè, no me preguntes nada. Tenemos que preparar un contrato de matrimonio. —Hizo hueco en el escritorio entre los volúmenes y cartapacios, y se concentró en los papeles, con un ojo en la carretera—. ¡Están a punto de llegar y el saloncito aún no está listo! —Pietro Sala y Peppino Tummia se encontraban ya en la placita enfrente de la casa de los Marra y avanzaban a grandes pasos. El abogado se volvió hacia Giosuè—: Mira, entra en casa y llama a Maria. Mejor, acompáñala tú mismo hasta aquí; que se quede esperando en mi despacho mientras yo hablo con ellos.

Maria estaba en la habitación de Titina, también estaba Egle. Llevaba un vestido azul oscuro austeramente ribeteado, de mangas abombadas apretadas por debajo del codo, corpiño ajustado, falda ceñida con un profundo pliegue por detrás que terminaba en un fruncido. Se lo había pasado su «tía» Matilde Sacco, la prima favorita de su abuela materna, una solterona dedicada a las obras pías que conservaba la figura de una jovenzuela.

Con una plancha al rojo vivo le habían alisado los rizos que se le escapaban por las sienes y por detrás de las orejas y le habían recogido el pelo en una gruesa trenza que, enrollada, formaba una coronita y le daba un aire muy adulto. Titina dio unos últimos toquecitos al vestido; después cruzaron el patio juntas, la madre y la hija, muy estiradas, con una suerte de majestad que parecía demasiado formal, incluso excesiva. Maricchia y Giosuè fueron a su encuentro.

—¡Ya veis a mi hija, está para comérsela! —se ufanaba Titina. Pero no obtuvo respuesta.

—Maria, he venido para acompañarte a ver a tu padre —dijo Giosuè, compungido.

Ella lo miró, desconcertada. Se ajustó el talle, en el que había metido un papelito doblado, y lo siguió con la cabeza erguida.

Cruzaron el jardín.

—El hombre que me ha pedido que me case con él es Pietro Sala. ¿Ya lo sabes? —dijo ella a bocajarro; no se atrevió a mirar a Giosuè.

Él agachó la cabeza. Maria mantenía la mirada fija hacia delante y siguieron caminando, uno al lado de la otra. El penetrante olor a jazmín tenía un regusto amargo.

Todo sucedió rápidamente. El padre acompañó a Maria al saloncito:

—Aquí está.

Y se retiró. Pietro la estaba esperando, apoyado de espaldas en la barandilla del balcón, con los ojos en la puerta. No hubo saludos. Se movieron al unísono hacia la mesa redonda, en el centro de la habitación.

Cara a cara, de pie, apoyados en la repisa de mármol, se miraban. Maria fue la primera en hablar.

—Me han dicho que su padre aprueba sus deseos de casarse conmigo. —Hizo una pausa—. Les estoy agradecida a usted y a su padre. —Tomó aliento y continuó—: Antes de decidirme, sin embargo, quisiera que me conociera y explicarle cómo soy, y lo que significa tenerme como esposa.

—¡Conozco muy bien por mi hermana Giuseppina y por mi cuñado vuestras virtudes! ¡Maria! ¡Mi amada Maria! La palabra esposa me conmueve... —Descolocado, Pietro había tratado de jugar la carta de lo sentimental; se había vuelto meloso, y resultaba desmañado. Maria prosiguió impertérrita.

—Antes escuche mis condiciones. —Y apretó el papel que llevaba en la mano. Habló sin mirarlo, lentamente, como si cada palabra le pesase—. La primera: quiero muchísimo a mi familia y quiero verlos a menudo, alojarlos en mi casa y alojarme en la suya. La segunda: obedeceré a mi marido, pero le haré todas las observaciones que me parezcan oportunas y espero de él que las tome en consideración. La tercera: decidiremos juntos todo lo que concierne a los hijos, tal como lo hacen mis padres. La cuarta: me esforzaré todo lo posible para ser una buena ama de casa, y estoy dispuesta a aprender. Recibiré del mejor modo posible a los invitados de mi marido, pero si alguno me ofende, no quiero volver a verlo en mi casa. La quinta: debo ser libre para comprar y leer todos los libros y periódicos que quiera.

Pietro apenas la escuchaba, casi no prestaba atención. La devoraba con los ojos y no veía la hora de tocarla, en la certeza de que Maria acabaría cediendo. Ella bajó la vista hacia el papelito.

—Discúlpeme, se me olvidaba la última condición, la sexta: no soy una mujer amante de la vida social. Me gusta estar en casa, pero seguiré a mi marido en sus viajes. A condición de que, dondequiera que esté, pueda tocar el piano todos los días. La música no puede faltarme nunca. —Vaciló, con la frente perlada de sudor—. Quiero decir..., para mí es una pasión. —Y después de una pausa—. Me habría gustado dar clases de piano si no me hubiera casado.

Si no me hubiera casado... Pietro exultó.

—¿Así que me quiere por esposo? —Y levantó la mano para tocar su brazo. Maria se puso rígida, con las manos apoyadas en el borde de la mesa.

—¿Promete respetar mis condiciones?

—¡Lo prometo!

Pietro le tomó las manos y las levantó, con las palmas hacia arriba; los dedos de Maria se habían curvado formando dos cuenquitos, Pietro se inclinó como para beber de ellos y los colmó de diminutos besos, casi imperceptibles. Ella no opuso resistencia. Los besos se volvieron intensos, húmedos y jadeantes.

Un hormigueo desconocido hasta entonces le subía por las manos y bajaba por el interior de Maria, que se abandonó a él, confiada.

El padre llamó a la puerta: el señor Totò, el portero del palacio Tummia, había venido a entregar a Pietro un paquete urgente que acababa de llegar de Palermo.

Padre e hija se miraron turbados. Pietro, en cambio, por fin dueño de la situación, soltó las manos de su prometida y abrió el paquete delante de todos: era un estuche de tafilete.

—¡El primer regalo para mi futura esposa! —exclamó, y apretó el cierre de muelle.

A Maria se le salieron los ojos de las órbitas: sobre el terciopelo verde relucía un alfiler de esmalte y diamantes en forma de mariposa, blanca y negra. Era una reproducción meticulosa y magnífica. Dejó que Pietro se la pusiera en el corpiño—: Es de Giuliani —dijo él—, un orfebre que ha tenido mucho éxito en toda Europa.

En ese momento, Giosuè salió del despacho del abogado; sin poder evitar echar un vistazo al saloncito —la puerta se había quedado abierta de par en par—, se encaminó hacia la entrada.

—Ven, Giosuè —lo llamó Maria—, ven a conocer a mi prometido... —Y a Pietro—: Giosuè Sacerdoti vive con nosotros: lo considero un hermano mayor..., bueno, mucho más.

Hubo felicitaciones y abrazos. En la emoción, Ignazio abrazó antes a Giosuè y después a los dos prometidos.

10
Con una mano delante y otra detrás

Los noviazgos cortos eran la norma en los matrimonios concertados. El de Pietro y Maria debía ser particularmente breve, a petición de los Sala: ocho semanas. El padre de Pietro se había declarado dispuesto a acogerlos a su regreso de la luna de miel en el palacio de Fara, a la espera de que acabaran las obras para reformar la segunda planta de la casa de Girgenti, donde vivirían los recién casados. De los Marra esperaban un ajuar digno y nada más, porque Pietro había expresado su intención de llevar a su prometida a la sastrería Montorsi en Roma y a visitar a la modista de la familia real en Bolonia para que eligiera la ropa que más le agradara. A las ceremonias nupciales —una civil en el ayuntamiento y otra religiosa— sólo se invitaría a unos pocos, los más íntimos, para que no se notara la ausencia de la madre del novio, enferma desde hacía años.

Las únicas visitas previstas de los prometidos serían a los parientes cercanos de cada una de las dos familias. Durante estas visitas, la atracción principal no era el nuevo miembro de la familia, sino el anillo de compromiso, examinado por todos, hombres y mujeres. ¡Éste sí que hablaba a las claras sobre los esponsales! Según la tradición, el anillo pasaba de la futura suegra a la prometida de su hijo mayor. Las excepciones ocultaban historias secretas. Maria recibió un brillante de cinco quilates —el peso normal en los compromisos de las familias acomodadas—, purísimo, que Pietro declaró haber comprado años antes, a la espera de conocer a la mujer de su vida. Pocos le creyeron. El anillo se convirtió en el tema principal de los chismorreos y las conjeturas acerca de los Sala. Se llegó a especular que estaba destinado a la Bella Otero, de la que Pietro había estado enamorado y que le dejó plantado por el primero de los dos archiduques rusos que la fascinante española contaba entre sus amantes; se dijo después que lo había comprado su tío, Giovannino Sala, un solterón empedernido de quien se *murmuriava* que sólo frecuentaba a hombres; en esta ocasión, se dijo del pobre hombre que se había enamorado locamente de una dama francesa que, por desgracia, murió de tuberculosis antes del compromiso oficial; según otros, el anillo formaba parte del tesoro de joyas acumulado por el abuelo de Pietro, que había hecho una fortuna con la usura —así como con las minas de azufre— y que para saldar las deudas aceptaba joyas familiares de nobles sin un cuarto. Estos y otros rumores llegaron a oídos de Ignazio Marra, que se ensombreció y decidió, contra la opinión de su mujer, limitar la duración de las visitas de Pietro a media hora. Obtuvo, por el contrario, la aprobación de su hija y de Pietro, que prefería el cenador del jardín de los Marra a los salones de la alta sociedad de Camagni: allí, sentado al lado de Maria, con su mano en la manita de ella, le contaba historias reales e inventadas y le hacía reír, bajo la mirada lejana de la carabina de ese momento.

Ignazio no consiguió lo que quería: el chismorreo creció de forma desmesurada, y entonces fue él su objetivo. Se volvió a hablar otra vez de su brillante mente jurídica lastrada por su soberbia intelectual; se compadecieron con cierta complacencia de sus decisiones erradas: jovencísimo carbonario en tiempos del soberano Borbón, partidario de Mazzini en tiempos del desembarco de los Mil, contrario a los términos del referéndum sobre la unión con el Piamonte, nunca se había librado de la enfermedad del siglo, el socialismo, como lo demostraba el hecho de haberse vuelto, en edad tardía, simpatizante de los Fasci sicilianos. Los pocos que lo consideraban un hombre con visión de futuro y precursor del pensamiento futuro se unían a los muchos que lo culpaban por haberse alineado a favor de los herejes piamonteses desembarcados con Garibaldi, hasta el extremo de animarles a instalarse en la cercana localidad de Grotte y de albergar a algunos en su casa. Su defecto más grave, admirablemente descrito por la baronesa Tummia, circuló por todos los salones de Camagni: «Este cuñado mío es el abogado más inteligente y mejor preparado de la zona, y el único que no se ha hecho rico. Puede permitirse presumir de socialista gracias a la herencia que le dejó a su madre un pariente político, esposo de su tía Carlota». Luego susurraba, pero de forma que pudieran oírla desde los rincones más distantes, que, muy al contrario, su tío Luigi Margiotta, un usurero muy mojigato que había sabido mantener buenas relaciones con todos sus clientes —mafiosos y gente honrada, nobles y plebeyos—, había hecho buenos negocios adquiriendo en subastas, amañadas a su favor, edificios y terrenos de la Santa Madre Iglesia confiscados por los Saboya. Más tarde desheredó a su hijo Diego por haberse casado con una mujer de fe griego-ortodoxa, y con el dinero fundó un hospital; fue recompensado con un nombramiento como senador del Reino. «De aquel hombre, que hizo tantas cosas retorcidas y que no era muy buen padre, los aldeanos veneran la memoria como si fuera un santo, mientras que de Ignazio Marra, que nunca ha hecho nada deshonesto en su vida y adora a sus hijos —a los suyos y a los de otros que se ha metido en casa—, sólo se recordarán las amantes..., y no con excesiva benevolencia.»

En privado, Giuseppina Tummia era más venenosa: los Marra tenían graves problemas financieros. Contando con el encandilamiento de Pietro, Ignazio había reiterado que no proporcionaría dote alguna a su hija. Y repetía, con voluptuosa malicia: «¡Con una mano delante y otra detrás se la manda a mi hermano!».

Ajena a cuanto se decía por ahí, Maria vivía unos días intensos de emociones contrapuestas. Apreciaba la conversación de Pietro, docta y leve al mismo tiempo, sus frecuentes cartas y el toque hábil de sus manos. Pero no se sentía enamorada, a pesar de que él hacía todo lo posible para demostrarle su amor y avivarlo en ella. La cubría de regalos cuidadosamente escogidos: una bufanda del mismo color amarillo intenso que las margaritas que habían recogido una tarde en el campo, seguidos por Leonardo y Filippo; un exquisito conjunto de escritorio en tafilete con la misma orla dorada de la libretita en la que ella tomaba notas y que siempre llevaba consigo; una recopilación de poemas de D'Annunzio, cuya obra estaba prohibida en casa de los Marra. A Maria le hubiera gustado compartir con Pietro la atracción física, que siempre estaba encendida en él. Incluso cuando le escribía divertidas y detalladas descripciones de las joyas que le apasionaban, acompañadas de dibujos a tinta de su propia mano, Pietro conseguía, con una palabra, un boceto, un verso, hacer alusión a la completa felicidad que le reportaría su unión carnal. Aquella sensualidad fascinaba e intrigaba a Maria, pero ella todavía seguía resistiéndose de forma instintiva a corresponderle.

Pietro le abría las puertas de un mundo en el que reinaban la belleza y la cultura. Ella, que nunca había salido de Sicilia, que sabía poco de arte y que desconocía totalmente la orfebrería romana de la Magna Grecia, de la que los Sala eran coleccionistas, lo escuchaba hechizada por su elocuencia y por los objetos que le enseñaba en los libros.

Para Pietro era una manera de estar cerca de su prometida y de sentir la proximidad de su cuerpo. Le llevaba volúmenes con reproducciones de obras maestras del Renacimiento y catálogos de obras de artistas contemporáneos —una novedad absoluta— y los hojeaba con ella. Maria, con la cara humedecida de pudoroso sudor, no era consciente de la respiración acelerada y del deseo desatado por aquella alianza entre arte y sensualidad. Otras veces, en cambio, «sentía» que la atracción que despertaba en Pietro era muy intensa, y no le disgustaba. Creía estar lista para corresponderle. ¿Qué debía hacer? ¿Habría en ella, tal vez, algo que no funcionara? No tenía a nadie para hablar de ello, y por lo tanto le pesaba; se había convertido en un pensamiento casi constante, agazapado en un rincón de su mente listo para imponérsele en sus momentos de soledad. Sólo la música era capaz de espantarlo, nada más, ahora que Giosuè se había ido —pocos días después del compromiso— a ver a su madre a Livorno para celebrar su ingreso en la Real Academia de Módena y arreglar algunos asuntos familiares. Se escribían. Giosuè seguía poniéndole deberes que luego le corregía, y Maria los realizaba diligentemente, determinada a completar sus estudios una vez casada. Ése era su secreto, compartido únicamente con su madre.

Todo el mundo en casa de los Marra se sentía orgulloso del noviazgo —el matrimonio era la meta de toda muchacha—, pero con un velo de tristeza: Maria abandonaría Camagni para siempre. Se había hablado, al principio, de la compra de la torre de Fuma Vecchia, pero luego ya no. Maria no se atrevía a preguntar qué había sucedido. Le parecía indiscreto, pero ésa era la pregunta que le afloraba a los labios con mayor frecuencia cuando estaba sola con su padre. La certeza de tener una casa propia en Camagni le habría hecho más dulce el alejamiento.

11
Galletas de anís

El noviazgo duró mucho más de lo previsto, nada menos que cuatro meses, porque las obras en la casa de Girgenti se demoraban. Elena, la hermana de Ignazio, y su marido Tommaso Savoca —un ingeniero que había hecho carrera trabajando con Damiani Almeyda en la construcción del teatro Politeama de Palermo, donde vivían ahora de forma permanente— llegaron a Camagni con bastante adelanto para pasar el verano con los Marra; Giosuè había vuelto hacía pocos días. Su familia lo había retenido en Livorno más de lo esperado y había ido directamente a Módena.

Sólo faltaba Pietro, que había ido al continente para ver a los proveedores de alfombras, lámparas y muebles que les estaban haciendo a medida para los dormitorios; seguía escribiendo a Maria dos o tres cartas a la semana, aunque fueran breves, pero de la casa de Fuma Vecchia nunca hacía mención alguna. La que sí le habló a Maria de ello fue Leonora Margiotta, su prima: estaban en casa de Carolina Tummia escogiendo las cintas azules para colocar en el borde de la esclavina de ganchillo que cada una de ellas estaba haciendo. La boda se hallaba a las puertas, esa esclavina celebraba el adiós de Maria a la vida de soltera y el final de una época hecha de labores de ganchillo propias «de señorita». Maria, un par de años más joven que las otras dos, no tenía mucho en común con sus primas, a quienes estaba unida por un vínculo familiar y pasaban mucho tiempo juntas. Leonora era una chica alta de formas maduras y de tez oscura, una belleza. Siempre bien dispuesta, alegre y generosa, los hombres se la comían con los ojos y las mujeres la envidiaban. Tenía sus propios planes, y no los ocultaba: encontrar un marido rico.

Diego, su padre, era un hombre irascible y desafortunado: tras haber sido desheredado a causa de su matrimonio, mal visto por su padre, su mujer se volvió a su pueblo dejándole a los hijos, que él mantenía con su sueldo de secretario municipal y las escasas rentas de los campos heredados de su madre. Se murmuraba que, desde que se había ido de casa, su mujer no había vuelto a ver a sus hijos. Nadie la mencionaba nunca, como si jamás hubiera existido. Maria sentía mucha pena por Leonora porque no tenía madre.

Leonora, rebuscando en la caja de cintas de seda, había encontrado una azul oscuro.

—Me recuerda a los ojos de alguien... —chilló agitando la cinta. Eran los ojos de un apuesto joven originario de Messina, hijo de un general y excelente partido, muy disputado en las fiestas.

—¡El teniente Caravano! ¿Dónde lo has visto? —quiso saber Carolina, sensible al atractivo del uniforme.

—Estuvo en nuestra casa con el general para ver a mi padre —respondió vagamente Leonora. Luego, mirando a Maria, agregó—: Quería saber si era verdad que habían vendido Fuma Vecchia a tu prometido... Parece ser que la quieren comprar ellos... —Y se tapó la boca con el abanico, con una mirada guasona clavada en su prima.

—¿Tú sabes algo? —le preguntó Carolina a Maria.

—Nada, la verdad..., nada —Maria parecía pertenecer a otro mundo, y en lugar de ese juego de damiselas de opereta exhibía una dignidad sin parapetos—. Últimamente no se ha vuelto a hablar de eso.

Leonora la interrumpió:

—Os voy a contar lo que pasa: después del flechazo, tu querido novio dejó de estar interesado en esa compra. Todos sabemos que Pietro Sala es una persona voluble. Desde luego, sólo sé que el compromiso de compra todavía no ha sido firmado. Eso seguro, porque Giosuè se lo confirmó a mi padre.

Justo en ese momento apareció Catalina con una bandeja repleta de *biscotti a dito* recién horneados, unas galletas cubiertas por un velo de azúcar con unas gotas de anís.

Leonora agitó la mano con la que había cogido una galleta, sin morderla, y apostrofó a la criada:

—¡Díselo tú, que estuviste de criada con los Sala como personal de su casa, dile que el «baroncito» unas veces quiere una cosa y otras veces otra!

La anciana meneó la cabeza y, al hacerlo, le temblaron la cofia y los encajes; dejó la bandeja de las galletas sobre la mesa y retrocedió sin decir una palabra.

El aroma a anís llenó la habitación y las muchachas se sirvieron con avidez.

Maria perdonaba la falta de delicadeza de Leonora, a la que estaba acostumbrada. Y se sentía culpable: Pietro venía a menudo a Camagni a verla y permanecía todo el tiempo con ella. Cuando estaba lejos, recorría tiendas y galerías de arte para comprar nuevos regalos y muebles para la casa. Era ella la que lo distraía de los negocios. Después, arrebatada por el sabor de la pasta dulce y crujiente, se guardó sin escrúpulo alguno una galleta en el bolsillo para el goloso de su hermanito. Y cuando le dijeron que Filippo estaba en la portería para acompañarla a casa, cogió dos más.

Antes de comprometerse, Maria salía a la calle acompañada de Maricchia, o también de Egle; después del compromiso, además de los padres, sólo a Filippo, el mayor de los hermanos, se le consideraba apto para proteger su reputación fuera de casa. A los dos les gustaba caminar juntos: nacidos con una diferencia de dieciocho meses, estaban muy unidos. Apretaron el paso, porque grandes nubes negras habían cubierto el cielo justo alrededor de la colina y oscurecido las calles del pueblo.

—¿Sabes algo de la compra de Fuma Vecchia? —le preguntó Maria a bocajarro.

Filippo no sabía nada del asunto: estaba estudiando para los exámenes finales y en casa se interesaba muy poco por las demás cosas. Su pasión —que no compartía abiertamente con su hermana— era ir al burdel, en el que había sido iniciado hacía un par de semanas por Luigi, el hermano mayor de Leonora, y Carlo, el hermano de Carolina; habían sido sus «padrinos» del conocimiento carnal de las mujeres.

Entraron en el zaguán de casa y abrieron la puertecita que daba al jardín interior: su atajo. En ese mismo momento, Giosuè, guapo y elegante con su uniforme de cadete, cruzaba el jardín en dirección al comedor. Llevaba en la mano un paquete que tenía el aspecto de haber sido abierto y después vuelto a empaquetar de cualquier modo con un papel de color amarillo intenso, que era el de los regalos de Pietro.

—¡Giosuè, espéranos! ¡Es para mí! —Maria lo alcanzó a la carrera, delante del cenador.

—Estaba ordenando los papeles en el despacho, ¡hay una montaña de correo abierto por responder, y mucho más que aún no se ha abierto! Esto iba dirigido a tu padre, había unos papeles para él —dijo Giosuè—, lo he envuelto lo mejor que he podido..., no demasiado bien, la verdad.

Acalorada, Maria sacó del bolsillo sus tijeritas de bordado y cortó el humilde hilo de bramante con el que estaba atado el refinadísimo papel. En el interior, un volumen de poemas en francés.

—¡*Une saison à l'enfer* de Rimbaud! ¡Hablamos de este libro hace unos días!

Y para dar las gracias a Giosuè le dio las galletas destinadas a Roberto. Filippo, con cuidado de no desperdiciar nada, pidió que le diera el papel y el hilo y agarró su galleta.

—Ya me la comeré más tarde. —Y se fue, dejándolos ahí.

Maria masticaba muy lentamente observando a Giosuè; era un gran trabajador. Incluso cuando estaba lejos seguía dándole deberes y corrigiéndoselos. Parecía más alto y más maduro. Se había dejado ver poco después de su regreso. Tal vez, en su tiempo libre, acompañaba a Filippo en sus visitas al burdel, consideradas no sólo normales, sino también, a esas edades, un tranquilizador signo de masculinidad. El ruido sordo de los dientes que rompían la costra de las galletas de anís se mezclaba con el canto de un grillo solitario, invitado sorpresa, que se había quedado en una cesta de verduras. Maria se moría de ganas de preguntarle a Giosuè si era verdad que Pietro no había concluido las negociaciones por Fuma Vecchia. Pero se contuvo. ¿Qué derecho tengo a preguntar a Giosuè por los negocios de mi prometido? ¿No le parecerá una pregunta desleal hacia Pietro? ¿Y si pierdo su estima? O tal vez entienda mi ansiedad. Meditabunda, inhalaba el intenso aroma de las rosas fortalecidas con las primeras lluvias de finales de agosto, sin apartar los ojos de él.

Como si le hubiera leído el pensamiento, Giosuè le dijo que Pietro había escrito a su padre para decirle que tenía que ausentarse durante unos días; quería que fuera a Fuma Vecchia para hacer un inventario de los muebles que quedaban en la torre y para realizar una segunda visita de inspección. Lo antes posible. Luego la miró fijamente:

—Quiere que vayas tú también para seleccionar los muebles que más te gusten, porque también están en venta.

A Maria se le iluminó el rostro. Acariciaba la cubierta del libro y por el grosor de las páginas pensó que Giosuè había metido dentro una carta para ella: los deberes del día anterior ya corregidos.

—¡Gracias, Giosuè! —murmuró, e inmediatamente abrió el sobre. Sin embargo, era una carta de dos páginas ¡de Pietro! No había olvidado Fuma Vecchia: Carolina y Leonora estaban equivocadas. Maria la leyó con avidez, con los labios fruncidos en una sonrisa. Giosuè, discretamente, apartó la mirada.

Un trueno. Después, un chaparrón los obligó a correr a refugiarse en la casa. Contemplaban la tormenta de verano. Un torbellino, un estruendo, una sucesión de chaparrones. No tardaría en amainar, y así sucedió: volvió el sol, las nubes desaparecieron arrastradas por el viento hacia otro lugar.

—Estoy lista para ir a Fuma Vecchia de inmediato —declaró Maria—. ¿Te vienes tú también?

12
El espejo roto

—¡Traidora! —espetó el abogado Marra ante la enésima sacudida.

La carretera privada de Fuma Vecchia, abandonada hacía décadas, al igual que la torre, había quedado reducida a una pista de tierra en mal estado que serpenteaba por el bosque de robles. En las explanadas, donde penetraba el sol, prosperaban plantas silvestres de todo tipo y tupidas colonias de margaritas amarillas que cubrían las rocas y los baches. El carruaje estaba cruzando un claro invadido por la *paparina* —robustas amapolas gigantes de hojas verduzcas y alargadas, de más de un metro de alto, de color púrpura, naranja y amaranto, de cuyas semillas secas se extraía una bebida opiácea— y avanzaba a trompicones. Los tres pasajeros eran zarandeados dentro del habitáculo.

Apretujada entre su padre y Giosuè, Maria no hacía caso a las sacudidas. Pensaba en Pietro. Con los dedos en las rodillas tamborileaba la música de su alegría, *tap, tap,* y celebraba su despedida de la vida de muchacha antes de entrar en la de casada y futura madre, la celebraba junto a los dos hombres que la habían ayudado a crecer, su padre y Giosuè, quienes, estaba convencida, la apoyarían también en esa transición. *Tap, tap, tap,* y Maria estaba exultante porque su prometido, acusado por los maledicentes de ser poco de fiar, los había desmentido: su Pietro había cumplido su palabra. Maria se sonrojó al llamarlo «su», hasta entonces no había pensado nunca en él en esos términos. ¡Le parecía casi indecente, tan pronto! Y, sin embargo, aquel «su» le había gustado. ¡Pietro le pertenecía! Ooh, ooh, ooh, y las puntas de los dedos de Maria volaban por la rodilla, siguiendo la música del *Don Giovanni* de Mozart. Sonreía, confiada. Después, otra sacudida, fuerte.

—¡Maldita carretera traidora! —masculló de nuevo el padre—. ¡Maldita!

No era sólo la carreterucha lo que le había puesto de mal humor. Maria sabía que, al igual que su madre, tenía reservas sobre Pietro, cuyas tachas —por lo que creía entender— eran tres: había sido malcriado, amaba la vida social y viajaba mucho; en pocas palabras, representaba esa clase de bienestar vividor que en casa de los Marra no estaba bien visto. Pero sus padres habían aprobado sus esponsales y ella estaba dispuesta a amar a Pietro y a disfrutar de la vida que él le ofrecía. Palpaba la carta metida en la cinta que le ceñía la cintura; era como si sus dedos estuvieran leyendo las palabras escritas, leídas una y otra vez en su habitación, mientras esperaba la llamada de su padre. «Tú serás mi musa y mi compañera, no una mujer sumisa y pasiva. Fuma Vecchia te pertenecerá a ti. A ti sólo.» Haría lo que él deseaba: inspeccionaría todos los rincones de la torre, entraría en cada habitación, abriría armarios y cajones, y escogería lo que más le gustara; se detendría ante la torre y sólo entonces comprendería si quería montar allí su casa de veraneo. Orgullosa de la confianza y del amor de su prometido, Maria buscó la mirada de su padre, pero estaba mirando por la ventanilla. Se volvió hacia Giosuè. Estaba hecho todo un adulto, la verdad: inclinado, leía los papeles que se había traído en un sobre grande. «En el fondo, en la vida, cuando se desea compañía, uno está siempre solo», solía decir Maricchia. Y Maria sonrió.

En la última curva, la carreterucha se ensanchaba en forma de embudo; al fondo, la fachada de Fuma Vecchia. La torre de toba de color amarillo, de tres plantas de altura y con unas vistosas almenas, había conservado las ventanas geminadas de la última planta, mientras que las plantas inferiores, reformadas un siglo antes, tenían ventanas decimonónicas. El cochero detuvo el carruaje y se bajó para abrir la portezuela: no podía seguir adelante, la tormenta había formado un pantano. Había que proseguir caminando por el estrecho sendero de losetas —dispuestas originalmente formando un dibujo geométrico perfecto, ahora desordenadas— que llevaba a la entrada de la torre. Maria caminaba del brazo de su padre, prestando atención a dónde ponía los pies. Giosuè los seguía. Del terreno blando ascendía un denso olor a humedad. Entre las losetas crecían matas de aleluyas —hojitas lobuladas, flores de un amarillo esmaltado en forma de cubilete sobre tallos turgentes de jugo amargo—. El padre tropezó. Maria palideció, pero Giosuè se apresuró a sujetarlo.

—Gracias —murmuró ella, y le palmeó el hombro. Giosuè no se dio cuenta, estaba demasiado ocupado atendiendo al abogado, y después de incorporarlo, todavía jadeante, le ofreció su brazo. A los lados del arco de entrada, contra los muros, dos grandes bancos de piedra servían para montar a caballo y como asiento.

—Os espero aquí —dijo el abogado, entregándole las llaves a Giosuè—. Estoy cansado. Id vosotros dos: Giosuè, verifica tú las condiciones de los muebles y escribe la lista de lo que Maria quiera quedarse.

CAV. EMANUELE MANOLO FECIT 1816 estaba escrito en letras claras sobre el portal. En el interior, el olor a cerrado y a humedad provocaba picazón en los ojos y en la nariz. Por la madera destrozada de la ventana, la luz caía como una cuchilla sobre la mesa en medio de la habitación para pasar luego al pavimento. Giosuè trató de abrir las contraventanas. En vano: la madera hinchada estaba encastrada en el marco. Tiró con fuerza varias veces y casi con rabia, para acabar arrancando los postigos de sus goznes. La luz reveló una habitación hexagonal con una mesa en el centro y seis sillas a su alrededor, blanco y oro, de estilo Imperio. De las barras de latón ennegrecido sobre las ventanas colgaban jirones de cortinas de color crema. El revoque de las paredes manchadas estaba decorado con impresiones de ramos de flores amarillas y amaranto. Maria miraba a su alrededor, decepcionada. Los muebles estaban en mal estado y eran de factura gruesa. «Tú serás mi musa y mi compañera, no una mujer sumisa y pasiva», le había escrito Pietro, y ella, agradecida, estaba dispuesta a demostrarle que haría lo que él deseaba. En una especie de trance seguía a

Giosuè, quien, armado con papel y lápiz, fiel a las instrucciones recibidas, abría cajones, levantaba sillas, tocaba los asientos tapizados de los sofás, sacudía las camas. Los diferentes enseres, lámparas y muebles estaban dañados por la humedad y los excrementos de las aves que habían logrado penetrar en la casa y nidificar. No había nada que despertara el deseo. Y Maria no tardó en dictar sentencia:

—¡No hay nada que conservar!

En aquellos aposentos ruinosos Giosuè y Maria, que por lo general no paraban de charlar, apenas hablaban. Giosuè se limitaba a decir «espera», «déjame pasar a mí antes», «cuidado con los escalones», en medio del recurrente «¿Hay algo que te guste?», a lo que Maria contestaba una y otra vez: «¡No hay nada que conservar!».

Estaban en el dormitorio principal, en el segundo piso; muy amplio, contaba con tres aberturas: dos ventanas decimonónicas rectangulares, una al lado de la otra, con barrotes, y, en la pared de enfrente, una aspillera medieval. A diferencia de las otras habitaciones de la torre, donde los colchones estaban enrollados y tapados con telas, la cama estaba cubierta por una colcha de brocado bien estirada, y parecía lista para recibir a los dueños de la casa. Maria pasó la mano por encima: la tela estaba intacta. Frente a la cama, en la pared, un espejo con un rico marco dorado colgaba con una leve inclinación; tumbado, uno podía verse reflejado. Maria se sonrojó. Le gustaba esa cama, y la habitación también. Le gustaría dormir allí, con Pietro. Sí, le gustaría. Inhalaba el aire viciado, que tenía algo de denso y embriagador. Maria experimentaba sensaciones que creía que no debía experimentar, aún no. Pero era incapaz de reprimirlas. Sintió un extraño ardor, al que siguieron dificultades para respirar, como si le faltara el aire. Se ahogaba. Le pidió a Giosuè que abriera las ventanas. El aroma del bosque invadió la habitación. Una maraña de ramas y de follaje formaba una tupida red verde que bloqueaba los rayos del sol, como si la torre hubiera sido absorbida por el bosque. Durante los años en que la casa había estado abandonada, los robles habían ensanchado sus copas y las ramas se habían acercado a las ventanas para doblarse después hacia arriba. Curiosa, Maria apoyó las manos en el alféizar; le parecía que las ramitas jóvenes, relucientes y húmedas por la lluvia, querían entrar cautelosas en la habitación. En los rincones, nidos de aves abandonados. Maria veía, escuchaba, olía. Al hacerlo, pudo recobrar poco a poco el dominio de sí misma.

—Tu padre nos está esperando. Tienes que decidirte; me parece que no hay nada que te guste.

Giosuè hablaba con tono de hermano mayor. Maria no contestó, estaba escudriñando aquel amasijo de ramas y hojas. Alrededor del tronco y de las ramas principales entreveía numerosas ramas secas cargadas de hojas muertas; cerca de la ventana había plumas, hojas y ramitas atrapadas en la maraña de follaje vivo que rozaba los muros y los cristales. En el exterior y siguiendo el muro de la torre, en lo alto, el roble era una eclosión de verde oscuro. Maria escuchaba aunque no veía la bandada de cuervos que iban y venían del árbol; aleteos, ramas que ondeaban, y el charloteo de los pájaros, su clarísimo *cra cra*. Tal vez los cuervos se habían refugiado allí durante la tormenta y habían optado por quedarse.

—¡Recuerda que éste es el deseo de tu prometido! —le apremiaba Giosuè.

Maria se apartó de la ventana; volvió a detenerse frente a cada objeto, marco, mueble.

—Ayúdame tú a elegir.

—No puedo, ésta será tu casa y la de tu marido —dijo él con sequedad.

Ella deambulaba por la habitación, sin decidirse. Miraba el gran espejo oval, el marco decorado con estucos de flores, pero no estaba segura de quererlo. Luego se volvió y le dio la espalda. Desde allí observaba la cama. Se repetía las cualidades de Pietro. «Generoso, bueno. Me quiere mucho. Soy muy afortunada. Le agradezco tanto su amor.» Y de sus ojos brotaron de nuevo las lágrimas, no sabía por qué. No conseguía detenerlas. Como el maná de los fresnos de Madonia, fluían lentas e imparables. «Pietro es bueno..., muy bueno.» Y entre lágrimas, Maria miraba a Giosuè, al lado de la cama.

—Giosuè..., gracias a ti también, eres un verdadero amigo —murmuró.

De repente, un crujido, y después algo así como un redoble de tambor, golpes frenéticos de alas, gritos agudos y desagradables. Algunos cuervos, desconcertados por las ventanas abiertas o simplemente curiosos, habían hundido el retículo de ramas y hojas y revoloteaban por la habitación, negros y aterradores con su plumaje metálico: no sabiendo cómo salir, giraban en espiral, subían y bajaban, deslizándose por el techo o por el suelo, roncos de desesperación. Los otros cuervos, desde el árbol, les respondían con la misma intensidad en un *crescendo* que parecía sacudir el follaje y la tierra. El suelo de madera comenzó a vibrar y el espejo se soltó de la pared y cayó al suelo. El marco quedó intacto, pero el cristal se rompió en mil esquirlas que acabaron incluso en el cabello y en el vestido de Maria. Los cuervos, conmocionados, encontraron por fin el camino de la ventana, lograron colarse entre el follaje y se reunieron con sus compañeros.

—¡Quieta! ¡Espera! —De un salto Giosuè se colocó delante de ella—. ¡¿Estás bien?! No te muevas. Estás llena de esquirlas por detrás. Levanta los brazos que te las quito.

Maria levantó los brazos y empezó a girar sobre sí misma, como haciendo una lenta pirueta, mientras Giosuè le quitaba las esquirlas de los cabellos, de los hombros, y también del corpiño, de los pliegues de la falda, con cuidado de no tocarla. No siempre era posible evitarlo, y a Maria no le desagradaba. Los trozos de cristal eran grandes, muy cortantes, pero no se había hecho daño.

—Estate quieta. —Giosuè se agachó para inspeccionar los zapatos, primero uno y luego el otro. Maria permanecía inmóvil, silenciosa—. ¿Estás bien? —repitió, y se puso de pie.

Ella no respondió, permaneció quieta.

—¡Tengo miedo! —dijo, y le echó los brazos al cuello.

—No es nada —susurró Giosuè, ciñéndole la cintura. Maria se aferró a él y se echó a llorar desesperadamente. Él la acariciaba y la abrazaba con fuerza. Maria dejó de llorar. Giosuè apretó con más fuerza. Ella sintió el apremio del deseo de él, pero no lo rechazó.

—¡Tu padre estará preocupado! ¡Vámonos! —Giosuè rompió el abrazo y se apartó de ella sin soltarle las manos. Hizo ademán de llevárselas a los labios y besarlas, sólo entonces se dio cuenta Maria de que las de Giosuè estaban cubiertas con minúsculos cortes que sangraban.

13
Maria lo toma amargo

Las visitas a los parientes más cercanos de los Sala se dejaron para el final por deseo expreso de Pietro. Se lo había explicado a Maria con total honestidad, y ella había apreciado el gesto. Una tarde estaban sentados en el cenador, rodeados de un constante ir y venir de gente en el jardín: los hermanos jugaban con el aro en el sendero y acabaron peleándose, Maricchia se había quedado bajo los plátanos y los observaba sin empacho alguno, Egle tendía el mantel y las toallas recién bordados y lavados, y dos criadas sentadas junto a la puerta de la cocina limpiaban de piedras las lentejas.

—En vuestra casa viven y trabajan buenas personas. Discretas. Cada uno a lo suyo. En la mía nunca ha sido así. Todos se entrometen en los asuntos de los demás, espían, critican. Hay muchas envidias. Habrá sido la enfermedad de mi madre, pero no es una explicación satisfactoria. Me alejé de casa casi sin darme cuenta, para salvarme. Y me caso contigo para asegurar una vida sana a nuestros hijos. Tú serás su salvación. Presentarte a mis hermanas me pesa..., prefiero esperar a que me quieras un poco, por lo menos; de lo contrario, tengo miedo a que te desenamores y a perderte. ¿Me lo concedes? —Pietro tenía una forma de plantear las cosas muy delicada; era imposible decirle que no, pensó Maria. Y se derretía.

La primera visita, en Naro, la antigua capital de la comarca, fue al palacio del conde Giacomo di Altomonte, marido de Sistina, la hermana mayor de Pietro. Los padres de Maria no la acompañaron: su padre estaba en Palermo y a Titina le aquejó un fuerte dolor de cabeza. Giuseppina Tummia, en cuanto tía de la novia por parte de madre y hermana del novio, ocupó su lugar.

Los habitantes de la localidad no veían con buenos ojos el éxito y la creciente importancia de Camagni como centro agrícola y enlace ferroviario; en Naro, enrocada sobre una montaña, para llegar al palacio no había una sola calle apta para automóviles. La visita, por lo tanto, se llevó a cabo en carruaje; Pietro, aprovechando la ausencia de Titina, ceñía la cintura de su prometida con la excusa de protegerla de las sacudidas. Maria se lo consentía, serena. Había llegado al convencimiento de que la complicidad física entre ellos sería el aglutinante del matrimonio, como lo era todavía, de forma bien visible, entre sus padres. Además, las caricias de Pietro le causaban deliciosos escalofríos.

Como todos sus parientes, Sistina tenía una nariz aguileña; la edad, sin embargo, había suavizado sus rasgos, dando incluso la impresión de que de joven había sido agraciada. Las dos hermanas empezaron de inmediato a *pizzuliarsi*, a zaherirse: Sistina, ya desde el mismo descansillo, delante de la puerta de la casa, mientras subían las escaleras.

—¡Si no es por esta boda, anda que ibas a venir a verme! —recriminó a Giuseppina. Y a continuación, dado que su hermana era corpulenta y renqueaba, añadió—: Date prisa, ¿no ves que te estoy esperando? —Después de los besos de rigor, la retuvo de los brazos para echarle una buena *taliata*—: ¡Hay que ver lo horrorosa que estás!

A lo que Giuseppina respondió:

—¡Nunca tanto como tú! Aunque la verdad, cuanto más vieja estás, mejor aspecto tienes... Las arrugas *cummogghianu* todos los defectos, hay que ver cómo los tapan.

Pietro deploró el comentario.

—¡Giuseppina, ya está bien! —exigió a su hermana; a continuación abrió paso a Maria y se la presentó a Sistina.

Una vez en casa, se les unieron Giacomo di Altomonte, delgado y silencioso, su hijo mayor Paolo y la mujer de éste, Maria Immacolata, que estaba embarazada, y su hija menor, Erminia. El salón, al igual que toda la planta principal, había sido reformado a principios del siglo pasado en estilo neoclásico francés: paredes con estucos dorados, altos espejos en marcos ligeros, chimeneas de mármol blanco veteado de gris y jarrones de boca larga y estrecha, con asas en forma de cuello de cisne. También la madera de los muebles era dorada; el brocado de los sofás y sillones era claro, con ligeros diseños florales. Maria estaba fascinada por tanta elegancia y ligereza. Carolina, que había acompañado a su madre y a los novios, se había apartado en el hueco de una ventana con Erminia, dejando a Maria con los adultos.

El criado había dejado en una mesita una bandeja con café y galletas, que Sistina se encargaría de servir a sus invitados. Maria nunca había visto un servicio de café como aquél: las tacitas de porcelana, exquisitamente pintadas a mano, tenían la forma de un tulipán, con cinco pétalos. Cada una era distinta de la otra, y todas ellas parecían incomodísimas: daba la impresión de que era imposible beber sin ponerse uno perdido.

Las regañinas entre las hermanas habían dado paso a las pullas dirigidas a los jóvenes. A su sobrina embarazada, Giuseppina le dijo: «¡Maria Immacolata, esperemos que esta vez consigas darle un varón a los Altomonte, después de tres niñas!», y a Erminia, decididamente bajita: «¿Es que nunca vas a crecer? A ver si te nos vas a quedar enana...», y a Paolo: «¡Me han dicho que al conde de Laschi le han hecho senador! ¿Qué pasa contigo, Paoli'?, tú también eres conde..., ¿es que a ti no te quieren?».

Y tampoco faltaron para Pietro.

—Así que te la has ido a buscar entre los parientes de los Tummia... ¡Que Dios nos pille confesados! —le dijo Sistina. Y añadió—: ¡Después de estar haciéndonos sufrir durante años por fin te has decidido! ¿Qué te habrá hecho *'sta carusa,* esta chiquilla, para que te enamores?

Maria se sentía incómoda, se sonrojaba a cada frase e incluso ante las miradas más benignas.

Mientras tanto, Sistina servía el café. Le ofreció la taza a Maria e inmediatamente se volvió hacia su nuera:

—Para ti nada, le sienta mal al *picciriddu*. —Y pasó a servírselo a Giuseppina—: Tres de azúcar, ¿verdad? Acabarás hecha una vaca.

Sistina sirvió a Pietro, ofreciéndole azúcar también, y después a su marido y a su hijo. Maria, resignada, se llevó a los labios el borde festoneado: el café estaba muy amargo. Hizo como si nada y se lo bebió todo, a pequeños sorbos, con cuidado de no mancharse.

En el momento de ofrecer las galletas, Sistina se dio cuenta de que no le había ofrecido azúcar a Maria.

—Discúlpame, ¿no querías?

—Gracias, no importa...

Giuseppina Tummia las observaba. Sabía que a Maria le gustaban las bebidas azucaradas. Se merecía el café amargo, esa mocosa, por si fuera poco sin dote, que había embrujado a Pietro quitándoselo a su hija Carolina.

En la siguiente visita, en Girgenti, Maria fue presentada a Graziella, la segunda de las hermanas Sala. Graziella estaba casada con Riccardo, un joven oficial de quien no había tenido hijos; vivían en uno de los pisos en la primera planta del edificio de la familia, del que Pietro y Maria ocuparían toda la segunda planta. Los dos viajaban mucho y eran muy aficionados a la ópera. En el momento de servir el café, Giuseppina se apresuró a puntualizar: «¡Maria lo toma amargo!», y después pasó revista, triunfante, a los rostros de los demás.

Pietro miró a Maria, y ella le hizo un gesto de que lo dejara correr. Titina quiso decir algo, pero permaneció en silencio.

—Ya lo sabía yo, ¡nada de azúcar para Maria! —dijo Graziella algo picada—. ¡Sistina me lo había escrito! —Entonces, agotadas las formalidades, pasó a interrogar a Maria. ¿Qué edad tenía? ¿Había estado alguna vez en el continente? ¿Qué instrumentos tocaba? ¿Qué pensaba de Puccini? ¿Y de Bizet? ¿Qué clase de música le gustaba? ¿Prefería el ganchillo o el bordado? ¿Sabía pintar?

De vuelta en casa, Titina le preguntó a su hija por qué no había pedido azúcar.

—No lo hice en casa de Sistina porque no me pareció bien señalar su error. Me acostumbraré —respondió Maria.

—¡Ten cuidado! —le advirtió su madre—. Los Sala son unos prepotentes. ¡La próxima vez pide azúcar! Cuando estés casada y en tu casa, recuerda que la dueña eres tú, y sólo tú, no tus cuñadas.

14
Las compras del ajuar

La boda se aproximaba. Después de haber firmado el contrato de arras para comprar Fuma Vecchia, Pietro se había marchado sin comunicar fecha de regreso. Los más maliciosos, incluyendo a Peppino Tummia, decían que se había ido al casino de Venecia: echaba de menos la ruleta. Otros decían que estaba dándose una vuelta por Italia para despedirse de sus amantes. Ajena a los chismorreos, Maria disfrutaba de la familia y recibía con satisfacción cartas y pequeños regalos de su prometido. Titina, en cambio, estaba preocupada: Maria aún no había sido presentada a su futura suegra ni a Giacomina, la tía paterna de Pietro, monja de casa; además, con la incertidumbre de la fecha de esa visita, todavía no habían ido a Palermo para completar las compras del ajuar, al que ella daba la mayor importancia.

Desde que el ferrocarril había hecho posibles las conexiones entre el interior y la costa, los profesionales y la burguesía adinerada de Camagni acostumbraban a comprar casa en Palermo, por razones de trabajo y de integración social, para los estudios de los hijos —la universidad, fundada a principios del siglo XIX y ampliada recientemente, se esforzaba por hacer la competencia a la varias veces centenaria Universidad de Catania— y en busca de diversión. El desarrollo de la construcción, de la industria química y de los astilleros navales alimentaba la esperanza de cierto crecimiento industrial en la isla, a pesar de su lejanía del corazón cultural e industrial de Europa. Palermo se había convertido en una de las grandes ciudades italianas. En los últimos treinta años se había enriquecido con un magnífico teatro de la ópera, el Massimo, construido tras destripar cuatro monasterios, con el Politeama —sala de conciertos, teatro para opereta y anfiteatro— y con varios teatros más. Y abundaban los salones de té, las pastelerías, los restaurantes y los grandes hoteles. Pero la atracción principal era Palermo en sí misma. La arquitectura de la Belle Époque había embellecido la ciudad y sus alrededores; su transformación urbanística culminó con la Exposición Nacional de 1891, cuando, por primera vez en cinco siglos, los límites de la ciudad sobrepasaron Porta Maqueda. Hermosa e indolente, Palermo —golosa, repleta de tiendas refinadas y grandes almacenes maravillosos en los que podía encontrarse lo mejor de todo— era una ciudad superlativamente elegante.

Dos semanas antes de la boda, Titina quiso llevar a Maria a Palermo a casa de sus cuñados, Elena y Tommaso Savoca —que vivían en una villa con un gran jardín interior, al final de la explanada del teatro Politeama—, para completar las compras del ajuar y presentarla en sociedad: quería que conociera y apreciase la ciudad a través de los ojos y de los valores de su familia, no de los de los Sala. Elena y Tommaso estaban bien relacionados y serían excelentes guías para su sobrina. Además, Titina tenía un deseo, quería comprar *su propio* regalo de bodas a su hija: un digno broche de diamantes que no desmereciera junto a las joyas bastante más costosas de los Sala. «El inútil orgullo de los pobres», había mascullado Ignazio cuando se lo dijo, pero no trató de disuadirla.

Maria aceptó de buen grado. Pocos días antes de partir, le preguntó a su padre si podía llevarse consigo a Egle: quería estar con ella y conocer Palermo juntas, en cierto modo como para despedirse. Él se lo concedió, y eso hizo que el sueño de Titina de presentar a su hija a la nobleza de Palermo se desvaneciera: Maria nunca iría a ninguna parte sin Egle.

Las dos muchachas estaban entusiasmadas con la libertad de la que disfrutaban en la gran ciudad: la tía Elena había persuadido a su cuñada de que las dejara salir solas, temprano por la mañana, sin acompañantes. Recorrían via Maqueda, desierta a esas horas, toda una sucesión de elegantes palacios, y en Quattro Canti tomaban Cassaro y, pasando por Porta Felice, se dirigían a la Marina, el paseo marítimo repleto de cafés y heladerías. Sentadas a las mesas de arrabio, probaban los helados típicos palermitanos, uno diferente cada día —los *pezzi duri*, el *spongato* de limón, el granizado de café, los semifríos, la bomba con el corazón de nata—, y admiraban el comienzo del *passìo*, el tránsito de carruajes y de los primeros automóviles con el trasfondo del mar Tirreno, de color cobalto. Luego se tomaban con calma el regreso a casa: cambiaban de ruta todos los días y no temían meterse por callejones o callejuelas. Cuando via Maqueda empezaba a abarrotarse de gente, se divertían observando a quienes paseaban lentamente, con miradas lánguidas y vestidos elegantes, para dejarse admirar. Visitaron la Capilla Palatina, en el interior del Palacio Real, y quedaron deslumbradas por la riqueza de los mosaicos y por el techo de estalactitas doradas. También fueron al templo de los valdenses: Egle tenía la dirección. Era una sala rectangular, carente de estatuas y adornos, ubicada dentro de una casa privada. Rezaron juntas, largo rato y con fervor. Precisamente allí, a la salida, Egle, de quien todos esperaban que siguiera a Maria cuando se casara, le confesó que no quería dejar a Maricchia: le hubiera causado un enorme dolor a su tía, que no se lo merecía. Maria se sintió aliviada: Pietro no quería a Egle en su casa —«Sería un error. Tenemos que acostumbrarnos a vivir juntos. Cuando tengas hijos, y sólo entonces, tal vez pueda serte de ayuda».

Maria apreció la sabiduría de su prometido y la discreción de su amiga.

Madre e hija se fueron solas a comprar un camisón *mariage* al taller de Madame Richter, una austriaca trasplantada a Palermo desde hacía años. Se decía que había sido la amante de un noble, quien al deshacerse de ella le había dado dinero suficiente para poner en marcha esa actividad comercial. Al igual que los talleres de las sastras y modistas de lujo, el atelier de Madame estaba en un coqueto piso, en la primera planta de un elegante edificio del centro. Una criada vestida de negro, con delantal y cofia de encaje, acompañó a Titina y a Maria a la habitación donde Madame las estaba esperando; un saloncito con sillas, sillones y un sofá. En las paredes había armarios con puertas de espejo; en un rincón, tres maniquíes con ropa interior y camisones, y un cuarto, sobre un pedestal, con una suntuosa bata de brocado verde esmeralda con estilizados dibujos de color negro y plata, de estilo japonés, anudado con una cinta de raso reversible, de color negro y plata también.

La señora les ofreció una limonada y a continuación se apartó con Maria y la condujo ante el maniquí.

—Los camisones *mariage* forman parte de un conjunto que incluye bata y salto de cama. —Y con un gesto teatral le quitó la bata al maniquí desvelando un camisón de seda brillante, de color verde claro, que llegaba hasta los pies y tenía una corta cola, bordada de encaje plateado jaspeado de verde esmeralda—. El corpiño debe ser escotado y ceñido; la tela, de seda, batista o georgette, según los gustos, al igual que los remates de encaje, plisados, bordados y aplicaciones en las combinaciones que se deseen. —Y pasó la mano por debajo del pecho del maniquí, del que arrancaba una abertura rematada por un encaje que se extendía sobre la seda; Madame ensanchó la abertura y tocó el dobladillo, también bordado con encaje; después volvió a dejarlo caer. A continuación llevó a la madre y a la hija ante los armarios; abrió una puerta tras otra dejando al descubierto docenas de conjuntos de todos los colores—. ¡Contrariamente a lo que suele creerse, el camisón *mariage* no ha de ser blanco! —Madame los iba sacando uno a uno; elevaba cuanto podía la percha, como un estandarte, y con un golpecito hacía que la tela se moviera para que se notara la abertura. Alentada por Madame Richter y por su madre, después de haber probado y tocado muchos camisones, Maria escogió el primero que había visto, el que estaba bajo la bata de brocado—. Audaz decisión —señaló Madame—. ¡La felicito! Ahora vamos a probarlo.

Y Maria sintió que la tierra se abría bajo sus pies. No quiso a su madre en el probador. Se miraba en el espejo —el corpiño se adaptaba a la forma de los senos, la falda rozaba apenas el suelo— y se gustó. Entonces corrió la cortina.

—¡Parece una diosa! —exclamó Madame, y añadió—: Le harán falta unas zapatillas de medio tacón, pero por lo demás le sienta de maravilla.

—Qué hermosa eres, Maria mía —murmuró su madre. Y le hizo una rápida caricia en las caderas.

Madame Richter le pidió que se sentara en la butaquita. Maria, tímida de nuevo, se acurrucó en ella, con los hombros contra el respaldo, las rodillas apretadas y las manos en la falda, para que no se le abriera. Madame le dio una breve e inolvidable clase sobre el arte de la seducción, con la aprobación de Titina, que ahora la miraba con una sonrisa cómplice. Madame daba órdenes y Maria obedecía. Fue entonces cuando deseó a Pietro.

Titina, Maria y la tía Elena salieron juntas para comprar el broche.

—Quiero que te guste —dijo Titina—, y no importa lo que cueste.

Entraron en una famosa joyería de via Maqueda. El joyero les enseñó todo lo que tenía, pero a Maria no le gustaba nada. Visitaron otras joyerías, pero volvieron a casa para comer con las manos vacías. Estuvieron hablando de ello en la mesa con Ignazio, que tenía que defender un caso ante el Tribunal de Palermo. Maria estaba algo perdida: los diseños modernos Art Nouveau no eran de su gusto, ni tampoco los decimonónicos, clásicos, simétricos. Los engarces de oro no le gustaban, los de platino tampoco. La tía le sugirió otras cosas. Maria la miraba fijamente, tratando de hacerle entender que se sentía ajena a esa vorágine de compras. Estaba cansada de escoger, de probarse vestidos y ropa interior, de comprar. Su único deseo era quedarse sola y sentarse ante el piano, en su interior no había espacio para un broche. Y sin embargo, de haberlo dicho, habría causado un disgusto a su madre. Su padre pareció entenderla.

—Titina, ¿puedo sugerirte que vayáis a ver a la señora Daneu? Está al corriente de la boda —dijo, no sin cierto empacho—. Tiene cosas preciosas. Y si Maria no encuentra allí nada que le guste tampoco, nos rendimos. ¡Ya le compraremos una bonita joya cuando nazca nuestro primer nieto!

Al día siguiente, madre e hija tomaron un calesín para ir al Cassaro. Entraron en el zaguán de un antiguo edificio frente a la catedral y subieron a la primera planta. Un joven pálido las condujo a un salón de techo abovedado con frescos de escenas mitológicas. En las paredes, una imponente galería de cuadros: pinturas de escenas bélicas, paisajes y ruinas clásicas, un nutrido contingente de santas —Rosalía, Rita, Ágata—, unas cuantas Vírgenes y numerosas imágenes de san José con barba, de un sensual san Sebastián y de ermitaños desgreñados. Repartidas entre las paredes y en el centro, mesas cubiertas de terciopelo oscuro, abarrotadas de candelabros, objetos de plata, cristal y cerámica.

—Estamos en la sala de exposiciones del anticuario más conocido de Palermo —dijo Titina, y añadió en voz baja—: Una familia judía de Trieste, muy famosa. —Y lanzó un suspiro.

La señora Daneu era una mujer robusta de mediana edad, de piel aceitunada, sin rastro de maquillaje; tenía el pelo negro azabache recogido en un moño. Llevaba una falda de lino, una blusa blanca bordada y una chaqueta de lana ligera del mismo color azul que la falda; como único adorno, un broche. Las hizo pasar a su estudio, donde destacaban dos cajas fuertes de metal esmaltado negro y verde, de las que extrajo una gran cantidad de cajas y estuches. Titina y la señora Daneu se conocían desde hacía tiempo: la señora tuteaba a Titina, quien le respondía con el vos respetuoso obligado para con los ancianos, y mientras tanto les enseñaba alfileres de oro, de platino, de esmalte, de piedras semipreciosas y preciosas, en forma de flores, de animales o moldeadas siguiendo refinados diseños geométricos; una sucesión de exquisita orfebrería artesanal. Maria los habría querido todos. O ninguno. Indecisa, miraba a la anticuaria con una muda solicitud de asesoramiento, y a cada mirada sus ojos se posaban en el broche que ésta llevaba prendido en la solapa, el más hermoso: un dibujo renacentista de una ramita que culminaba en una flor de cinco pétalos y en una hoja oblonga, ambos tachonados de diamantes. Era airosa, leve.

—¿Hay algo que te guste? —preguntó la señora Daneu—. De todo lo que ves, basta con que lo digas.

Maria se armó de valor y señaló la flor con el dedo.

—Ése... —murmuró.

—Es una rama de diamantes del siglo XVIII. Un regalo que

recibí. —Después, en silencio, se quitó el broche y lo prendió en el pecho de Maria—. ¡Es tuyo!

Titina, gratamente sorprendida, se dispuso a comenzar la negociación.

—No me debéis nada.

—¡No podemos aceptarlo! —exclamó Titina irritada.

—No me debéis nada —repitió la señora Daneu—. Es mi regalo de bodas para una mujer joven de ojos aterciopelados.

El viaje a Palermo fue un éxito total para Maria. No así para su madre.

15
La madre de Pietro

La tercera y última visita de los novios a la familia de Pietro tuvo lugar justo antes de la boda, en el palacio de Fara, la antigua residencia de los Sala, donde vivían los tres hermanos: Vito, el futuro suegro de Maria, Giovannino y Giacomina, así como la madre de Pietro, Anna, enferma de los nervios, que llevaba años recluida en sus habitaciones, atendida por monjas enfermeras de la orden de San Vincenzo. Para enfatizar la solemnidad de la visita, habían sido convocados las hijas y los yernos de los Sala; Maria acudió acompañada por sus padres.

El edificio podría parecer modesto —de una sola planta, con cinco balcones— de no ser porque presentaba un aspecto impecable. La piedra de la fachada estaba limpísima, como si hubiera sido cepillada. De las barandillas abombadas de los balcones, tan relucientes y libres de polvo que parecían recién pintadas, colgaban exuberantes sarmientos de jazmín en macetas. Las contraventanas y las puertas, pintadas de azul oscuro y sin trazas de grietas, estaban cerradas. Y, sin embargo, el palacio Sala tenía un aire triste, que casaba a la perfección con los hombres mal vestidos de rostros sombríos y miradas lóbregas que holgaban a ambos lados y enfrente del edificio, con ojos ardientes como tizones clavados en el portal. En los años noventa del siglo anterior, las pretensiones de los Fasci de Fara habían sido apoyadas por un príncipe que se fingió amigo de los mineros, pero que en realidad no se tomó a pecho en absoluto sus reivindicaciones y presentó unas propuestas desleídas, con el resultado de que fue muy poco lo que se hizo para mejorar sus condiciones. Aquellos hechos habían dejado un legado de miseria y malevolencia respecto a los Sala, propietarios de la mina Ciotta, a las afueras de la ciudad.

Al acercarse el carruaje, las dos hojas del portal se abrieron como si hubiera alguien de guardia. Mientras el portero y dos criados las abrían de par en par, los hombres que holgaban fuera se apartaron mudos y lentos para dejarlo entrar. Al fondo del patio, al pie de la escalera doble principal, Pietro esperaba sonriente a su prometida. La tomó de la mano y subieron juntos, seguidos por miradas curiosas desde detrás de los cristales. En la entrada, Sistina, Graziella y Giuseppina los esperaban en fila como si fueran colegialas. Algo apartada, y también de pie, estaba lista para recibirlos Giacomina Sala, la tía monja de casa, vestida sobriamente de gris y con una gran cruz de esmalte y diamantes al cuello. Fue ella la que se acercó a Maria y le dio la bienvenida. Y fue ella quien la acompañó al salón, con Pietro a su lado.

En su juventud, antes de convertirse en monja de la casa, Giacomina había viajado con Giovannino, incluso al extranjero, y había llevado una vida mundana. Luego, por razones que nunca se aclararon, decidió encerrarse en la casa de Fara y dedicarse a las obras pías. Estaba al cargo de la casa de los dos hermanos, dada la incapacidad de Anna, y frecuentaba el convento de las benedictinas, a las que prodigaba dinero y enviaba los productos de sus tierras. También había instituido un sorteo para las familias pobres cuyas hijas querían profesar pero que no podían pagar la dote: a cada una se le asignaba un número que se almacenaba en una bolsa y, una vez al año, se extraía uno. La dote de la agraciada corría completamente a su cargo.

En la romería de Camagni, Maria había conocido al padre de Pietro, Vito, y a su tío Giovannino. Esperaba encontrar en el salón a la madre de Pietro, la persona a la que había ido a presentar sus respetos, pero de Anna Sala no había rastro alguno, y ni siquiera se la mencionaba. Después de las frases iniciales de cortesía, se formaron varios corrillos de conversación. El tío Giovannino se apartó con Ignazio y Peppino Tummia para ponerlos al día de la reciente catástrofe en una de sus minas: un andamio subterráneo se había derrumbado y matado a dos *carusi*. Los socialistas afirmaban que el accidente se debía a la falta de mantenimiento y a que el socorro había llegado tarde.

—Los problemas habituales —dijo el barón Tummia—, pero a esa gente le encanta avivar el fuego; hacen su trabajo. Nosotros debemos hacer el nuestro. Ya pasará.

—La situación ha empeorado —comentó el tío Giovannino—, hay que estar alerta. ¿Os habéis fijado en los hombres de fuera del portal?

—¡Tal vez —dijo Ignazio con intención— hubiera sido preferible no dejar que bajaran los *carusi!* —Y se volvió sobre sus talones.

Con su prometida al lado, Pietro le estaba contando a Titina la historia de sus perros de caza, dos perdigueros, enamorados de la misma cirneca del Etna, a la que ambos cortejaban afanosamente..., mientras la cirneca sólo era sensible a las atenciones de un pastor alemán. Pietro era un buen *raconteur,* y los demás se agrupaban a su alrededor. Vito Sala se había unido al grupo y estaba cerca de Maria. Le ofreció el brazo.

—Vamos, me gustaría enseñarte las miniaturas de la familia. —Y la acompañó hacia la vitrina en la que estaban expuestas, en marcos ovalados de filigrana dorada, las miniaturas de sus hijas y de Pietro de niños, así como la suya propia y la de su esposa, una mujer de tez blanca y pelo rubio—. Ésta es mi pobre Anna... —Y la miraba, perplejo—. Será una carga para tus hombros cuando yo ya no esté.

—No será una carga, sino un privilegio, poder ocuparme de la madre de mi marido —susurró ella. Después, decidida, añadió—: Me gustaría conocerla.

Pietro, al darse cuenta de que Maria se había apartado con su padre, se apresuró a terminar la historia y se unió a ellos.

—Si insistes, te llevo a ver a mamá... —Y le ofreció a su vez el brazo. Maria no le hizo caso. No soltó el de su suegro, al contrario, lo apretó con más fuerza, pidiendo con una sonrisa:

—¿Sería tan amable de acompañarme usted mismo a conocer a su esposa? —Y se apoyó en él.

Se encaminaron lentamente hacia las habitaciones reservadas

para la familia. Giacomina avanzaba detrás del hermano y de Maria; apretaba una cruz y murmuraba una jaculatoria, arrastrando los pies. Giovannino y los Marra iban detrás de ella. Los seguían las hermanas, con paso vacilante, y sus maridos, en procesión incierta. Los criados iban abriendo las puertas para dejarlos pasar.

El silencioso cortejo serpenteó a través de las salas de paso, con Maria y su suegro a la cabeza. Dos criadas habían subido de dos en dos los peldaños de la escalera de servicio para informar a las monjas de la inminente visita. El anciano y la joven tomaron una escalera oculta por una gruesa cortina. La segunda planta, invisible desde la fachada, tenía ventanas y balcones que daban a los patios interiores. Las habitaciones eran un incesante crujir de faldas, de pasos ligeros, de manos invisibles, de puertas que se cerraban y de otras que se abrían. Los dos avanzaban por habitaciones vacías y pasillos desiertos. Al final, llegaron a una habitación carente de cuadros y adornos, con sillones y cestas de lana; en las ventanas, cortinas de tul. Sentadas contra la pared, había dos monjas a ambos lados de Anna Sala, vestida de gris como la tía Giacomina; hacían coloridas labores de ganchillo. Otra, apartada, estaba haciendo un ovillo de una madeja de lana enredada. Anna sostenía una gran aguja de madera con la punta limada alrededor de la cual envolvía y enredaba la lana; las otras dos avanzaban con rapidez.

—Ha venido la prometida del baroncito Pietro —le susurró una.

—Pietro. Pietro, hijo mío. —Después, Anna preguntó—: ¿Es mi hijo? —Dejó el ganchillo en su regazo—. ¡Pietro! ¿Dónde está? —Y levantó sus ojos vacuos hacia Maria y su acompañante. Su mirada se detuvo después en su marido—: Vito... ¡Nooo!

El grito resonó en toda la casa. Inclinada hacia delante, Anna ocultaba la cara entre los brazos. No quería ver ni tampoco ser vista. Repitió el gesto, rápida, como si los brazos fueran las hojas de un gigantesco par de tijeras.

—¡Fuera, fuera, fuera! ¡No lo quiero aquí!

—¡Quiero presentarte a Maria Marra, la prometida de Pietro!

Va a casarse con nuestro hijo y quiere saludarte —dijo él, con una voz carente de emociones.

—¡Fuera, fuera! —gritaba ella.

—Ha sido Maria misma la que me ha pedido que la trajera a verte.

—¡Fuera, fuera! ¡Fuera, fuera, fuera...! —Las hojas de tijera que formaban los brazos se abrían y cerraban frenéticas, entrecruzándose—. ¡Fuera! ¡Fuera, fuera...! —Entonces Anna saltó del sillón como una jovencita e hizo ademán de lanzarse contra su marido. Una monja la agarró de los brazos, se los dobló y se los sujetó a la espalda. Las criadas, que habían acudido con el primer grito, apretándose contra la pared y casi invisibles en las sombras, se deslizaron hacia la puerta de entrada; retrocediendo y sin dar la espalda a su señora, cerraron la puerta en las narices a los otros parientes que se habían acercado.

Maria estaba muy tensa, tratando de entender el comportamiento de la madre de Pietro. De pie, con los brazos bloqueados a la espalda, ésta jadeaba.

—¡Ruido de llaves de hierro! ¡Ruido de cadenas! ¡Puertas cerradas! ¡Cierran las puertas! ¡Prisionera! ¡Encadenada! ¡Por orden de los Sala! Él, él entra, para él las puertas sí que se abren, él me quiere. ¡Me quiere, me quiere, quiere a Anna! —Y se retorcía; al final logró liberar un brazo. Respiraba con dificultad, no conseguía hablar. Sus ojos se movían en círculo, después se clavaron en su marido. Con el brazo libre se levantó las faldas. Enseñó unas enaguas de batista bordadas con volantes en los tobillos y una cinta atada en la cintura. Trataba de desatar el nudo sin conseguirlo. Jadeante, recorría con la mano la abertura de delante.

—¡Heme aquí, heme aquí, barón, lista! ¡Lista! —Con un rápido movimiento se bajó las enaguas y desveló el sexo, moviendo su cuerpo hacia atrás y hacia delante, carcajeándose—. ¡El barón! ¡Esto es lo que quiere el barón! ¡El barón! ¡Hijos! ¡Hijos de Anna!

En el silencio, se oyó la clara voz de Maria.

—Soy la prometida de Pietro, su hijo. —Se acercó—. Nadie quiere hacerle daño. Me llamo Maria...

Anna la miró, confundida.

—¡Una desgraciada, eso es lo que soy! ¡Una desgraciada! ¡Una desgraciada! —Luego, con una voz poderosa, añadió—: Una desgraciada... Daos prisa. —Se volvió hacia Maria—: ¿Y tú quién coño eres? ¿Qué te trae aquí? ¡La desgraciada eres tú! ¡Vete de esta casa! —De un tirón se soltó de las garras de las monjas y se dejó caer en el sillón, con las piernas abiertas, la falda aún levantada—. ¡Fuera, fuera, fuera! —continuaba, como si fuera una letanía, con la garganta seca, la voz ronca y aún potente, exhausta.

Las criadas la sujetaban contra el respaldo agarrándola por detrás, al tiempo que las monjas se echaban sobre ella y la inmovilizaban, mientras las alas blancas de sus cofias se agitaban como gaviotas y sus hábitos se balanceaban como un mar oscuro. «Fuera, fuera...», decía la voz cada vez más débil. Las monjas formaban ahora una muralla a su alrededor, dando la espalda a Maria y a Vito. Una cuarta monja, que había aparecido por una puertecilla interior, se les acercó y los acompañó al vestíbulo, cerrando la puerta tras ellos.

—Cuánto lo siento, hija mía. No sabe lo que hace. Está loca. Perdóname —murmuraba el barón.

—No es culpa de usted, la pobrecilla no entiende... —Maria apretó el brazo del anciano y volvieron hacia el salón, seguidos por los demás.

Detrás de la puerta, Pietro temblaba.

Al día siguiente de la visita, Pietro envió una nota a Ignazio Marra en la que le pedía hablar urgentemente con él, con su mujer y con Maria.

—¿A qué vendrá ahora esta historia de la notita? —preguntó Ignazio a Titina.

—A saber qué historia quiere contarnos. Lo importante es que no se le haya metido en la cabeza encerrarla en casa con todas esas monjas, ¡Maria se volvería loca! —concluyó su mujer.

Maria, al enterarse de la solicitud, permaneció imperturbable.

Pietro estaba conmocionado. Parpadeaba constantemente, como si tuviera un tic. Les explicó que, en opinión de los médicos que habían tratado a su madre, la enfermedad mental que padecía no era hereditaria. Empezó a sentirse enferma de los nervios antes de su nacimiento y nunca llegó a recuperarse. Desde entonces alimentaba una decidida aversión hacia su marido, que nadie conseguía explicar. Pietro estaba convencido de que el encuentro del día anterior había sido horrible para Maria. No podría culparla si ya no quería casarse con él y si se negaba a cuidar de su suegra después de la muerte de su padre. Ninguna de las hermanas la aceptaría en su casa y él se sentía en la obligación, con las ayudas necesarias, de atenderla.

—Para mí nunca ha sido una madre, en el sentido habitual de la palabra: nunca me tuvo en sus brazos, o simplemente jamás estuve a solas con ella en la misma habitación.

Pietro añadió que si Maria aceptaba, a pesar de todo, tomarlo como marido, pediría a sus suegros que le cedieran dos habitaciones en su casa, para Maria y para él, que naturalmente reformaría a su costa, de modo que pudieran alojarse con los Marra, en vez de en el palacio Sala, para las visitas a la familia.

Fue Maria la que contestó primero.

—Yo estaba al corriente de la enfermedad de tu madre por Carolina. Me había hablado de ello antes de que nos conociéramos, y después también. De manera que no tengo deseo alguno de pedirte que me devuelvas la libertad para casarme con otro. ¡Al contrario! Y estaría encantada si pudiéramos tener una habitación entera para nosotros en casa de mis padres.

La fecha de la boda se mantuvo.

16
Encaje de Bruselas

Cuando Titina tenía siete años, su madre Maria enfermó de difteria; fue eso lo que la mató, y no el coágulo que le causaba tanto dolor en una mama. Antes de morir, le pidió a su prima más querida, Matilde, que cuidara de la niña. Matilde se lo prometió; estaba muy unida a Titina y la había apoyado en el difícil periodo que precedió a su boda con Ignazio Marra. Titina le tenía mucho cariño e iba a verla todos los días, sola o con Maria, o con su hijo menor, Roberto.

Después del compromiso de Maria y Pietro, con una excusa u otra, Leonora pasaba más tiempo con los Marra y nunca dejaba de unirse a Titina y a Maria cuando iban a visitar a la tía Matilde. Maria pensaba que Leonora se sentía sola. Le daba más pena desde que su padre le había contado su historia.

Un día, Ignazio se demoró en el comedor mientras Maddalena recogía la mesa despacio.

—Maria, ven, tengo que decirte una cosa. —Esperó a que Maddalena se marchara, y luego comenzó a hablar con cierta reserva y en voz baja—. Veo que tienes mucho trato con Leonora. ¡Ten cuidado, no es una chica de quien pueda uno fiarse! No es culpa suya, sino de las circunstancias en las que creció. Ahora que estás a punto de casarte, debes aprender a conocer también el lado malo de las personas. Empezando por los parientes. —Se detuvo—. Que son los peores.

Le contó que Diego, el padre de Leonora, su primo hermano, en vez de estar agradecido por su puesto de secretario municipal, aspiraba al puesto de prefecto. Y movido por la ambición se había casado con Nike, una albanesa de Palazzo Adriano a la que no amaba, pero que era pariente de Francesco Crispi, con la esperanza —que al final resultó vana— de recibir el apoyo político del ministro. Pero Crispi le dio la espalda a Sicilia y a su gente, y después de su muerte, cuatro años antes, las relaciones entre los cónyuges habían empeorado; se rumoreaba que Nike había traicionado a Diego con un primo albanés. Él la obligó a abandonar la casa y a sus hijos, ella volvió sola a Palazzo Adriano. No se sabía si Leonora y Luigi mantenían el contacto con su madre. En Camagni se decía que Nike era una pelandusca y que Diego, a pesar de su mal carácter, era digno de lástima y admiración por la abnegación con la que se dedicaba a sus hijos, pero la gente no tardó en empezar a albergar dudas sobre él. Se había quedado en casa con Albertina, originaria de Romaña, a quien Nike había traído consigo desde Palazzo Adriano para cuidar a sus hijos; pero luego corrió la voz de que era su amante desde hacía tiempo y de que no soportaba ni a Leonora ni a Luigi. El padre de Diego odiaba a Crispi, a quien consideraba un traidor con respecto a Sicilia, así como un bígamo: después de que su hijo insistiera en casarse con Nike en contra de su voluntad y lo hubiera desheredado, se presentó como candidato por la derecha liberal, y salió elegido. A su muerte, lo dejó todo a las instituciones de beneficencia.

—Por mucha pena que nos den, Leonora y Luigi han tenido malos ejemplos en su familia, y les faltan buenos principios. Tu madre es buena y permite que Leonora venga a vernos cuando quiera. ¡Pero ándate con cuidado!

—¿Qué es lo que debo hacer? —Maria estaba preocupada.

—Debe estar en guardia con Leonora. ¡No le des demasiadas confianzas! —concluyó el padre.

Leonora seguía yendo a casa de los Marra y acompañando a Titina y Maria a ver a la tía Matilde, que vivía en un edificio junto al de los Tummia. Una tarde se hablaba del vestido que se pondría Maria en la boda religiosa: Titina tenía un velo de encaje muy corto, pero de excelente factura, ¿resultaría adecuado? Muy calladita, la tía Matilde se ausentó y volvió con una gran caja de cartón. Rechazando la ayuda de las demás, la abrió, y luego, con delicadeza, sacó el velo de encaje de Bruselas que perteneció a su madre: conservado en papel de seda, con hojas secas de laurel para protegerlo de la humedad, había permanecido intacto. Las mujeres se quedaron boquiabiertas: era largo y ligero, con un motivo de festones de flores y querubines. Leonora acarició el dobladillo con las manos y suspiró, luego miró a su tía con ojos lastimeros:

—¡Me gustaría mucho tener un velo como éste, pero nadie querrá casarse conmigo porque mi padre no puede darme una buena dote!

Nadie dijo nada; tía Matilde volvió a colocar cuidadosamente el velo en el papel de seda y luego invitó a Titina a reunirse con ella en su dormitorio, dejando a las muchachas solas. Leonora, avergonzada, en lugar de permanecer en silencio, siguió pinchando a Maria. Al hablar destilaba veneno, y casi no esperaba que Maria reaccionara. Era muy hábil en dejar caer aquí y allá indirectas sobre las costumbres de Pietro: «¡Ya se sabe que las chicas de Camagni siempre le han gustado!», «La mujer del alcalde, que lo conoce muy bien, dice que es un gran bailarín, ¡y que siempre la invita a bailar el vals! ¿Te lo ha contado Pietro?», «Dicen que lo que más le gusta es jugar a las cartas! ¿A ti qué te dice?». Maria palidecía, pero no replicaba. Leonora se extendía generosamente sobre el juego, y ella no entendía: los naipes le parecían un pasatiempo inocente. Cuando llegó el momento de regresar a sus respectivas casas, Leonora sacó un libro de su bolso y se lo dio a Maria; era para Filippo. Entre las páginas había una notita. Titina, que se había dado cuenta, lanzó un profundo suspiro.

Por la calle, del brazo de su madre, Maria pensó que Leonora no la quería. Sus palabras eran hirientes y no perdía oportunidad de zaherirla sobre su noviazgo. En casa, con lágrimas en los ojos, se desahogó con Maricchia. Se lo contó todo: Leonora insinuaba que Pietro tenía cien mil debilidades y que le sería infiel; además, la consideraba incapaz de ser la mujer de un hombre rico, culto y con conocidos importantes.

—Me falta valor para hacer lo que me dice mi padre, para excluirla de mi vida, para dejar de ser su amiga.

—Escúchame, Mimi. —Maricchia la había llamado con el diminutivo que para entonces ya sólo utilizaban su madre y Roberto. Le tomó las manos—. Vas a tropezarte con mucha gente envidiosa que tratará de hacerte daño y de que te sientas infeliz. Eres inteligente y curiosa: aprenderás a vivir junto a tu marido y a conocer su mundo. No permitas que personas como Leonora te arrebaten tu dignidad, tu valor y, en definitiva, la felicidad. Todo eso está dentro de ti: viene de sentirte en paz contigo misma. Procura hacer el bien a los demás y toma tu inspiración directamente de Cristo.

—Soy una chica de campo, ¿cómo voy a convertirme en una mujer adecuada para Pietro?

Maria estaba aterrada. Maricchia frunció el ceño:

—Él no parece preocupado. Lo conseguirás con su ayuda. —Maria no parecía tranquilizarse. Había bajado los ojos, que tenía fijos en el suelo—. ¡Tengo una idea! —La voz de Maricchia resonó de pronto más alta—. Seguro que los compañeros de Giosuè en la Academia Militar son jóvenes de buena familia, así que tendrá la oportunidad de conocer a gente de las altas esferas y de leer periódicos y revistas. Ya te enseña a ser maestra, ¡pídele que te escriba y te cuente lo que sucede en Italia y de lo que se discute en la academia y entre sus amigos!

Maria se sintió reconfortada. Giosuè, cuando se lo pidió, se mostró encantado de añadir esa tarea a las de maestro.

17
La boda

La caída de Roma del 28 de octubre de 1870, que provocó una profunda herida en el corazón de la Italia católica, se vio agravada veinte años después por el decreto de Crispi que estableció esa fecha como fiesta nacional. Las bodas preveían dos ceremonias separadas, que tenían lugar en días diferentes. La primera era la religiosa, seguida por las celebraciones tradicionales, en las que la novia, con velo, vestía de claro, mientras que en la boda civil, en el ayuntamiento, llevaba un vestido sobrio y elegante, a menudo negro, el color reservado exclusivamente para las mujeres casadas y las vírgenes de luto. El vestido negro, ceñido y decorado con lentejuelas, era para algunos también una elocuente demostración de la consumación de los esponsales, el equivalente a las sábanas nupciales tendidas bien a la vista; reforzaba la condición de mujer casada ante los ojos de Dios y del pueblo, y tenía también un fuerte valor simbólico: la joven recién casada aparecía vestida de luto ante las autoridades que habían ofendido a la Santa Madre Iglesia.

Fiel a su promesa, Pietro acondicionó a su costa, en los desvanes de la casa de los Marra, un apartamento que no quiso mostrar a Maria: sería una sorpresa. Discretamente, también hizo arreglar los tejados, en bastante mal estado. La adquisición de Fuma Vecchia se había completado y Pietro era su único propietario. Ignazio se había negado por razones de dignidad a que la propiedad fuera puesta exclusivamente a nombre de su hija, como Pietro quería, y también se resistió a la exigencia de que por lo menos fueran dueños ambos cónyuges. Pietro empezó inmediatamente las obras para rehacer la pequeña carretera.

Maria estaba muy ocupada y serena. Aunque las obras avanzaban lentamente, Pietro la involucraba en los preparativos de la casa de Girgenti. Era el momento de elegir las telas para las cortinas y las paredes, los muebles y los juegos de mesa, y además había verdaderas novedades: agua corriente caliente y fría, electricidad y calefacción central por medio de tubos llenos de agua caliente. Para los baños adoptarían el revolucionario sistema de cisternas de la fábrica inglesa Crapper. También había que escoger las nuevas lámparas de araña y decidir dónde situar los apliques. Pietro escuchaba con atención los comentarios de Maria y los respetaba. Estaba claro, con todo, que la atracción principal, para él, era la de los sentidos. A veces, mientras Maria tocaba el piano, Pietro se sentaba a sus espaldas. Una tarde, a Egle —que había asumido el papel de carabina cuando los prometidos estaban en casa— la llamaron de la cocina y se quedaron solos. Maria, que había seguido tocando, creyó notar al cabo de un rato la pesada respiración de Pietro, pero no tardó en dejarse llevar otra vez por el andante de *Libiam nei lieti calici* de *La Traviata.* Cuando acabó y dejó las manos suspendidas en el aire, como para descargar la energía, volvió a sentir su aliento, esta vez muy cerca: Pietro la había abrazado por la cintura y cubría de pequeños besos la escasa porción de hombro que emergía del escote del vestido veraniego. Ella trató de apartarse sin ofenderlo, para lo que intentó levantarse; él aflojó el abrazo y empujó el asiento hacia un lado con la pierna. Luego la abrazó con fuerza y fue dejando una estela de besos húmedos desde el cuello hasta la nuca. Maria sentía unas lánguidas cosquillas; Pietro insistía con la lengua en la nuca completando un movimiento circular y lento, y al hacerlo, le provocaba deliciosos escalofríos que la excitaban mucho. Hubiera querido que él continuara hasta el infinito. Pero Pietro fue más allá: hizo que se volviese y le besó los labios, suavemente y luego con más pasión: buscaba una abertura. Maria tuvo que esforzarse por rechazarlo. Él reaccionó abrazándola aún más fuerte y presionando contra su vientre. También eso le gustó.

Maria se quedó decepcionada por la ceremonia y la recepción nupcial, que tuvieron lugar a última hora de la mañana en la capilla y después en los salones del palacio Tummia. Los invitados, alrededor de sesenta parientes cercanos en total, no se mezclaban entre ellos. Las hermanas Sala iban vestidas de punta en blanco y enjaezadas de brillantes como si quisieran hacer hincapié en la diferencia de linaje y condición social respecto a los Marra. Los cumplidos de rigor a la novia, por su hermoso vestido de muselina blanca bordada con ramas de rositas de colores suaves y por el collar de perlas que le había enviado Pietro esa misma mañana, sonaban falsos. Carolina y Leonora no se esforzaban por contener su envidia. Tuvo la impresión de que sólo su familia y la gente de la casa, incluyendo a Giosuè —elegantísimo en su hermoso uniforme negro de cadete, con el cuello y las muñecas de color amaranto, y espadín incluido—, se sentían felices por ella y eran sinceros al desearle lo mejor.

Pietro no pudo contener la emoción durante la misa, pero por lo demás fue, curiosamente, una ceremonia sin lágrimas. Maria había atribuido el llanto de Pietro a la ausencia de su madre y le tomó de la mano y se la apretó con fuerza. Durante la recepción, él la miraba con avidez y ella, por fin casada, se sintió libre de corresponder a esa mirada.

Volvieron a casa de los Marra justo antes de la puesta del sol. Pietro tomó las riendas de la situación y rechazó la invitación a cenar de Titina:

—Leonardo y su mujer ya se han encargado de eso; nos retiramos, hasta mañana.

Y se llevó a Maria con él por las escaleras. Leonardo y Rosalia habían preparado sus habitaciones y los estaban esperando en la puerta; se marcharon después de felicitar a su nueva ama.

Maria notó que le vencía el ansia y vaciló antes de entrar. Sabía que las mujeres de la casa habían trasladado todas sus cosas al apartamento, y estaba preocupada: ¿dónde las habrían colocado? ¿Cómo iba a encontrarlas? Pietro estaba sosteniendo la puerta y ella cruzó por fin el umbral; después, él la condujo al vestidor: amueblado con armarios, tocador, mesita de café, dos sillones y un diván, parecía un saloncito; a través de la puerta de cristal de la terraza entraban chorros de luz. Pietro le señaló el baño, pero no la dejó entrar; impaciente, quiso mostrarle el dormitorio. Las primeras luces del ocaso —de un amarillo azafrán que iba oscureciéndose en rojo bermellón— se filtraban de través por los encajes de las cortinas y caían sobre la colcha blanca, reproduciendo sobre el algodón adamascado el motivo, deformado, del encaje de Cantù. Había algo suntuosamente teatral en aquella habitación. Maria notó que en el centro de encaje campeaban los mismos querubines abrazados de su colcha de soltera.

—¡Mira a tu alrededor! —la animaba Pietro; ciñéndole la cintura, la llevó a admirar las pinturas, las fotografías enmarcadas, los muebles de su antiguo dormitorio, las dos nuevas butaquitas junto a la pequeña mesa redonda, un gran armario para Pietro y las dos mesitas de noche. La mudanza se había hecho justo mientras se casaban. Conmovida, Maria se volvió hacia él y se aventuró a la primera caricia. Pietro detuvo su mano.

—¡Espera! —Y luego—: ¿Tienes hambre?

Maria asintió: por la mañana no había probado bocado, y en la recepción se había limitado a un trocito del pastel de bodas. Pietro la llevó a la terraza: rodeada de altos muros, parecía una habitación con el cielo como techo. En una mesa, había comida preparada y protegida por un velo de gasa. Maria hizo ademán de acercarse, pero Pietro la retuvo de nuevo tomándola por el brazo:

—Todavía no, primero dame una *vasata* como es debido, un beso.

La empujó contra la pared y le cubrió la boca con la suya. Fue larga, la *vasata;* se interrumpía y luego se reanudaba, a veces con pasión, como si quisieran desgarrarse, y otras veces con delicadeza, para consentir pequeñas pausas de mutuo descubrimiento a través de besitos húmedos en la cara, orejas y cuello. Hasta que Pietro se separó de Maria y se quitó a toda prisa la chaqueta, la corbata y la camisa, quedándose a pecho descubierto. Ya le había desabrochado el corpiño del vestido, pero los tirantes de la combinación se habían mantenido firmemente en su sitio, mientras que las mangas del traje nupcial se habían deslizado hasta la mitad del brazo, revelando los hombros rotundos y el arranque de los pechos. Maria sentía que se abrasaba, lo deseaba, pero no sabía cómo tomarlo. Podía sentirlo contra su vientre, pero no se atrevía a tocarlo. Pietro se separó de ella y recogió rápidamente sus cosas dispersas por el suelo.

—Vamos a desvestirnos.

—¿Dónde? —Maria, confusa y avergonzada, miró a su alrededor.

—En el baño encontrarás tus cosas... —Y Pietro se metió en el dormitorio, dejándola en la terraza.

La bata verde rameada de Madame Richter la esperaba colgando en el gancho junto al lavabo. Maria la retiró de la percha, convencida de que debajo estaría el conjunto *mariage* que había comprado con su madre. Pero no había nada. Miró en los cajones: estaban llenos de toallas. Entonces comprendió.

El velo había sido retirado de la mesa. Pietro la estaba esperando, bebiendo champán. Llevaba un batín con dibujos de cachemir en tonos marrones y verdes, muy masculino.

—¿Cómo sabías...? —dijo Maria, hermosísima, envuelta en la bata verde esmeralda, con un cinturón ciñéndole la cintura.

—Madame Richter es una vieja amiga... —contestó él, vago. Y prosiguió—: ¡Brindemos a *vasate!* ¡Empiezo yo! —Bebió, y luego dijo—: ¡En la boca! —Y le dio un beso con un chasquido, en los labios, que no resultó nada sensual.

Maria se rió, bebió ella también y dijo:

—¡En la barbilla!

—¡En mi garganta! —exclamó él después.

Y ella:

—¡En la nariz! —Y le besó la narizota.

Pietro llenó la copa de champán:

—Tu nariz es perfectamente clásica... ¡Mi mujer tiene el perfil de una diosa! —Y tomando la copa de las manos de Maria le dio un delicado beso en la punta de la nariz.

—Deberíamos comer algo. Se acerca la noche, ¡mira! —El cielo en lo alto estaba muy claro, casi blanco. A lo lejos, detrás de las cumbres de las colinas, empezaba a alzarse una secuencia de estelas luminosas que se alternaban con otras muy negras, estandarte de la noche. Pietro ofrecía a Maria los platos preparados, todo para comer con las manos. Le dio un *vol-au-vent* relleno de bechamel, un palito de pastaflora picante, aceitunas rellenas, canapés de *foie gras* y de caviar. Comieron bebiendo champán. Hasta que Pietro se levantó.

—¡Déjame ver si una diosa también tiene pechos! —E introdujo la mano en la bata de ella.

—¡Aquí no! —En un respingo de pudor, Maria la apartó de la bata.

Él no se lo tomó a mal. Siguieron bebiendo. Arrellanados en las butaquitas, tomaban granos de uva labrusca, redonda, pequeña, de piel amaranto ligeramente perfumada.

—«El aire no tiene ojos...» —dijo Pietro, y se desnudó—. Quítate el cinturón...

Y Maria se mostró, dejando que la bata se deslizara despacio junto con sus reticencias. De pie. Sentados. Tumbados en el sofá. Manteniendo sus cuerpos a distancia. Era un juego de ojos y de manos, fugaz y recíproco conocimiento táctil. Pietro estaba en cuclillas en el suelo.

—Ahora déjame ver dentro de ti.

Maria miraba la bata, tirada en una silla encima de la de él. Pietro le abrió las piernas. Acercó la boca. La besó. Introdujo la lengua y estuvo jugado un buen rato.

La despertó la luna. Estaba sola en la cama, con la boca pastosa de vino. Se tocó entera. Miró las sábanas, parecían limpias. ¿Qué había ocurrido? ¿Dónde estaba Pietro? Le echaba de menos. Lo encontró, en el vestidor, plácidamente dormido en el diván, con un chal indio como manta. Maria se acurrucó contra él. Pietro abrió los brazos para abrazarla, medio dormido.

—Te estaba esperando —murmuró.

18
Maricchia piensa

Maricchia sufría de insomnio. Sentada en la cama, rezaba muy estirada. Era su manera de respetar a Dios: la edad, así como la ciática, no le permitían arrodillarse como hubiera debido.

Ahora que Maria se había casado, era Giosuè quien, entre los Marra, ocupaba sus pensamientos. Y Maricchia rezaba por su futuro. Se daba por descontado que, una vez que saliera de Camagni para el continente, el joven regresaría a su pueblo y no volvería a pisar Sicilia. Era un chico muy bueno, generoso, alegre. Ella veía poco y él le leía el Antiguo y el Nuevo Testamento casi todas las noches, hasta el punto de que se había aprendido de memoria los Salmos y la mayor parte de los Evangelios. Podría pasar por un cristiano, de lo mucho que sabía.

Giosuè se mostraba deseoso de disfrutar de la vida. Maricchia estaba segura de que desde los catorce años él y Carlo Tummia, hermano mayor de Carolina, acudían al burdel de Camagni Bassa. Giosuè ganaba dinero trabajando en su tiempo libre para el rector del Colegio Menor Nacional: al principio transcribía en limpio sus cartas, más tarde, después de haber demostrado habilidades y dedicación, se había convertido casi en una especie de secretario. También ayudaba a Ignazio, que le pagaba sólo cuando recibía dinero de sus clientes, es decir, en raras ocasiones. Giosuè le confiaba a él sus ahorros: «De lo contrario», explicaba avergonzado, «me lo gastaría todo en tonterías». Parte de ese dinero se destinaba a las mujeres de vida alegre: ella se daba cuenta cuando, antes de salir hecho un pincel, le pedía la misma cantidad, con cara contrita y ojos lascivos en los que brillaba la anticipación del placer. Maricchia no podía imaginarse el placer del sexo, ni siquiera el de tocarse las partes bajas, como hacían las chicas del convento. Estaba contenta de ser virgen y de vivir con los Marra, entre quienes se sentía parte de la familia, protegida y libre de seguir su propia religión.

Tonino Sacerdoti, Ignazio Marra y Carlin Malon —el hermano mayor de Maricchia— estaban unidos por una profunda amistad, nacida en la época del desembarco de Garibaldi en Marsala. Carlin y Tonino formaban parte de los Mil y conocieron a Ignazio en Sicilia. Carlin se había quedado en Palermo para ayudar al pastor Giorgio Appia, que había recibido del moderador de la Mesa Valdense el encargo de fundar una misión en Palermo. Su objetivo era establecer una escuela, y por eso ella, recién diplomada, y otras tres maestras de Torre Pellice llegaron a Sicilia. Ignazio se encargó de obtener los permisos para abrir la escuela; Tonino, profesor de primer ciclo, les había ayudado a preparar el programa de estudios y, gracias a un primo anticuario, había encontrado locales lo suficientemente grandes para instalar la escuela, su vivienda, y una sala adecuada para el culto.

La escuela valdense había sido un éxito: se enseñaba en italiano, el idioma del nuevo reino, desconocido para la mayoría de los sicilianos. Los niños aprendían rápidamente y estaban contentos; las madres no tardaron en pedir también clases de italiano, que Maricchia impartía por las tardes, sin perder la oportunidad de mencionar también discretamente el credo de Valdo. Palermo, en aquella época, estaba abierta a todos, incluyendo las creencias cristianas no católicas. En 1871 subió al púlpito de la Mesa Valdense de Palermo uno de sus parientes, Teofilo Malon. Carlin, que se había casado, se trasladó a Grotte, un pueblo del interior no muy lejos de Camagni, donde se habían establecido otros valdenses, por invitación del ex sacerdote Stefano Dimino, tras convertirse en seguidor de Valdo. Maricchia lo siguió: cuidaba de sus sobrinos y seguía dando clases. En aquella época, el padre Luigi Sciarratta —el cura de Grotte al que los otros sacerdotes, y no el obispo de Girgenti, habían nombrado arcipreste— provocó un cisma al enfrentarse con el obispo y fue excomulgado. Mientras tanto, el culto valdense se había afirmado lo suficiente para hacer necesaria la construcción de una auténtica iglesia y de una escuela para niños y adultos, a la que asistían mineros y trabajadores. Fue un periodo feliz para su familia y de expansión de su fe.

A finales de los años ochenta se sucedieron varias catástrofes: una hambruna, el derrumbe de una mina en el territorio vecino de Sutera, el empeoramiento de las condiciones de los mineros. El pueblo se vio estrangulado por la pobreza y por las discordias internas. Una oleada de cólera diezmó a la familia Carlin dejando a Maricchia sola con su sobrina más joven, Egle. La comunidad valdense, sin el apoyo de la municipalidad ni la protección del Estado, sufrió el ataque del clericalismo católico. Ni una sola voz se alzó en su defensa. Los valdenses fueron acusados incluso de ser los propagadores del cólera. Los alumnos católicos se retiraron de la escuela, que tuvo que cerrar; quienes se ganaban la vida como vendedores ambulantes se encontraron sin mercancía ni clientes. Muchos, entre ellos Maricchia y Egle, se quedaron sin un techo: no tenían nada que llevarse a la boca, y se reunían donde podían, en los umbrales de las casas y en los patios. Un abogado amigo de Carlin logró que las acogieran en el monasterio benedictino, donde fueron separadas de inmediato: Maricchia con las conversas y Egle en el orfanato, ambas destinadas a la conversión. Fue allí donde se la forzó a cambiar su nombre, Mara, por el de Maricchia, que ya se le quedó para siempre. Muy infeliz y alejada de su sobrina, cayó enferma: rechazaba los alimentos y el agua. El abogado escribió a Ignazio, le habló de las dos desgraciadas y le pidió ayuda. Fue Titina, casada y embarazada a sus catorce años, quien sugirió a su marido acogerlas en su casa: ella no tenía madre y Maricchia la ayudaría a cuidar a la criatura que llevaba en su vientre, mientras que Egle sería como una hermana mayor.

Maricchia rezaba por la felicidad y el bienestar de los Marra, ahora que Maria los había dejado para emprender una nueva vida de casada. Desde hacía varios meses corrían aires extraños por la casa. Circulaba poco dinero, y se hacían más economías que en el pasado. Maricchia se había traído consigo muchas recetas de la tradición valdense, una cocina pobre, muy apreciada por los Marra, que la hacía sentir como en casa: entre ellas, el budín de pan duro y la *mustardela,* un embutido a base de vísceras y despojos, al que se añadía vino tinto y especias que a los chicos les volvía locos.

Ignazio iba a menudo a Palermo, donde pasaba mucho tiempo, alegando razones de negocios. Titina estaba pensativa. A Maricchia le hubiera gustado saber más para ayudarla. Agradecida por la hospitalidad y por poder seguir practicando su fe, se consideraba afortunada en su inusual posición de amiga-criada, destinada, junto con Egle, a la virginidad perpetua, con el alivio de la certeza de que los chicos de la casa siempre la respetarían.

¡Pobre Maria! Maricchia, gran observadora, entendía muchas cosas y decía muy pocas. Entre el hogar de los Marra y el de los Tummia había diferencias y celos, pero también una relación de solidaridad a través de un continuo intercambio de provisiones. Los Tummia les mandaban cestas de verdura y fruta, huevos, pollo, almendras y trigo y recibían de los Marra dulces, galletas y hierbas de cocina. El flujo de información de sus respectivos amos, que pasaba a través de las personas del servicio, resultaba veraz en general. Maricchia estaba al tanto de cuanto ocurría en casa de los Tummia: se enteró de inmediato del enamoramiento de Pietro. A los Marra les había venido muy bien conceder la mano de su hija a Pietro Sala, porque era rico. Maria había tomado un marido mayor que su madre con los ojos cerrados, o casi. No como Titina, que a sus trece años se encaprichó de Ignazio y lo sedujo, aunque éste ya pasaba de los cuarenta y era un apuesto y famoso *fimminaru,* un donjuán. Maricchia se quedó pensando... Y sus pensamientos la hicieron sonrojar.

19
Luna de miel

El vapor, la joya de la corona de la Compañía de Navegación Italiana, nacida de la fusión entre una sociedad siciliana y una sociedad genovesa, estaba saliendo del puerto. Pietro y Maria eran los únicos pasajeros que no contaban con una multitud de espectadores en el muelle para despedirlos. A petición de éstos, nadie de la familia los había acompañado y habían preferido dormir en el hotel en lugar de con los tíos Savoca. A pesar de todo, el Isotta Fraschini que los condujo al vientre del vapor —con Leonardo y su mujer Rosalia muy estirados en el asiento delantero— les había granjeado un momento de fama, acompañado de palmas.

Desde el puente de los pasajeros de primera clase, Maria observaba la multitud desordenada y vociferante que se iba empequeñeciendo en el muelle mientras el vapor se adentraba en el mar. Para ella todo era nuevo.

Le parecía que era Palermo, y no el vapor, lo que se estaba alejando, y tenía la mirada fija en los campanarios. Las cúpulas de las iglesias y de los oratorios se diferenciaban entre sí en tamaño y decoración. Muchas estaban revestidas de losetas blancas, verdes, rojas, negras y amarillas, dispuestas en dibujos imaginativos y muy hermosos, de dos o más colores, en forma de espiga, en relieve, en franjas. Maria se percataba de que los tejados de Palermo tenían tejas de color rojo, gris, amarillo y ladrillo; eran alegres en comparación con los de Camagni, invariablemente grises o de un rojo desteñido. Entre los tejados antiguos destacaban las cúpulas de los nuevos teatros, en particular la del teatro Massimo, baja y alargada, de un tornasolado azul verdoso, solitaria en la plaza creada a propósito. Pietro iba señalando a Maria los diferentes edificios y comentaba las fachadas, los nuevos jardines de la ciudad moderna, las calles abiertas para la Exposición Nacional, los edificios modernistas de los nuevos barrios fuera de Porta Maqueda. Además de contarle a quiénes pertenecían y cuándo se construyeron, refería anécdotas e historias interesantes. Maria le escuchaba admirada. Palermo carecía de un museo arqueológico donde exponer las maravillas halladas en Sicilia, mientras que en París, Londres y Berlín, donde había estado con el tío Giovannino para reunirse con los comerciantes de azufre, se habían construido museos monumentales y modernos para exhibir los hallazgos adquiridos en el curso de los años.

—Son nuestros, los sacaron de aquí, de nuestra tierra, a menudo sustrayéndolos. ¡Ellos sí que los aprecian! Nosotros, en cambio, los guardamos en viejos conventos e incluso en cajas de madera y de cartón, en el interior de seminarios en desuso. Si nuestra colección sigue enriqueciéndose, me gustaría donarla al Estado por el bien de todos... a condición de que tenga una sede digna. —Luego miró a Maria—: En caso contrario, podremos disfrutar de ella en nuestros salones, aunque los abriremos al público. Conocer y admirar objetos hermosos contribuye al bienestar del alma humana. La belleza es un elemento fundamental de la vida, es necesario compartirla.

Maria cerró los párpados, conmovida por la generosidad y la sensibilidad de Pietro. Le gustaba tenerlo a su lado, y sentir que era suyo, allí en el barco de vapor que se alejaba de Palermo para llevarla al continente.

Leonardo había reservado una mesa para los dos en el restaurante y había subido al puente para avisarles de que la cena estaba lista. Palermo se veía cada vez más pequeña. Las gaviotas abandonaron el barco alzándose en amplios giros de despedida. Maria, con los codos en la barandilla, contemplaba el atardecer. Su mirada hechizada pasaba de la masa benévola del Monte Pellegrino y el círculo de montañas que protegía la ciudad —severas como caballeros sin cabeza y envueltas en capas oscuras, se recortaban contra el cielo deslumbrado por el sol poniente— al mar plano y reluciente por el que se deslizaban ligeras las embarcaciones de los pescadores que se adentraban en las aguas. Pietro despidió a Leonardo con un movimiento de cabeza: ya comerían más tarde en el camarote. Abrazado a la espalda de Maria, tenía las manos en sus caderas, y éstas, secundadas por la oscilación del vapor, se deslizaban poco a poco hacia su vientre.

El camarote estaba listo para recibirlos; junto a la ventana había una mesa preparada desde la que se disfrutaba de la vista completa del mar.

—Habrás notado que no he mantenido mi palabra de proporcionarte un piano en todas partes, pero aquí resultaba imposible. —Pietro sonrió. El mar brillaba como carbón húmedo y se confundía con el cielo estrellado; una única vez se cruzaron a distancia con otro barco de luces parpadeantes. Maria miraba hacia fuera, fascinada incluso por aquel mar oscuro. Durante la cena, Pietro le preguntó si quería enviar un telegrama a sus padres.

—No, gracias —contestó ella, y luego le explicó, avergonzada—: Me siento muy feliz. No les echo de menos.

Nápoles se anunciaba desde lejos. Maria permaneció en la cubierta durante todas las operaciones de atraque. Estaba emocionada. Rebosante de plazas, obeliscos, iglesias, calles, teatros, palacios y tiendas, Nápoles era una ciudad internacional que atraía a visitantes de todo el mundo. Maria vio allí por primera vez gente de razas diferentes y con ropas exóticas: chinos de largos bigotes, persas con turbantes y caftanes largos, árabes vestidos de blanco, mujeres con vestidos rematados por anchos pantalones, indias envueltas en ropajes drapeados que las cubrían de pies a cabeza. Y muchos turistas europeos. Oía idiomas muy diferentes a los que conocía. Pietro había estudiado en Nápoles, en el internado de Nunziatella, y había mantenido sus amistades juveniles. Maria fue invitada a grandiosos palacios, comió en mesas decoradas con platería y porcelanas finísimas, y —casi siempre— se sintió incómoda a causa de sus sencillas ropas. Pietro parecía haber olvidado que, antes de la boda, le había declarado que tenía la intención de llevarla a las modistas más elegantes de Italia. La observaba atentamente mientras ella elegía lo que ponerse y nunca perdía una oportunidad para felicitarla, como por lo demás hacían también los anfitriones y sus mujeres, pero no le daba consejos. Maria estaba muy sorprendida.

Los días habían adquirido su propio ritmo. El hotel parecía un palacio real y ellos disponían de un apartamento de lujo con una sala de estar y un pequeño comedor. Los pasillos eran largos y estaban cubiertos de gruesas alfombras, con sofás y sillones en los entrantes; en cada descansillo había grandes jarrones de porcelana con maravillosas composiciones florales, cada una distinta de las demás y en sintonía con todas. Por la mañana tomaban el desayuno en la habitación, después Maria tocaba el piano que había sido colocado en la sala de estar. A veces Pietro la escuchaba leyendo el periódico, otras veces salía a hacer compras o a ver a alguien. Comían juntos, de vez en cuando con los amigos de Pietro, y luego hacían una escapada por la ciudad o a lo largo de la costa en automóvil. Volvían al hotel para la siesta, que se convertía en una lección de erotismo.

Durante una de esas tardes Pietro, agotado, estaba apoyado contra la cabecera de la cama, con una mano en el vientre de Maria, acurrucada junto a él, y la otra descansando distraídamente en un pecho. Había alquilado un palco en el teatro San Carlo para la representación de *Lucia di Lammermoor* y le estaba diciendo que el estreno absoluto de esa ópera fue precisamente en el San Carlo.

—Perfecto —murmuraba, rozándole los pezones, y añadió—: ¿Te gustaría visitar a una modista especializada en vestidos de noche para la ópera?

Ella cerró los párpados en señal de asentimiento, buscándolo a tientas. Agradecía el tacto con el que Pietro le hacía sus sugerencias, y su oportunidad: ahora estaba lista para valorar su propio cuerpo.

El atelier Stassi se hallaba en el interior de un palacio noble, habitado por sus propietarios; Pietro le explicó a Maria que era costumbre de los nobles napolitanos alquilar a comerciantes los locales y viviendas de sus palacios. El atelier pertenecía a dos hermanas que habían heredado la actividad de sus padres; por el modo en que recibieron a Pietro era evidente que se conocían desde hacía mucho tiempo, aunque no quisieran darlo a entender. A Maria no le importaba: sabía y aceptaba que su marido había tenido amistades femeninas.

Las modistas le enseñaron diferentes modelos. Maria se probó algunos, pero no le gustaron ni a ella ni a Pietro. Se sentía incómoda con los bordados y la riqueza de las telas.

Luego trajeron un maniquí con un vestido drapeado azul pálido, ligero. Sin mangas, era de tul de seda bordado con un patrón de hojas y tulipanes de perlitas enhebradas con un hilo de oro. El escote delantero era de pico, muy profundo; el de detrás, también de pico, le llegaba hasta la cintura. El vestido tenía una serie de ojales a través de los que pasaban dos cintas azules que arrancaban en la espalda, se cruzaban en el busto haciendo resaltar los pechos y las caderas, y acababan en un nudo, sobre las posaderas, que lo sujetaba todo. A media cadera arrancaban unos paneles triangulares acampanados, bordados también —dos delante y dos detrás—, ligeramente en punta. El dobladillo estaba rematado por un estrecho galón, del que caía una franja de cuentas, la última de oro puro.

La costurera desató la cinta y con unos cuantos gestos retiró el vestido del maniquí, revelando la combinación en tafetán de seda.

—¿Desea probárselo?

Las hermanas Stassi ayudaron a Maria a meter los brazos en la sisa y luego la guiaron mientras se envolvía el tul alrededor del cuerpo, prestando atención para que se le adhiriera bien y las cintas se entrecruzaran del modo adecuado.

Se miró satisfecha en el espejo. Los tirantes de la combinación, por mucho que tratara de ocultarlos, quedaban siempre a la vista. Las dos hermanas se miraron la una a la otra, después se volvieron hacia Pietro y estudiaron de nuevo a Maria. Le pidieron que se moviera, que se sentara, que se mirara en el espejo.

A pesar de los tirantes de la combinación, Maria se sentía muy cómoda con ese vestido, y se gustaba. Pero había algo que no acababa de cuadrar, lo leía en el rostro de Pietro y en los de las modistas. La mayor, una señora anciana de rasgos delicados y quevedos, sugirió:

—¿Por qué no prueba a ponérselo tal cual es, sin nada...?

Maria, completamente ruborizada, abrió los ojos de par en par:

—¿Sin nada debajo?

—¿Probamos? —le invitó la segunda.

Pietro, hundido en la butaca, la observaba pellizcándose la barba. Al final la animó a que lo intentara. Ella se metió detrás del biombo, seguida por la más joven de las hermanas Stassi. Cuando salió, el vestido de noche se le adhería al torso como una segunda piel.

—¡Magnífica! —exclamaron al unísono las dos modistas.

Pietro no dijo nada, tenía los ojos clavados en su mujer. Maria se detuvo frente al espejo de tres puertas que multiplicaba su imagen reflejada. Ya no sentía vergüenza alguna: sabía que estaba muy hermosa.

Maria no había entrado nunca en el palco de un verdadero teatro de ópera. El Teatro Social de Camagni tenía dos filas de palcos separados por reservados que parecían barandillas, y amueblados con cuatro sillas estrechas, en dos filas, para las damas. Los otros ocupantes se hacinaban de pie al fondo. Las raras ocasiones en las que sus padres la habían llevado a ver un espectáculo se habían sentado en el patio de butacas. Pietro se sentía muy cómodo en el San Carlo. Había conseguido su palco de proscenio favorito: amplio, amueblado con sillones confortables, con un saloncito en la parte de atrás. Maria llevaba el vestido comprado a las hermanas Stassi. Había sido fácil «montarlo», incluso sin la ayuda de Rosalia; Maria, tímida, había preferido hacerlo sola.

—¡Mírate! Estás preciosa. ¡Disfruta y haz disfrutar a los demás de tu belleza! —dijo Pietro, mientras ella cogía la estola y el neceser de oro, antes de salir de la habitación.

Maria estaba emocionada, confundida. El vestido le sentaba

muy bien, pero ella, sin nada debajo, se sentía impúdica. Como si le hubiera leído el pensamiento, Pietro se detuvo ante ella.

—¡Cierra los ojos! —Y le colocó un collar—. ¡Ahora ya estás lista! Mírate otra vez.

Una hilera de brillantes de color rosa le ceñía el cuello. Maria se sintió por fin «vestida» y cómoda.

Pietro la conducía por el esplendor de la sala, que había sido y sigue siendo una perla del teatro musical europeo. Le señaló el palco real. Estaba vacío. «La familia real está en la parte trasera, en el refrigerio», y siguió enseñándole los palcos que pertenecían a las grandes familias napolitanas, desgranando nombres, apellidos y la historia de sus linajes. Maria lanzaba de vez en cuando una fugaz mirada al palco real, que seguía vacío. Después, el silencio. La orquesta había dejado de afinar sus instrumentos. Los músicos estaban en su sitio, con los arcos en las manos, los violines en los hombros, los violonchelos entre las rodillas. Cuando, entre aplausos, el director de orquesta subió los escalones del podio, Maria se estremeció.

Como un espectáculo dentro del espectáculo, el rey y la reina aparecieron entonces por el fondo del palco, en medio de un silencio absoluto. No se oía una sola respiración, ni una tos. Con un crujido de faldas y un repiqueteo de pasos, las damas y los gentilhombres de la corte se dirigieron cada uno a su sitio. Luego, al unísono, se pusieron todos de pie y se quedaron inmóviles: los espectadores, la orquesta y la familia real. Pietro ayudó a Maria a levantarse y le apretó la mano. Ella miraba a su alrededor. En los palcos, las mujeres, con vestidos de noche ricos y escotados como el de ella, hacían alarde de sus joyas. Los hombres, detrás de ellas, en frac con pechera y corbata blanca, parecían pingüinos muy estirados. Desde el foso de la orquesta ascendían las notas del himno nacional.

Durante el primer intermedio, Maria quiso permanecer sentada para disfrutar del público. Cada palco contaba una historia. En su fila había sobre todo parejas ancianas y hurañas: los hombres —enclenques o robustos, todos muy respetables— estaban sentados con aire de resignación, mientras sus mujeres, muy enjoyadas, con los binoculares en la mano, escrutaban al público. En otros palcos había un gran movimiento de jóvenes: muchachas frescas y sonrientes se asomaban al borde para llamar a un amigo, mientras que los chicos, por detrás de ellas, hacían gestos de complicidad a distancia a sus conocidos. En los palcos de la última generación de nuevos ricos el brillo de las joyas era deslumbrante.

Maria miraba, miraba, miraba, con los ojos relucientes, las mejillas encendidas. Sonreía a la vida.

Alguien llamó a la puerta. Pietro se levantó para ir a ver quién era, la rigidez de sus pasos denotaba su irritación. Después hubo saludos y risas.

—Te presento a Pasquale De Sanctis, un querido amigo y compañero de universidad. Es un gentilhombre de la corte.

De Sanctis, dirigiéndose a Maria, le habló con suma cortesía:

—Su Majestad la Reina se ha fijado en vos y desea conoceros.

Pietro estaba a punto de estallar de orgullo.

—¡Vamos, Maria! —Ella estaba confundida.

El otro vino en su ayuda:

—Su Majestad ha preguntado: «¿Quién es esa hermosa dama tan elegante?». Entonces he reconocido a Pietro a vuestro lado, sabía que ibais a venir a Nápoles durante la luna de miel, y aquí estoy.

20
Una luna de miel dichosa que corre el riesgo de acabar mal

Pietro había organizado la luna de miel alternando periodos en los que se desplazaban solos en automóvil, visitando pequeños pueblos y disfrutando del paisaje campestre, con estancias en las grandes ciudades, donde se reunían con amigos y conocidos. A Maria le gustó mucho el viaje en automóvil —el primero de su vida— de Nápoles a Roma. Se paraban en hotelitos y posadas, comían platos locales sencillos pero sabrosos y daban largos paseos a pie. Le gustaba observar lo fácil que le resultaba a Pietro comunicarse y hacer que los demás se sintieran cómodos, incluidos los más humildes. Pietro trataba a todos con amabilidad, cortesía y respeto, aunque, cuando se ponía nervioso, no se mordía la lengua.

Maria no había tenido aún la oportunidad de apreciar los profundos conocimientos de Pietro sobre las terracotas y la joyería griega y romana. Pero él había incluido en el itinerario lugares en los que habían sido hallados algunas de las piezas antiguas que formaban parte de la colección de los Sala, y ahora le enseñaba cómo se observaba un ánfora, qué buscar en ella y cómo apreciarla y disfrutar. Como auténtico erudito, llevaba consigo algunos textos que consultaba a menudo, y la animaba a leerlos, pero sin presionarla. Caminar por el campo era para Maria una novedad absoluta: los Marra no poseían tierras y las raras vacaciones en casas de parientes no incluían ese tipo de excursiones. En Paestum, Pietro la guió por la zona arqueológica, unas veces a paso lento, otras a un ritmo mayor; los «cascajos» que él recogía se convertían, después de haberlo escuchado, en objetos sugerentes y dignos de estudio, con una historia detrás. Le contó que algunos años antes se había pasado las tardes tratando de encajar los trozos de un ánfora de cerámica negra con dibujos rojos hallada a ras de tierra y excavando, y que al final fue capaz de recomponerla.

Respetuoso con los deseos de Maria, había planteado el viaje de manera que pudiera disponer de algunas horas para ella misma al piano; la involucraba en la organización de cada jornada y le pedía su opinión antes de tomar decisiones que la afectaban. A Maria le gustaba estar a solas con Pietro; cada día se iban conociendo más y mejor. Pero él amaba la vida social y urbana, las conversaciones brillantes y toda forma de belleza. Y le gustaba exhibir a su hermosa mujer, especialmente después del encuentro con la familia real en el San Carlo.

El Isotta Fraschini estaba a las puertas de Roma. Soplaba una brisa fresca. Sentada en el asiento trasero, Maria buscaba protección bajo una gran estola de castor, abrazada a Pietro. Bastaba esa cercanía para excitar a su marido. Maria le dejaba hacer. Luego, cuando llegaba el momento, él le tomaba la mano y se la acercaba.

—¿Qué te gustaría ver en Roma? —le preguntó por sorpresa, en un momento en que ella no pensaba en otra cosa más que las pequeñas y frecuentes oleadas de placer que le acariciaban el cuerpo subiéndole hasta la cabeza.

—El Coliseo y la basílica de San Pedro —respondió ella rápidamente, algo desconcertada.

La contentó de inmediato. Leonardo recibió la orden de aparcar enfrente de la entrada al Coliseo. Guardianes y transeúntes rodearon el Isotta Fraschini permitiéndoles recorrer el anfiteatro sin que nadie los molestara. Lo mismo ocurrió en el Vaticano. Tanto la basílica como el Coliseo decepcionaron mucho a Maria precisamente por su rasgo más distintivo: la grandiosidad. Se sentía perdida. Avergonzada, no dejaba de escuchar a Pietro mientras leía la guía en voz alta, sin un bostezo. Pero tampoco él parecía muy interesado. Después de las dos visitas, Pietro sugirió ir directamente al hotel para comer y descansar.

En la mesa, Maria estuvo silenciosa.

—¿Estás cansada? —le preguntó él.

—No. Pero la basílica y el Coliseo me han defraudado, son construcciones demasiado grandiosas para mi gusto. Prefiero otras más pequeñas.

—No sabes cómo me complacen tus palabras, ¡yo los detesto! Frente a la *grandeur* de edificios levantados para intimidar al pueblo prefiero una joya del tamaño de una uña, fruto de meses de trabajo. —Pietro le tomó la mano y le dio un beso—. ¡Me hubiera casado contigo sólo por este comentario! Venga, vámonos a la habitación.

A diferencia de Nápoles, Roma albergaba a muchos sicilianos, junto con mucha otra gente del sur. Algunos se habían trasladado a causa de sus estudios universitarios y habían encontrado trabajo allí, muchos eran empleados de dependencias estatales, otros formaban parte de la corte de los parlamentarios, dispuestos a recoger migajas o contratos sustanciales y oportunidades de ganancias. Roma había crecido enormemente desde 1870, y los nuevos barrios residenciales eran muy interesantes. Leonardo los llevaba a recorrerlos y Maria, desde el asiento trasero, disfrutaba de todo lo que veía como desde un palco de la ópera.

Pietro había quedado para comer en la Casina Valadier con otra pareja de recién casados, Angelo y Emilia Formiggini. Se trataba de un viejo amigo editor y de su esposa, una mujer muy culta. Mientras subían al Pincio, Pietro le contó con una suerte de orgullo ajeno que Emilia no sólo tenía una licenciatura, sino que estaba a punto de obtener una segunda. Maria quedó consternada. Las palabras de Leonora antes de la boda —«¡Con los amigos de tu marido finge ser intelectual y culta, no le hagas quedar mal!»— no dejaban de resonar en su cabeza.

Nunca estaría a la altura de esa pareja, se atrevió a confesar a Pietro casi temblando.

—Entonces yo, que dejé los estudios a los diecisiete años, ¿qué debería decir? —le respondió él—. Soy un autodidacta, y no me da vergüenza. Tú eres mucho más culta y madura que muchas veinteañeras diplomadas y licenciadas. En cualquier caso, la ignorancia no es un pecado. Se vuelve tal para quienes insisten en seguir siendo ignorantes. Lo cual no es nuestro caso.

Angelo Fortunato Formiggini procedía de una familia de banqueros ricos y era coetáneo de Pietro; su mujer, Emilia Santamaria, era más joven. Ambos tenían la intención de profundizar en sus estudios. Él confesó, delante de los platos que acababan de servirles, que acariciaba un gran sueño: creía en la fraternidad humana, en la superación de las divisiones y barreras entre los hombres en el ámbito ético, religioso, social y político, y se había licenciado con una tesis sobre los elementos que tienen en común los arios y los judíos. Era necesario informar a los nuevos lectores sobre las confesiones religiosas —«¿Quién sabe lo que es el taoísmo?»—, conferirle dignidad filosófica al ateísmo y ofrecer al judaísmo una profundización que refutara todas las trivialidades pequeñoburguesas. Después de su militancia en la asociación estudiantil Corda Fratres —dijo— se había unido a una organización de inspiración masónica y cosmopolita, Lira e Spada, de la que se había convertido en maestro. Angelo se alisó sus cuidadísimos bigotes; tras su ancha y sobresaliente frente se advertía un apasionado fermento de ideas. Se puso serio, se quedó mirando a los comensales y declaró:

—Como buen judío, creo firmemente que una carcajada puede resolver muchas situaciones. —Los otros tres rieron junto con él.

Angelo tenía intención de obtener una segunda licenciatura en Filosofía en la Universidad de Bolonia, con una tesis sobre la filosofía de la risa, y como editor quería poner en marcha una colección llamada «Clásicos de la risa». Angelo y Pietro compartían el mismo sentido del humor, y juntos lo sublimaban.

—Soy un vago en comparación contigo —decía Pietro—, pero creo que he conseguido todo lo que quería, incluida esta mujer maravillosa; me contentaría con añadir más joyas a mi colección de antigüedades: para enriquecer la colección y ser glorificado por la belleza de Maria.

Angelo se rió:

—No te creo..., ¡excepto en lo referente a la pereza! ¡De eso puedo dar testimonio! Pero eres también uno de los hombres más divertidos que conozco, ¡tus ocurrencias merecerían ser recogidas en un libro!

Maria aceptó la propuesta de Emilia de salir juntas al día siguiente. Entre las dos mujeres nació una profunda amistad, recíprocamente beneficiosa. Emilia era atenta, discreta, pero también generosa con su persona y sus conocimientos: cuando Maria le dijo que le hubiera gustado ser maestra, se mostró entusiasta.

Los Formiggini tenían casa en Roma, pero su residencia principal estaba en Módena, sede de las actividades bancarias y del comercio de piedras preciosas de la familia. Se despidieron con la promesa de que los Sala irían a Módena como invitados suyos.

Un pariente de Pietro que vivía entre Roma y Palermo les acompañó a visitar el palacio de Montecitorio, transformado en sede del Parlamento por un arquitecto siciliano, Ernesto Basile, el mismo que había diseñado la villa del tío Peppino Tummia. Maria nunca había estado entre tantos hombres elegidos por otros hombres para gobernar la nación y también para decidir sobre el bien de las mujeres, consideradas incapaces de discernir y, por lo tanto, de votar. Los políticos que conoció eran engreídos, arrogantes, teatrales o excesivamente obsequiosos. Hablaban en voz baja como para dar a entender que estaban revelando información confidencial y, a continuación, levantaban la voz para declamar frases pronunciadas más para los oídos de los demás que para los de Pietro y Maria. Se consideraban una casta aparte, y estaban desprovistos de ironía.

A Maria todos le parecieron gente de lo más extraña hasta que se unió a ellos el diputado que representaba a Camagni: un príncipe palermitano. Tenía maneras de gran señor y había empezado a hablar de las excavaciones arqueológicas de Girgenti, porque sabía que el tío de Pietro y el inglés Hardcastle se contaban entre sus principales financiadores. Escuchaba y mostraba interés en lo que decían. Amabilísimo con Maria, se la llevó a dar una vuelta contándole la historia del palacio renacentista y señalando las intervenciones arquitectónicas de Basile. En el momento del besamanos, le susurró:

—Yo conocí a vuestro padre hace años. Una buena cabeza y un hombre de principios como pocos.

Maria se quedó encantada con el príncipe. Sólo más tarde, en el automóvil, se acordó de lo que su padre le había contado: en la época de los Fasci de Sicilia el príncipe formaba parte del gobierno Crispi que había declarado el estado de sitio y llevado el ejército y los tribunales militares a Sicilia. Por si eso no bastara, se hizo portavoz de un creciente movimiento entre los nobles a favor del abandono de la enseñanza obligatoria, con el argumento de que la alfabetización había vuelto a las masas inestables y agresivas y que en el futuro dañaría aún más el crecimiento de Sicilia y de toda la nación. Su padre también le había dicho que el príncipe estaba muy comprometido con la mafia, que lo había apoyado.

A Pietro y a Maria los invitaban a cenar amigos casados. Las mujeres, refinadas anfitrionas, se hacían cargo de la felicidad de sus invitados con levedad.

—Aprende, Maria —le decía Pietro, al regresar de veladas que habían salido especialmente bien—, en Girgenti tendrás que entretener a mucha gente, incluso desconocida.

En Módena fueron huéspedes de Angelo y Emilia. Llegaron a la ciudad antes del mediodía. Viale Margherita, amplio y arbolado, no sentía aún el otoño. Aparcaron el coche delante de la verja de la casa de los Formiggini, un gran edificio de dos plantas con una larga galería que suavizaba la severa fachada. El personal de servicio abrió una de las dos puertas y descargó las maletas de cuero.

En esos días, Maria conoció a mujeres jóvenes como ella, mucho más modernas y desenvueltas, comprometidas a menudo en actividades culturales y filantrópicas. Los Formiggini los acompañaron a ella y a Pietro por toda la ciudad, por las calles protegidas por soportales bajos que desembocaban en elegantes plazas o en pequeños parques. Por último, fueron a la catedral. Maria notó en lo alto, entre los ladrillos de la fachada, decoraciones en bajorrelieve parecidas a metopas, que la turbaron: eran figuras imaginarias y grotescas, a veces incluso obscenas —una sirena de dos colas, un hermafrodita desnudo con las piernas abiertas, un hombre que se tragaba un pez...—. No se atrevió a preguntar cómo y por qué habían sido incorporadas a la catedral.

El Isotta Fraschini recorría rápido la via Emilia. Tras salir de Módena, Pietro se había quedado pensativo.

—Mi padre ya es un anciano, y el tío Giovannino quiere pasar más tiempo en París... Voy a tener que asumir la responsabilidad de las minas de azufre —murmuraba con aire ausente. Luego, volviéndose hacia ella, dijo en voz alta—: Maria, ¿me ayudarás? —Y por último, en un susurro—: ¿... también a pelear con mis demonios?

Maria no le había oído.

—¿Qué has dicho? ¿Demonios?

—Ya hablaremos de eso en otra ocasión, ahora no. —Y Pietro cambió rápidamente de tema.

Se dirigieron a Crespi d'Adda, un pueblo de mil almas fundado unos veinte años antes junto a la hilandería a la que sus habitantes iban a trabajar: un pueblo modelo promovido por el propietario para dar a los trabajadores y empleados viviendas dignas junto a la fábrica y todo lo que necesitaban para vivir con decoro.

Los Crespi eran empresarios textiles; hacía generaciones que poseían hilanderías en Lombardía. Habían construido el pueblo tomando como modelo los británicos, con jardín de infancia y escuela para los hijos de las obreras, hospital, iglesia y tienda de comestibles. El elegante castillo que se alzaba no lejos de la ciudad era de su propiedad.

La fábrica consistía en una sucesión de naves bajas y dos chimeneas altas como minaretes. Destacaban en medio de los campos y, por lo tanto, podían reconocerse incluso desde muy lejos. Representaban el progreso traído por la Revolución Industrial y daban a la somnolienta campiña un claro mensaje: ¡admirad y despertaos!

Maria estaba encantada por la proximidad entre la planta

industrial y la comunidad y por lo agradable del conjunto. Las naves de la fábrica habían sido embellecidas con barandillas y remates en hierro forjado; parterres floridos costeaban las calles, amplias y bien cuidadas; cada una de las casas de ladrillo de los obreros disponía de un pequeño jardín, y en el centro del pueblo, junto al bar, había un lavadero público protegido por una marquesina y equipado con mostradores y piletas para enjuagar. Pietro había conocido a Daniele Crespi durante un viaje al sur: tenía la intención de extender su empresa fuera de los confines lombardos, pero aquel proyecto había acabado en dique seco, como tantos otros. Se lo describió a Maria como un joven exuberante y muy simpático. Había estudiado Química Industrial y había contribuido junto con su hermano Silvio a poner a punto un proceso de mercerización llamado Thomas Prevost; por ello había sido galardonado por el Real Instituto Lombardo de Ciencias y Letras.

—Le encanta gastar, su hospitalidad es magnífica y disfruta de la vida. La pinacoteca de los Crespi es una de las colecciones privadas más ricas de Milán. Silvio y Teresa nos están esperando para tomar el té en el «castillo», su casa de veraneo; ha sido construida según el gusto del revival medieval.

Recibidos con afecto, subieron enseguida al mirador superior, desde el que eran visibles las estribaciones de los Alpes de Lecco y una gran parte del valle del Adda; a continuación tomaron el té en el salón azul, en la planta baja, donde generalmente se tocaba música. Por los amplios ventanales de cristal se adivinaba el susurro verdísimo de las hojas, el suave y fresco centelleo de luces al que Maria no estaba acostumbrada. La compostura de los anfitriones, e incluso del personal de servicio, revelaba costumbres señoriales que iban de la mano de la conciencia de un poder económico muy sólido, la misma que estaba en la base de su voluntad de fundar esa aldea. Los Crespi intentaban que Maria se sintiera cómoda; lo hacían con una severidad tan lombarda que, en realidad, confinaba a la joven siciliana al mero reparto de sonrisas y de comentarios a flor de labios, inaudibles.

Salieron de Crespi d'Adda en automóvil.

—¡Es un mundo totalmente diferente al nuestro! —suspiró Maria—. Irrepetible entre nosotros en Sicilia.

—Estoy de acuerdo —respondió Pietro—. Vivimos en una realidad en la que la brecha entre ricos y pobres es insalvable: el Estado es considerado un enemigo, y la mafia se encarga de mantener el orden mediante los abusos y la violencia; los políticos no tienen fe y ni siquiera un objetivo que no sea su propio interés económico: se venden por un asiento en el Gobierno. Los pobres, explotados por los amos y por la propia mafia, padecen hambre; su salvación estriba en la emigración. Somos un pueblo maldito.

A continuación se relajó en el asiento y Maria apoyó la cabeza en su hombro. Recordaba haber oído más o menos las mismas palabras a su padre. Pero él sólo se desanimaba después de perder una batalla, y luego estaba listo para emprender otra, por la igualdad, y para dar una oportunidad a los pobres de vivir mejor.

El viaje continuó por el Véneto. En Padua, mientras estaban sentados en el comedor, servidos por Rosalia, Pietro anunció que emprenderían el viaje de regreso. Maria se quedó sorprendida: daba por descontado que irían también a Venecia y expresó su deseo de visitarla:

—Creía que íbamos a ir, me habías hablado tanto de ella.

—Pues no vamos a ir —dijo Pietro bruscamente. Y bebió a grandes sorbos el vino que había en el vaso. Era la primera vez que no satisfacía un deseo suyo, y que usaba ese tono con ella. A Maria le sentó muy mal.

—Es una pena... —murmuró. Lo miraba, convencida de recibir una explicación plausible y agradable, pero se topó con una mirada sombría. Entonces Pietro tiró la servilleta sobre la mesa y se levantó de un salto, empujando su silla hacia atrás.

—¡Idos! —ordenó entonces a Rosalia, que había empezado a recoger los platos. Ella se detuvo, desconcertada—. *Itivinni!* —le gritó de nuevo, haciendo que saliera corriendo con la cara ardiendo.

Cohibida, Maria bajó los ojos y miró la cesta del pan, solitaria ahora en el centro de la mesa, como si pudiera consolarla. Pietro se llenó el vaso de nuevo, lo vació y echó a andar a grandes pasos yendo y viniendo por la pared en la que se abría el balcón. Maria no conseguía explicarse el comportamiento de Pietro con Rosalia, él, que siempre era tan cortés y respetuoso con el personal de servicio. Esa mañana habían visitado el jardín botánico, fundado en el Renacimiento —«El más antiguo del mundo», les había explicado el guía— y se había mostrado muy cariñoso: había anotado en su cuaderno los nombres de las diferentes plantas que le habían gustado, para comprarlas y plantarlas en el jardín de Girgenti. Maria buscaba razones para el malhumor de Pietro y no conseguía encontrar ninguna. A fuerza de pensar, se le vino a la cabeza que Leonora había hecho alusión más de una vez a las amantes de Pietro y a su pasado. El propio Pietro le había hablado de las numerosas mujeres que había tenido. ¿Tendría tal vez una amante en Venecia y quería evitar que Maria se encontrara con ella, aunque fuera por casualidad? Esta idea fue suficiente para deshacerse en lágrimas.

Él, mientras tanto, se había detenido frente al balcón. Miraba hacia fuera, tenso, tembloroso; luego retomó sus paseos arriba y abajo, sin dignarse dirigirle una mirada. Maria tuvo miedo y estalló en sollozos, tapándose la boca con la servilleta para hacer el menor ruido posible.

—¿A qué viene ese llanto? —Pietro se había detenido; la miraba como si fuera una enemiga. Los sollozos se hicieron más intensos—. ¿A qué viene ese llanto? —repitió, y se puso delante de ella.

Maria, llorando, le explicó su sospecha, mejor dicho, su certeza de que no quería llevarla a Venecia porque allí vivía una mujer a la que aún quería, más de lo que la quería a ella, su esposa.

—¡No hay ninguna mujer! —Y Pietro le confesó rabioso que no quería ir a Venecia a causa del casino—. ¡El juego me gusta muchísimo! —exclamó—. ¡¿Lo entiendes?! ¡Muchísimo! —Y se quedó a la espera de la reacción de Maria. Que le descolocó completamente.

Calmándose de inmediato, ella alargó el brazo, con la mano abierta para recibir la suya.

—Ya sabía, Pietro, que te gusta el juego. Perdóname, pero me temía lo peor. —Y esbozó una sonrisa desmañada.

Pietro se echó hacia atrás: la inocencia de Maria era repelente. Tiró el vaso contra la pared y lo rompió.

Ante ese ruido seco, Leonardo, que se había quedado en la antecámara con Rosalia, abrió la puerta sin llamar y se apresuró inmediatamente a recoger los pedazos de vidrio del suelo. Pietro, entretanto, había salido de la habitación.

Maria permaneció inmóvil, sentada con la espalda recta, las muñecas sobre el mantel, como si estuviera esperando a que le sirvieran; gruesas lágrimas rodaron por sus mejillas y cayeron sobre el mantel blanco.

Leonardo la miraba de soslayo, preocupado. Cuando acabó de recoger los trozos, llamó a Rosalia y las dejó solas.

Maria no quiso hablar de su marido, pero agradeció las discretas atenciones de Rosalia, que le cogió las manos y, al notarlas frías, le preguntó si quería un masaje.

—Siempre se lo hago a Leonardo cuando vuelve después de conducir sin guantes. Siempre le recuerdo que se los ponga, pero no me hace caso. ¡Y vuelve con los dedos helados!

Sin hablar, Maria dejó sus manos entre las de ella. Mientras le hacía ese masaje delicado, relajante, Rosalia le sugirió que se fuera a descansar; necesitó tiempo para persuadirla de que se retirara al dormitorio, pues tenía miedo de que Pietro pudiera volver. Y cuando por fin Maria se convenció de que debía tumbarse en la cama, no quiso desvestirse. Rosalia, sin decir una palabra, le acariciaba los pies descalzos con dedos leves y sabios: se le daban muy bien los masajes, y Maria —con los ojos cerrados— comenzó a relajarse. Pero la pena regresaba, implacable. ¿Por qué la había tratado Pietro de esa manera? Rosalia notaba ese pesar que le tensaba los músculos, y colocaba sus manos cálidas en sus delgados tobillos. En ese momento se oyó el sonido del timbre de la puerta principal. Maria se sobresaltó, se echó hacia atrás y se apoyó en el respaldo, bajándose la falda para ocultar sus pies descalzos. ¿Sería Pietro? Sus grandes ojos tristes traicionaban su miedo. Pero era el criado de la planta, llevaba una bandeja con un paquete postal. Maria lo cogió ansiosa. Giosuè, en respuesta a su petición de mejorar sus conocimientos de latín, le escribía:

> Te mando los *Carmina* de Catulo, en edición bilingüe con el texto en italiano. Habría dudado en mandártelos antes; ahora que eres una mujer casada, creo que podrás apreciarlos.

Maria miró el librito. Quería hojearlo, pero no allí. Se abrió solo en el canto 86:

> *Odi et amo. Quare id faciam, fortasse requiris.*
> *Nescio, sed fieri sentio et excrucior.*

—Voy a bajar a leerlo al mirador —dijo saliendo de la cama. Permitió que Rosalia la ayudara a arreglarse y consintió en que le pasara una capa de polvo de arroz. Cuando estuvo lista, le preguntó vacilante—: ¿Te importaría acompañarme?

Rosalia se alejó pensativa y con el corazón encogido por su amita, como Leonardo y ella llamaban a Maria en la intimidad. Antes de volver al vestíbulo, se dio la vuelta para mirarla: hundida en una butaca de mimbre en la terraza, con la mirada en el cenador cubierto de rosas trepadoras en plena floración, como si el otoño estuviera aún lejos, Maria sostenía con fuerza el libro de cubierta de tafilete rojo. Era una mujer joven sola y valiente. Rosalia no quería marcharse. Después, Maria abrió el libro y ella volvió con su marido, que la estaba esperando para comer.

Al cabo de menos de una hora, Rosalia estaba de vuelta en el mirador. Encontró a Maria con el libro abierto en el regazo, la cabeza reclinada en el respaldo, los ojos cerrados, como si estuviera dormida. Movida por la curiosidad, Rosalia leyó la traducción:

Vivamos, Lesbia mía, y amemos,
y a las maledicencias de los severos viejos
démosles menos valor que a un céntimo.
Los astros pueden morir y renacer;
pero nosotros, una vez que muera nuestra breve luz,
deberemos dormir una última noche perpetua.
Dame mil besos, luego cien.

Maria se despertó y se sobresaltó al advertir la presencia de Rosalia. Luego la siguió obedientemente al dormitorio.

Nada más entrar, la asaltó un poderoso aroma: la habitación estaba llena de ramos de rosas y gladiolos blancos. En la cama, un sobre. Maria lo abrió con reluctancia:

Perdóname, ángel mío. Mañana nos espera Venecia.

21
Regreso a Sicilia

El barco había salido del puerto. El sol se había puesto casi por completo; en el cielo quedaban las últimas pinceladas de un rojo violáceo. El Maschio Angioino dominaba sombrío la ciudad reluciente a sus espaldas.

—¿Contenta de volver a casa?

Estaban en el puente. Pietro, envuelto en un abrigo de cachemir, rodeaba con un brazo los hombros de Maria. En su mano, ella aún sostenía *Las piedras de Venecia* de John Ruskin, el libro que la había acompañado durante su estancia en la laguna. Un libro precioso que le había sugerido, en el mismo momento en el que descubría la belleza de la ciudad, una interpretación fascinante e intrigante de esa misma belleza.

—Sí y no. Estoy un poco triste. Me gusta estar a solas contigo: todos los días me has enseñado algo nuevo y hermoso. —La mano enguantada de Maria buscó la suya.

—Nos quedaremos en Fara sólo unas semanas, después volveremos a estar solos, en nuestra casa —le aseguró—. ¡Entretanto, disfrutemos de estas vistas de Nápoles mientras se va alejando!

El mar era una tabla. Habían elegido una nave de crucero de lujo en lugar del transbordador. Ahora, sentados a la mesa, leían el menú. Había entrado una pareja y Pietro se levantó haciéndoles gestos de que se acercaran.

—Desde aquí se disfruta de la mejor vista, ¡venid a nuestra mesa!

Miguel y Dolores Flores se habían alojado en el mismo hotel que ellos en Florencia y se habían hecho amigos. Miguel había ofrecido más de una vez a Pietro sus puros —en Cuba poseían plantaciones de tabaco y una pequeña fábrica— y quería aprovechar la oportunidad para corresponder a su cortesía. Los Flores vivían en La Habana; cada mes de agosto acompañaban a sus cuatro hijos mayores a un internado en Barcelona y regresaban a Cuba hacia finales de noviembre, después de darse una vuelta por Europa. Maria no acababa de sentirse del todo cómoda con Miguel —tenía un semblante agresivo—, mientras que, a pesar de la diferencia de edad, se llevaba muy bien con Dolores; tenían en común el amor por la música y la pasión por el bordado.

Aquel día, los Flores habían recibido la noticia de que el barco de vapor que se dirigía a Cuba, a bordo del cual se hallaban las compras realizadas durante el viaje, se había hundido a causa de una avería de los motores. Los pasajeros de las tres primeras clases se habían salvado en los botes salvavidas, mientras que los desgraciados de la bodega se habían hundido con el barco.

—La pérdida de las cajas de nuestras compras no me preocupa, sólo eran objetos —decía Miguel—, me preocupa la de la «mercancía humana», como la llaman: ¡setecientas personas apretujadas en la bodega, encerradas como animales! ¡Muertas! De ellos no volverá a saberse nada: los periódicos omitirán toda información sobre el número de víctimas, sus familiares creerán que los han olvidado. Una muerte predecible y tal vez incluso prevista. Conozco al capitán y me lo había dicho, habían embarcado trescientas personas más de lo debido, ¡y ése iba a ser el último viaje del vapor antes de ser desguazado!

Desde que, veinte años antes, la interminable crisis económica había obligado a muchos a emigrar a las Américas, armadores codiciosos y carentes de conciencia operaban en las rutas marítimas con barcos destinados al desguace, los navíos de la muerte. Dado que ya no podían transportar mercancías —el coste del seguro resultaría elevadísimo—, se centraban en los pasajeros, emigrantes que llegaban a su destino diezmados debido a que muchos habían muerto por hambre, asfixia o enfermedad.

Según Miguel, todo ello tenía lugar en connivencia con los gobiernos europeos. Además, los armadores no tenían escrúpulo alguno, cuando los motores se averiaban y se hacía necesario aligerar la carga, en arrojar al mar a los enfermos y a los sanos también.

—Homicidio intencional de pobres gentes —decía sombrío—. Personas que emigraban con la esperanza de una vida mejor, después de haberse pagado el viaje con los ahorros o tomando dinero prestado. ¡Mi bisabuelo era uno de ellos, venía de Galicia!

Maria escuchaba estupefacta: pensaba que los emigrantes morían por enfermedades, no se imaginaba que detrás de esas muertes hubiera negligencia con ánimo de lucro, auténticos asesinatos. Pietro la observaba, preocupado; sus miradas se cruzaron y Maria trató de concentrarse en sus deberes como anfitriona. Pero no podía quitarse de la cabeza los rostros de los aldeanos de Camagni que habían abandonado Sicilia para emigrar a América, y los de sus familiares, que al no tener noticias de ellos se consolaban pensando que habían hecho fortuna y no tenían tiempo para escribir a casa. En cambio, según decía Miguel, era muy probable que su destino hubiera sido el de morir en una bodega o ahogarse en un naufragio, o incluso el de ser arrojados por la borda para aligerar la nave.

Por la noche, en el camarote, Pietro fue más solícito de lo habitual e hizo de todo para que sonriera. Maria le devolvió su amor no sólo con gratitud, sino con verdadero afecto.

A la casa de Girgenti le quedaba bastante para estar lista. Las obras iban con mucho retraso, entre otras cosas por culpa de Pietro: durante su viaje por Italia había ordenado baldosas de cerámica en Vietri, lámparas de cristal en Venecia y de hierro forjado en Lombardía, armarios de obra, vidrieras y marcos, muchos de los cuales no habían llegado aún. Pronto se hizo evidente que se quedarían en Fara por lo menos hasta Semana Santa. A Maria no le importaba: así tendría la oportunidad de conocer mejor a su nueva familia. Pietro, en cambio, estaba visiblemente molesto, y tuvo algunas discusiones a puerta cerrada con su padre y su tío Giovannino que lo pusieron de muy mal humor. Maria no comprendía bien lo que ocurría; después acabó dándose cuenta, por alusiones de su suegro y de sus cuñadas, de que Pietro se había excedido con los gastos. Ella se sentía en gran parte responsable: Pietro la había cubierto de costosos regalos. Se lo hizo notar Leonora cuando fue a visitarla. Maria la condujo a su habitación para enseñarle algunos.

—¡Todas estas maravillas habrán costado cuatro años de sueldo de mi padre! —exclamó su prima—. ¡Menudo ricachón te has buscado!

A Maria aquello le sentó muy mal y se prometió a sí misma no enseñar a nadie más esos regalos.

E hizo bien, porque sus cuñadas se morían de curiosidad; ella no cedió un ápice, y cuando venían de visita se ponía sólo los regalos recibidos durante el noviazgo y evitaba responder a las preguntas directas con un «¿Puedo ofrecerte otro pastelito?», «¡Qué frío! ¿Nos acercamos a la chimenea?», «No recuerdo haber estado en esa tienda...».

Pietro iba a Girgenti para vigilar las obras y a menudo regresaba nervioso; hablaba con su padre y después, en el almuerzo, ambos estaban tensos. Era como si tía Giacomina y tío Giovannino no les prestaran atención. Maria pensaba que a pesar de que en su familia las cosas funcionaran de otra manera, las relaciones entre padres e hijos eran difíciles por naturaleza y estaban marcadas por las incomprensiones.

Maria pasaba las primeras horas de la mañana estudiando y tocando el piano. A veces su suegro la escuchaba mientras tocaba: tenía un oído perfecto y estaba muy familiarizado con la ópera y la música clásica. Le sugirió que tocara los *Nocturnos* de Chopin, muy queridos por él, y Maria estudiaba los que no conocía ya.

Estaba tocando para su suegro cuando entró Pietro, de regreso de Girgenti. Parecía contrariado.

—Ducrot ha traído todos los muebles del comedor, zócalos, aparadores, vitrinas, mesas y veintiséis sillas. ¡El amarillo del arce es de una tonalidad equivocada! ¡Demasiado clara! Habrá que devolverlos y esperar a que los rehagan, ¡lo que llevará meses! —exclamó—. ¡Dicen que la tonalidad es la que yo aprobé! —Buscó la mirada de su padre.

—Esos muebles ya eran carísimos, pedir que los vuelvan a hacer costará una fortuna —observó éste.

—Le diré que no voy a pagar una lira de más: ¡es culpa de ellos!

—¿Tienes la muestra de madera que elegiste?

—No, se lo expliqué y les enseñé en el catálogo el tono que quería.

—¿Comprobaste en el presupuesto el detalle del color?

—¡Sabéis muy bien que estaba de luna de miel y no tenía forma de controlar nada!

No había afecto en aquel intercambio de opiniones, Maria podía verlo perfectamente.

—Pietro, escúchame —intervino—. Estábamos juntos cuando los elegimos. ¿No se podría buscar a un ebanista que oscurezca el color? No debe de ser muy difícil. Mi padre tenía una tumbona de arce, también demasiado clara, e hizo que le dieran una mano de aceite oscuro..., quedó exactamente como él quería.

Pietro la escuchaba, sorprendido y molesto.

—Contentemos a Maria, llamemos al maestro Cipolla, el ebanista —sugirió su padre.

—Señor padre —intervino ella—, ¿sabe cuánto cuesta una jornada del maestro Cipolla? —El suegro no tenía ni idea. Maria le apremiaba—: Mi padre conoce a un buen carpintero, el señor Michele Asaro, que es también ebanista. Su retribución es de tres liras y cincuenta céntimos al día y está dispuesto a salir a trabajar fuera del pueblo. Pide alojamiento y comida, si se trae a los aprendices duermen todos juntos en una habitación. —Hizo una pausa para darles ocasión de reflexionar—. Es muy bueno, una vez aplicada la tonalidad adecuada, podría confiar a los aprendices el trabajo en el interior de los cajones y de los armarios y en la parte trasera de los muebles: ¡cobran cuarenta céntimos al día y ejecutan las órdenes con precisión!

A partir de entonces el suegro de Maria la trató de forma diferente: respetaba su opinión y la estimulaba a menudo, la observaba complacido cuando hablaba con el personal de la casa y con los extraños que trabajaban para ellos. Le gustaba la atención con la que los escuchaba, cómo meditaba la respuesta, pronunciada con voz firme pero sosegada, la claridad con que explicaba lo que quería, especificando cuándo y cómo esperaba que se ejecutara.

En las ocasiones en que la encontraba sola, bordando o leyendo, se sentaba a su lado y a la primera oportunidad le hablaba de cuál iba a ser su «cometido»: administrar los bienes de la familia que algún día heredaría Pietro. Le explicaba las diferencias entre los cultivos de las tierras llanas —en barbecho, alternando trigo, avena o cebada y pastos cada tres años— y los de las colinas, de pastos o arbolado de olivos, almendras y pistachos. Bosquejaba las actividades de las minas de azufre, desde el trabajo de los mineros bajo tierra y en la superficie hasta el embarque en los buques que llevaban el mineral a los compradores extranjeros. Otras veces le hablaba de la administración de la casa y mencionaba los impuestos que gravaban las rentas familiares.

Era un mundo nuevo, y Maria estaba lista para conocerlo y hacer lo que su suegro esperaba de ella. La falta de dinero le había enseñado a evitar el despilfarro, a dar su debido valor a todo aquello que se tiene y se consume. Su suegro empezó a invitarla a su despacho, al principio con la excusa de mostrarle su colección de objetos japoneses de marfil, ámbar, piedra o madera, llamados *netsuke:* eran pequeñas esculturas de dragones, plantas exóticas y personajes mitológicos, no más grandes que un botón, perforados por dos agujeros por los que se podía pasar un cordón de seda con el que los hombres aseguraban al cinturón del kimono la caja de tabaco, las medicinas y la pipa. Había empezado a coleccionarlos de joven: los había visto en la Exposición Internacional de París en 1867, donde se presentaron por primera vez en Occidente, y se quedó prendado. Giovannino se los traía como regalo de sus viajes por Europa. Mientras se lo contaba, su suegro cogía un *netsuke,* luego otro, y los acariciaba con las yemas de los dedos, como si cada uno tuviera un alma y una historia, y pudiera responder a esas caricias. No dejaba nunca de observar las reacciones de Maria y «leía» su alma. Ella sentía que su suegro le iba cogiendo cariño, a la vez que ella se lo estaba cogiendo también. Hubiera querido abrazarlo, pero no se atrevió: él rehuía el contacto directo. Ella lo saludaba con una leve inclinación y tomando su mano para besarla: él se lo impedía, siguiendo la costumbre moderna.

Un día, su suegro sacó de un cajón el álbum de fotografías familiar: muy grueso, estaba encuadernado en tafilete con bandas doradas. Bajo cada fotografía estaban escritos los nombres de quienes aparecían en ellas y las fechas de su nacimiento y de su muerte.

—Míralo. Cuando yo ya no esté aquí, convendría que tus hijos conocieran a las personas de las que provienen.

Maria se sonrojó. Con cada ciclo menstrual se entristecía; anhelaba un hijo. No entendía por qué no se quedaba embarazada, pero no se atrevía a hablar de ello con Pietro, y tampoco con su madre. Cada vez que iba a Camagni, amigos y familiares le preguntaban: «¿Novedades?», en alusión a esa maternidad que la rehuía. Maria no enseñó a Pietro el álbum de fotografías porque había muchas de su madre antes de la locura. Y Pietro no hablaba nunca de su madre.

Maria no tuvo la oportunidad de conocer mejor al tío Giovannino, porque durante esos meses estuvo lejos, tal vez en París o simplemente en Palermo. Consiguió, en cambio, establecer cierta relación con la madre de Pietro. Subía a sus habitaciones a primera hora de la tarde, cuando Pietro no estaba en casa y los demás se habían retirado. Su suegra descansaba en una butaca, con la cabeza apoyada en el respaldo, agotada de no hacer nada. Junto a ella, dos cestas de lana: una repleta de madejas a la derecha; a la izquierda, otra con los ovillos listos. Su actividad consistía en transformar las suaves madejas en ovillos: las dos monjas que la atendían se apresuraban a hacer madejas de nuevo, que volvían a colocar en la cesta de la derecha, en un ciclo destinado a no tener fin.

Otras dos monjas, sentadas junto a la ventana, murmuraban jaculatorias y rosarios, y tejían calcetines utilizando tres agujas; se mantenían a distancia de ella, que podría hacerse daño a sí misma y a los demás con las agujas. Maria se sentaba a su lado en un reposapiés. Parecía una niña jugando con los colores: juntaba dos o tres hilos de lana y formaba hermosos ovillos variopintos. Su suegra interrumpía su afanosa tarea y la observaba. Cuando Maria acababa el ovillo se lo pasaba. Ella lo cogía y seguía con el dedo uno de los colores como si fuera el hilo de Ariadna que la llevara hacia la libertad, fuera, lejos de aquella casa-prisión. Al principio, su suegra no le dirigía la palabra. Más tarde empezó a llamarla *«bedda picciotta»*, niña guapa; a veces, mientras ambas enrollaban la lana, se la quedaba mirando con unos ojos que parecían casi normales. Lo que más parecía gustarle era cuando Maria hacía un cordoncito, utilizando el dedo índice en lugar del ganchillo.

—¿Os lo enseño? —preguntó Maria. Y ella asintió. Empezó titubeante, como si estuviera rebuscando en la memoria movimientos antiguos, pero acabó por mostrarse más segura. Empezaron así a hacer cordoncillos juntas, cada una con su lana; de vez en cuando, a Maria le parecía incluso que su suegra le sonreía.

Maria intentó hacer partícipe a la tía Giacomina de las conversaciones, de las tareas o de la música, pero estaba claro que aquella mujer no le tenía gran simpatía, y después de algunos intentos desistió.

Pietro llevaba a Maria de excursión. A veces se aventuraban hasta el mar. Daban largos paseos por la orilla, abrazados. Era la primera vez que Maria caminaba por la playa, y le gustaba sentir bajo los pies la blanda consistencia de la arena. Otras veces iban a yacimientos arqueológicos, en algunas ocasiones distantes, y a lugares abandonados donde se habían hallado las piezas de su colección de antigüedades. Al regresar de esos paseos, encontraban abiertas junto al Isotta Fraschini sillas y una mesa plegable con todo preparado: mantelito, tazas, platos, cubiertos y servilletas para tomar una bebida caliente —té, café, manzanilla, agua y laurel— que Leonardo preparaba en un hornillo de gas. Después regresaban a Fara en el asiento trasero, abrazados bajo una manta que los protegía del viento. Las caricias de Pietro eran deliciosas.

Pietro supervisaba con asiduidad las obras de la casa de Girgenti y la llevaba a menudo con él para conocer su opinión. Cuando necesitaba dinero, su padre solía oponer resistencia, pero al final acababa cediendo. Pietro le había explicado a Maria que en la familia no faltaba el dinero, desde luego, pero que sus hermanas eran codiciosas y estaban celosas de él, y su padre fingía querer contener los gastos para evitar escenas de celos, en particular por parte de Sistina. Tía Giacomina, en cambio, se ponía del lado de sus sobrinas, pero no les soltaba un céntimo: la mayor parte de su dinero ya había sido destinado a la reconstrucción de la cúpula de la iglesia Matriz.

La Semana Santa se acercaba, las obras estaban a punto de concluir. Maria iba a Girgenti casi todos los días. Quería conocer bien el edificio en el que viviría, desde los establos a las habitaciones de los empleados: cocheros, mozos, porteros y personal de servicio. Pietro hizo que el capataz la guiara en el recorrido por los tres entrepisos de su planta, donde en caso de necesidad podrían alojarse los tapiceros, los colchoneros, los pintores, los carpinteros, los conductores de sus invitados. En las habitaciones, grandes y poco iluminadas (los ventanucos daban a patios de luces), hacía frío: no había chimeneas ni estufas. Los entrepisos carecían de cuarto de baño o aseo, sólo había un grifo de agua fría.

Cuando Maria se lo hizo notar al capataz, éste le respondió que ordenaría que llevaran algunos cántaros.

—Pero ¿dónde se lavan?

El capataz la miró con hostilidad:

—Pos como tos nosotros: donde se puede. Basta con llevarse un cubo de agua y una jofaina.

Maria estaba enfadada consigo misma y le mortificaba no haberse ocupado desde el principio del alojamiento del personal de servicio: eso significaría ahora gastos adicionales y un nuevo aplazamiento de la mudanza. Estaba resentida con los Sala, Pietro incluido, que trataban a sus empleados de aquella manera tan poco civilizada. Había que llevar el agua a cada entrepiso y hacer una instalación que uniera cisternas, lavabos, baños de asiento y aseos con sifón.

Pietro, que atravesaba un periodo de melancolía, se mostró rápidamente de acuerdo y se reprochó no haberlo pensado antes. La propia Maria quiso hablar con su suegro, a solas. También se lo mencionó a Giosuè, en su correspondencia semanal. Éste le había informado de que el presidente del Consejo de Ministros, el piamontés Giolitti, había promulgado leyes laborales para la protección de los niños y las mujeres: todos, fuera cual fuera el trabajo que hicieran, tenían derecho al descanso semanal y a ser tratados con humanidad.

Reforzada por la información recibida, Maria se preparó con esmero el razonamiento que iba a exponer ante su suegro: le explicaría que pensaba elegir como criadas a chicas jóvenes y puras que iban a trabajar a casas ajenas para ganar el dinero necesario para reunir su ajuar. Ella, como ama, tenía una posición de responsabilidad hacia ellas y trataría de educarlas para que fueran buenas esposas. Quería que no se sintieran inferiores, sino simplemente subordinadas. Quería que tuvieran habitaciones agradables, con todo lo que ella, su señora, consideraba esencial en la vida civilizada: una cama cómoda y servicios higiénicos, agua corriente caliente y fría.

Por la tarde Maria se encontró con su suegro en las escaleras: él también regresaba en ese momento a casa, y cuando ella le pidió que hablaran, la invitó a seguirlo a su despacho. Maria permaneció de pie y habló de un tirón, olvidando el discurso que se había preparado:

—He estado en Girgenti. Las habitaciones del personal de servicio carecen de agua corriente y de retrete. No puedo disfrutar de mi casa sabiendo que quien la limpia y me sirve la mesa no tiene inodoro y no puede lavarse como yo. ¡No es justo! —Y se sonrojó por su propia audacia.

—No te falta razón, *bedda mia* —suspiró su suegro—. Daré las órdenes necesarias para que se haga lo que consideres oportuno.

22
El nacimiento de Anna en la casa de Girgenti

La casa de Girgenti se abrió exactamente un año después de la boda. Maria y Pietro habían trabajado juntos mucho y bien. Ellos solos habían organizado las vitrinas de los salones de recepción que albergaban la colección de piezas griegas —jarrones, cráteras, vinajeras, ánforas, estatuillas— y la magnífica colección de oro y piedras preciosas de la Magna Grecia, regalo de bodas del tío Giovannino. Pietro deshacía con cuidado el envoltorio de papel y algodón en rama en el que cada pieza había sido envuelta antes de la boda; le enseñaba cada pieza a Maria y le explicaba su origen, uso y características. Después decidían dónde y cómo exponerlo. No obstante, el conocimiento y el amor por lo bello que Maria absorbía de Pietro no eran suficientes para ella: le faltaba la certeza de convertirse en madre.

Inauguraron la casa reformada con un almuerzo al que invitaron a sus respectivas familias: la mesa había sido alargada hasta su máxima capacidad y el comedor, iluminado con bombillas eléctricas distribuidas dentro de los artesones de la bóveda, resplandecía. Maria llevaba uno de los vestidos comprados en Nápoles y se comportaba como una anfitriona atenta y relajada, bajo la mirada orgullosa de Pietro. Sus cuñadas lograron contener la envidia, pero al día siguiente destilaron su veneno en Girgenti, Camagni y Naro.

¡Pietro había gastado sin contención!

¡Y esa cuñada joven se había camelado a su padre con sus carantoñas, hasta el extremo de obligarlo a gastar más dinero para que las criadas tuvieran un baño con agua corriente caliente y fría, cuando todo el mundo sabía que, en Camagni, su padre y su madre tenían la tina de baño en su dormitorio!

¿De dónde le venían todas esas ínfulas a Maria?

¿O es que se había vuelto socialista y quería tratar a sus criadas mejor que a su madre? Lo cierto era que, además de un dormitorio con dosel, *chaise longue* y armarios estilo Luis XVI, ¡tenía un cuarto de baño revestido de azulejos, un tocador y una sala de estar sólo para ella con nada menos que un piano personal! Su hermano, en cambio, sólo tenía un vestidor con un somier y un plato de ducha.

Dado que los Sala eran bien conocidos en la pequeña ciudad y Pietro era asiduo de los círculos y jugaba a las cartas, la inclusión de Maria en la sociedad de la capital de provincia no resultó difícil. Pero ella era tímida y reservada, le gustaba estar sola, en su casa. Y estudiaba. La correspondencia con Giosuè continuaba siendo intensa: una mezcla de deberes y descripciones de sus nuevas vidas —Giosuè disfrutaba plenamente de las oportunidades que le ofrecía la Academia Militar y la ciudad de Módena— y del mundo en general. Definitivamente libre para tocar cuando quisiera, Maria se ejercitaba con las partituras de Schubert y Tchaikovsky, un nuevo descubrimiento. Como en Camagni, no le faltaba público: los dueños de los tenderetes de mercancías usadas en la plaza de la iglesia del Purgatorio, a la que daba la sala de piano. Ellos, como los habitantes de Camagni, también se quedaban escuchándola embelesados, le pedían un bis o incluso voceaban el título de la pieza —muy a menudo canciones— que querían oírle tocar.

Pietro invitaba a amigos y conocidos a visitarles y a comer; los comentarios eran variados, pero todos coincidían en un punto: la casa de Pietro y Maria era «el piso moderno más hermoso de Girgenti». Recibían invitados de fuera: viejos amigos de Pietro y otros nuevos amigos que conocieron en su viaje de bodas. No faltaban quienes, al tener conocimiento de su colección, pretendían verla. Maria, bien instruida, siempre estaba lista para servirles de guía. Tenían, además, otro proyecto entre manos: Pietro quería restaurar Fuma Vecchia y había comenzado las obras del exterior. Asimismo planeaba realizar un breve viaje al continente, solo, para asistir a una subasta de antigüedades.

Maria sentía una gran desilusión por no quedarse embarazada. En el dormitorio había ya una cuna mecedora, muy alta, con un velo de tul que caía por el suelo, lista para ser utilizada. La miraba cada mañana y cada tarde, con esperanza. No tenía valor para hablar de ello con Pietro, porque temía ser estéril. Al final, se lo mencionó una noche, muerta de vergüenza. Le preguntó si no era el momento de acompañarlo al continente para consultar a un buen médico.

—Yo quiero un hijo. ¿Y tú?

—Estaba esperando a que estuvieras lista, Maria —contestó él—, y me aceptaras tal como soy: alguien que ama la vida y la belleza, que nunca tuvo el amor de una madre, y que juega. Pero que te ama más que a cualquier otra mujer en el mundo.

Maria concibió inmediatamente. Feliz de estar embarazada, se lo contó a Giosuè en su carta semanal. Él no le contestó, y aunque era la primera vez, Maria no le dio mayor importancia; Giosuè iba a estar muy ocupado con sus estudios durante los dos años que permanecería en la Academia de Módena: ¡tenía otras cosas en las que pensar!

Después de dos semanas de silencio, Maria le escribió de nuevo, preocupada. *Enhorabuena,* le respondió él con parquedad. Absorbida por su próxima maternidad, no tuvo en cuenta esa inusitada frialdad.

Pietro trataba de no dejarla sola en Girgenti. Titina le enviaba a Egle y Maricchia, o bien era ella la que pasaba temporadas con sus padres en Camagni, donde volvía a ver a sus hermanos. Pietro se reunía con ella para seguir las obras de Fuma Vecchia; estaba melancólico.

«Confío en ser un buen padre para esta criatura», le decía. O bien: «Cuando te veo tan feliz, aquí, con tu gente, me doy cuenta de que te he arrancado de tu familia para darte otra muy inferior». Y repetía: «Espero que no sea como yo si es un varón».

Luego se distraía y volvía a estar alegre.

Pietro se había marchado de viaje dejando a Maria, de cinco meses, tan bella como una flor y en excelente estado de salud, el cometido de supervisar el avance de las obras de Fuma Vecchia. Volvería al cabo de unas semanas. A Maria no le importaba esa propensión infantil al juego en el que leía su orfandad de madre, pero lo cierto era que Pietro había demostrado saber renunciar a ello y que, por lo tanto, no sufría dependencia.

Ella había ido una temporada a Camagni con sus padres, pero una vez amueblada Fuma Vecchia, quiso volver a Girgenti. Egle y Maricchia la acompañaron. Fueron semanas de felicidad. Maria repasaba las lecciones y bordaba con Egle mantitas para el bebé, a pesar de que la tía Giacomina se había comprometido a hacer bordar todo el ajuar a las monjas del convento. Recibía correo de Pietro de forma irregular, a veces cartas a trompicones, otras una retahíla de telegramas. Entretanto, había entrado en el séptimo mes y esperaba la visita de Giosuè, quien había solicitado una licencia para estar con ella durante los exámenes para el diploma de maestra. Estaba pensativa y se deshacía a menudo en lágrimas, sin razón aparente. Tenía miedo de que la encontrara fea, con el vientre hinchado y oscuras ojeras.

Giosuè llegó en tren y fue directamente a Camagni para saludar a los Marra. Al día siguiente fue de visita a Girgenti con Filippo, para volver «a casa» por la noche. Estaba más alto y robusto, y el uniforme le sentaba estupendamente. Se conmovió al ver a Maria embarazada. Ella tomó su mano:

—¿Quieres tocarlo? El bebé ya se mueve. —Y se la acercó al vientre, sujetándola.

—Mis sentimientos no podrían ser más intensos si fuera mío —murmuró él.

—Voy a pedirle a Pietro que seas su padrino.

—Será mejor que no, Maria —respondió él sin pensar, y no quiso añadir nada más.

Maria, disgustada, no hizo ningún comentario. Después le preguntó si, de todos modos, velaría por el niño cuando creciera.

La fecha del examen se acercaba y Giosuè fue unos días solo a Girgenti como huésped de Maria para ayudarla a repasar. Trabajaban sobre los libros de texto y los debatían; después, hablando y hablando, acababan por divagar y conversar, como en los viejos tiempos, en el jardín de la casa de Camagni. Terminaban tocando el piano juntos, o Giosuè —que era el mejor— tocaba mientras Maria y Egle hacían sus bordados «a cuatro manos»: empezaban el borde de la mantita de piqué con punto por cuadros, arrancando de esquinas opuestas; trabajaban con el ganchillo, sincronizando los puntos del bordado y deslizando la mantita casi rítmicamente, de izquierda a derecha.

Pietro se demoró en Francia para ayudar a su tío Giovannino en la venta de azufre; Maria recibía noticias suyas a través de su padre y no le importaba: el embarazo le había dado una gran serenidad. Le sorprendió mucho cuando su suegro le confió la administración del edificio de Girgenti: en la planta baja, que daba a la calle principal, alquilaban locales a comerciantes, y en el tercer y último piso tenían como inquilinos a dos empleados bancarios. Las dos plantas restantes eran de uso exclusivo para la familia: la primera la ocupaban ocasionalmente los otros Sala y las familias de las hermanas de Pietro; la segunda pertenecía enteramente a Pietro y Maria. No era difícil hacerse cargo de la administración del edificio, pero Maria quería saber más; se interesaba por los problemas de la comunidad, por la cooperación con la municipalidad para los servicios externos, por los impuestos. Le preguntó a Giosuè, a punto ya de volver al norte, si le parecía oportuno entrar en contacto con el alcalde y el secretario municipal.

—Ten mucho cuidado con los políticos —le advirtió él, y le dio una lección, como le gustaba hacer—. Fíjate en Giolitti. Es un oportunista; no sólo tolera prácticas electorales irregulares, sino que participa en ellas. Compra votos con dinero en efectivo. Tiene un dosier de cada diputado para poder chantajearlos. Ha seguido el ejemplo de Crispi y ha dejado tal como estaban las prácticas de los potentados mafiosos, quienes, protegidos por tal inmunidad, se han vuelto más audaces y agresivos que nunca, y obtienen protección y favores. El pueblo sufre, especialmente en el sur, y la gente emigra. Tenemos que contar, como siempre han dicho tu padre y el mío, con el socialismo. Pero los socialistas de hoy están divididos en facciones; carecen de voluntad para gobernar y prefieren degollarse entre sí.

Durante el penúltimo mes de embarazo, Maria se presentó como externa a los exámenes en Camagni y obtuvo su diploma de maestra. Giosuè volvió al norte, al tiempo que Pietro aplazaba su regreso de Montecarlo; mientras su suegro lo lamentaba, Maria lo aceptaba, y estaba convencido de que le era fiel.

A principios de julio, Pietro volvió con una diadema de sarmientos de vid de oro y perlas, exquisitamente cincelada, de la época romana imperial: magnífica. Era para Maria.

Anna Sala nació en la casa de Girgenti el 13 de julio de 1907. Fue un parto normal y madre e hija gozaban de un excelente estado de salud. Maria era plenamente feliz. Pietro se quedó en el piso de abajo, con los varones —en su caso, cuñados y padre—, para no interferir con las mujeres que atendían el parto y no oír los gritos de la parturienta. A decir verdad, Maria sólo emitió unos cuantos gemidos breves con las últimas contracciones. Sus cuñadas permanecieron en el salón, mientras Titina y Giuseppina asistieron al parto en el dormitorio, en el que las sábanas colgaban de los armarios, envolvían sillones y cuadros, cortinas y lámparas.

Celestina, la partera, le había acercado a la recién nacida aún envuelta en la sábana. Maria la había mirado conmovida y después se la había confiado a su madre: Titina, a su vez, se la entregó a las otras dos parteras, que había convertido el tocador en habitación de la niña y enfermería. Giuseppina las había seguido.

—¿Dónde está la nodriza? —preguntaba—. Que venga la nodriza para lavar y arreglar a esta recién nacida antes de presentársela a la familia.

—No tenemos nodriza —respondió Titina—. Maria quiere darle el pecho, como hice yo.

—¿Que no hay nodriza? ¿Estáis locas? ¿Sabe tu hija en lo que se mete? ¡Tendrá que amamantarla durante dos años, acostarla en su habitación y levantarse por la noche, y abandonar sus deberes como esposa y ama de la casa! ¡Nosotros no somos gentuza!

—¡Cuidado con lo que dices! ¡Tampoco nosotros somos gentuza, al contrario! ¡Los Tummia son nobles, y por muy ricos que seáis, vosotros los Sala tenéis sangre plebeya!

La cuñada se dirigió al salón gritando indignada:

—¡Nada de nodriza para la primera nieta Sala! ¡Sin nodriza!

Maria, exhausta, oía el vocerío distante y la palabra «nodriza» se volvía obsesiva. Sus cuñadas asaltaron en coro a Pietro y a su padre, acusando a Maria y a Titina de irresponsabilidad y de falta de decoro.

—¡Pretende dar el pecho a la recién nacida!

—¿Y si la leche es mala?

—¿Y si la niña no la quiere? ¿Dejará que se muera?

—¡Desde que el mundo es mundo, los recién nacidos se confían a una nodriza bien robusta y limpia, con leche de buena calidad y que haya amamantado a un *picciriddu* sano!

—¡Maria no tiene ninguna experiencia con lactantes, su madre dejó de tener hijos a los veintiún años!

Las hermanas describían a Pietro su vida futura con tintes sombríos: ya no podrían recibir a ningún invitado, y mucho menos viajar, a menos que Maria quiera presentarse ante los demás con su hija al pecho, como los pobres. E iban más allá:

—Una que amamanta debe comer alimentos nutritivos: ¡no puede recuperar de inmediato la cintura delgada y el vientre plano!

—El almohadón de piedra no se pone sobre el vientre de las mujeres en el periodo de lactancia, porque interfiere con la bajada de la leche.

Sistina fue drástica:

—A tu mujer, por esta locura, se le desmoronará el cuerpo. ¡Todo el dineral que te has gastado para vestirla a la basura!

Las orejas de Pietro se pusieron rígidas.

—¿Qué quieres decir con que se le desmoronará el cuerpo?

—Después de la lactancia los pechos se secan y se vuelven largos y arrugados como la cara de una vieja... ¡Le colgarán hasta la cintura! No podrá usar el corsé mientras esté amamantando, y tendrá que comer como una vaca. Terminada la lactancia hará dieta para adelgazar, pero entonces la piel del vientre le colgará sobre sus partes pudendas... ¡Será una *fimmina* deforme ya a los dieciocho años!

Nadie pensaba en Titina, que después de cuatro embarazos —y después de haber amamantado a cuatro hijos— tenía un cuerpo perfectamente firme.

—Pero a todas éstas, ¿dónde está mi hija? —dijo Pietro, irritado, e hizo ademán de ir a ver a Maria. Pero la puerta de la habitación estaba cerrada con llave. Giuseppina, que se había acercado, llamó.

—¿Quién la ha cerrado?

—A ver si se ha vuelto loca y quiere matar a la niña —dijo Sistina.

—El temor al infanticidio no es nada nuevo para nosotros —dijo la tía Giacomina, y miró a su hermano, quien en ese momento, y por primera vez, abrió la boca:

—Vamos a ver qué dice Titina, ella sabrá más que nosotros.

—¿Y qué quieres que sepa ésa? —chilló Sistina—. ¡Se casó con un socialista viejo y sin una perra, y con él hizo cosas que no quiero ni pensar!

—¡Maria es una de nosotros, una Sala, y la niña será criada como una Sala, no como una Marra! —insistía Giuseppina.

Mientras tanto, Maria lloraba, con la mano apoyada en la mano de su madre, desconsoladas ambas. La recién nacida ya estaba limpia y vestida.

—¿Os la acerco? —preguntó la segunda partera, y se aproximó ante un gesto de Titina.

Maria se incorporó sobre las almohadas; cogió a su hija entre los brazos y la apoyó sobre el pecho, con la cabecita vuelta hacia ella. Tenía rasgos diminutos y decididos, el pelo claro, apenas ondulado, y ojos oscuros. Maria se abrió el camisón y ofreció el pecho a su hija.

—Se llamará Anna, como mi suegra, así lo ha decidido Pietro —dijo a su madre, y metió el pezón en la boquita de la chiquitina. Anna lo sostuvo entre sus labios: trataba poco a poco de chupar, pero no tenía fuerzas. El pecho presionaba la cara de la recién nacida, cubriéndole la mitad. Con el ojo libre, Anna parecía mirar a su madre.

Y así se las encontraron Pietro y Giuseppina, los primeros Sala en ser admitidos en la habitación de Maria.

Titina se había echado a un lado, pero permanecía en la habitación.

—Aquí tienes a tu hija —dijo Maria, que seguía dando de mamar a la niña. Pietro las miraba, conmovido.

—A ver, Pietro, ¿qué tienes que decirle a tu mujer? —le apremiaba Giuseppina.

—Qué feliz me has hecho, Maria, y qué maravilla de hija me has dado... —Pietro le acarició la frente.

—Vete, Giuseppina —dijo Titina a la cuñada, y la acompañó hasta la puerta.

Giacomina era una mujer poderosa en la familia Sala. Tenía una visión aberrante del sexo, fuera conyugal o no; a través de sus ventanas, opuestas a las de Pietro, había espiado más de una vez, hechizada, las caricias de la pareja. Después los había maldecido por haberla expuesto al pecado. Convencida de que Maria era una perra bajo la piel de un cordero, quería castigarla y alejarla de la recién nacida, a quien ella misma se encargaría de cuidar.

Entró en la habitación de Maria del brazo de su hermano: Pietro les hizo señas de que no dijeran nada, madre e hija se habían quedado traspuestas.

Miraba a su mujer, aún más hermosa en su palidez, y a la recién nacida pegada al pecho, casi dormida. Quería que Maria fuera su compañera, aparte de la madre de sus hijos. Quería llevarla con él en sus viajes, pavonearse de llevarla del brazo, elegante, delgada, voluptuosa. Le aterrorizaba pensar que aquel cuerpo que tanto le satisfacía pudiera volverse repulsivo: estrías en el vientre y en los senos, escote con arrugas..., o bien grande y grueso, como el de las nodrizas enjaezadas de corales.

Pero decidió no forzarla, por el momento.

23
Cada día tiene algo hermoso

Titina había dormido en la cama matrimonial en lugar de Pietro. Una de las parteras se había quedado en casa, por si acaso se hacía necesaria su presencia, y dormitaba en una butaca del pasillo. Anna lloriqueaba, con el llanto de las primeras veinticuatro horas de vida, delicado y semejante al aullido de un perrillo. Maria se había levantado; la sacó de la cuna y se metió con ella en la cama. Le ofreció el pecho y Anna lo tomó. Dos horas más tarde, el mismo llanto. Antes incluso de que Titina pudiera levantarse, Maria ya tenía de nuevo a la niña en brazos; Anna mamaba para consolarse. Después, mientras Maria dormía, Titina la cambió: abuela y nieta empezaban a conocerse. Por la rendija de la puerta, Pietro —que había dormido en el diván del vestidor— la observaba. Titina le acercó a la niña.

—¿Qué hacemos? —preguntó él.

—Está decidida a amamantarla ella misma, y su cuerpo no se deformará. Pero no podréis viajar, ni recibir invitados como antes..., será diferente. Ella es la que debe decidir. ¿Tienes miedo a tus hermanas?

—Son implacables.

Al día siguiente, temprano por la mañana, Anna reclamaba otra vez el pecho. Maria se dio cuenta de que Pietro la miraba desde el diván. Se levantó, con la recién nacida en sus brazos, y se le acercó. Él asistió con cierta renuencia a la lactancia materna.

—¿Tú también quieres que tome una nodriza? —preguntó en voz baja.

—Pienso en ti, en tu tiempo, en tu cuerpo, en la niña...

—Yo seré como mi madre, mírala.

Debajo de las sábanas, el cuerpo de Titina dormida parecía el de una joven: bien proporcionado y firme.

—Tendrás que estar mucho en casa..., atada siempre a sus comidas...

—Déjame intentarlo, hay maneras de ser más libre: podría sacarme la leche.

—Maria, yo no puede imponerte que no la amamantes. Tú eres la madre. —Le dio un beso en la nariz.

Titina llevaba un rato despierta y había estado reflexionando mucho.

—Maria, hagamos un trato: que te traigan posibles nodrizas, elige a algunas y diles que dentro de una semana decidirás con cuál te quedas. Así nos quitamos de encima a tus cuñadas.

Maria aceptó. Habló con tres madres, todas con numerosa prole y maridos sin trabajo. Giuggia fue la que más le gustó de las tres: era la mujer de un minero inválido, tenía ojos de carbón; se había traído a su hijo de cuatro meses, un niño guapo y tranquilo que confiaría a alguien para mudarse a casa de los Sala.

—¿A quién se lo dejarás? —le preguntó Maria.

—A quien lo quiera en la familia. Aún no lo sé. —Giuggia miraba hacia abajo, triste—. Me llamaron ayer y no sabía que era para un trabajo con tantas prisas, pero en casa hay mucho *pitittu,* pasamos tanta hambre...

—Deseo amamantar yo misma a mi hija, pero los parientes de mi marido no quieren.

—Entonces, ¿de qué os sirvo yo?

—Te propongo que te vengas aquí con tu hijo, que lo amamantes a él como has hecho hasta ahora y a mi hija cuando sea necesario. O tal vez nos alternemos. Te quedarás hasta que cumpla dos años, y recibirás la misma paga de un minero. Pero tiene que ser un secreto: para todo el mundo serás la nodriza de Anna.

Llegó mayo, el mes de la recepción de los Tummia en Fuma Nuova. Pietro y Maria irían en automóvil desde Girgenti. Pietro, alentado por la promesa de su cuñado de regalarle un mono, estaba muy interesado en asistir. Verían a todos los parientes de Camagni y a sus amigos: se anunciaba como un día de diversión.

Maria amamantaba a su hija en secreto y decidió saltarse dos tomas consecutivas por primera vez, con la esperanza de aguantar. Pero no lo consiguió. De regreso, en automóvil, empezaron los dolores en el pecho. Nada más llegar a casa, febril y con manchas rojas en todo el cuerpo, buscó a Anna; pero la niña, saciada con la leche de Giuggia, volvía la cabeza y lloriqueaba. El pecho le ardía, le entró una fiebre alta. Maria lloraba de dolor. Llamaron al médico, quien le diagnosticó grietas en los pezones y mastitis. Pietro informó a sus hermanas, Sistina y Graziella, que entretanto habían vuelto de Fuma Nuova.

Anna, de diez meses, comía durante el día cada cuatro horas. El cuerpo de Maria, hecho para la lactancia, no podía saltarse las tomas: ¡tendría que despedir a Giuggia y amamantar a su hija como es debido, siempre! Eso era lo que deseaba desde lo más profundo de su condición de mujer y madre. Pero Pietro la quería a su lado, en la vida social, en los viajes; requería su intimidad de pareja cuando la deseaba. Era débil, pero también un buen hombre, y ella sufría porque se sentía desgarrada. Se decía que su primer deber era pensar en las necesidades de su marido. Giuggia era cariñosa y atenta con Anna, como si fuera hija suya. Si ella no dejaba de amamantar, la nodriza tendría que volver con su familia a pasar hambre: eso también era responsabilidad suya. Maria estaba sola, y tenía que tomar una decisión por sí sola. No había nadie con quien compartir ese tormento; en cuanto a Giosuè, estaba de viaje como asistente de un general en una misión en el extranjero y le mandaba únicamente tarjetas postales. Afligida y febril, cuanto más pensaba en la decisión que debía tomar, más infeliz se sentía.

Sintió vergüenza de sí misma. Buscó algo hermoso que la hiciera sonreír. Lo necesitaba.

Un susurro de alas. Una paloma de color marrón y blanco en la barandilla del balcón. Perfecta. Miraba a su alrededor con ojos amarillos, curiosa. Luego extendió sus alas y se lanzó hacia abajo, en dirección a la llanura.

La puerta se abrió de repente. Sistina y Graziella entraron en la habitación sin llamar: no se molestaron en advertir de su llegada.

Sixtina miró a Maria con aire de desaprobación.

—¿Es que quieres que tu hija se muera?

—Te hemos traído vendas —intervino Graziella—, así te dolerá menos, una vez que estés toda vendada. Y pronto se te retirará la leche. Para siempre.

Maria les permitió quitarle la blusa y fajarla con fuerza.

24
Veraneo en Fuma Vecchia

—Está mejor —murmuró Maria a Leonora, con los ojos clavados en Anna, convaleciente de paperas. De pie en la cuna, con las manos agarradas a los barrotes, la niña miraba hacia la ventana y charlaba con los pájaros de las ramas del roble. «Co-co-co», decía, imitando su arrullo—. La fiebre ha bajado, pero el cuello lo tiene todavía hinchado —continuó Maria—, de día está aquí conmigo, por la noche duerme en su habitación... sola... —vaciló, como si hubiera perdido el hilo de la conversación—, tal como desea Pietro.

—Tiene razón, podrían venirte las contracciones.

—No, qué va. Nacen muchos «sietemesinos», ¡pero nunca he oído hablar de «ochomesinos»! —Se rieron—. Es que Pietro no quiere niños en nuestra habitación. Igual que mi padre.

Cuanto más escuchaba Leonora ese tono dulce y resignado, más se irritaba. Notaba en ello la sumisión de la esposa de otros tiempos. Era su manera de reconciliarse con lo que le había sucedido a su madre, quien, prendada de un primo, prefirió que su marido se quedara con sus hijos en vez de permanecer en la familia como una rea arrepentida. Leonora quería un marido rico y dócil; a cambio, ella, en la intimidad, le haría feliz.

Pero nada. Aquejada por sentimientos encontrados, se sentía culpable por tener celos, y hasta envidia, del fabuloso matrimonio de su prima, de la vida llena de lujos que podía permitirse. ¡Y todo por un *taliata* desde la ventana del despacho de su tío! Le bastaba con ver cómo habían transformado Fuma Vecchia para notar que la corroía un sentimiento de hostilidad: ¡la torre abandonada se había convertido en una residencia hermosa y acogedora, magníficamente amueblada, equipada con un generador eléctrico, baños con agua corriente caliente y fría, un jardín recién plantado y ciervos incluso en el bosque viejo! Miró la cama con dosel colgante, según la última moda, las sillas vienesas y los novísimos sillones que formaban un rincón de estar bajo el viejo espejo restaurado, los floreros modernistas y el escritorio escocés, de una madera que casi parecía tosca. En Fuma Vecchia, Pietro y Maria no vivían más que dos meses al año. Leonora fue directa:

—Ya quisiera yo una casa como la tuya. ¡Viviría en ella todo el año! Jamás conseguiré un marido tan rico como el tuyo, eso ya lo sé, pero uno acomodado, con una casita tal vez y un poco de terreno alrededor, y un piso confortable en el pueblo... Un marido que de vez en cuando me lleve de viaje al continente..., ¡vaya si lo querría!

—¿Pues sabes que a mí, en cambio, me da pena dejar la casa de Girgenti para venir aquí?

—No te entiendo.

—No se lo pedí yo. Pietro había decidido comprar Fuma Vecchia antes de conocerme.

Maria le recordó a su prima que ella había vivido toda su vida en su casa de Camagni, los veranos y los inviernos —excepto las breves vacaciones en Palermo en casa de la tía Elena—, y no estaba acostumbrada a tener más de una casa, un segundo dormitorio, un cuarto de baño diferente...

—¡Es como tener dos maridos! —añadió con una risita.

—Si te gustan los dos, ¿por qué no? —Y después, no sin cierta vergüenza, Leonora continuó con la broma—: Sería estupendo que aquí también hubiera poligamia..., ¡pero sólo si también se les consintiera a las mujeres!

—¡Mamá, mamá! —la llamaba Anna. Maria la levantó y la sentó a su lado en la cama matrimonial.

—¡Cuidado con tu hermanito, no me des patadas! —le recomendó con voz dulce, y Anna, dócil, acariciaba el vientre de su madre:

—Guapo, guapo...

—Me encantaría tener un hijo, ya he pasado de los veinte años —dijo Leonora.

—Antes deberás pensar en buscarte marido.

—Y lo pienso, lo pienso..., sólo que él no piensa en mí..., por ahora. Pero ya lo hará.

Y una vez más se rieron como en los viejos tiempos.

Se oyó un ligero golpe en la puerta.

—¿Se puede?

—Entra, Pietro, estoy con Leonora...

Pietro le advirtió que había venido su padre, con Filippo y Giosuè: ¿podían subir a saludarla?

—Como prefiráis —contestó Maria.

—Pues subiremos todos, pediré que nos traigan el café. —Y después de asegurarse de que no quería nada más, Pietro desapareció.

—¿Tu marido es siempre tan atento contigo?

—Sí, es muy delicado, he tenido mucha suerte. —Maria se ajustó el vestido y se alisó el pelo, colocándose en la frente el mechón que se había deslizado hacia un ojo: luego se miró en el espejo colgado con una leve inclinación en la pared enfrente de la cama.

—Ya veo —se limitó a comentar Leonora.

Entre ellas había pocas afinidades: eran diferentes en todo. A los dieciocho años, a pesar de su embarazo, Maria parecía una chiquilla —ojos inocentes, mejillas lisas sin necesidad de polvos de arroz ni colorete, el pelo recogido en la nuca en un sencillo moño—, y sin embargo era moderada, prudente, silenciosa. Leonora —muy acicalada, llamativa en su forma de vestir y sensual— no veía la hora de salir de su casa como *fimmina* casada. Cuando llegaron los hombres, se puso a hablar con Filippo y poco después se apartó con él.

Junto a Anna, Giosuè era el centro de atención. Además de haber alcanzado el grado de capitán, viajaba sin parar como asistente del general Lavati, profesor de ingeniería en la Academia Militar de Turín y asesor del Ministerio de Defensa. Maria se sentía feliz de verlo junto con Pietro y su padre: los hombres de su vida.

25
Desheredado

A principios de agosto, Pietro se fue a Nápoles; apenas dos días después regresó. Le había dicho a su padre que quería darle una sorpresa a Maria para la próxima Navidad: un valioso belén napolitano del siglo XVIII, con sus ríos de agua corriente y luces eléctricas, que un amigo suyo había puesto a la venta. Había vuelto meditabundo. Maria atribuyó su estado de ánimo a la ansiedad por el inminente parto y no le dio mayor importancia. Trataba de distraerlo leyéndole las cartas de Giosuè —que había mantenido su compromiso y le escribía haciéndole una crónica amena e instructiva del viaje, en la que recogía sus impresiones de Cirenaica—, unas cartas de las que sus padres eran ávidos oyentes: en casa de los Marra, la lectura en voz alta se veía salpicada, y siempre terminaba, con los complacidos «¡Este chavalín de Tonino, donde pone el ojo pone la bala!» del padre.

La visita de Giosuè a Sicilia no había sido sólo de ocio; debía reunirse con los prefectos provinciales y preparar un informe sobre el potencial traslado de agricultores a Cirenaica —una vez conquistada— en los medios de transporte marítimo existentes, sobre la capacidad de la marina mercante privada de expandirse para atender el transporte de emigrantes y sobre los contactos ya existentes entre los isleños y los libios. La invasión no declarada se desarrollaba sin contratiempos: las tropas turcas se habían retirado sin entablar combate y se habían ganado el desprecio de los nativos. Sin embargo, los problemas logísticos y culturales eran notables y no habían sido tomados en consideración. Las llamadas ciudades libias —grandes aldeas en realidad— no tenían capacidad para apoyar a las tropas; no se habían previsto fondos para la propaganda, para preparar a la gente del lugar ante el avance italiano y ganarse su simpatía. Giosuè había recibido una misión adicional: una inspección por Cirenaica para informar después a sus superiores sobre la manera de mejorar las relaciones entre los italianos y la nueva colonia, como ya se denominaba a toda Libia, dando por hecha la conquista. De modo que había entrado en contacto con los comerciantes judíos de Trípoli, y por primera vez, al referirse a ello, había aludido a su condición de judío.

Vito, el varón tan deseado por el suegro, nació en Camagni el 21 de agosto de 1911, en la casa de sus abuelos maternos. Ninguna de las tías Sala asistió al parto, ni siquiera Giuseppina. Vito fue entregado a la nodriza inmediatamente, por voluntad de Maria.

Además de la administración del edificio, su suegro le había ido asignando pequeñas tareas. A menudo le enviaba a su chófer porque quería que acudiera a Fara para hablarle de negocios, y después el chófer volvía a acompañarla a casa. Otras veces le daba cometidos específicos: ir al notario para recoger o entregar documentos, que además debía leer y entender; seguir la correspondencia con el abogado de la familia y, en ocasiones, escribir cartas o compilar listas de documentos ordenados por fechas. A veces Maria recurría a su padre, o —por vía epistolar— a Giosuè, en busca de ayuda o consejos; no hablaba con nadie más de aquel «trabajo» suyo, que le gustaba mucho, porque no quería socavar el papel ni la imagen de cabeza de familia de Pietro. Él, que no estaba celoso en absoluto, le tomaba el pelo:

—¡Ten cuidado! Mi padre acabará echando sobre tus hombros un montón de engorros.

Después del bautizo de Vito en Camagni, al que habían asistido los tres hermanos Sala, que vinieron especialmente desde Fara, la familia había vuelto a Fuma Vecchia, esta vez con los padres de Maria. Un día de finales de septiembre apareció el chófer de los Sala con la orden de llevar a Pietro a Fara. Él obedeció sin poner objeciones y se despidió de Maria diciéndole que regresaría en un par de días como máximo.

Pero no volvió. Al tercer día, Maria le envió un telegrama, que quedó sin respuesta. No estaba preocupada: Pietro aparecería por sorpresa, como tanto le gustaba hacer. A veces, mientras bordaba, prendía el hilo y miraba hacia fuera, al bosque, con la mirada vaga. Entonces su padre le pedía que le leyera algo en voz alta o que lo acompañara al jardín.

El quinto día se presentó en la casa el automóvil de los Sala; en su interior, como único pasajero, Peppino Tummia. Había venido en su condición de cuñado de Maria, y no en la de tío, para llevarla a Fara: su suegro deseaba verla sin los niños, estarían de regreso por la noche. No era raro que el padre de Pietro la llamara con escaso margen de tiempo o incluso sin avisarla antes para hablar de la administración del edificio de Girgenti o para presentarle a algunos profesionales de confianza de visita en la casa: ésa era también una forma de enseñarle a ayudar a Pietro en la administración del patrimonio. Maria sabía que antes de la boda su tío había apoyado a su madre en sus discusiones con su padre, descontento con el matrimonio; además, le estaba agradecida porque cada año les mandaba todo lo que producían sus tierras. Sin la harina, las aceitunas en salmuera, las almendras, sin los conejos, los pollos, los cabritos, el requesón y el queso de oveja, las verduras y las frutas de sus campos, la mesa de los Marra sería mucho menos rica y sabrosa. Por eso le resultaba muy difícil su nuevo papel de cuñada del tío. De modo que hicieron el viaje en silencio; ella pensaba en la buena vida de Giosuè y fantaseaba que iba a Libia con Pietro y los niños en el futuro. Llegados al patio, antes de bajar, su tío le tomó el rostro y la besó en ambas mejillas:

—Maria mía... Maria mía...

Ella comprendió que había pasado *algo*.

El suegro tenía las ojeras marcadas, el tío Giovannino se mostraba impasible. La tía Giacomina no se dejó ver. Tras los saludos de rigor, el suegro quiso ir directamente al grano.

—Necesitamos saber tu opinión.

Un amigo napolitano de la familia le había avisado de que en la Sala de lo Civil del tribunal de su ciudad había diversos procedimientos legales en avanzado curso contra la mina Ciatta por haber recibido dinero en préstamo: Pietro había contraído deudas con un usurero en nombre de la mina y después había hecho caso omiso de la citación y requerimientos de la corte, poniendo así en peligro la Ciatta. Por si fuera poco, había actuado *ultra vires,* dado que no tenía capacidad legal para contraer deudas en nombre de la mina de la familia, y por lo tanto también habían cometido un delito. Acorralado por su padre y su tío, había replicado que tenía la intención de pedirles que pagaran la deuda, pero que al final se le había olvidado. Sin embargo, había más. La semana anterior había llegado una carta de Pellier, uno los más antiguos y respetados compradores de su azufre, con sede en Marsella. Intervino entonces el tío Giovannino.

—Durante una de mis últimas visitas a Francia, Pietro expresó su deseo de acompañarme a ver a Pellier, quien gratamente impresionado me escribió después felicitándome. Ahora hemos descubierto que hace tres meses Pietro obtuvo de Pellier una enorme suma de dinero, con la promesa de que le sería devuelta en el plazo de un mes. Él sostiene que se trataba de un pago a cuenta ofrecido por el cliente por futuras compras de azufre, y que la culpa es de Pellier.

—¡Excusas mezquinas! ¡Mentiras! —espetó el suegro—. Pietro ha sido deshonesto con nosotros y con quien le concedió el crédito: nos arriesgamos a arruinar nuestra reputación y las minas. Por si fuera poco, el precio de azufre está cayendo debido a la competencia americana.

Añadió que las dos deudas ascendían a las rentas anuales de Ciatta: una cifra enorme.

—Me ha comprado joyas muy hermosas, y dos Fabergé —le interrumpió Maria.

El padre la detuvo con un gesto.

—Tú, *bedda mia,* cuestas mucho menos que sus amantes del pasado. Es el juego, la ruleta, lo que le lleva a la ruina y amenaza con arruinarnos a todos. Ya les ha ocurrido a otras muchas familias, en su mayoría de la aristocracia. Nosotros somos de origen burgués, y estoy orgulloso de ello. Nunca creí que nos ocurriría también a nosotros.

Maria estaba consternada.

—¿Qué puedo hacer yo? ¿Hablo con Pietro?

—¡Tú ya has hecho mucho! Nos has dado a Vito, el heredero de los Sala. Su padre es incapaz de administrar el patrimonio de la familia. Hemos hablado con el notario y con nuestros abogados. Tenemos la intención de conservar la riqueza de la familia para tus hijos desheredándolo a él, que sólo recibirá una renta mensual, no modesta desde luego, del banco. Si insiste en reclamar la legítima, pediremos su incapacitación. —El suegro estaba muy tranquilo—. Nuestros bienes irán directamente a los hijos de Pietro, nacidos y por nacer de ti, y sólo de ti, y serás tú quien los administre. —Maria escuchaba y pensaba como madre. Él le cogió la mano—: Tenemos fe en ti, Maria. Y nos sentimos moralmente en deuda. Mi hijo está obsesionado con el juego, su perdición. Pero hay más.

Los ojos de Maria se abrieron como platos. El tío Giovannino le explicó que Pietro abusaba de las drogas de moda: el ajenjo, muy popular en Francia, y la cocaína, que treinta años antes se consideraba una panacea. Estaba presente en los remedios más eficaces contra la ansiedad, los resfriados y la sinusitis y todavía podía comprarse en las farmacias.

—Una vez compramos tres cajas de jarabe de coca porque se lo habían prescrito a tu suegra. A ella no le gustaba y se negaba a tomarlo, pero Pietro, que entonces era joven, desafortunadamente se volvió adicto. —Luego, no sin empacho, admitió—: Yo bebía Vin Mariani, un vino de coca francés, caro y muy de moda, elaborado por un amigo mío corso. Era apreciado en toda Europa e incluso en las Américas porque Pío X lo tomaba. Yo se lo dejé probar a Pietro y también le gustó. Ahora aspira cocaína en polvo.

—¿Dónde está mi marido? —preguntó Maria.

—En el dormitorio. Después de nuestra discusión se encerró allí, como hacía cuando era niño: entonces se negaba a salir hasta que no le concedíamos lo que quería, y ahora que tiene cuarenta y pico hace lo mismo. No sale desde hace cinco días, sólo deja entrar a Leonardo para atenderlo. Le he dado instrucciones de seguirle la corriente y de que le proporcione licor y drogas a voluntad: tenemos que resolver la situación de una vez por todas.

—¿Os comunicáis de alguna manera?

—Con los mensajitos habituales.

Y el padre le entregó una hoja en la que estaba escrito, con una caligrafía muy tortuosa:

> Señor padre, señor tío: os imploro que paguéis por el bien de mis hijos. Prometo cambiar.

Le explicó que desde el nacimiento de Anna, para preservar la armonía familiar, siempre habían cedido, tanto en los costes de la casa como en los pagos de las deudas.

—Tenemos que separar el bien de vuestros hijos y el tuyo del de Pietro y sus vicios. A partir de hoy tendrá una renta vitalicia; me niego a pagar sus deudas sin tu beneplácito, como tutora de sus hijos. Pietro debe aceptar que cuando muramos, serás tú quien administre sus bienes. Si nos das tu consentimiento, te daré los fondos para pagar estas dos deudas, así comprenderá que ya no puede pedirnos nada a mí o a mi hermano.

Maria se mostró de acuerdo en ser ella la que pagara en el futuro.

—Pero, señor padre, esta vez no: sería demasiado humillante. No quiero enemistarme aún más con Pietro: le quiero, y los niños le necesitan. No es un mal padre. —Suspiró—. Y si llega a serlo, prefiero que sea lo más tarde posible.

—Vamos juntos a verlo —dijo el suegro—. Pietro no sabe que te he mandado llamar. Cuando vi el telegrama que le enviaste, me di cuenta de que no podía dejarte con la incertidumbre y de que era el momento de actuar. Le explicaré nuestras condiciones y os dejaré solos, si eso es lo que quieres.

Las cortinas estaban echadas, la habitación olía a humo y a orina. Una franja de luz y polvo caía sobre el suelo. Pietro estaba fumando en la cama, en camisón, apoyado en una pila desordenada de almohadones.

—Ah, conque la habéis hecho venir... —mascullo cuando se percató de la presencia de Maria.

Se dispuso a levantarse, pero tropezó con las sábanas tiradas por el suelo. Desde la oscuridad de la puerta de al lado surgió Leonardo, que lo sostuvo sujetándolo por un brazo y le ayudó a sentarse en el borde de la cama. Las cenizas del cigarrillo cayeron sobre la sábana.

—Escúchame, Pietro. He llamado a tu mujer para comunicaros a los dos lo que hemos decidido tu tío y yo tras discutirlo con nuestros abogados. —Levantando un dedo cada vez, el viejo fue enumerando—: Uno: a partir de hoy quedas desheredado en favor de Vito. Dos: tendrás una renta anual, que después de nuestra muerte te será proporcionada por tu mujer. Tres: confiaremos la administración del patrimonio destinado a Vito y a los hijos nacidos y por nacer después de nuestra muerte, durante su minoría de edad, a su madre, Maria. —Hizo una pausa mientras Pietro mascullaba algo ininteligible—. ¿Has entendido?

Pietro babeaba, con el cigarrillo casi acabado a punto de quemarle los dedos, amarillos de nicotina. Leonardo se apresuró a quitárselo de las manos y a apagarlo en el cenicero.

—No volveremos a pagar tus deudas, ni ahora ni en el futuro. ¿Lo entiendes? No-las-pa-ga-re-mos —silabeó lentamente su padre—. La cantidad necesaria para satisfacer las dos deudas que nos has pedido que saldemos, la que tienes con Pellier y la del usurero napolitano, se deducirán de tu renta. ¿Lo has entendido?

Alineados delante de la cortina, con la franja de luz a sus espaldas, los dos parecían verdugos inquisidores. Maria se estremeció, inmóvil.

—En el futuro —continuó su padre—, si además de tu pensión tuvieras que pedir más dinero, será tu mujer quien decida si dártelo. Maria lo decidirá.

Al oír el nombre de Maria, Pietro trató de ponerse de pie.

—Maria no... ¿Qué tiene que ver Maria con esto?

—Tengo que ver, y mucho, desde luego, Pietro. Soy tu mujer y deseo seguir siéndolo. Te quiero mucho, ya lo sabes. Tengo dos obligaciones: mi obligación principal atañe a nuestros hijos. Debo criarlos y darles sólidos principios, debo protegerlos y administrar sus bienes. Mi segunda obligación es cuidar de ti.

Él dejó caer la cabeza:

—Habéis traído a mi mujer... Lo pagaréis —rezongó.

—Pietro, responde. ¿Aceptas lo que dice tu padre? ¡Yo lo acepto porque así se os protegerá a ti y a nuestros hijos! —Maria había dado un paso hacia delante.

Él había levantado la cara, con las pupilas dilatadas.

—De acuerdo. No puedo decir nada más, estoy de acuerdo, señor padre. Y señora esposa. —Les lanzó una *taliata* sombría. Entonces, un goteo cayó por el suelo. Pietro, sentado en el borde de la cama, se estaba orinando encima.

Al salir de casa de los Marra, Maria se sentía aturdida. Se preguntaba cómo podría hacer entender a Pietro que había actuado por su propio bien. Temía que continuara bebiendo y drogándose, y que permaneciese en Fara por quién sabe cuánto tiempo... O que tal vez no quisiera volver a casa nunca más. Leonardo la acompañó al automóvil.

—Signurì, 'un si preoccupassi —le dijo antes de dejarla—; no se preocupe, señora; el amo volverá mañana, como unas pascuas, con una bonita caja de galletas de anís.

26
Leer y escribir

Maria bajó del Isotta Fraschini con desenvoltura. «¡Gracias!», dijo, y sonrió al chófer de su suegro, que sostenía la puerta abierta. Peppino Tummia pensó cuánto debía de haberle costado esa sonrisa fingida; luego le dijo al chófer:

—¡Vámonos, llegamos tarde para el almuerzo! —Quería evitar encontrarse con Titina.

—Pietro está en la cama, ha tenido trastornos intestinales... —le explicó Maria a su madre, y añadió que estaba en vías de recuperación y que esa misma semana estaría de vuelta. Olió las rosas del centro de mesa y luego fueron juntas a ver a los niños.

Maria jugaba con Anna, riendo de buena gana. Titina las observaba confusa. Esa mañana, poco después de marcharse Maria y Peppino, se había presentado Giuseppina en su carroza; su versión era bastante diferente y más fiable que la de Maria: Pietro estaba llevando a cabo una especie de huelga de hambre para obligar a su padre a pagarle las deudas; no era la primera vez, y por lo general funcionaba. Giuseppina lo había sabido por Sistina, que había ido de visita a casa de su padre. Las hermanas estaban preocupadas porque Pietro sólo permitía entrar en su habitación a Leonardo, ni siquiera a las criadas. Giuseppina había omitido decir que el día anterior su padre y su tío habían convocado al notario y al abogado.

Por la tarde llegó una carta de Giosuè. Había sido escrita antes del nacimiento de Vito y echada al correo hacía poco. Maria prefirió no leerla hasta la noche y salió a dar un paseo sola empujando el cochecito. Regresó con un gran ramo de áster de Escocia púrpura. Luego tocó Brahms con arrebato.

Titina quería saber más, y durante la cena le preguntó si había hablado con su suegro de alguna otra cosa.

—De los niños y del futuro. Me quiere y me aprecia... Pietro, como sabes, es un soñador, un amante del arte, y no le gustan los negocios. Aceptaré las tareas que me encomienden.

Por la noche, en el dormitorio, Maria leyó la carta.

> Gracias, Maria, por empujarme a escribir, y disculpa la demora.
>
> Te voy a hablar de la guerra. Jamás podría hablar de ello a nadie con este candor: forma parte de la naturaleza humana. Existen circunstancias en las que se vuelve necesaria, y se la considera «el mal menor».
>
> La guerra es la madre del ingenio: los descubrimientos científicos nacidos de las necesidades impuestas por los conflictos armados son formidables, desde la conservación de los alimentos, que debemos a los franceses, hasta el desarrollo de la radio de Guglielmo Marconi. He tenido el honor de trabajar con él: es un hombre pacífico, pero, al igual que yo, no subestima la importancia de la guerra, que a estas alturas se libra a distancia, con instrumentos que localizan los objetivos y pueden indicar dónde se hallan las tropas enemigas. Tenemos artefactos bélicos que alcanzan grandes distancias y bombas que se lanzan desde aeroplanos y aturden o incluso matan. Me parecen repulsivas, porque matan indiscriminadamente tanto a militares como a civiles. La comunidad internacional formada por científicos que se ocupan de la guerra es otro fenómeno extraordinario que habría que reproducir en otros sectores. Hace siete años, los investigadores de una universidad británica insertaron una válvula en la «estación Marconi», que más tarde fue mejorada en una universidad americana. De esta forma se aseguraban una mayor limpieza de la señal y una gran capacidad de modulación y de transmisión a diferentes longitudes de onda. No deja de ser un objeto enorme y pesado, difícil de transportar; en las tres naciones se sigue experimentando para hacerla más pequeña. Lo lograrán, nuestro Marconi está trabajando en ello. Tenemos que invertir dinero. En Italia, el Gobierno gasta relativamente poco

en las universidades y la investigación. Otras naciones, mucho. Estados Unidos es el país más generoso y de mayor amplitud de miras.

Ésta es una de mis tareas: divulgar tales posibilidades, buscar acuerdos en la comunidad científica y militar internacional.

Sobre el conflicto en Libia tengo serias dudas. La época del colonialismo ha acabado, y en todo caso éste es inconcebible con pueblos con los que compartimos al menos una parte de nuestro patrimonio religioso; judíos, cristianos y musulmanes tienen un origen común y un solo dios. Carece por completo de sentido. La superioridad del hombre blanco a nivel científico es indiscutible, pero no a nivel humano. Ninguna raza es superior a otra, y ningún hombre es superior a otro. Los judíos de Etiopía se sienten hermanos míos, no inferiores. El colonialismo actual se basa en la superioridad de la raza blanca y de la cultura grecorromana. Nuestro Gobierno cree que le es necesario para ganar credibilidad en el mundo, pero el colonialismo está muriendo; tratar de colonizar a los musulmanes es una locura. Provocará odio y guerras.

En cambio, podríamos exportar a América la superioridad del capitalismo y de la revolución industrial y científica, nacidos y desarrollados en Europa y en las antiguas colonias europeas. Pero en Europa no lo entendemos, a diferencia de lo que ocurre en Estados Unidos, donde lo han entendido y puesto en práctica, y por eso se impondrán sobre las otras naciones: en sus universidades se trabaja duramente.

Nuestro Gobierno pretende hacernos olvidar las heridas de las derrotas de Dogali y Adua en Etiopía con una guerra victoriosa. Alemania y nosotros somos los últimos en llegar a la mesa de los grandes países coloniales europeos. Demasiado tarde. La Iglesia católica ha hecho fuertes inversiones en el Imperio otomano a través del Banco de Roma, y ha obtenido grandes beneficios que quiere proteger: el Imperio otomano se está desmoronando y no tardará en derrumbarse ante el ataque de Atatürk y sus Jóvenes Turcos. Tengo buenos contactos con la curia romana.

La única ventaja que la colonización de Cirenaica, de Tripolitania y de su interior (aún desconocido: hay quien dice que es desértico y quien lo considera rico en oasis fértiles) podría ofrecer sería la emigración de campesinos italianos. También en esto actuamos a ciegas: es posible que todo el interior del país sea de arena. Estoy convencido de que Giolitti quería la guerra por razones personales: recuperar la popularidad en el país y en el Parlamento, permanecer aferrado al sillón de primer ministro. El poder es su droga. Y, como todas las drogas, al final destruye.

Esto es lo que estaba ansioso por decirte.

Tu carta será diferente, repleta de los afectos más puros. Te imagino como madre por segunda vez, feliz en tu hermoso jardín florecido, al borde del bosque de robles.

Maria volvió a meter la hoja de papel en el sobre. Las cartas de Giosuè necesitaban una segunda e incluso una tercera lectura. Maria veía en ellas un gran aliento, una capacidad de observar las cosas del mundo y de analizarlas en valiosas síntesis. Al regresar de Fara se había sentido realmente optimista. En el automóvil había analizado los hechos. Ya sabía que a Pietro le gustaba mucho el juego, que fumaba y que, a veces, bebía demasiado; también sabía que contraía deudas; él lo decía abiertamente, acusando con afecto a su padre de ser un tacaño y de estar perfectamente en condiciones de asumirlas. Lo había visto deprimido, aunque nunca en el estado de esa mañana. Saldría pronto, por lo menos eso pensaba Leonardo, que le había anticipado el regreso del amo a Fuma Vecchia al día siguiente. Lo que su suegro le había propuesto no era algo completamente nuevo: ya de novia la habían preparado para tomar las riendas de la familia, incluidos sus bienes. Había llegado a decirse incluso que su vida familiar saldría beneficiada, ya que tendrían certezas, límites, papeles claros y separados. Albergaba esperanzas.

Por el contrario, la carta de Giosuè la había desestabilizado. «El poder es su droga. Y, como todas las drogas, al final destruye», había escrito. Destruye la carrera de un viejo político, ¿era eso lo que quería decir Giosuè? ¿O tal vez los vicios acabarían destruyendo a Pietro mismo? ¿O su matrimonio? ¿O a ella? ¿O, Dios no lo quiera, a sus hijos? ¿Y si Pietro no se recuperaba? Estaba demacrado. Y la había mirado con ojeriza. ¿Y si ya no la quería como esposa? Maria se sintió mal y pidió una taza de agua y laurel.

Después de habérsela servido, Maddalena no volvió a la cocina y permaneció allí, torpemente inmóvil.

—¿Qué ocurre, Maddalena? —preguntó Maria.

La chica se ruborizó, se ajustó la cofia. Luego, entre grandes pausas y suspiros, le confesó que no sabía leer ni escribir, y que se avergonzaba de ello: le había asegurado a la madre de Maria, cuando la había tomado a su servicio, que había acudido a la escuela obligatoria durante dos años. Era mentira. La verdad es que había memorizado las etiquetas de las cajas de metal de la despensa y sabía dónde estaban la harina, el azúcar y las especias. Además, su finísimo sentido del olfato le permitía adivinar el contenido de algunas cajas nada más olerlas. Ahora, a los dieciocho años, se sentía una mentirosa y una tramposa. Y rompió a llorar. Maria le dijo que se fuera y le prometió encontrar una solución.

Por la noche, en la cama, Maria pensaba. Había insistido en completar sus estudios para convertirse en maestra: por amor propio, o quizá porque era una apuesta con Pietro y Giosuè. Pero había una razón de peso que en realidad nunca había hecho pública: quería ayudar a los analfabetos. Organizaría una escuela donde el personal de servicio podría estudiar. Empezando por el de su propia casa. Sí, ésa era su misión: enseñar a leer y a escribir a los adultos. Y cayó en el sueño de los justos.

El rugido de un automóvil la despertó temprano por la mañana, pero se quedó en la cama. Ese ruido anunciaba, lo supo, el regreso de su marido. Llamaron a la puerta, y acto seguido entró Pietro, pálido y con olor a colonia, llevando en brazos a Anna en camisón: recién levantada, pero ya *pispisa,* pizpireta, sostenía un manojo de capullos de rosas para «mamá».

—Me han dicho que no te encuentras bien, ¿qué te ocurre? —le preguntó él, solícito.

—Ayer fue un día duro, también para ti —respondió ella, y trató de recomponerse: en el calor de los abrazos, Anna le había retirado los tirantes del camisón.

Pietro la miró con toda intención. Y Maria dejó que la mirara.

27
1914. Año Nuevo en Trípoli

Filippo, un muchacho tranquilo y poco asertivo, sorprendió a todos en la familia al licenciarse con honores en Ingeniería; su tío Tommaso Savoca, ingeniero reconocido, lo había tomado bajo su protección y le había encontrado trabajo con un constructor de Palermo. Unas semanas más tarde, Filippo sorprendió una vez más a sus familiares comunicándoles su compromiso matrimonial con Leonora, tres años mayor que él, y su inminente boda. Se pensó que había un bebé en camino, pero Filippo les explicó que la boda se debía a una pequeña herencia que le había dejado a Leonora su madre, muerta recientemente, y que había hecho posible su sueño de amor. Los Marra intentaron poner al mal tiempo buena cara, pero sólo lo consiguieron en parte. Maria sintió pena, le hubiera gustado hacer algo para demostrar a Filippo y Leonora que se alegraba de su felicidad, entonces Pietro le sugirió invitar a los recién casados a Trípoli, en la Libia recién conquistada por Italia, donde él deseaba pasar el Año Nuevo de 1914, junto al coronel Michele Vigentini, un viejo amigo suyo.

Maria estaba encantada de tomarse unas vacaciones sin hijos. Había superado el *shock* de las grandes pérdidas de Pietro en la mesa de la ruleta; adoraba a los niños y se había resignado a la decisión de su suegro y al nuevo papel que le había adjudicado: el matrimonio había salido fortalecido. Pietro aceptó que a la muerte de su padre fuera Maria quien administrara los bienes de la familia, y que, entretanto, sería ella quien los gestionara: él empleaba sus ingresos para mantener a la familia y para sus gastos personales; si necesitaba más dinero, o en caso de gastos imprevistos, se lo pedía a su padre. Una vez aprobado el gasto, era Maria la que se lo pasaba. Se trataba de una suerte de tutela, humillante en apariencia, que Pietro veía como una liberación de su conflicto interior entre la pasión por el juego y la administración racional del patrimonio, por el bien de la familia. Le gustaba estar en Girgenti, donde había comenzado a asistir asiduamente al Círculo de los Nobles, se entretenía con el cuidado de su colección de antigüedades, gozaba de una satisfactoria complicidad sexual con Maria y se sentía muy unido a los niños. Tenían todas las cartas para ser una familia serena y feliz.

Pese a todo, a Maria le corroía la ansiedad cada vez que él iba a Palermo solo, hasta el extremo de que llegaba a sentirse mal. ¿Habría vuelto a las andadas con el juego? ¿Estaría pidiendo dinero prestado a sus amigos? Era una angustia insoportable que le envenenaba la vida diaria. Hasta que decidió considerar a su marido simplemente un coleccionista refinado y un amante de las artes bastante derrochador. Negaba la realidad, y se avergonzaba.

Había hablado de ello con su padre, dando un paseo por el jardín interior de Camagni, como en los viejos tiempos. Él se detuvo y, después de escudriñarla, le obsequió con una caricia:

—Yo soy socialista desde que tenía catorce años. —Maria parecía interrogarlo con la mirada. Su padre le hizo un gesto para que tuviera paciencia y, retomando el camino, continuó—: Este año, en un momento muy delicado para la nación y para la izquierda, Turati, el «padre» del socialismo italiano, a quien tanto he apreciado y respetado, ha rechazado la oferta de Giolitti de formar parte del Gobierno. No sé si por orgullo o por resentimiento personal, o porque no lo estima. Pero como parlamentario y representante del pueblo debería haber aceptado. También ha rechazado la solicitud de los colegas socialistas de entrar en la ejecutiva del partido, con el resultado de que Mussolini, un recién llegado que no cree en la democracia socialista, ha derrotado en el congreso de Reggio Emilia al representante de la corriente moderada reformista. Turati ha sido un irresponsable. —Puso una mano en el hombro de Maria—. Yo finjo que

Turati sigue siendo el hombre de principios entregado al socialismo que conocí. Hice lo mismo con Crispi. Ése es el arte de la supervivencia de aquellos que tratan de hacer lo correcto. Maria mía, haces bien en pensar que tu marido es solamente un derrochador. Te ayuda a vivir y a asegurar una vida serena a tus hijos. ¡Pero estate alerta!

Michele Vigentini había enviado a su ayudante, el teniente Maniscalco, a recibirlos en el puerto de Trípoli. Por el camino, el oficial se disculpó en nombre del teniente coronel Sacerdoti, quien se uniría a ellos por la noche para cenar en el Círculo de Oficiales, en el edificio adyacente a su hotel. Si no estaban cansados, al coronel y a su mujer Elisa les gustaría ofrecerles un cóctel antes de la cena.

No muy distante de Sicilia, Tripolitania estaba ya «italianizada» a pesar de que la franja costera, desde Zuara a Tobruk, sólo hubiera sido «cedida» a la administración del Reino de Italia. Maria la conocía a través de libros, periódicos, fotografías y, más recientemente, el cinematógrafo. En vivo, era algo muy distinto; la primera sorpresa fue su alojamiento, la casa-palacio de una familia judía convertida en un hotel. Sus habitaciones daban a uno de los patios interiores, con sofás cubiertos de telas orientales y confortables sillones de mimbre; la geometría del jardín estaba jalonada por altas palmeras en macetas.

Pietro y Maria estaban tomando un té de menta bajo el porche cuando él le propuso ir a dar un paseo y le tendió la mano para ayudarla a levantarse. El jardín estaba formado por arriates de flores bajas, rectangulares, con un tupido reborde de espárragos silvestres idénticos a los de su jardín de Girgenti, de vibrante y reluciente follaje.

—Mira —dijo Pietro—, las plantas de jazmín crecen sin apoyo, y después los jardineros enredan las ramas creando montículos aromáticos.

Otros arriates de flores, más pequeños y circulares, albergaban rosas de pitiminí. Los senderos convergían en el centro, donde borbotaba el agua de una fuente visible únicamente desde un rincón del jardín y sencillísima en su belleza: estaba formada por dos cuencos de mármol blanco empotrados en el suelo, uno más alto y otro más bajo, unidos por un canalillo. Maria se inclinó para verla mejor, y antes de que pudiera hacerlo ella misma, Pietro se apresuró a colocarle detrás de la oreja un mechón de pelo que se le había deslizado hacia delante.

—Te cubriría de besos —susurró—, pero aquí hay que respetar las costumbres locales: tendré que esperar hasta esta noche.

Dejó que su mano, apoyada en su cara, se demorara en una larga caricia. Reemprendieron el camino cogidos del brazo. Giosuè, que había pensado en darles una sorpresa, entró en el jardín por una puerta lateral; los vio y dio media vuelta.

El círculo era aún más grandioso y exótico que el hotel. Filippo y Leonora deambulaban cogidos del brazo de habitación en habitación, deslumbrados por su arquitectura morisca —bóvedas altísimas, ingeniosas aberturas para la ventilación, arcos y columnas de mármol blanco y negro, suelos y paredes de baldosas— y por la decoración —faroles con cristales de colores, alfombras, sofás enormes, muebles tallados y calados—. Pietro y Maria se entretenían con sus amigos, por separado. Elisa Vigentini presentó a Maria a las otras damas. Algunas, como ella, estaban en Tripolitania para las fiestas navideñas. Una de éstas, Paola Cazzaniga —una hermosa mujer de pelo rizado y rubio, hija de un empresario lombardo—, le preguntó a quemarropa:

—¿Es usted la amiga de infancia de Giosuè Sacerdoti?

Desde ese momento, él fue el eje de la conversación; era muy admirado por su gestión diplomática en las relaciones con la población local, por su cultura y sus dotes sociales. Según se contaba, era el alma del círculo. Maria habló de los años pasados con él en Camagni y Paola la escuchaba a cierta distancia, de pie contra la balaustrada que daba al patio de entrada; en un momento determinado, se arregló los rizos que veía reflejados en un pequeño espejo que sacó del bolso y, contoneándose suavemente, se dirigió hacia la escalera, murmurando: «¡Ya está aquí!». Maria, curiosa, la siguió con los ojos: apoyada en una columna, Paola estaba esperando, lánguida, a Giosuè.

Con su cabello oscuro, sus rizos engominados y el rostro bronceado, Giosuè, muy elegante con su uniforme blanco, cubrió de un salto el último escalón con una sonrisa radiante. Tras una mirada de complicidad y un largo beso en la mano que se le ofrecía, los dos, charlando, se encaminaron hacia el grupo. Cuando reconoció a Maria, Giosuè apretó el paso. Se saludaron con un formal besamanos.

—No sabía que ibas a venir al círculo tan pronto —dijo ocultando su azoramiento. Después acaparó la atención general, relatando él también su infancia en Sicilia, mirando ora a Maria, ora a Paola, que no se apartaba de su lado.

Pietro estaba fuera de la ciudad, con Michele y otros amigos militares, y no volvería a Trípoli hasta el día siguiente, de modo que irían sin él al baile organizado en el círculo.

Esa mañana, Giosuè acompañó a Maria y a los recién casados al desierto, a escasos kilómetros de Trípoli. Salieron de la ciudad en una calesa con cubierta de cáñamo y cortinas de muselina, protegidos por una escolta militar a caballo, armada. Dos camiones, el Fiat 15 y el novísimo Fiat 18BL —un enorme vehículo tan largo como un ómnibus— los acompañarían un trecho, antes de llegar a su destino.

—Infunden miedo —dijo Giosuè—. Hemos encargado otros y yo he invertido lo poco que poseo en acciones de la Fiat, la fábrica de Turín que los produce. —Añadió que la situación en el país no era del todo tranquila.

Trípoli quedaba a sus espaldas. Estaban rodeados de un mar de arena ondulada, sobre el que crecían pequeñas plantas espinosas con flores minúsculas de vivos colores. Nada más. Ni un sonido, ni un reclamo, ni un pájaro.

—Me recuerda las colinas de trigo del interior de nuestra isla —dijo Maria.

La primera parada eran las ruinas de una ciudad romana recién sacada a la luz: el mármol blanco emergía de la arena que sepultaba la ciudad entera. Giosuè les hacía de guía.

—Solamente veremos lo que aflora del foro imperial: piedras escuadradas, secciones de columnas estriadas, capiteles, entablamentos.

De la arena asomaban tocones de columnas. Giosuè les señaló un capitel corintio de hojas de acanto talladas con maestría, las estrías de una columna volcada en la arena, fragmentos de mármol. Recogían del suelo estatuillas votivas, lámparas, ánforas recientemente aparecidas y depositadas a lo largo del camino, y las comentaban.

Filippo y Leonora se aburrían; decidieron separarse de los otros dos y empezaron a vagabundear abrazados entre las ruinas, protegiéndose las cabezas con el parasol de Leonora, seguidos por el cuidador de las excavaciones arqueológicas. Detrás de ellos se iba formando una cola de chiquillos vestidos con túnicas blancas que rozaban el suelo, brotados de no se sabía dónde, con miradas de admiración y precozmente lujuriosas clavadas en Leonora, que se contoneaba, deliberadamente provocativa, del brazo de su marido. Maria se sentía avergonzada por su descaro, en un país en el que hombres y mujeres no mostraban familiaridad alguna en público. Giosuè se dio cuenta y durante el resto de la excursión sólo le ofreció el brazo cuando había escalones o pasajes difíciles.

Era un guía excelente. Con la punta del bastón le hacía notar la presencia de piedras invisibles.

—Sólo ha pasado una semana, pero la arena las ha engullido de nuevo, rapidísima. Se ve que las reclama.

Maria había aprendido mucho y se sentía feliz de exhibir sus conocimientos de arqueología. La cúspide de un arco de triunfo emergía de la arena. Tenía grabada una inscripción en latín, ya casi ilegible. Giosuè la había reconstruido con la ayuda de textos históricos y el asesoramiento a distancia de un amigo catedrático de epigrafía: eran palabras de agradecimiento a Ceres por la abundancia de la cosecha. Se quedó mirándola directamente a los ojos:

—Aquí se cultivaba trigo. Ahora sólo hay desierto.

—¿Cómo es que sabes tantas cosas? —le preguntó Maria.

—Tuve que buscar la belleza para mantenerme sano de mente y de corazón. —Y luego añadió, seco—: He leído mucho para olvidar lo que me rodeaba.

Filippo y Leonora estaban lejos, los niños que les pisaban los talones parecían palomillas blancas. Aquí y allá, el amarillo de la arena se veía interrumpido por figuras vestidas de blanco, acuclilladas e inmóviles. Algunos tenían camellos a su lado, también éstos en reposo. Los rostros de los hombres y los hocicos de los animales estaban vueltos hacia ellos, los intrusos.

Ya no se veía la escolta, con ellos se habían quedado algunos soldados a caballo —también con uniformes blancos como el de Giosuè— que se mantenían a distancia.

—Tienes muchas admiradoras por aquí —dijo Maria.

—Yo no diría tanto. En esta época recibimos muchas visitas de familiares y amigos, incluyendo a muchachas que buscan marido entre los oficiales.

—¿Como Paola? —Las palabras le salieron solas de la boca.

Por segunda vez, una *taliata* directa a los ojos de Maria. Y a continuación:

—Las mujeres me gustan, ya lo sabes. Si se acercan a hacerme compañía, yo encantado.

Maria no cejaba:

—¿Alguna vez has pensado en tomar esposa? Mira a Filippo, más joven que nosotros y ya casado.

—Soy ambicioso. Una mujer sería un obstáculo. —Giosuè parecía turbado. Después extrajo de lo más hondo de sí mismo una sonrisa melancólica—: Por lo menos lo era, ambicioso. —Le tendió la mano—: ¡Subamos a las dunas, ya verás qué maravilla!

Las dunas se extendían inmensas y lentas hacia el horizonte. Parecían los embates de un mar revuelto pero no tempestuoso, cuando las olas avanzan en paralelo y a continuación, como si todo hubiera sido organizado, se quiebran y se recomponen, se unen a otras olas, avanzan sin sosiego hinchándose y deshinchándose sin perder su cohesión. Los dos caminaban seguidos por los guardias. No había ninguna pista. Se encaramaban, renqueando, y bajaban con cautela. Cuando llegaban a lo alto se sentían abrumados por la inmensidad de aquel océano inmóvil, en coloquio con la profundidad del cielo.

—Tengo que desahogarme —dijo Giosuè de repente, y, gesticulando, empezó a contarle los horrores de la guerra—: Estoy cansado. Cansado y amargado. Todo ha ido muy mal. Hemos sido ineficientes en la conquista, los turcos nos la han regalado..., se retiraron sin una confrontación armada, huyendo, literalmente. Hemos enviado un ejército mal equipado, con armas viejas, sin munición y con escaso conocimiento del terreno. Los bombardeos, mal organizados, han acabado en el desierto. Pero eso no importa. Hay algo peor: llegamos sin preparación, sin saber nada de la población indígena y de sus necesidades. —Giosuè hablaba acaloradamente—. Tendríamos que habernos ganado a la gente de aquí, haberla puesto de nuestro lado, haberles dado la seguridad de que íbamos a ser mejores que los turcos, que respetamos su religión. No lo hemos hecho. Al principio parecía que los árabes aceptaban, incluso de buen grado, nuestra conquista. Y los hemos tratado como animales: los hemos reunido y hecho prisioneros. No nos hemos explicado, hemos hecho promesas que no hemos mantenido. Hasta que, animados por los Jóvenes Turcos y sus milicias, los árabes han recuperado su orgullo y han reaccionado con una crueldad despiadada, matando y torturando.

Se quedó callado. Había acelerado el paso, casi como si quisiera agrandar la distancia entre Maria y él y no tener que hablar más. Ella se cuidó mucho de no permitírselo y le alcanzó enseguida. Entonces Giosuè, por primera vez, dio rienda suelta a lo que guardaba dentro, con los ojos clavados en el suelo.

—Nosotros, los italianos, nosotros precisamente, hemos hecho cosas peores y a gran escala contra la gente de aquí. Si no fue planificado, sin duda fue tolerado y alentado por el comando. Empleo de bombas de gases letales o paralizantes contra civiles inermes. Violaciones de hombres y mujeres de todas las edades. ¿Lo entiendes, Maria? Nos hemos ensañado con moribundos y cadáveres, desnudando y exhibiendo los cuerpos. Hemos desgarrado vientres de mujeres embarazadas y extraído los fetos de los cadáveres para exponerlos en fila, empalados. Hemos sodomizado con maderas y velas cadáveres de hombres y de mujeres, y los hemos dejado en las plazas, en los mercados, donde todos pudieran verlos. Una guerra vergonzosa, de la que nada se sabe y nada se sabrá. —Giosuè clavó sus ojos en los de Maria—. No debería haberte hecho partícipe de esta carga inmunda..., perdóname. —Y la miró con dureza.

Estaba de espaldas al sol, bañado en sudor. Se había soltado la corbata y desabrochado la camisa. Se le entreveía el pecho bronceado. Su rostro parecía avejentado, como si el sol le hubiera grabado arrugas, mientras su cuerpo desprendía energía y potencia: piernas musculosas de jinete, cintura delgada y torso enjuto; el pelo del pecho rizado como el cabello. Giosuè, turbado e infeliz, era tan hermoso como un dios. A Maria se le vino a la cabeza el Apolo desnudo del Museo del Capitolio: un cuerpo perfecto. Al verlo, empezó a comprender la sensualidad circular del arte, que no estimula ni requiere satisfacción carnal.

—Volvamos —dijo Giosuè. Sabía que lo estaban mirando y no le hacía gracia. Se había quitado a toda prisa la chaqueta y la corbata, y aceleró el paso bajo el sol abrasador, sin esperar a que ella se le acercara. Eran dos figuras suspendidas en la nada, en la inmensidad ocre de la nada.

Maria le seguía silenciosa. Había olvidado todas aquellas palabras sobre la guerra y sus horrores y veía al Giosuè que hasta entonces había conocido —el chico escuchimizado que se pasaba las horas estudiando— convertido en un hombre fuerte, de virilidad desbordante. Sólo lo veía a él bajo aquella luz cegadora. Lo deseaba. Quería que se sintiera atraído por ella de la misma manera que ella se sentía atraída por él. Aceleró el paso para llegar por fin a su lado. Quería decirle que lo amaba, que quería tocarlo y que él la tocara. Y que se le entregaba, allí, en la arena, húmeda de sudor. En su afán por alcanzarlo, Maria resbaló y sólo entonces se dio cuenta de que en la cresta de las dunas, en el horizonte más próximo, vueltos hacia ellos e inmóviles, estaban apostados unos jinetes vestidos de blanco, a lomos de camellos. Otros se les fueron sumando y poco a poco los rodearon, como si estuvieran listos para caer sobre ellos y capturarlos. Tuvo miedo.

—No te preocupes. Es la escolta indígena —dijo Giosuè, y le tendió la mano para ayudarla a levantarse.

Le ardía la mano, y también la palma de ella estaba al rojo vivo.

Lo entendieron todo.

Estaban tomando té de menta bajo la tienda, esperando el regreso de Filippo y Leonora. En silencio. Habían olvidado lo sucedido. Tenían que hacerlo.

—Me gustaría renunciar y abandonar la carrera militar de no ser por mi madre. No es el momento, sigue viva y tengo que mantenerla —espetó Giosuè.

—¿No se ocupa de ella tu hermana?

—Hace lo mínimo. Entre ellas hay un gran resentimiento. Y nosotros dos no nos llevamos muy bien. La relación es distante. A ella le gustaría presentarme en la sociedad judía de Livorno, conseguirme una mujer judía. Yo me siento siciliano. Uno de vosotros.

—Procura hacérselo entender, explícale quién eres. Lo conseguirás, estoy segura.

Giosuè la miró a la cara.

—Está celosa de vosotros.

—¿Porque te quedaste en Camagni? ¿Le has recordado que mi padre siempre ha dicho que ésa era la voluntad de tu padre?

—No sólo por eso. Sabe que sois mi familia.

—Tal vez no deberías hablarle de nosotros.

—Nunca lo hago.

—¿Y entonces?

—Lo notan. Sois mi «gente». Tengo tu fotografía...

—¿La que me hice de novia para los parientes de Pietro? No deberían sentirse celosos, ¿no se dan cuenta de que nos hemos criado juntos?

—Entienden más que tú.

Maria no dudo en replicar:

—¡A veces resultas confuso cuando hablas!

Un silencio, y luego:

—Tú, Maria, no quieres entender... Y en cambio deberías hacerlo, hoy precisamente.

Por primera vez en su vida, Maria se sintió demasiado cerca o demasiado lejos de Giosuè. No en sintonía.

El día había ido de mal en peor. Maria, muy triste, hubiera preferido meterse en la cama aduciendo cualquier dolencia y evitar el baile. Tenía la sensación de que Pietro, al marcharse con Michele, había ido a jugar y eso la atormentaba. Tuvo que soportar la alegría de Filippo y Leonora, excitados por la invitación al baile, y dar consejos a Leonora sobre qué ponerse y cómo arreglarse. Maria, ante la insistencia de Pietro, se había llevado el vestido de noche celeste de las hermanas Stassi que él le había comprado durante su luna de miel en Nápoles, pero no se lo ponía de buen grado, le parecía excesivo.

Michele había dispuesto que, en su ausencia y en la de Pietro, dos de sus oficiales hicieran de pareja a sus consortes. Maria estuvo entretenida; su compañero, David Lucasi, un conde piamontés emparentado con los Vigentini, era muy educado.

—Compartimos el amor por la música —le dijo—, lo sé por Giosuè Sacerdoti, somos grandes amigos.

Le preguntó por sus valses favoritos y ella se apresuró a contestar:

—El de *La bella durmiente* de Tchaikovsky.

—¡Estupendo! Está incluido en el programa. ¿Me lo concede?

No veía a Giosuè. Estaba preocupada. Lo había buscado entre los invitados procurando que no lo notaran los demás, y no lo había encontrado. Le preguntó a Elisa si había llegado.

—¿Cómo, es que no lo ves?

Estaba sentado un poco más allá, en la mesa de enfrente del espejo; les daba la espalda, pero su rostro se reflejaba en el espejo. A su lado estaba Paola.

Al final de la cena, Giosuè se acercó a la mesa de Maria: había llegado al círculo con algo de retraso, se disculpaba por no haberla saludado antes.

Al fondo de la sala, una orquesta de doce músicos empezó a tocar. Se trataba de adaptaciones de piezas célebres, mazurcas o polonesas y, por supuesto, valses. El calor no favorecía una secuencia ininterrumpida de canciones, y cuando los músicos suspendían las ejecuciones, revoloteaban en la sala abanicos de colores.

A Maria no le faltaron parejas de baile, no paró en toda la noche. Cuando rozaba a Giosuè, se intercambiaban una sonrisa o un guiño. Durante uno de los intervalos para un refrigerio, él se le acercó:

—¿Cuántas veces hemos tocado el vals de *La bella durmiente,* y sin embargo nunca lo hemos bailado...? —murmuró.

Maria estaba a punto de responderle que ya estaba comprometida, pero antes buscó en la sala a su caballero. Las parejas estaban en el centro del salón esperando el vals con el que concluiría la velada. Entre ellas, David Lucasi con una morena ya en posición. Evidentemente había habido un malentendido.

—¿Vienes?

Giosuè la condujo a la pista. Le rodeó la cintura y dijo con firmeza:

—Le pedí a David que me cediera su lugar. Estoy seguro de que lo prefieres así.

Bailaron sin decirse una sola palabra, con las manos unidas como imanes. Y esa sensación de que sus manos se buscaban impulsadas por una fuerza superior no les abandonó durante el resto de la velada. Bastaba con un cruce de miradas o un abrir y cerrar de ojos para testificarlo.

Al día siguiente, Maria se quedó en el hotel; había dormido mal. No conseguía entenderlo. Ella, que siempre dormía como un lirón. Pero ¿por qué? ¿Porque estaba sola en la habitación? ¿Tal vez porque algo no le había sentado bien? ¿O por el cansancio? ¿O era que las emociones del día anterior no habían dejado de actuar?

Filippo y Leonora se habían ido de compras. Ella había preferido quedarse en el hotel, echaba de menos la soledad a la que estaba acostumbrada, el espacio para pensar de nuevo en lo que había visto y hecho; también echaba de menos su música. El estribillo del vals no se le iba de la cabeza. Elisa y otras amigas interrumpieron su sosiego. Habían ido a buscarla para salir y se quedaron a tomar el té. Maria aprovechó para preguntar por Giosuè.

—Un verdadero *tombeur de femmes,* a él, desde luego, no le hace falta una «madama» local —dijo Elisa—, pero es un *tombeur de femmes* con una característica inusual: ¡sus ex conquistas siguen sintiendo gratitud por él después de dejarlas!

—Te equivocas —la corrigió otra—. ¡Una, cuyo nombre debemos omitir, casada, siente una obsesión enfermiza por él!

—No siento piedad alguna por esas adúlteras, pretenciosas y desvergonzadas —comentó Elisa, severa.

—Es difícil no ceder cuando Sacerdoti te corteja —dijo otra—. Me han contado que se comporta como un caballero, y que después mantiene un afecto sincero.

—No sabemos de ninguna que lo haya dejado... ¡Tal vez no exista! —comentó una tercera.

—Es, sin duda, de lo más discreto, y protege a sus amantes. Son ellas las que alardean, si fuera por él no sabríamos nada acerca de su vida sentimental —dijo Elisa; y luego, dirigiéndose a Maria, continuó—: ¿Cómo se comportaba en Camagni, de niño?

—Salía con sus amigos, en casa siempre estaba estudiando... —farfulló Maria—. No me lo habría imaginado, tanto éxito.

Ya a solas, Elisa le habló largo y tendido sobre Giosuè.

Era uno de los mejores oficiales del ejército en Libia. Michele contaba mucho con él, y creían que no tardarían en trasladarlo al nuevo Ministerio de las Colonias: había trabajado duramente y con provecho entre bastidores para alcanzar el resultado deseado en el Tratado de Lausana, en octubre del año anterior. Estaba lleno de vida, era culto, de modales impecables y muy inteligente. El hijo que toda madre hubiera querido.

—A mí me parece un hombre muy guapo, un donjuán responsable, con gran capacidad para cultivar grandes amistades, masculinas y femeninas. También David lo respeta mucho.

Elisa añadió que a Giosuè le había sentado mal que no le hubieran involucrado en la organización de su estancia en Trípoli y que la noche anterior le pidió a David que le cediera el último vals. Él mismo se había encargado de incluirlo en el programa, pero luego se le olvidó decírselo a Maria.

—¡Así que no es perfecto! —observó ella.

—Te quiere de verdad. Eres su modelo de mujer moderna: una esposa y madre devota, excelente ama de casa, capaz de dirigir al personal con firmeza y generosidad. Me ha dicho también que estás montando una escuela para las criadas analfabetas: está muy orgulloso de ti, como si fueras su hermana pequeña. Y se vio por cómo te llevaba ayer por la pista de baile: ¡está orgulloso de ver en qué te has convertido!

Maria escuchaba: era la confirmación de que la suya era una relación de enorme afecto y amistad, abierta, no secreta; por lo tanto, no era un «verdadero amor», porque de lo contrario él nunca se habría atrevido a difundirla en público. Confiando en que la amistad continuaría para siempre, y reprimiendo la vaga desilusión que le había provocado ser descrita como «hermana pequeña», prefirió dejar de lado el recuerdo de aquel vals. La vida le sonreía de nuevo, sin ambigüedades.

Era la última noche en Trípoli.

Cenaron con los Vigentini *en famille*, con unos pocos invitados entre los que se contaban Giosuè y Paola Cazzaniga.

Pietro, Michele y los otros amigos habían vuelto entusiasmados: habían hecho una excursión marítima, en una lancha, siguiendo la costa; las noches habían estado marcadas por el juego y otros entretenimientos que fueron calificados de «viriles». Pietro, radiante, era el centro de interés con sus relatos. Había comprado antigüedades y collares de vidrio fenicio, que Maria se había puesto de inmediato: piedras esféricas del mismo tamaño, verdes y azules, con círculos de esmalte blanco. Estaba guapísima, todos tenían los ojos clavados en su escote.

Maria estuvo hablando con Paola con verdadera curiosidad por conocerla mejor: escribía novelas y dirigía la galería de arte de la familia en Milán. Giosuè, sin embargo, no parecía contento en absoluto con tanta confianza, y cuando Maria le pidió a Paola su dirección, zanjó la conversación asegurándole que se encargaría él mismo de mandársela.

Pietro y Maria se preparaban para irse a dormir.

Él se había lavado y perfumado e iba en bata. Sentado en la cama, esperaba a que ella estuviera lista. La observaba mientras se desvestía, turbado. Entonces empezó a hablar.

—Quiero ser franco contigo. Durante estos días lejos de Trípoli he jugado. Y he ganado. Después de ganar no quise volver a la mesa, probablemente lo habría perdido todo. Al día siguiente volví a ganar, ¡hacía años que no ganaba tanto! ¡Quiero que sepas que me contuve! ¡Y que ahora que obtengo ganancias y no deudas puedo volver a jugar! No me resultó fácil apartarme de la mesa de la ruleta después de ganar, ni siquiera era lo correcto. Pero lo hice. Con esfuerzo. No doblé la apuesta.

Maria se había quedado de pie, en camisón, con las manos colgando. Sin vida. Pietro le dio un beso en la boca.

—¡Lo he conseguido, Maria! ¡Pensando en ti! ¡En ti!

Se desprendió de la bata y la tiró al suelo; le quitó el camisón y, a continuación, arrodillado a sus pies, le bajó las bragas. Deslizó las manos dentro, ligeras, directas, palpitantes, como sabía hacer él. Maria no se resistió, no hubiera podido, pero no participó.

Era el primer paso que lo llevaba de nuevo al juego, a la eterna ilusión, a la ruina de la familia. Maria no podía contar con él. Tendría que ser ella el sostén de sus hijos y ocuparse de los bienes de la familia, ella sola, tal como le había dicho su suegro, que conocía mejor que nadie a su hijo. Estaba sola. Su padre tenía casi setenta años, y los llevaba mal; Filippo no le sería de gran ayuda: era ingenuo y poco práctico. Su único apoyo real vendría de Giosuè. Giosuè.

Pietro la había tomado en sus brazos y la había reclinado en la cama. Continuaba, con los dedos, cada vez más profundamente. Le besaba los pechos, el vientre. Maria estaba lista, caliente y húmeda, pero no quería. No quería que fuera Pietro. Quería a Giosuè. Eso era, ahora lo comprendía: amaba carnalmente a Giosuè. Oía de manera confusa dos voces que se superponían. «Ése es el arte de la supervivencia de aquellos que tratan de hacer lo correcto», decía su padre. Y después la voz de Giosuè, sudoroso, en las dunas, «Tú, Maria, no quieres entender...». Pietro la empujó suavemente hasta reclinar su cabeza sobre las almohadas y le abrió las piernas. Le acariciaba la parte interior de los muslos, donde la delicada piel siente y responde, luego volvía hacia arriba, palpaba, retiraba sus dedos. Y Maria cerró de nuevo los ojos.

El cielo era intensamente azul. La arena, dorada. Giosuè caminaba delante de ella, sudoroso y deseable, a su alcance. Maria dirigió las manos y luego la boca de Pietro hacia su cuerpo, pero ya no eran las manos y la boca de Pietro, eran las de Giosuè, de su Giosuè, su verdadero amor desde siempre. Maria gozaba y correspondía, era Giosuè quien la penetraba, era Giosuè a quien ella mordisqueaba, acariciaba, chupaba, era Giosuè con quien rodaba sobre la cama y eran Giosuè y Maria, Maria y Giosuè, los que caían dormidos, el pecho de él contra su espalda, abrazándola, con las manos aferradas a sus pechos, las piernas, pegajosas de semen y sudor, entrelazadas.

28
Los dulces de los Difuntos

La usanza forastera de poner regalos bajo el árbol de Navidad, introducida en Sicilia desde los países nórdicos, había vuelto anticuada y pueblerina la fiesta de los Difuntos. Pietro la había añadido con entusiasmo a las celebraciones navideñas, aunque sin cuestionar la primacía milenaria de la tradición de los regalos que traían a los niños en la mañana del 2 de noviembre los difuntos de la familia. Era una manera de que los más pequeños supieran de los antepasados que no llegaron a conocer, y para mantener viva la memoria de los parientes queridos. En casa de los Marra, Titina concedía gran importancia a esa fiesta. Con una gruesa aguja enhebraba en un cordel caramelos envueltos en papel brillante y formaba magníficos collares de colores. Los regalos propiamente dichos —juguetes, ropa, lápices— se envolvían y se escondían debajo de las sillas y de los muebles.

Maria había extendido la búsqueda de regalos a las salas del museo. Anna y Vito deambulaban por todas partes en busca de los regalos de los Difuntos. Pietro y Maria los seguían y los ayudaban; a continuación, se sentaban masticando junto con ellos los dulces de la fiesta y renovaban la historia familiar a través de los *cunti* del pasado.

En las dos últimas semanas de octubre, la cocina de la casa de los Sala se convertía en un obrador para la preparación de los dulces de los Difuntos. Maria había instaurado la costumbre de regalar una bonita bandeja, envuelta en papel de oro, a cada uno de los empleados de la casa y a aquellos que por una u otra razón ya no estaban al servicio de los Sala. Le gustaba llevar a los niños a la cocina para que fueran testigos de la labor de las mujeres de la casa, y, además, para ayudar y aprender a dar forma a las galletas, a pintar la fruta de Martorana, a extender el glaseado sobre los *tetìo* y los *tetù.*

La cocinera y otras dos mujeres estaban sentadas alrededor de una mesa, con los colores disponibles ante ellas: rojo, blanco, azul, amarillo y negro. La cocinera disolvía con cuidado los polvillos en tacitas de café, desbocadas o sin asas, y luego, utilizando pinceles de diferentes tamaños, pintaban las frutas y las verduras, modeladas con tanta precisión que llevaban a engaño a cualquiera. Mezclando los colores se obtenían otros, por lo que al final tenían a su disposición una amplia gama de rosas, morados y verdes. Los niños, sentados también a la mesa con los delantales puestos, pintaban las naranjas, la fruta más fácil. Maria los miraba satisfecha. Ella no pintaba, prefirió robar una a una de la repisa las bolitas de masa de almendras listas para ser amalgamadas con los pistachos picados.

Dos mujeres, sentadas a otra mesa, recubrían con alcorza los *tetù* y los *tetìo,* las galletas de almendras y avellanas que, recién horneadas y aún calientes, parecían piedras. A continuación recubrían unas de chocolate, los *tetù,* y otras de azúcar de vainilla, los *tetìo,* y, alternándolos, los colocaban de modo que formaran una pirámide sobre una bandeja de plata. Maria vagaba de una mesa a la otra, sonriendo, olfateando. Llamaba a Vito y le pedía que reconociera con los ojos cerrados el olor de la vainilla, el de la canela, el del clavo y el de la nuez moscada, después se los dejaba probar.

Maddalena retiraba las *crozze 'i morti* de las fuentes apoyadas en la encimera de mármol junto a los hornos. Ya endurecidas, estas galletas parecían estar hechas de dos masas diferentes, cuando no era así. Se mezclaba el azúcar con la clara de huevo y un poco de harina, y se dejaba reposar durante tres días en la fuente. El azúcar se depositaba en la parte inferior, y formaba un círculo alrededor del grumo central. Dentro del horno, la parte inferior quedaba crujiente como el caramelo, mientras que la superior permanecía blanca, cándida, y adquiría la forma de hueso del nombre. «Sólo se necesita harina, agua y azúcar y un pellizquín de especias para hacer golosinas para los señores», decía satisfecha Maddalena, mientras las despegaba suavemente de la fuente. Maria y los niños se acercaban casi de puntillas, sabiendo que no debían molestar.

Entonces Maria buscaba alguna *crozza 'i morto* que no hubiera quedado bien, una de las que tenían una base alargada en vez de redonda, la cogía y le daba un bocado; después se la pasaba a sus hijos para que probaran aquella exquisitez. A Vito y a Anna les contaba que su abuela, a la que no llegó a conocer, hacía exactamente lo mismo con su madre.

—Y también vosotros, cuando seáis mayores, dejaréis probar los *crozze 'i morti* que salgan mal a vuestros hijos: ¡es una travesura consentida!

Maria no preparaba en su casa los muñecos de azúcar: el procedimiento era complicado, y además eran más propios de la tradición palermitana, de la que ella había sacado muchas recetas, pero que no había adoptado plenamente; para ella era importante que sus hijos supieran que tenían una madre de pueblo, que no era rica, y que se sintieran orgullosos de ello.

Maria mandó a los niños de vuelta a sus habitaciones y luego continuó con sus obligaciones como ama de casa, que no acababan nunca.

—Mi vida es bella —se decía—, a pesar de que estemos en guerra y no se entrevea su final.

Habían sido dos años y medio de miseria y de dolor en el norte, donde Filippo había luchado hasta que cayó herido y fue licenciado. Nicola, en cambio, seguía allí.

Maria seguía la guerra a través de los periódicos, de los relatos de Pietro, de lo poco que le escribía Giosuè y de los comentarios de su padre y de su suegro. Estos últimos, con posturas políticas opuestas.

Sicilia, alejada del conflicto armado, sufría mucho sus consecuencias. Nadie mostraba entusiasmo por la guerra. La gente la sentía como algo ajeno, devoradora de las vidas de los jóvenes sicilianos. Había otra clase de lucha en la isla, la del Gobierno contra el pueblo. Las manifestaciones de los socialistas contra la guerra eran sistemáticamente aplastadas por la policía, como si fueran africanos que se rebelaban contra el poder colonial. Maria sabía por su padre que las tropas tenían órdenes de disparar contra los manifestantes, y hombres a los que él conocía y admiraba —como Bernardino Verro, de Corleone, superviviente de los Fasci sicilianos, y los jefes socialistas de Prizzi, Petralia y Noto— habían sido asesinados por soldados italianos.

Miles de desertores habían engrosado las filas de los bandoleros. Los ricos conseguían evitar la leva corrompiendo. La mafia había extendido su control sobre el territorio; satisfecha de su propio poder y a la espera de tiempos mejores, cooperaba con la policía y se presentaba como garante del orden en los campos, donde los aparceros se rebelaban contra el Gobierno que amasaba los productos agrícolas para distribuirlos equitativamente y alimentar a la nación. La Obra Nacional de los Combatientes había hecho muchas promesas con el lema: «¡La tierra para los campesinos!». En Sicilia se lo tomaron como una befa.

A pesar del clima de la guerra, la vida diaria era tranquila: los ritmos de la familia —invierno en Girgenti, verano en Fuma Vecchia, Semana Santa en Palermo— eran siempre los mismos, y Maria y Pietro disfrutaban de una sosegada felicidad. Él se alejaba menos de casa; si acaso, viajaba con Maria: breves desplazamientos por Sicilia y por Italia, a veces hasta Roma. Seguía siendo poco de fiar y Maria, a sus veintisiete años, se sentía a veces como una especie de madre-tutora para él, que casi la doblaba en edad; su suegro la animaba a seguir así, de modo que la buena administración del patrimonio quedara garantizada. Era raro que a una mujer joven se le ofreciera una oportunidad semejante, y Maria aprendió mucho. Los Sala poseían tierras, casas, minas de azufre y habían hecho inversiones en valores y dinero. Su suegro le había presentado al administrador de sus tierras, el señor Puma, y la había invitado a reunirse regularmente con él. Éste iba a su casa y le explicaba cómo funcionaban la agricultura, el sistema de aparcerías y el tributario. Le enseñó a «conocer» la lluvia, tan deseada y tan temida en Sicilia. Sin un chaparrón otoñal, después de seis meses de sequía, el suelo endurecido no se podía arar para la siembra. Había lluvias buenas, que traían una abundante cosecha de trigo y engrosaban las aceitunas, y lluvias malas, como las tormentas de verano, que destrozaban las uvas en la vid. Su suegro la acompañó a visitar sus tierras. Las condiciones de vida de los campesinos eran míseras y primitivas. La escasez de agua, y de agua potable en particular, era causa de enfermedades. Maria proponía mejoras, pero a menudo oía la misma respuesta: «Ahora no, cuando acabe la guerra».

Su suegro la mantenía informada de las inversiones, en bienes raíces y de otro tipo, y le había presentado a los directores de los bancos de los que eran clientes, pero sólo cuando Pietro no estaba en la ciudad, por discreción.

De las minas, Maria sabía poco. Había oído decir al responsable, el ingeniero Licalzi, que la «cosecha» de azufre en Sicilia —desde hacía veinte años el mayor productor de azufre en el mundo— había desempeñado un papel clave en la Revolución Industrial a través del sulfato de azufre. ¡En 1889 había setecientos treinta y tres azufreras que producían cuatro quintas partes de la producción mundial! El precio del azufre se había derrumbado cuando se descubrieron, en los Estados Unidos de América, yacimientos de azufre casi puro, que se extraía sin necesidad de excavar bajo tierra. «Son tiempos difíciles para las minas, pero yo sigo siendo optimista: aunque los yacimientos extranjeros se agoten, la demanda mundial de azufre continuará, y nosotros podremos atenderla.» Sus minas tenían una clientela francesa muy leal, con contratos a largo plazo y aún vigentes, gestionados por el tío Giovannino.

El gran orgullo de Maria era el edificio de Girgenti, que gestionaba como si fuera una pequeña empresa. Había introducido sistemas de trabajo que permitían ahorrar tiempo y materiales y sacar momentos de pausa durante el día. El portal de hierro había sido pintado, el portero tenía nuevos uniformes, la garita de madera y vidrieras de la portería había sido restaurada, los mármoles y latones de la escalera relucían, los descansillos «de reposo», con plantas que daban sombra y asientos para quien estuviera cansado, parecían salones. Los establos, definitivamente vacíos, habían sido transformados en almacenes que Maria había alquilado. Con las ganancias habían limpiado algunas habitaciones que daban directamente a la escalera, donde en otros tiempos se guardaban los baúles y ahora se ubicaba por fin la escuela para analfabetos.

Al personal de servicio y a los empleados, hombres y mujeres, se les invitaba a asistir a las lecciones de aritmética impartidas por Andrea Prosio, un maestro valdense de Grotte —quien, al igual que los Malon, era natural de Torre Pellice—, mientras que Maricchia, después de treinta años, había regresado a la enseñanza, asistida por Egle. De vez en cuando, también Maria se unía a ellos, pero en raras ocasiones. Pietro observaba la laboriosidad de su mujer y la animaba a hacer aún más.

Le había comprado una máquina de coser americana, una Singer a pedales, que ella usaba mucho —coser siempre le había gustado—. «¿Por qué no enseñas a coser a las chicas? ¡Podrían llegar a ser costureras!», le sugirió. Maria titubeaba. Ya la hostigaban bastante sus cuñadas, porque sus criadas se contaban entre sus alumnas, y era consciente de ser la única de las señoras que conocía que había hecho algo parecido. Pietro forzó la situación regalándole dos máquinas de coser más. Así nació la escuela de costura, abierta también a los aprendices externos.

Sus cuñadas ocupaban los pisos de apoyo de la primera planta, donde se alojaban su suegro, el tío Giovannino y la tía Giacomina cuando iban a Girgenti. Con el paso de los años, sus familias empezaron a pasar allí periodos cada vez más largos durante los meses invernales, cuando la vida de la ciudad resultaba más agradable que la del pueblo, y consideraban aquello de su propiedad. Maria también se ocupaba del cuidado de las plantas que adornaban los descansillos y llevaba a sus estudiantes para admirar las composiciones florales. Acabó suscitando el resquemor de Giuseppina, quien —se decía— había llenado con agua y lejía la regadera y había mandado a Caterina a regar. Sea como fuere, las plantas se secaron. Todas. Las tres cuñadas, indignadas con la «gentuza» con la que se cruzaban por las escaleras, llamaban a Maria «la socialista».

Maria no permitía que la maldad y la mezquindad de sus cuñadas la angustiaran. Disfrutaba de su hermosa casa, luminosa y adornada con flores. Estudiaba los libros de arqueología de su marido y escuchaba a los invitados que venían a ver la colección, a los que servía de guía. A esas alturas, la contribución de Pietro estaba agotada, Maria tenía sed de nuevos conocimientos, de detalles históricos, de profundizar. A veces, cuando tocaba «su» música, la que se sabía de memoria, pensaba en otras cosas: parecía abstraerse y encontrar secretas asonancias entre la contemplación de la naturaleza y el rumor del pensamiento.

29
«Y la bella Trinacria... el sulfúrico regolfo»

El 24 de octubre de 1917, el ejército italiano fue derrotado y humillado en Caporetto. Nicola se hallaba entre los combatientes y no se sabía si estaba entre los caídos. En Girgenti y en Camagni a sus familiares les devoraba la ansiedad, pero no perdían la esperanza de recibir buenas noticias.

En Sicilia, lejos del frente, se consumaba una guerra interna. Reinaban la carestía y la miseria. Las pocas industrias que contribuían a la producción de material de guerra trabajaban a ritmo lento, y por lo tanto no se había originado, como en el norte de Italia, una fuente de riqueza para las empresas que sostenían el ejército. La gente estaba hambrienta, la economía paralizada, al igual que la agricultura, que había tenido que abandonar los cultivos más rentables y la pequeña actividad conservera (como la producción de café y mermeladas) para dedicarse por completo al trigo, destinado al almacenamiento.

Las materias primas producidas en la isla eran enviadas al norte de Italia. No sólo faltaba pan, también faltaban tejidos, agujas de coser, carretes de hilo, medicinas, zapatos. Productos todos fabricados por las industrias del norte, que obtenían grandes beneficios con los aprovisionamientos al ejército. La insumisión y el bandolerismo, en continuo aumento, eran además una plaga para la población civil. La mafia, poderosísima, intervenía a favor de las fuerzas del orden y de los notables. Los prefectos, muchos de los cuales habían sido nombrados para satisfacer a los potentados mafiosos de las provincias, eran reacios a tomar decisiones o estaban imposibilitados para ponerlas en práctica.

Giosuè, que se había distinguido durante la guerra de Libia y en las negociaciones diplomáticas que condujeron al éxito del Tratado de Lausana, desencantado con la guerra, había obtenido un prestigioso puesto como asesor del Ministerio de las Colonias. Luego había sido trasladado al Ministerio de Defensa. Estaba abrumado de trabajo y se mantenía en contacto con la familia mediante las cartas que escribía al padre de Maria.

La depresión y la incertidumbre reinaban en la isla; en la familia Sala se sumaban también las preocupaciones por la salud del padre de Pietro. Había tenido algunas molestias gástricas y fue a Girgenti para que lo vieran. En lugar de instalarse en un piso de la primera planta había preferido la casa de Pietro, suscitando con ello —y no era la primera vez— los celos de sus hijas, cuyos pisos se hallaban contiguos al suyo. Las quejas fueron especialmente encendidas, llenas de hastío y malquerencia, hacia su cuñada. Cuando Sistina llegó a decir que Maria trataba de seducir a su suegro, éste decidió actuar y convocó una reunión en presencia de su hermano y del notario, a la que fueron invitados sus hijos y sus respectivos consortes. Les comunicó sus disposiciones testamentarias: las hijas ya habían recibido sus bienes dotales y no les correspondía nada más; Pietro recibiría la legítima, el resto del patrimonio iría a los hijos, nacidos y por nacer, de Maria, que sería su administradora durante su minoría de edad. La legítima de Pietro consistía en dinero y títulos de bolsa, que supervisaría Maria. En definitiva, Pietro recibiría una renta, pero se le negaba el acceso a los bienes raíces.

Hijas y yernos se quedaron atónitos y casi no saludaron a Maria en el momento de la despedida. Pietro, sin embargo, que ya estaba al corriente, parecía aliviado: dijo que así tendría más tiempo para el arte y su colección de antigüedades. Maria no sabía cómo gestionar la hostilidad de sus cuñadas. Le hubiera gustado pedir consejo a su padre, pero no le resultaba posible: la salud de Ignazio se había ido deteriorando, sufría de gota y no podía acudir a Girgenti.

En esos días llegó la noticia de que en una mina de Lercara se había derrumbado una galería aplastando a dos de los picadores, los *pirriatura*, y cuatro *carusi*. El propio *gabellotto** había mandado cerrar las puertas interiores de la galería —orden ejecutada inmediatamente por los *carusi*— dejando dentro a los seis muertos o moribundos. La prensa local había acusado a los propietarios de la mina. A pesar de que la ley de Giolitti de 1906 prohibía el trabajo a los menores de doce años, los *carusi* —contratados a partir de los ocho años— representaban el treinta por ciento de la fuerza del trabajo: eran pequeñas bestias de carga y llevaban a cuestas, en cestas de sesenta kilos, la roca extraída por los picadores. A menudo morían jóvenes, a causa de la fatiga, de la desnutrición, de los humos y de las inhalaciones; y de las torturas: para obligarlos a ir más rápido, los picadores les quemaban las pantorrillas con la llama de acetileno, o les propinaban puñetazos, patadas y bastonazos.

Maria, al enterarse de esta noticia, se quedó horrorizada, pensando que los Sala le ocultaban algo. Ahora comprendía por qué todas sus solicitudes para visitar las minas siempre habían quedado en nada. ¿Era posible que fueran tan inconscientes como los dueños de las minas de los que hablaban los periódicos? Su suegro se dio cuenta y encargó al ingeniero Licalzi que acompañara a Maria a Ciatta, la mina más cercana a Girgenti de entre las que les pertenecían.

Leonardo conducía el automóvil del suegro. Maria iba vestida para la ocasión: traje oscuro, capa impermeable, sombrero de ala estrecha y botas. El automóvil tomó la carretera privada de la mina. El firme era de *ginisi*, un excedente del azufre en forma de grava.

MINA CIATTA: PROHIBIDA LA ENTRADA, decía el cartel. El camino estaba bloqueado por una barrera. El guardián la levantó lentamen-

* *Pirriatura* es el nombre en siciliano de los picadores que extraían el azufre de las minas, a cuyo servicio tenían chiquillos de entre ocho y catorce años, los *carusi*, obligados a redimir con su trabajo sumas pagadas a sus familias. Un *gabelloto* era una especie de capataz de una finca agrícola o terreno, cuya explotación le cedía el propietario. *(N. del T.)*

te, mirando en silencio a la *fimmina* que iba en el automóvil de los amos. La mina se hallaba en la ladera de una meseta: una amplia explanada de casi un kilómetro. El ingeniero señaló a Maria el arco del túnel excavado para la conexión ferroviaria privada que unía Ciatta con el puerto de Licata, desde donde zarpaban los barcos que llevaban el azufre al extranjero:

—Todo el azufre de Sicilia va al mercado exterior. A finales del siglo pasado cubríamos prácticamente las necesidades del mundo entero. —Y luego declamó—: «Y la bella Trinacria... el sulfúrico regolfo».*

Maria lo miró desconcertada.

—Lo que quiero decir —se apresuró a aclarar el ingeniero— es que esos periodistas que tantas mentiras han escrito sobre las condiciones de los mineros deberían saber que Dante habla del azufre siciliano en el *Paraíso* y no en el *Infierno*.

Maria trató de alejar esa voz, estaba allí para entender.

No crecía ni una brizna de hierba, ni siquiera en los bordes de las carreteras; no había un solo árbol; todo era amarillo y gris, y apestaba. Maria entró en los locales de la dirección escoltada por Licalzi: daban la impresión de orden y de eficiencia. La maquinaria era moderna; el telégrafo mantenía en contacto las diferentes minas de los Sala y, a través de la dirección, podían comunicarse con todos los compradores. También había una cabina para el teléfono eléctrico, conectado con el ferrocarril estatal. Le sirvieron un café ya endulzado. Notó una sensación de dentera en la boca y la amplia sala pareció retumbar. Y, además, ese hedor a azufre de nuevo, un ligero olor a podrido. Maria oía, pero no llegaba a escuchar lo que le decían, a veces simultáneamente, Licalzi, el director y el subdirector. «La mina nunca se cierra», «cuatrocientos mineros en tres turnos», «vienen del pueblo a pie», «se traen el pico y el peine de madera para quitarse el sudor del cuerpo», «van al pueblo el sábado por la tarde y

* Dante, *Divina comedia, Paraíso,* VIII, 67-70. Se cita, levemente modificada, la versión de Abilio Echeverría (Alianza, Madrid, 1995). Trinacria es la denominación clásica de Sicilia, que aparece en Ovidio y Virgilio. *(N. del T.)*

vuelven el lunes por la mañana... Los *carusi* van cada dos semanas». Maria aguzó el oído cuando oyó hablar de la seguridad: se producen pocos accidentes, dijo el director, y éstos sobre todo los lunes, por culpa de los mineros, que los domingos se emborrachan de buena gana. Los pozos tienen dos bocas, de manera que quede siempre garantizada una salida segura. Al interior también se puede entrar en un vagón sobre rieles arrastrado por una mula, y así lo haría Maria, pero el transporte de mineral se realizaba a hombros de los *carusi.*

—Los *carusi...,* los *carusi...*

—Hábleme de ellos —dijo Maria.

—Desde 1904 sólo empleamos varones —dijo el director—. Las *fimmine* trabajaban como *spisarole* y *acquarole,* encargándose del mantenimiento de la mina y de liberar las capas de azufre con agua respectivamente; pero en otros tiempos realizaban también el trabajo de los *carusi.* Las escaleras por las que suben son inaccesibles para un adulto de constitución media, y deberíamos construir otras nuevas, lo que a menudo resulta imposible. También trabajan para cerrar las puertas que separan los distintos sectores de las minas.

—¿Son empleados nuestros o dependen de los picadores?

—Sus familias exigen al principio un pago considerable llamado «socorro muerto»; después «ceden» a sus hijos en alquiler al picador. El pago del «socorro muerto» es por anticipado. Ronda las ciento cincuenta liras, los *carusi* trabajan para redimir la deuda.

Y Licalzi añadió:

—Viven dentro de las minas, bajo tierra. El picador es el que les enseña. Si no lo hace, siguen siendo *carusi* de mayores. Nosotros no somos los amos de los *carusi,* no nos corresponde enseñarles.

—¿Y hay *carusi* que luego se convierten en mineros?

El director meneó la cabeza.

—No podrían realizar ese trabajo, su cuerpo se ha desarrollado para acarrear cosas, no para excavar. Están raquíticos. Se ponen enfermos, no tienen cuidado con la inhalación del dióxido de azufre, con los riesgos... No suelen llegar a los treinta.

Maria notó que se mareaba, buscó un apoyo. Licalzi y el director le preguntaron si quería volver a Girgenti. ¿No se sentía bien? Pero ella se había recuperado y pedía ya explicaciones adicionales:

—Y en vista de que trabajan con nosotros y les pagamos, si se ponen enfermos, ¿nos encargamos de ellos nosotros o sus «amos»?

Una vez más, Licalzi tenía la respuesta lista:

—Pertenecemos al Sindicato Obligatorio Italiano de Asistencia Mutua de los propietarios de minas, establecido en 1905. El año pasado otorgamos doscientas veinte ayudas, incluidos los *carusi*...

Y de nuevo intervino el director:

—El problema es que a menudo no sabemos cómo se llaman.

—¿Que no saben cómo se llaman? —repitió ella incrédula.

—A veces no lo saben ni ellos mismos. Son *armàli,* animales —fue la explicación—. Aquí tienen todos apodos despectivos.

Licalzi intervino:

—Será el dióxido de azufre, que es alucinógeno, o puede que... En fin, lo que sea, pero son *babbasuna,* unos bobalicones.

Y el director añadió:

—Son buenos cristianos, los conocemos desde hace muchos años. Buenos cristianos. A veces les damos de comer nuestras sobras.

A Maria le costaba registrar sus palabras. Cambió de tema:

—¿El médico rural viene con regularidad?

—¡Claro, claro, con regularidad! —contestó el director con tono afligido—. Es amigo mío. Escúcheme. —El director se acercó a ella: a esas alturas, con mareos o sin ellos, era mejor que la señora lo supiera todo—: El accidente más común es el desprendimiento de rocas. El segundo, la explosión de las llamas de grisú, un gas ligero que se oculta en lo alto, en las cavidades de las galerías. Cuando se forma la llamarada, los mineros, que están desnudos a causa del calor, se queman. Yo siempre les digo que se tapen. El tercero son las inhalaciones de ácido sulfhídrico, que huele a huevos podridos, muy venenoso. Es un gas muy pesado. —Y al llegar aquí el director se quedó en silencio.

—¿Qué significa «pesado»?

—El ácido sulfhídrico se deposita abajo. Si alguien resbala y cae, bastan dos inhalaciones para tumbarlo. Si no se levanta de inmediato, muere. Los compañeros acuden enseguida a levantarlo, pero si uno cae junto al que está ayudando, y llega otro que trata de levantarlos, y éste se cae también y cae asimismo quien viene después... En una mina de Calascibetta murieron así quince *picciotti,* quince jóvenes, tratando de ayudarse. ¡Hay que ver lo buenos y generosos que son los mineros que trabajan para ustedes, la familia Sala!

—¿Hay una enfermería?

—¡Lo siento, no es lugar adecuado para que lo vea una dama!

Licalzi estuvo de acuerdo

—No le gustaría, hay hombres desnudos.

—Vamos —dijo Maria decidida.

La acompañaron a una pequeña casa, de piedra amarillenta también. Las ventanas estaban opacas de polvo. La puerta, cerrada con cerrojo, parecía no haber sido abierta desde hacía tiempo. Maria dio la vuelta al edificio: era evidente que estaba abandonado, las telarañas colgaban de las ventanas y las vigas. No dijo una palabra. Pasaron por delante de los cráteres de azufre: estaban encendidos y el calor era terrible. Maria tosió. No se veían *carusi* acarreando piedras. Estaba claro que los habían mandado a otra parte. De todas formas, preguntó dónde estaban.

—¡Es la hora del descanso! —dijo el capataz, quien se les había unido.

Dos empleados ayudaron a Maria a sentarse en el pequeño vagón que le habían preparado y en el que había una manta. Deslizándose sobre los carriles, descendió lentamente hacia los infiernos. No esperaba que fuera tan húmedo. La oscuridad y el hedor, cada vez más intensos, le infundían temor. El aire, pesado, se iba haciendo poco a poco irrespirable. Se bajó en un claro donde convergían dos galerías, se oía el ritmo de los picos. Una voz ronca dirigía un canto marcado rítmicamente por un sonido gutural que precedía al golpe del pico. Todos seguían el tempo al ritmo de ese sollozo, como un llanto.

En la oscuridad, los golpes parecían más fuertes, cada vez más. Maria apenas podía ver y le costaba respirar. Oía con dificultad lo que le decían. La voz de Licalzi se mezclaba con otros sonidos y parecía venir de una distancia malsana. Hasta que de una galería surgió un enorme hombre-cuervo de hombros poderosos que iba en dirección opuesta, jadeando. En la mano llevaba una lámpara de acetileno.

Maria aguzó la vista: aquella criatura desnuda y negra de piernas arqueadas como las patas de un pájaro tenía unos pies enormes con los dedos aplastados como manos monstruosas; su cuerpo era deforme: de cintura para arriba se ensanchaba en una masa de músculos cubierta por una tela y un cuévano. «*Itivinni!*, ¡largo de aquí!», gritó el director. Y la figura, atemorizada, empezó a brincar de forma grotesca a derecha e izquierda en la galería que se iba haciendo cada vez más estrecha, emitiendo ruidos extraños desde el pecho y la garganta, como si estuviera a punto de ahogarse. Con todos esos movimientos la lámpara se le apagó, y la criatura desapareció en la oscuridad. Aturdida, Maria no hizo preguntas.

Cuando regresó a la superficie, apenas se sostenía en pie. El sol reverberaba sobre las piedras de azufre y de margas. Una marquesina baja en cuyo centro había un recipiente largo, como un pilón, atrajo su atención. A su alrededor había criaturas que parecían cabras. Se alejó de sus compañeros. Se trataba de un abrevadero para los *picciotti*. Eran una veintena, monstruosos: pies muy anchos, pantorrillas finas, muslos con una maraña de músculos poderosos, cintura estrecha y pecho hundido. El cuello, los hombros y los bíceps eran un grumo de callos. Tenían la cabeza gacha, como si sólo quisieran mirar la tierra. Lo poco que se veía de sus caras parecía no tener vida: ojos cerrados, pelo pegajoso que les caía sobre la frente. Negros. Desnudos. Mudos. Sorbían el agua de las manos ahuecadas, ruidosamente, y babeaban. Cogían más agua y la sorbían, sedientos. Sin apartarse de los demás y sin comunicarse entre sí. Algunos orinaban de pie mientras bebían. Después volvían a llenarse las manos.

Nadie se daba cuenta de su presencia. Nadie se daba cuenta de su ausencia. Licalzi y el director estaban hablando con el capataz.

—*Forasteri ci Sunnu! Itivinni!* ¡Hay forasteros! ¡Fuera de aquí! —gritó Licalzi desde lejos.

Como cabras asustadas, los *carusi* trataban de reaccionar ante esa orden impartida por una voz desconocida. Algunos se habían quedado quietos, petrificados; otros giraban sobre sí mismos, sin saber qué hacer; había quien trataba de ir hacia Maria, otros en dirección opuesta.

—*A travagghiari!* ¡A trabajar! —gritó el director.

Al oír esa orden conocida, los *picciotti* se giraron, se pusieron en fila y avanzaron rápidamente hacia el agujero negro en el borde de la mina, que los engulló uno tras otro. Y mientras desaparecían en la oscuridad, a Maria le fue subiendo un llanto por la garganta, una conmoción que no supo contener más que escondiéndola detrás del pañuelo bordado.

—¿Dónde viven?

—Aquí.

—¿Tienen habitaciones?

—Duermen en agujeros y cuevas que eligen ellos mismos entre los que no están en uso. Se hacen compañía.

—¿Hablan?

—Poco.

—¿Tienen ropa?

—Sólo la que les sirve para ir y volver del pueblo. Aquí van desnudos, en verano y en invierno.

—¿Duermen con sus dueños?

—Antes, ahora no. Prefieren dormir juntos.

—¿Por qué?

El director titubeó.

—Tal vez sea mejor para ellos. Se protegen.

—¿De quién?

El director no supo responder, la miraba consternado. Maria comprendió y no dijo nada más.

En el automóvil le estaba esperando un gran ramo de espinas doradas, muy hermosas. Habían estado inmersas en el azufre líquido.

—Cuando viene su marido —dijo el capataz—, nos las pide siempre, y quiere ver cómo se hacen. Él no se mete nunca bajo tierra.

30
Hígado a la veneciana y *fritella* para Giosuè

A pesar de la guerra, los Sala seguían viviendo como antes, lujosamente: en casa se comía bien, se reunían con amigos y familiares con ocasión de las fiestas como si nada hubiera cambiado. Maria, sin embargo, no conseguía olvidar su visita a Ciatta. Nicola, que había regresado del frente, le había descrito las terribles condiciones que padecía la gente del Véneto y Friuli, implicada en el teatro de la guerra. Emilia Formiggini le había escrito contándole la difícil situación de muchas jóvenes evacuadas que se habían quedado solas e indefensas, porque los varones de su casa se habían ido a la guerra o habían muerto. Hubo casos de violación o prostitución a causa del hambre. Emilia y las demás habían acogido a algunas de esas chicas en sus casas. Maria llevaba tiempo pensando que le vendría bien una cocinera, y decidió buscarla entre las refugiadas. A Pietro no le gustaba que ella se pusiera ante los hornillos: no le parecía adecuado a su estatus y, sobre todo, pensaba que Maria se cansaba. Pues bien, contratar a una cocinera véneta sería una respuesta a los deseos de su marido y un gesto de solidaridad y de apoyo a los otros italianos.

Marisa Arrivabene llegó a finales de noviembre, antes de lo previsto. Era una mujer de veinticinco años: rubia, robusta y bien dispuesta. Había sido cocinera en un hotel y estaba orgullosa del arte —así lo llamaba— aprendido con un célebre chef austriaco. No entendía a Maddalena ni a las otras criadas cuando hablaban, pero afortunadamente Maricchia y Egle seguían viviendo con Maria y gracias a ellas Marisa pudo familiarizarse no sólo con la familia Sala, sino también con la lengua y la cultura sicilianas.

En aquellos días, Maria recibió una carta de Giosuè en la que le anunciaba que el Ministerio de Defensa lo iba a enviar a Sicilia para una inspección de las condiciones de emergencia: la hambruna, los desórdenes sociales, la renuencia al reclutamiento —que había alcanzado niveles muy altos justo en el momento en el que más necesidad de hombres había—, el bandolerismo y el separatismo, que recibía el apoyo de las clases altas y el sostén tácito de la mafia. «Mis bases de operaciones serán Palermo y Girgenti, sólo para verte. Me alojaré en la prefectura», concluía Giosuè.

Pietro estaba exaltado por su llegada —Giosuè ya era un personaje importante— y quería organizar un almuerzo en su honor, *en famille:* invitaría a sus hermanas y a sus cuñados, a los suegros y al prefecto Paolini con su familia. La hija del prefecto, Ilaria, coetánea de Maria, hacía tiempo que era su amiga. Marisa se vería puesta a prueba por primera vez en un almuerzo importante.

La mañana del día fijado, Maria daba los últimos retoques al menú junto con Marisa, muy voluntariosa y lista para aprender las recetas sicilianas. De primero —Pietro había impuesto su voluntad— habría pasta al horno a la palermitana, con los *anelletti* que tanto le gustaban. Marisa la prepararía por primera vez. De segundo, Maria había elegido hígado a la veneciana y, como guarnición, la *frittella,* un plato típicamente siciliano que consistía en tres hortalizas tempranas —guisantes, alcachofas y habas— cocidas por separado y luego sofritas juntas en una sartén añadiendo vinagre y azúcar. Por último, Marisa había sugerido para el postre un pastel húngaro que estaba haciendo furor en Austria: la tarta Dobos, con capas de masa de galletas y crema de chocolate. La última capa se cubría con caramelo, una novedad absoluta en casa de los Sala.

Maricchia había entrado en la cocina sin hacer ruido; se acercó a Maria y le susurró al oído que en el salón tenía lugar una discusión entre su marido y su suegro. Maria comprendió que lo mejor era acercarse. Padre e hijo estaban arrellanados en sus sillones, pero aquella aparente calma se veía contradicha por la tensión que encendía sus miradas. Su suegro estaba abatido, como si el peso de sus años se hubiera duplicado.

—¿Qué ocurre? —preguntó Maria.

—Pietro pide dinero. Más de lo acordado para este año —dijo su suegro. Luego, dirigiéndose a su hijo, añadió—: Explícate. Explícate ante tu mujer.

Maria se sentó. Pietro la miró avergonzado.

—Quiero hacer unos regalos, se acerca la Navidad. Y además tengo unas pequeñas deudas de juego, contraídas aquí en el Círculo de los Nobles, de poca cuantía.

Maria pensó inmediatamente que Pietro quería hacer un regalo de despedida a una amante reciente, cuya existencia conocía. En el curso de los años él había tenido aventuras con mujeres casadas y no casadas, y ella lo había lamentado, por más que supiera por otras amigas que traiciones como ésas eran moneda corriente y que una mujer sensata debía hacer la vista gorda, pues tarde o temprano acababan. A menos que afectasen a la unión familiar, a las apariencias o a las finanzas de la familia. Recientemente tuvo que intervenir en la última pasión de Pietro, la esposa del superintendente, una exuberante mujer de Catania que tenía fama de ser «ligera de cascos» y de elegir amantes adinerados. Le molestaba la forma en la que ésta hacía carantoñas a Pietro en público, y sospechaba que él le había regalado objetos de valor. Algunos días antes había sido invitada a tomar el té en su casa con otras señoras de Girgenti. Se aseguró de ser la última en salir y al despedirse le dijo:

—Yo a mi marido le quiero de verdad. ¿Y tú?

La respuesta fue inmediata:

—Pietro no se merece una amante como yo ni una mujer como tú, Maria, puedes quedártelo.

Pietro se quedó mirando fijamente a Maria. Luego dijo:

—Quiero el dinero, me hace falta. Es asunto mío.

Ella se volvió hacia su suegro:

—Pietro ya ha recibido dos mil liras de más este año, tal vez lo mejor sea parar. —Y regresó a la cocina.

Poco después se cruzaron en el pasillo. Por primera vez, Pietro la amenazó:

—¡Fuma Vecchia es sólo mía, en el catastro está a mi nombre solamente, por consejo de tu padre! Si sigues así, la venderé y se acabarán tus vacaciones en Camagni cerca de tu familia. —Maria no le respondía, y él continuó—: ¿Qué diría tu padre si supiera que intervienes en mis asuntos con mi familia? ¿Y qué diría tu amigo Giosuè, que viene hoy?

En ese momento pasó Maricchia.

—Lo siento, estoy ocupada —murmuró Maria, y se alejó.

Pietro, rabioso, se quedó aplastado contra la pared.

Organizadas las tareas del hogar, Maria salió sola para hacer unos recados. Caminaba observando a la gente, se detenía frente a los escaparates e inhalaba los aromas de la calle: el pan fresco en las cestas sobre las cabezas de los mozos, la torrefacción del café, los jazmines de delante del bar. Debajo de su casa intercambió saludos con su «público», los hombres que desde detrás de sus tenderetes la escuchaban cuando tocaba el piano. Esa mañana se le había ocurrido tocar una adaptación de la canción *Tripoli, bel suol d'amore,* y los vendedores la felicitaron.

—¡Seguid tocando de vez en cuando una cancioncilla! Buena falta nos hace música alegre con los tiempos que corren, y las canciones de amor siempre sientan bien —le dijo su más fiel admirador, un chatarrero. Aquello fue suficiente para darle a Maria las fuerzas para seguir adelante y no dar importancia a la conducta de Pietro en caso de que se repitiera. Seguiría negándole los extras, por su propio bien y por el de sus hijos.

A su regreso se encontró a sus padres esperándola: habían venido desde Camagni para ver a Giosuè y se iban a quedar con ella unos días.

Pietro, más sereno, entretenía con brío a su padre y a sus suegros antes del almuerzo; mientras los hombres conversaban, Maria se retiró con su madre a su habitación y, por primera vez, le habló de los amoríos de su marido y de la mujer del superintendente. No lo había hecho antes porque temía perturbarla, convencida de que ni su padre ni su madre habían sentido jamás interés en otras personas. Titina la sorprendió.

—Hija mía, te entiendo. No sé si has hecho bien en abordar a la mujer del superintendente. Desde luego has sido sensata y prudente al no enfrentarte a Pietro. También tu padre ha tenido amantes, pero con discreción. Yo nunca le he traicionado; sigo siendo su esposa, la mujer más importante y la mejor. De modo que lo toleré. Si llegas a notar que tu marido trata a sus amantes como tus iguales, estaría justificado que lo echaras de tu dormitorio y te buscaras a otro. Ya no sería digno de ti. —Maria estaba consternada: nunca lo hubiera sospechado. Y Titina añadió—: Una última cosa, Maria. Si alguna vez lo hubiera traicionado no se lo habría dicho, habría mentido como hacía él.

La plata relucía, la mesa estaba puesta y en la cocina Marisa lo tenía todo bajo control. Para Maria había llegado el momento de relajarse y tomar un baño, antes de prepararse para recibir a los invitados, como Pietro le había enseñado: «Llena la bañera con agua tibia, disuelve dentro sales de baño y añade una bolsita de flores de lavanda. Luego métete en el agua y quédate relajada, añadiendo más agua caliente para que no se enfríe. Cuando la piel esté empapada de agua, pásate la *luffa* por todo el cuerpo».

La *luffa* era una esponja vegetal, el cuerpo fibroso de una planta de la familia de las cucurbitáceas, parecida a un calabacín. Alcanzada la madurez, el fruto se deshidrataba y lo que quedaba era su «esqueleto» esponjoso. Cuando se sumerge en agua, sale de la *luffa* una sustancia jabonosa que suaviza la piel. «Pásate la *luffa* por todo el cuerpo, sin dejarte nada, por dentro y por detrás de las orejas, masajéate los pechos, acaríciate el cuerpo, baja a tus partes íntimas, por las piernas, entre los dedos de los pies, y luego por las manos, despertando tus sentidos. Y gozando de ti misma... Te sentará muy bien. Añade después más agua caliente y sigue un rato en la bañera. Piensa en cosas agradables, relájate y sigue frotándote. Sentirás que tu cuerpo está vivo.»

Después de haberse secado a fondo, Maria se estaba ungiendo con un aceite fragante que venía de la India. En ese momento oyó que llamaban: era Pietro, quería informarle de que le había insistido a Giosuè para que se quedara a dormir, y él había aceptado. Se quedó observando su reflejo, desnuda, en el espejo. Tenía algo más que decirle:

—¿Aceptarías de mí un regalo?

Ella asintió y él le colgó del cuello una cadenita de plata con un colgante ovalado calado y decorado con un motivo en relieve de ramitas de bayas. Era obra del orfebre danés Georg Jensen. A Maria se le encogió el corazón. Seguramente Pietro había comprado otra joya de Jensen para la mujer del superintendente. Él la besó de pasada en el pelo.

—Espero que la próxima vez seas más generosa conmigo.

Los invitados estaban en el salón esperando a los Paolini y a Giosuè. Las cuñadas iban de punta en blanco: aderezos de joyas, vestidos de lentejuelas, el pelo recién salido de las manos de la peluquera. A Maria apenas le dirigieron la palabra; Sistina le preguntó por su visita a Ciatta con una mirada que daba a entender que lo sabía todo sobre la relación entre ella y Licalzi.

Pietro estaba lleno de brío y se apresuró a aligerar la situación con una broma.

—Sistina —dijo poniendo una mano en el hombro de su hermana—, no me has dicho nada de lo guapa que está mi mujer, ni tampoco has admirado la joya que lleva al cuello.

Giosuè había entrado en el salón con paso decidido, feliz por volver a ver a los Marra. Hablaba con todo el mundo, y luego volvía al lado de Ignazio, al que le costaba bastante levantarse de la silla. La cena fue un éxito. Giosuè era el centro de atención. El suegro de Maria habló con él largo y tendido de las minas y de los accidentes en la mina de Lercara, sin aludir a lo que había dicho Maria después de su visita a Ciatta o a su papel en la empresa familiar, pues eran cuestiones privadas. Quería saber la opinión de Giosuè sobre si merecía la pena modernizar las minas e invertir.

—La producción de azufre sigue disminuyendo debido a la competencia estadounidense, pero eso no significa que haya llegado el fin de todas las minas sicilianas —fue su respuesta. Después cada uno de los hombres expresó su opinión; las mujeres hablaban de otras cosas, pero con un oído escuchaban las palabras de Giosuè. Al final, éste concluyó—: La industria del azufre siciliano se salvará, pero sólo quedarán las minas mejor administradas, y en conformidad con las disposiciones estatales sobre la seguridad del personal. Serán decenas, no los centenares que existen hoy. Y seguirán dando beneficios.

—¡Muy bien! —aprobó Vito Sala. Sus hijas parecían contrariadas.

Después de comer, los hombres salieron a fumar al porche; Maria, desde el salón, los observaba. Se dio cuenta de que Pietro y Giosuè charlaban animadamente y de que en determinado momento ambos volvieron la mirada hacia ella, más allá de la puerta ventana. Luego Pietro fue a sentarse al lado de su padre, le hablaba rápidamente, y también entonces se percató de que los dos la buscaban con la mirada desde detrás del cristal. Maria se sentía avergonzada por la conducta de su marido.

El tío Giovannino fue el primero en despedirse del grupo. Pidió que llamaran a su secretario: quería presentárselo a Giosuè. Los rostros de sus sobrinas se contrajeron al unísono. Maria dijo enseguida:

—Por supuesto, podemos invitarlo a los licores. —Matteo Mazzara fue recibido en el salón.

Sistina, Graziella y Giuseppina, que durante la velada habían hecho grupo aparte, fingían ahora un inusitado interés por los jarrones de la Magna Grecia: charloteaban sin separarse de las vitrinas, obcecadas en dar la espalda al invitado poco grato. Matteo, que tenía una licenciatura en Arqueología y al que se debían las adquisiciones más prestigiosas de la colección, habló cortésmente con todo el mundo y se entretuvo con Giosuè discutiendo sobre los descubrimientos arqueológicos en Libia; después le dio el brazo a Giovannino y lo acompañó fuera. Los demás invitados siguieron su ejemplo y se despidieron.

En el salón se quedaron Pietro, Giosuè e Ignazio. Maria acompañó a su madre a su habitación y luego volvió. Se sentía viva y llena de energía. Se sentó junto a la lámpara y alcanzó el bordado. Escuchaba desde lejos, como si fuera una mosca.

Giosuè estaba triste y afligido. El ejército no había recibido una instrucción adecuada para el uso de artillería como elemento de defensa. Los soldados no sabían qué hacer, la gestión del conflicto no se adecuaba al mundo moderno. El general Cadorna era un hombre del pasado, sin interés por las novedades que los enemigos sabían cómo utilizar. Giosuè también criticó la asignación de tierras a los veteranos: una tentativa de aumentar el número de reclutas y combatir la resistencia a las levas.

—Crear falsas ilusiones no está bien. La división de los latifundios y el incremento de las pequeñas propiedades rurales son cuestiones importantes y justas, pero hay que analizarlas en un contexto distinto. Al final, las tierras acabarán siendo ocupadas ilegalmente y se hará necesaria la intervención del ejército. Los latifundios se mantendrán sin cambios o incluso saldrán reforzados, y eso añadirá amargura a las esperanzas frustradas de los veteranos.

Maria se asombraba de no haberse dado cuenta nunca de con cuánto equilibrio se expresaba Giosuè en sus consideraciones. De vez en cuando levantaba los ojos del bordado y lo miraba: en pocos años había adquirido seriedad y dulzura en su forma de hablar. Giosuè pedía una opinión a su padre y buscaba su aprobación, como si fuera todavía un escolar; con Pietro, en cambio, se comportaba como un hermano, valoraba lo que decía y lo escuchaba sin interrumpirle, incluso cuando exageraba o se confundía. Entre una puntada y otra, le afloraba la agradable sensación que había sentido en el baño.

La velada llegaba a su fin. El padre de Maria estaba cansado y Giosuè le ofreció el brazo. Pietro bostezó y dejó a su mujer la tarea de ocuparse de su huésped; él se iba a dormir.

Habían reservado a Giosuè la hospedería, la habitación para los mejores huéspedes, lejos de las otras habitaciones.

—Entra —la invitó él—. Tengo una cosa para ti. —Abrió

la maleta y le entregó un sobre—. Uno de mis regalos habituales.
—Era una partitura de Respighi, la *Sonata en fa menor* para piano a cuatro manos—. Es muy hermosa, y no es difícil. Quizá podamos tocarla.

Él le sujetó la cara entre las manos para darle el habitual beso de buenas noches Fue directamente a su boca. Luego bajó las manos y le rodeó la cintura, manteniendo los cuerpos a distancia. Fue un beso largo, carnoso, inquisitivo. Maria se dejaba hacer, no reaccionaba. Él le levantó la blusa, le pasó las manos por la espalda lisa, subió hasta los hombros y luego bajó hasta el arranque de los pechos; se detuvo, no quiso ir más lejos. Entonces Maria reaccionó, y se fundieron en una secuencia de besos profundos, sin acercarse el uno al otro. Giosuè devolvió sus manos al rostro de ella y después de un último beso en los labios la acompañó a la puerta con un resoplido de buenas noches.

Giosuè fumaba un Macedonia Extra del paquete que Maria había dejado sobre el escritorio para él. Estaba avergonzado. No lo había planeado, pero le había parecido justo y natural, y lo mismo le había pasado a Maria. ¿Por qué no le bastaba con ser su amigo más querido?

En realidad, deseaba poseer a Maria desde que se había convertido en mujer. Con otras, su relación era intelectual y física, jamás emotiva. No había ternura en aquellos amores. Con Maria era diferente. Giosuè observaba el humo que se elevaba hacia lo alto, en espirales cada vez más amplias, que le recordaban los pechos redondos de Maria de adolescente, que él entreveía a través de las cortinas y trataba de disfrutar con los prismáticos.

31
Al verdadero amor se le perdonan tantas cosas...

Maria había bajado a la portería de casa de los Marra, donde la esperaba Carolina Tummia, ya sentada en el automóvil con Leonardo al volante. De luto ambas por la muerte del padre de Pietro, ocurrida a principios de año, se dirigían a los funerales del tío Giovannino, que había muerto de gripe española. Las exequias iban a celebrarse en Girgenti, al igual que las de su hermano. Vito Sala había muerto en enero de 1918, sólo tres días después de regularizar las minas según la legislación vigente, tal como le había sugerido Giosuè y en contra de la voluntad de sus hijas, que tenían una cuota del dos por ciento cada una. Maria aún recordaba la promesa que él le había pedido que renovara justo antes de morir: «Nunca mermaré el patrimonio de mis hijos para saldar las deudas de mi marido». Y precisamente por eso había ido a casa de sus padres, a Camagni, para debatir sobre las deudas de Pietro y la necesidad de vender algunas joyas para hacerles frente.

Después de la muerte de su suegro se habían presentado, en enjambres, los acreedores de Pietro; algunos habían ido incluso al entierro, otros a la casa, para las visitas de pésame. Maria había tenido que negociar con ellos. Había elegido las joyas más valiosas para saldar las deudas, pequeñas pero numerosas. Leonora estaba ocupada fuera y Filippo asistió a la reunión con los padres. Se construía muy poco, y él se veía a menudo sin trabajo; se ofreció para hacerse cargo de la venta a través de un amigo suyo, joyero palermitano. Justo en ese momento llegó el telegrama anunciando la muerte de su tío y Maria aceptó: por una parte, Filippo le daba pena, por otra temía no tener tiempo para encargarse ella misma. Se arrepintió nada más montar en el automóvil. ¿Entendía algo, Filippo, de joyas? Y se sintió consternada.

Viajar con Carolina le molestaba. Hubiera preferido estar sola y pensar en el tío Giovannino, a quien conocía poco, pero que siempre le había gustado. En los últimos meses su tío había revelado su afecto por Matteo, que había dejado su trabajo como administrador en un museo de Turín para estar cerca de él como secretario; Maria había podido constatar los fuertes vínculos que había entre los dos, a pesar de la diferencia de edad. Lo había hablado con Pietro, que la había animado a aceptar los amores entre mujeres y los amores entre hombres. «Todo aquello que vemos repetirse en la naturaleza debe hacernos pensar que hay alguna razón para que sea de esa manera, y debemos respetarlo. Los perros homosexuales son bien conocidos, pero hay también otros animales que buscan el placer con los de su propio sexo.»

Como era de esperar, Carolina le empezó a contar todos los chismes que corrían por su casa sobre el tío.

—Se dice que ha dejado dinero y la colección de arte moderno francés a Matteo. ¡Qué vergüenza, todo el mundo se enterará de esa relación! ¿Y qué pensarán? ¿Y a nosotros qué nos deja? Se dice también que le ha dejado a tu marido el usufructo de la planta principal del edificio de Palermo, y la propiedad a tus hijos. Y se dice que ha dejado pequeñas cantidades de dinero a muchos otros hombres por toda Italia y en Francia. —Maria asentía sin añadir comentarios. Carolina le soltó un golpe bajo—: Parece que te ha dejado algunas joyas: sólo a ti de todos nosotros, sus sobrinos. ¡A nosotros no se ha dignado dejarnos nada! ¿Qué le has hecho tú, que pareces tan modosita? Vamos, Maria, dímelo, ¿cómo es que te las apañas tan bien con los hombres?

—Carolina, te dejas llevar por tu mal carácter, cálmate —le dijo Maria. Por muy maligna que fuera su prima, la quería.

Ella pasó a hablar de la mina Ciatta y de Licalzi:

—¿A que es verdad que le gustas?

Maria se puso a mirar por la ventanilla. La campiña estaba

en flor, en los campos de trigo salían las primeras amapolas. Todo estaba verde. Y ella fue calmándose.

El funeral parecía una réplica del de su suegro. El féretro salió del portal de casa de los Sala y se dirigió a la catedral. El coche fúnebre iba precedido por la procesión de huérfanos, monjes y monjas, en dos filas, que anunciaban a la ciudadanía la muerte de Giovannino Sala. Inmediatamente detrás del ataúd, los parientes más cercanos. Les seguía la familia más lejana y después los amigos y curiosos. Al fondo, dos filas de hombres, algunos jóvenes, otros de mediana edad, vestidos con excesiva y vistosa elegancia. Eran los *garrusi,* los sarasas, que habían ido a rendir un valeroso homenaje a uno de ellos. Maria y Pietro, los herederos del apellido, iban delante de todos, seguidos por las hermanas de Pietro con sus maridos. Matteo seguía el féretro en tercera fila, con Carolina y otros bisnietos. Al terminar la ceremonia la familia se alineó bajo el pórtico de la catedral para recibir el pésame.

Pietro estaba al lado de Maria, muy tenso. Se le adivinaba un tormento, una especie de agresividad contenida.

—¿Tienes el dinero? —murmuró.

Ella lo miró indignada a través del velete negro:

—No es el momento, pero la respuesta es no.

Pietro se recompuso. Mientras amigos y conocidos se acercaban colocó su mano en la cintura de Maria, protector. En una pausa, Sistina susurró entre dientes:

—Qué indignidad, dejarle los jarrones de Lalique a ese secretario... —Buscó en el rostro de Pietro las huellas de un consentimiento y añadió—: Imperdonable.

—Al verdadero amor se le perdonan tantas cosas... —respondió él de modo que Maria pudiera oírle, es más, alargó la mano sobre el velete y, con una mirada de complicidad, la acarició delicadamente.

Pietro quiso dejar de inmediato el piso que hasta ese momento habían ocupado en el edificio de Palermo y mudarse a la primera planta. Como siempre, lo quería todo y enseguida. Maricchia y Egle —esta última en vísperas de su boda con el maestro Andrea Prosio— acudieron a ayudar a Maria con la mudanza. Las dos se dedicaban a vaciar los cajones de la ropa de casa, mientras que los armarios quedaban a cargo de Maria, que iba sacando la ropa de Pietro y colocándola en un sofá, desde donde la trasladarían a la planta principal. Fue entonces cuando en la parte inferior del armario de su marido descubrió un collage de fotografías montadas con gusto y equilibrio. Fotografías de mujeres.

Maria no se había dado cuenta hasta ese momento. Unas eran cantantes, o mujeres famosas, otras desconocidas; algunas, en cambio, eran señoras de Palermo y de Girgenti a las que conocía. Las fotografías eran todas del mismo formato. Escrito de través, en la esquina inferior derecha, había una fecha; a veces también una segunda. Las fechas eran progresivas. Reconoció su propia fotografía, sacada durante su viaje de novios. En la esquina había una sola fecha, la del día siguiente a la boda.

Eran las mujeres a las que Pietro había amado: la primera fecha era la del día en el que las había poseído por primera vez, la segunda, en cambio, se refería a la última. Ella era una de ésas. Una de tantas. De pronto sintió que nunca había sido amada. Tenía la sensación de ser tan frágil como el papel. Se sentía fracasada como mujer, como esposa. Mirando esas fotos repasaba los años de su matrimonio. Veía a Pietro encaminándola hacia el placer, pero era como si estuviera en una clase con otras, compañeras y enemigas. Una de tantas. Y sola.

En aquellos días, Maria recibió de Filippo el resultado de la venta de las joyas. Cuando se lo contó a tía Elena y a tío Tommaso, su tío pareció avergonzarse: dijo que el precio obtenido era muy bajo, y que el joyero, sin duda, ya había salido ganando con las primeras ventas. Maria hizo como si nada y no les dijo que Filippo le había dado aún menos. Se sintió traicionada también por su hermano.

De regreso en Girgenti se dedicó a sus hijos, que echaban de menos a su abuelo, y ahora también al tío Giovannino. Pasaba la mayor parte del tiempo en casa. Pietro ahora ya no quería que su madre dejara Fara para irse a vivir con ellos. Estaba seguro de que a Maria no le importaría, y de que, al contrario, se sentiría aliviada. No sabía que a lo largo de los años le había cogido mucho cariño a su madre, y que, después del tormento padecido delante del armario abierto y de esa colección de trofeos, había cambiado: él ya no podía hacerle daño, ni tampoco someterla a su voluntad. Anna Sala se trasladó a Girgenti. Y Pietro empezó a pasar largas temporadas en la casa de Palermo.

El 11 de noviembre de 1918 Italia, Francia e Inglaterra ganaron la guerra contra Austria y Alemania. El norte de Italia había salido doblemente victorioso gracias a la formidable expansión de las industrias estimuladas por el conflicto, pues habían obtenido enormes ganancias de la venta de sus productos para el ejército. El sur había hecho poco o nada: la brecha con el norte había crecido y era definitivamente insalvable. La victoria apenas repercutió en la vida de Maria, que a finales de año tuvo que volver a Palermo. Su padre estaba enfermo y había ido a casa de su hermana con la esperanza de que los médicos pudieran ayudarlo. Pero no hubo nada que hacer. Titina lo cuidó con abnegación. Siempre presente y hábil enfermera, se quedó a su lado dispuesta a sonreír y vestida con esmero, como él quería verla, hasta el final.

Giosuè acudió desde Roma para el funeral. Había resultado elegido entre los ciento cincuenta y seis nuevos e inexpertos diputados socialistas, que con los cien diputados del Partido Popular del padre Sturzo formaban la mitad de la Cámara. Era venerado por todos, y se sentía orgulloso. Después del funeral abrazó a Titina:

—Giosuè —le dijo ella—, te he querido como a un hijo, hagas lo que hagas te bendigo.

Maria la estaba escuchando y se quedó turbada. Abrazó a Giosuè y después a los demás que, en fila, aguardaban su turno.

Estaban a punto de salir del cementerio. Pietro se había llevado a los niños. Maria había vuelto atrás para un último adiós a la tumba de su padre, sola. En silencio, Giosuè la había seguido.

—Debemos vernos más a menudo —dijo.

Ella dejó caer los párpados y lloraron abatidos. Había apoyado su cabeza en el hombro de Giosuè y él la había abrazado. Con fuerza. Se quedaron así, dos huérfanos, llorando juntos. Pero demasiado tiempo.

Maria fue la primera en recobrar la compostura:

—No debemos...

—Algo tendrá que suceder —murmuró él. Y la liberó del abrazo.

Giosuè no tardó en verse rodeado por los asistentes al funeral, que querían felicitar al nuevo diputado.

Aquel año horrible aún no había acabado. Toda la familia pensaba que Titina, con tan sólo cuarenta y dos años, superaría la pérdida de su marido con la misma fuerza y energía con que lo había atendido, y que gozaría de una larga y serena viudez. En cambio, después de la muerte de Ignazio, Titina dejó de comer. Maria, que se había quedado en Palermo, la veía desmejorarse y lo entendía. Hablaron del asunto, madre e hija. Titina no quería ver a ningún médico. Leonora, en cambio, empujada por Filippo, había insistido en llamar al que había tratado a su padre, muy estimado en la familia. A Maria no le sentó bien que su madre sucumbiera a la insistencia de su nuera:

—No te lo tomes a mal, hago lo que creo correcto, y lo que quiero. Leonora me da pena. Tanto ella como su madre fueron maltratadas por Diego: les pegaba. Una vez, durante una fiesta en nuestra casa, fui testigo de una de esas vejaciones: ella no tendría más de cinco años; le había desobedecido y él le aferró la mano. Le retorcía los dedos como si fueran ropa de cama, se los *munciuniava* uno por uno, lentamente, con fuerza, mirándola a los ojos. Luego le abrió la palma de la mano y le dio unos puñetazos. Por último, le dobló los dedos hacia atrás como si fuera a rompérselos. Sin dejar de mirarla a los ojos. Ella, pálida, no reaccionaba. Sabía que si lo hacía sería peor una vez de regreso a casa. —Su madre añadió, como ensimismada—: Siempre aprecié a Nike; tuvo que abandonar su casa y no dijo jamás una palabra contra aquel sádico...

Pero Titina no estaba enferma. Lo único que ocurría era que seguía sin tocar el agua ni el pan. Murió mientras dormía, dos semanas más tarde. Un segundo entierro, a toda prisa. Giosuè llegó tarde y tuvo que salir para Roma ese mismo día.

—He tenido dos padres y el afecto de una sola madre, la vuestra —dijo a los hermanos Marra, y se alejó desconsolado.

Maria, pensándolo mejor, comprendió que eran hermanos de verdad y trataba de convencerse racionalmente de que los momentos en los que había pensado que Giosuè la deseaba habían sido sólo una reacción confusa a emociones fuertes.

Filippo era incapaz de resignarse; temía que su madre se hubiera envenenado y exigió una autopsia. El resultado fue ambiguo: Titina tenía un tumor en el pecho, pero no fue eso lo que la mató. Filippo seguía interrogándose, desesperado, pero sin hallar respuesta, entre otras cosas porque la muerte fue declarada «natural». Maria, convencida de que la madre se sentía incapaz de seguir adelante sin su padre, en el fondo no llegaba a lamentar su elección.

32
Nos une un solo destino

La muerte pasa a ráfagas, se repetía Maria. Cuatro muertos en doce meses no eran algo inusual, eran muertos —por así decirlo— generacionales, pero había sido un año difícil.

De la generación anterior sólo quedaba la suegra, que vivía con ella. Maria iba a sus habitaciones todos los días. El tiempo no le faltaba: Anna y Vito estaban muy ocupados con los estudios y tenían además una institutriz suiza. Pietro pasaba mucho tiempo en Palermo. Seguía buscando piezas antiguas y había empezado a interesarse por artistas sicilianos contemporáneos.

El sufragio universal masculino y la promoción de la educación obligatoria y de la sanidad pública habían allanado el camino al fascismo. En los últimos dos años, desde que Mussolini estaba en el poder, Sicilia había disfrutado de momentos de tranquilidad y de un tímido comienzo de recuperación económica.

Maria ayudaba también a sus hermanos. Roberto, el más joven, era independiente: se había licenciado en Filología Clásica y había encontrado empleo como profesor en un instituto de Pinerolo. No se había casado, pero tenía su propia vida y volvía a Sicilia raramente. Se escribían. Después de dejar el ejército en 1917, Filippo volvió a Camagni; vivía con Leonora en la casa paterna, que había heredado como primogénito. Trataba de ejercer como profesional liberal, pero en Sicilia tanto durante la guerra como después no había trabajo para los ingenieros civiles y tampoco encontraba empleo. Había alquilado el viejo despacho de su padre a Nicola, licenciado en Derecho, que ambicionaba una carrera forense. Nicola, sin embargo, no tenía necesidad de trabajar para vivir: había sido adoptado por la tía Matilde. Nicola y Filippo habían aceptado a esas alturas una situación algo extravagante: Leonora se dividía entre ellos, precavida pero pertinaz. Desde que Zino, el hijo de Filippo, había comenzado a ir al colegio, Leonora parecía haberse alejado de su marido e hijo: pasaba cada vez más tiempo en casa de Nicola e iba con cierta frecuencia a Roma, donde él poseía algunos apartamentos en el barrio de Parioli, acompañada de amigas complacientes. Maria lo toleraba por mor de la paz.

Cuando Leonora le pidió que la acompañara a Roma, quiso que le explicara lo que ocurría entre ella y sus hermanos y la invitó a un restaurante. Después del primer plato, mientras esperaban el filete empanado, Maria dijo:

—Nuestros padres ya no están entre nosotros y yo, que soy la mayor, quisiera que la familia siguiera viviendo en armonía. Me gustaría entender este trío que te traes con mis hermanos.

A Leonora no le pilló por sorpresa.

—Yo soy diferente a ti. Tú has tenido una familia unida; yo, una infancia y adolescencia desgraciadas. He sufrido la miseria, financiera y moral. Mi padre trataba mal a mi madre; Albertina, la mujer que teníamos en casa, no era más que otra persona de la que aprovecharse. ¡No sé ni cuántos abortos tuvo, la desgraciada! Decidí entonces que no volvería a ser pobre y que me buscaría un marido rico. —Tomó aliento y se ajustó la servilleta en el regazo—. Habría aceptado incluso ser una cortesana, no podía y no puedo tolerar la idea de la miseria. Vosotros representabais mi sueño..., una familia unida, que se quería. Se decía que tu tía Elena y su marido habían decidido adoptar a Filippo. Son ricos, y pensé que si me casaba con él quedaría limpia, volvería a nacer en vuestra familia. Necesito las comodidades, la seguridad. —Maria la escuchaba, tratando de entenderla. Leonora retorcía la servilleta, inquieta—. Pero hay más. —Y se quedó mirando a Maria a los ojos como si hubiera encontrado una abertura—. Soy una mujer sensual. Perdí la virginidad poco después de la pubertad. Filippo es bueno, y yo le tengo cariño. Los tíos, por lo que he podido entender, no van a adoptarlo..., quizá porque me desaprueban. Pero no quiero ni pensarlo. Filippo como amante no me satisface. Nicola, en cambio, siempre me ha gustado, tenía la constitución de tu padre..., pero era seis años más joven que yo y tampoco era rico. Después, la tía Matilde decidió adoptarlo. Hubiera podido abandonar a Filippo y marcharme con Nicola, darme a la buena vida con él lejos de Camagni, pero no me sentí capaz, no me parecía decente. Habría tenido que abandonar a mi hijo, o quitárselo a su padre, y no quiero que sufra como yo he sufrido. —Llegó el camarero con el segundo y les sirvió—. Estuvimos hablando, tus hermanos y yo, y llegamos al acuerdo que conoces. Tengo relaciones con uno y con otro. ¿Te acuerdas de cuando nos reíamos de la poliandria? Pues mira por dónde soy la primera en el mundo occidental. Y ahora comamos, que los filetes empanados se enfrían.

—Como *La señora Morli, dos en una** —dijo en voz baja Maria.

Leonora cortaba cuidadosamente la carne en trozos del mismo tamaño y mantenía la mirada fija en el plato; Maria pensó que con el tenedor y el cuchillo estaba diciendo lo que no podía expresar con palabras: también Leonora, como ella, quería ser justa, dar a cada uno la parte que le correspondía, ni más ni menos. Y sintió piedad por ella.

—Procuremos ser amigas. Al fin y al cabo, somos cuñadas por partida doble. —Alargó la mano para rozarle los nudillos, pero no se sintió capaz de apretarle los dedos.

En abril de 1924 Maria fue a Roma: debía vender otras joyas para pagar las deudas de Pietro. Él le sugirió que pidiera ayuda a Giosuè —se había convertido en un jerarca, con un importante papel dentro del partido—, a quien no veían desde hacía tiempo. Después de la muerte de sus padres, Maria y Giosuè no habían retomado la vieja costumbre de escribirse con regularidad, aunque él nunca dejaba de enviar felicitaciones de cumpleaños

* Referencia a la obra teatral de Luigi Pirandello *La signora Morli, una e due* (1920), centrada en una mujer que manifiesta dos personalidades distintas, una más seria y responsable en su relación con su amante y otra, paradójicamente más jovial y atolondrada, con su marido. *(N. del T.)*

y de onomásticas para cada miembro de la familia y se acordaba de los aniversarios de la muerte de sus padres. Las pocas veces que iba a Sicilia los llamaba por teléfono, a veces les hacía una corta visita.

Maria había llevado a varios sitios las joyas antiguas heredadas de su tío Giovannino, pero no parecían gustar. Nadie quería comprarlas. La gente prefería las cosas modernas. Pietro la asaeteaba a telegramas y llamadas telefónicas. «¿Las has vendido?» En determinado momento, ella dejó de responder. Y él se encomendó directamente a Giosuè.

Giosuè la llamó por teléfono a casa de Nicola. Había sabido por Pietro que estaba en Roma y que quería vender unas joyas: él conocía a un posible comprador, se encargaría personalmente del asunto. La invitó a ir a Alfredo, un restaurante nuevo muy de moda, al que acudían muchas figuras de la política.

Ni la llamada telefónica ni la invitación de Giosuè fueron del agrado de Maria. La conversación con Leonora la había entristecido. Se sentía vieja a pesar de sus treinta y cuatro años. Le pesaba esa doble contabilidad familiar, por la que había optado sin la debida ponderación: mientras las finanzas de la casa eran florecientes y había dinero para sus hijos —a los que pensaba meter en un internado—, Pietro se gastaba sus rentas anuales en pocos meses y acumulaba deudas después, que Maria pagaba mediante la venta de cuanto él había comprado para ella y para la casa. Vender las joyas no le pesaba, pero le irritaban las continuas y humillantes solicitudes de dinero de su marido y se preguntaba qué pasaría cuando no quedara nada por vender. Se sentía cansada.

Ya estaba lista para salir, se echó un último vistazo al espejo. En las solapas de la chaqueta se había prendido el broche en forma de mariposa, el primer regalo de Pietro: también éste en busca de comprador. Después de un leve titubeo, Maria se lo quitó instintivamente.

Salió de la casa de mala gana para reunirse con Giosuè en el restaurante. Él había logrado lo que siempre había deseado: era diputado, su nombre aparecía en los periódicos, vivía una buena vida. A sus treinta y siete años estaba en su plena madurez y la quería, como un hermano mayor. A Maria no le gustaba que la viera en ese estado, y no quería que supiera que se sentía una fracasada. Por otra parte, era verdad, no había escapatoria: era una fracasada.

Cuando lo vio, Maria lo olvidó todo.

—¡No has cambiado! —Giosuè la condujo a la mesa. Aludió a la petición de Pietro antes de que ella pudiera preguntárselo. Maria no debía preocuparse por la venta de las joyas: había encontrado un comprador y se encargaría de todo. Luego habló de política. Se declaró satisfecho con el fascismo, sobre todo porque ofrecía una nueva estabilidad—: Lo que no acaba de gustarme es que no haya una oposición real; ni que, si llegara a haberla, sería aplastada —dijo—. Pero ahora estamos reconstruyendo una Italia unida. —Sostenía que el régimen tenía un programa muy moderno en cuanto a la escuela y a la alfabetización del país y se explayó sobre ese tema largo rato.

Maria lo escuchaba, pero era como si no lo oyera. Lo miraba y recordaba al Giosuè de antes de la guerra, en Trípoli. La antigua atracción renacía. Se miraban. Comenzaron a hablar de ellos dos, de cómo estaban, de lo que habían hecho, de lo que pensaban, de lo que eran. Comían y se miraban; seguían explicándose en silencio, entre un bocado y otro, entre un sorbo de vino y otro. Después, mientras esperaban a que el camarero trajera el postre y el vino dulce, Giosuè se levantó con un breve «discúlpame» y se alejó. Cuando regresó, estaba tranquilo y le sirvió más vino dulce.

Al final de la comida, Giosuè puso los puños sobre la mesa:

—Maria, tengo treinta y siete años y no tengo compañera. Estoy harto.

Ella se quedó con la cucharita de helado en el aire.

—¿Quieres casarte?

—No puedo.

—¿Y entonces?

—Las historias con otras mujeres no me proporcionan satisfacción alguna. —Y luego prosiguió—: Aquí tienen una habitación, cómoda y privada. ¿Quieres acompañarme?

Maria no respondió y Giosuè temió haberla ofendido. Pero no era así. Era como si ella se lo esperara y hubiera querido evitar verlo por temor a esa pregunta y a la respuesta que no tendría más remedio que dar.

—¿Y de qué serviría? Yo tengo familia, y tú tienes a tus mujeres: eres un diputado, una figura pública. También en Girgenti tengo una posición social y dos hijos que aún he de casar.

Giosuè le llenó el vaso medio vacío.

—Discúlpame. No debería habértelo pedido. Pero ya sabes que tú eres a quien yo habría querido por mujer. —Maria parecía sorprendida, genuinamente. Él continuó—: Tomemos otro helado. Con amarguillos. Está realmente exquisito.

Ella aceptó, con miedo a perderse en la transparencia cristalina del vino dulce que Giosuè le había servido de nuevo.

Entraron en el taxi.

—Déjame por lo menos que te enseñe mi casa —dijo Giosuè—. No es tan bonita como la tuya, pero tengo una colección de arte futurista y muebles modernos que espero que te gusten.

El portero no se inmutó al ver a quien parecía una nueva amiga del diputado Sacerdoti subir a casa con él. El ama de llaves, después de servir el café en el salón, pidió discretamente permiso para irse a descansar. Parecía un guión preestablecido. Maria pasaba por delante de los colores drásticos de las telas, de las formas que aludían a cuerpos o arquitecturas y nunca a la naturaleza. El mobiliario era de aluminio o de hierro, modelado según patrones que preveían esquinas, torsiones, geometrías eléctricas. También la madera se veía forzada en curvas aerodinámicas. Estaba empezando a conocer a otro Giosuè, el coleccionista, el amante de lo moderno, de la belleza y del placer. Relajada por el vino, permitió que aflorara la pasión reprimida y la embargara.

Giosuè la acompañó al piso de Nicola.

—Volveremos a vernos pronto —dijo—, y recuerda lo que te dije en el jardín de Camagni, hace casi veinte años. Nosotros dos no podemos olvidarnos, es imposible: nos une un solo destino, sea cruel o feliz.

Al día siguiente, Maria recibió una nota de Giosuè:

> Lamentablemente tengo que marcharme mañana. Te haré llegar el cheque del comprador de las joyas. ¿Quieres tomar un té esta tarde en la Casina Valadier para dar un paseo únicamente? *À deux.*

La Casina Valadier, en el Pincio, era una joya de la arquitectura neoclásica desde la que podía verse el panorama de Roma, con el parque detrás. Giosuè la estaba esperando:

—Vamos a caminar, me molesta ver a la gente.

Y durante una hora no hicieron nada más que recorrer las avenidas arboladas del jardín. Yendo y viniendo. Muy cerca, pero muy atentos a no rozarse. Giosuè le contaba sus pensamientos, sus ansias, sus ambiciones, sus recuerdos. Ella lo escuchaba, de vez en cuando hablaba de sí misma y de su familia. Trataban de llenar las dos últimas décadas de «su» historia. Cuando el adoquinado se volvía más duro, Giosuè le ofrecía el brazo y era como si siempre hubieran caminado así, como si él conociera el ritmo de sus pasos, como si el codo de Maria supiera dónde encajarse entre el brazo y el costado de él. Al despedirse, un besamanos.

33 Chantaje

Maria había vuelto a Sicilia llena de remordimientos, que no hicieron más que aumentar. Pietro estaba muy cariñoso, ya había recibido el dinero y para su regreso había organizado una velada con sus hijos, como a ella le gustaba. Irían al cinematógrafo juntos, y luego al Grand Hotel des Palmes. Maria se alegraba de volver a verlos, y sin embargo sabía que ella era diferente, como si ya no perteneciera sólo a sus hijos y a su marido.

Durante una semana no quiso escribir a Giosuè ni leer la carta que le había mandado. Por la mañana tocaba música cada vez más triste, angustiada. No se sentía capaz de vivir un amor a distancia, ni de dejar a su marido y a sus hijos, y el fascismo no le gustaba. Prefería no volver a verlo, y así se lo escribió.

Cuatro días después, en Girgenti, un desconocido con una elegante maleta de cuero cruzó la placita en la que se levantaba el edificio de los Sala. Desde lo alto bajaban las notas del *Nocturno* opus 9 de Chopin. Se detuvo a escuchar junto a los vendedores que colocaban silenciosos sus mercancías en los tenderetes, alzando de vez en cuando la mirada hacia el balcón del segundo piso abierto. Las últimas notas parecían lágrimas.

Nada más recibir la carta, Giosuè tomó un tren y dos días después llegó a Girgenti sin previo aviso. Se presentó en la garita del portero, subió y fue recibido de inmediato en el salón por Maria, muy pálida. Sus hijos estaban en el colegio y Pietro en Palermo: estaban solos. Ella se esperaba que hubiera una escena.

—Tú sabes que no es posible —dijo Giosuè, y dio un paso para abrazarla.

—No es posible —le hizo eco ella, como si las palabras las dijera otra, y se abandonó al abrazo.

Desde entonces, Giosuè y Maria empezaron a verse en Sicilia. Él se había inventado una serie de compromisos de trabajo en distintos lugares de la isla, y no sólo en Palermo y Girgenti. Pietro, orgulloso de la amistad con el jerarca fascista, estaba encantado de alojarlo. Cuando él no estaba, Giosuè prefería quedarse con los Paolini, en la prefectura; cada noche entraba en casa de los Sala: Maddalena, siguiendo órdenes de su ama, comprobaba, cuando el portal se cerraba, que siempre quedara abierto el portillo peatonal. Todo eso duró seis meses.

Giosuè estaba considerado un gran amigo de Maria y Pietro. Maria llevaba una vida retirada; la casa y la familia la colmaban. Se dedicaba también a obras de beneficencia y había empezado a participar en las organizaciones fascistas para madres y para mujeres en general. Con sus sentidos colmados, habría podido decir que era feliz, a pesar de su continua incertidumbre respecto al futuro, y de la pesadilla que le suponía pensar que si Giosuè enfermara ella no llegaría a saberlo ni podría atenderlo. Con respecto a su marido no se sentía culpable; además, él había perdido el derecho a su fidelidad y, tal como su madre solía decir, no sería prudente decirle que amaba a otro y que era correspondida.

Una noche, a Maria le dolía el estómago. No quería despertar a Maddalena y bajó a la cocina para prepararse agua y laurel con cáscara de limón. Casi una poción, como decía su madre: «El agua y el laurel curan de todo mal, son nuestro remedio universal». Le provocaba un efecto extraño moverse ella sola, de noche, en la gran cocina que siempre veía llena de gente atareada y con mucha luz. Se sentía sola: no sólo en la cocina, sino en toda la casa. Tomó un sorbo de la tisana de pie junto a la mesa, observando el resplandor que se filtraba a través de los listones de las contraventanas.

Después se percató de una franja de luz bajo la puerta que daba al vestíbulo. Dejó la taza y fue a abrirla de puntillas: la escalera estaba iluminada, parecía como si alguien estuviera a punto de llegar o de salir. Maria bajó, curiosa y sin miedo, como bajo el efecto de un hechizo. En la portería reinaba el silencio. El portillo estaba entreabierto. ¿Qué hacer? Despertó a Lia, la mujer del portero —que desde que había aprendido a leer y escribir se había convertido en su fiel colaboradora—, y le contó lo que había observado. Lia frunció el ceño:

—Es una *fimmina,* esperémosla.

Ella se quedaría en la garita del portero y Maria en el vestíbulo de la casa.

Sentada en posición vertical sobre una silla Savonarola de madera y muy incómoda, Maria había olvidado su malestar. Una gran tristeza se lo había llevado por delante. Una de sus criadas salía por la noche para encontrarse con un hombre, ¿quién podría ser? En ese momento sonó la campanilla de la portería: Marisa.

Marisa no sólo era una empleada, para ella era también una amiga. Franca, valiente, de confianza. Había tenido la fuerza necesaria para salir de su casa en un momento terrible y cada año regresaba al Véneto para estar con su familia. Maria le prestaba libros para leer y, en su corazón, Marisa había ocupado el lugar que perteneció a Egle, ahora felizmente casada, y a Maricchia, quien había muerto el año anterior en la casa de su sobrina, en Palermo.

Marisa había salido, sin duda, a un encuentro galante. ¿Qué hago? ¿Tengo derecho a preguntarle adónde ha ido y con quién?, se preguntaba Maria; además sopesaba las implicaciones del hecho para otras empleadas. El comportamiento de Marisa era un mal ejemplo para el resto del personal de servicio, muchachas vírgenes que trabajaban en su casa para hacerse el ajuar. Nadie se casaría con ellas si se supiera que por la noche la gente salía y entraba con tanta impunidad de la casa de los Sala. Tenía que abordarla.

Marisa había vuelto tranquila, no se había dado cuenta de que Lia la había visto. Cuando se encontró cara a cara con Maria, sintió la potencia de un reproche no expresado. Maria se levantó y, olvidando el discurso que había preparado, sólo le preguntó:

—¿Por qué?

Marisa se dirigió a ella de corazón:

—Usted me ha enseñado que todos somos iguales. Cuando estamos enfermos nos manda a ver a sus médicos, y el año pasado, cuando tuve el dolor de muelas, me envió a ver al doctor Cucurullo. Nos enamoramos, y por la noche salgo y voy a hacerle compañía. Luego regreso. —Se le escaparon las lágrimas—. Tal vez vos me entendáis.

Maria la escuchaba y pensaba en la cantidad de veces que había deseado la compañía de Pietro cuando la dejaba sola durante sus rondas, y, recientemente, la del hombre que amaba. ¿Cuántas veces se había despertado por la noche buscando a su lado aquel cuerpo que no estaba allí, y deseándolo? No sólo eso, sabía que Marisa se había percatado de las idas y venidas de Giosuè. Lo sabía y no había dicho nada. Y ahora estaba ahí, sintiendo aún quizá el calor de los abrazos del dentista. No podía condenarla. Luego pensó en las otras chicas del servicio. Explicó a Marisa su temor de que si se llegaba a saber lo de sus encuentros nocturnos ninguna de ellas podría encontrar nunca marido.

—Tienes que marcharte, pero quiero que lo hagas con dignidad, y seguirás a mi servicio hasta que encuentres otro trabajo. Si lo encuentras en el continente recibirás excelentes referencias, pero si lo encuentras en Sicilia tendré que decir la verdad.

Le tendió las manos y se abrazaron como hermanas.

Marisa siguió en la casa unos meses más. Lia juraba que seguía saliendo por la noche, pero a Marisa no se le dijo nada: Maria no quiso estropearle esos últimos días de felicidad y le explicó lo que sucedía a Lia, quien en ese momento se sintió obligada a informarle de que Marisa no era la única que se había dado cuenta de que la puertecilla permanecía abierta y de que había visitas nocturnas: en Girgenti se rumoreaba que Maria tenía un amante, una persona importante, pero que aún no había sido identificado. De esto era responsable Maddalena.

—Maddalena sabe demasiado y habla en exceso, sobre todo con Caterina, la criada de la baronesa Tummia.

Maria sabía que Maddalena era estúpida y por lo tanto no del todo de fiar, pero también era la única persona que se había traído consigo de su casa; creía poder contar con su discreción. El resto del personal era de la casa de los Sala y, excepto Lia, leal a sus amos más que a ella. Lo mismo podía decirse de los empleados de la administración: entre ellos, Maria creía poder contar únicamente con Licalzi, que le era devoto. Juntos habían logrado doblegar la oposición de sus cuñadas a la mejora de las condiciones de los mineros, que fue voluntad de su suegro antes de morir. Hacía poco que Carolina, convertida en una solterona agria y chismosa, le había preguntado por Licalzi: cuándo se veían, si era bueno en lo suyo, si tenía mujer e hijos. En aquella época Maria iba a la mina con regularidad; a menudo, en vez de hacer que les acompañara Leonardo, iba en automóvil con el ingeniero. Era una novedad, una cosa moderna. Un día, mientras salía con él, vio, delante del portal, a un hombre —parecía alguien de fuera, un turista tal vez— que sacaba fotografías con un aparato sin trípode. En ese momento no le dio mayor importancia, pero ahora le daba que pensar.

La casualidad hizo que fuera precisamente Marisa quien le hablara del asunto. Había encontrado trabajo en el norte. En el momento de la despedida estalló en sollozos.

—Venga, vamos, tal vez el doctor Cucurullo vaya a visitarte... ¡Quién sabe si no acabaremos de nuevo aquí, en Girgenti, como vecinas! —trataba de consolarla Maria.

Pero las lágrimas de Marisa eran precisamente por Maria. Le contó que Giuseppina Tummia, en cuanto supo que iba a dejar su trabajo, la había hecho llamar: ella pensó que quería algunas de sus recetas, pero sólo pretendía chantajearla. Sabía que Marisa salía por las noches para ir a ver al doctor Cucurullo, y que Maria recibía a un hombre en casa a través de la misma puertecilla utilizada por Marisa. También sabía que entre ella y su señora había una «amistad» —así fue como lo dijo, frunciendo el ceño— y que probablemente intercambiaban confidencias, visto lo que tenían en común. «Tú eres de fuera, tienes una forma determinada de vivir, y nosotros tenemos la nuestra. Me pregunto si la mujer de mi hermano es digna de seguir criando a sus hijos ella sola, en Girgenti.» Y le había explicado que Pietro, enamoradísimo y muy fiel, había tenido que mudarse a Palermo, donde pasaba todo el tiempo que podía, solo, con la *ménagerie* de animales enjaulados de la terraza, porque en casa la situación entre ellos era infernal. «¡A causa de ese hombre que en plena noche se introduce en las habitaciones de mi hermano y se mete entre las sábanas de su mujer en la cama matrimonial!», gritó con un tono melodramático. Y después añadió, con una lagrimucha: «Mientras mi pobre hermano está en Palermo ¡cuidando de sus monos!».

Giuseppina se preguntaba si Marisa sabía quién era el amante de Maria. Marisa le contestó que no sabía nada de toda aquella historia. Según ella, su señora era una mujer honesta y digna.

«Entonces voy a tener que preguntárselo a algún otro miembro del personal de servicio, con el riesgo de que toda Girgenti acabe enterándose. ¡Pobres de mis sobrinos!» Y Giuseppina se lanzó a hablar a rienda suelta. Estaba muy preocupada, al igual que sus otras hermanas, por los hijos de Pietro, por Anna en particular, en edad de casarse y con un pretendiente. Si era cierto que Maria tenía un amante, y que le dejaba entrar en casa de noche, su comportamiento resultaba indigno de una madre, ponía en riesgo la reputación de los hijos y la pureza de Anna. Los chicos deberían irse a vivir con su padre, inmediatamente. Además, la administración de sus bienes estaba en manos de Maria: ¡su amante podría robárselo todo y dejarlos pobres y enloquecidos! Ella y sus hermanas estaban dispuestas a ayudar a su hermano en todos los sentidos, por el bien de sus hijos, y a hacerse cargo de ellos y de su patrimonio.

Maria estaba pasmada y consternada. Giuseppina sabía algo, pero no todo. Era cuestión de días, no tardaría en saber también quién era el visitante nocturno.

—¡Señora, debe usted tener fe! —la alentaba Marisa—. No pasará nada, pero debe hacer callar a esas malas mujeres. De mí no sabrán nada, pero he oído que el ingeniero Licalzi está locamente enamorado de usted: ¡tiene que hacer algo!

—Destruir mi felicidad —murmuró Maria.

—Exactamente como hizo usted con la mía. Por nobles propósitos: la reputación del resto del personal de servicio en mi caso, y la reputación de su hija Anna en el suyo. —Maria miraba fijamente el dibujo del parquet, desolada—. Le he traído esto. —Y Marisa sacó de su bolsillo un cuaderno con una cubierta de cartón jaspeado verde oscuro—. Confío en haberlas escrito todas, son las recetas de los dulces que más le gustan. Cuando lo use, recuerde que le quedo muy agradecida y le deseo la misma felicidad que yo he encontrado por un periodo en Girgenti.

Maria temía que Giuseppina pudiera implicar también a Filippo, Nicola y Leonora. Destruiría no sólo a su familia, sino también la de su hermano.

Unos días más tarde partió para Roma. El viaje en tren parecía no terminar nunca. Examinaba y volvía a examinar la situación hasta quedar exhausta. A veces se abstraía mirando por la ventanilla —el mar, la costa, el estrecho—. Por la noche, a pesar de que podía contar con un compartimento con cama, permaneció con los ojos abiertos acompasando su ajetreo interior con el ritmo del tren. Se quedó dormida al día siguiente, al abrigo de un velete: sabía que le esperaba un día agotador. Intercambió algunas palabras en el vagón comedor y pasó la última hora arreglándose.

Giosuè estaba esperándola. Fue un encuentro largo y doloroso: ella le contó todo, él la estuvo escuchado en silencio.

—¿Y qué propones? Yo me casaría contigo, pero el divorcio no está contemplado en nuestro sistema legal.

Maria le dejó claro que sus hijos eran lo primero, incluso antes que él. Tenía que proteger su reputación, además de los importantes años de su adolescencia. Metería a Anna en un internado de Roma, de inmediato, y se verían con más frecuencia, pero no en Girgenti. Sin embargo, había más: Maria se daba cuenta de que a Giosuè le hacían falta certezas, una relación estable, y eso era algo que ella no podía permitirse. Sugirió que ambos debían sentirse libres para estrechar otros lazos. Giosuè no lo aceptaba.

—Tú eres mi mujer y me has utilizado. ¿Es que no piensas en mí? No tengo hijos, no tengo casa, ni siquiera tengo una identidad.

Le propuso una alternativa: él tenía contactos en otros lugares en Europa. Podrían marcharse. Él encontraría un empleo y sus hijos se educarían en el extranjero, como ya era costumbre. Conseguiría que les concedieran la ciudadanía en algún país donde hubiera divorcio, por ejemplo. Debían explorar otras posibilidades para vivir juntos. Maria le escuchaba y comprendía que Giosuè hablaba de manera impulsiva, sin pensar en las consecuencias de lo que le estaba proponiendo. Él sólo la quería a ella, pero ella no era sólo suya. Después de una confrontación dolorosa y amarga que duró toda la tarde, se separaron sin darse siquiera un beso.

Dejaron de verse y de buscarse.

En el otoño de 1924, Anna se comprometió con Marco Altomonte, sobrino de Sistina Sala. Ella tenía diecisiete años y él veintidós, acababa de licenciarse en Derecho, pero no ejercería la profesión; su familia poseía tierras y él las administraría. Era una boda socialmente apropiada, y Maria no veía la hora de convertirse en abuela y tener nietecitos.

Fue el primer rayo de sol en su vida desde que había roto con Giosuè. La música —sobre todo la que él le había regalado— seguía reconfortándola, pero se sentía sola. Pietro nunca dejaba de causarle disgustos. Además de la cocaína, las mujeres, los monos y las mariposas, tenía una nueva pasión: los cuadros modernos de pintores sicilianos. Los compraba a docenas y Leonardo se pasaba horas colgándolos y descolgándolos de las paredes del piso de Palermo, por ciclos de cuatro semanas. Gastaba cantidades pequeñas pero que sumadas hacían inevitable la intervención de Maria.

Ella, después de haber vendido la mayor parte de las joyas, había pasado a los objetos de arte: el estuche de oro de tíbar, jarrones, pinturas sobre vidrio, crucifijos, aguabenditeras esmaltadas del Renacimiento francés. Pero la ausencia de esos objetos y de esas joyas no se notaba; Maria tenía gusto y le quedaba mucho que exponer y que ponerse. De hecho, la casa parecía más hermosa aún al estar menos abarrotada. Maria lamentaba haberse desprendido de ciertas joyas a las que les tenía cariño, pero también le gustaban las falsas y guardaba algunas de la familia a las que Pietro no podía aspirar, como el broche de diamantes en forma de flor que recibió por su boda.

34
«Soy el espíritu que niega»

A principios de diciembre de 1926, Maria fue a Módena a visitar a los Formiggini. La amistad de Emilia había sido siempre un consuelo en los momentos difíciles. Maria le mostró a su amiga y a su marido lo que se había traído y les pidió ayuda para vendérselo a algún anticuario. También tenía el vestido de noche de color azul claro de las hermanas Stassi con perlas auténticas y bordado en oro, que quería vender. Se lo había probado en Girgenti con Anna, que era más alta que ella y no podía ponérselo. «¡Mamá, qué hermosa eres! ¡Tienes la misma talla que cuando eras joven!», no pudo evitar decirle. En lugar de sentirse contenta, a Maria le invadió el desaliento: había dejado de ser hermosa, era una fruta marchita, por dentro y por fuera también. Su tristeza creció al darse cuenta de que volvería a Sicilia con las maletas tan pesadas como cuando había llegado: nadie quería comprar «cosas tan viejas».

«Quédate un día más, vente con nosotros a la Scala: el *Mefistófeles* de Boito abre la temporada», le propusieron los Formiggini, y Maria aceptó. Escogió los pendientes antiguos de zafiros azules engarzados con perlas doradas que combinaban con el vestido, junto al que esperaba venderlos.

Entró en la Scala casi a hurtadillas, como una impostora; se sentía avergonzada, llevaba un vestido manifiestamente pasado de moda, por más que hubiera sido muy hermoso en sus tiempos. Además tampoco era ya la hermosa señora enjoyada y elegantísima que Pietro había llevado tantas veces a la ópera. Por si fuera poco, ahora iba sin acompañante.

Los Formiggini, conscientes de su desazón, le contaban historias de la ciudad. La Scala había renacido en ese periodo: Mussolini mostraba gran interés por la tradición musical, no era casualidad en absoluto que Arturo Toscanini se hubiera presentado en la lista de los fascistas desde 1919.

El palco era de proscenio, primera fila a la izquierda, y a él se llegaba después de una sucesión de puertas esmaltadas de color crema que se cerraban a su paso. Al final del recorrido se abría una última puerta que daba acceso a una pequeña antesala y allí estaba la puertecita del palco, más ancho que los demás de la fila. En la entrada, un saloncito de recepción: allí, lejos de las miradas, había un sofá, unas sillas y una mesa para los refrigerios del intermedio. La pared del palco, a la izquierda, estaba cubierta por un espejo rectangular hasta el revestimiento de mármol. Todo —muebles, tapicería y cortinas— era de color rojo y oro. La decoración que recorría las cinco filas de palcos y los dos palcos de la galería era de oro sobre fondo crema, con esfinges aladas con cabeza de león y motivos neoclásicos. El telón de terciopelo del escenario era liso, de un rojo oscuro. En el techo había un simple y elegantísimo diseño geométrico blanco.

Maria se había sentado en la butaca más cercana al escenario. Todos los palcos estaban ocupados por la burguesía y la aristocracia milanesa. La galería estaba desbordada. En los mejores asientos del patio de butacas se sentaban los jerarcas fascistas y sus mujeres. Angelo y Emilia conocían a mucha gente y le señalaban a Maria las personas que podrían interesarle, pero ella seguía sintiéndose como una Cenicienta de mediana edad, y se mostraba reacia a conocer a gente nueva. La tensión y la excitación de la inauguración de la temporada eran palpables: la alegría de volver a la ópera, el placer de dejarse ver y de ver a gente interesante, el amor genuino a la música y el *bel canto* y, además, las expectativas de algo que se conoce y se ama, que siempre puede sorprender, en la infinita variedad de interpretaciones del canto, del vestuario, de la escenografía y de la actuación. Poco a poco, Maria fue relajándose y disfrutaba por anticipado del placer de asistir a la nueva puesta en escena del

Mefistófeles —una obra que conocía—, convencida de que, tratándose de una producción de la Scala, difícilmente la decepcionaría.

De repente, el silencio. El charloteo del patio de butacas se apagó, en los palcos todos callaban. Los músicos de la orquesta estaban inmóviles. Desde el interior del palco real —grande y profundo— avanzaban hacia sus sitios los hombres y mujeres del poder, conscientes de su propia importancia y de la solemnidad de la ocasión. A continuación, sonó el himno nacional y todo el teatro se puso de pie. Los Formiggini miraban hacia el palco real, Maria no. Su mirada estaba fija en el palco de enfrente, avergonzada; se sentía ridícula con el vestido que se había puesto a los quince años, como se había sentido la última vez que lo había usado en el Círculo de Oficiales de Trípoli.

El público se sentó de nuevo, el murmullo se había reanudado. Maria tenía la sensación de estar siendo observada. Su mirada empezó a vagar, recorría los palcos de enfrente, subía a la segunda y tercera fila. En el palco real, justo allí, apoyado contra una columna estriada de capitel corintio, tan alto como el palco, allí, con su oscuro uniforme de gala del Fascio, estaba Giosuè. La había localizado. Maria le devolvió la mirada desde la distancia, pero no consiguió sostenerla y se volvió hacia el escenario.

Llamaron a la puerta.

—El diputado Sacerdoti presenta sus respetos al editor y les invita al palco real —dijo el acomodador.

Angelo, halagado, preguntó:

—¿Vamos?

Maria le dio las gracias:

—Prefiero quedarme aquí, si no os importa.

—¿Nos quedamos nosotros también?

Nadie tomó la iniciativa.

Poco después, Giosuè entraba en el palco. Los Formiggini no sabían que Maria y él se conocían. Giosuè renovó su invitación y Maria repitió su negativa y prometió reunirse con él en el refrigerio del primer intermedio.

La apertura del telón la sorprendió inquieta pero atenta. Tomó los binoculares y los dirigió hacia Giosuè. De pie, apoyado en la columna aún, la estaba mirando.

Los aplausos del público al final del primer acto fueron ensordecedores; Maria no se había dado cuenta de que el acomodador había dejado pasar a Giosuè.

—He venido a por ti. Vamos, me lo has prometido. —Y se la llevó.

El refrigerio se servía en el saloncito del palco real. En el techo en forma de flor de ocho pétalos había pintadas unas agraciadas figuras femeninas. El damasco de las paredes era de un beis dorado. Poco a poco, Maria empezó a sentirse más cómoda; bebió champán. Se sentía observaba, pero no por Giosuè, que hablaba animadamente con los Formiggini a su lado. Eran las otras personas del palco quienes tenían los ojos clavados en ella. Y Maria se sintió hermosa y deseable de nuevo.

Los Formiggini y Giosuè le preguntaron si quería volver al teatro al día siguiente.

—No, gracias —dijo—. Tengo que marcharme.

—Te acompaño —dijo Giosuè, y abrió una doble puerta en el lado opuesto al que habían entrado. Hizo pasar Maria y la siguió, rápido, antes de cerrar la puerta detrás de ellos. Estaban en la oscuridad más absoluta, sin tocarse. Giosuè la atrajo hacia él sujetándola de la cintura y su boca cayó sobre la de ella, en un beso largo y profundo. Rápidos escalofríos. Le sujetó el rostro entre las manos y lo cubrió de ligeros besos. Después abrió rápidamente la puerta exterior e hizo un gesto al acomodador que estaba esperando.

Maria volvió a ocupar su solitario sitio en el palco de proscenio mientras las luces se iban apagando y la orquesta afinaba los instrumentos. Entró el director y la función se reanudó.

El joven Fausto se topaba con su nuevo «socio», le preguntaba quién era: la voz del tenor, romántica, daba paso a la del bajo, seductora, ambigua, sensual. Maria recordaba el tono apremiante del aria de Mefistófeles, pero esta vez el retrato que el diablo trazaba de sí mismo la embelesó: «Es mi atmósfera vital / eso que llamáis pecado, / muerte y mal». Y más adelante: «Hijo soy de las tinieblas / y a ellas volveré». Y al final de las estrofas ese «no» lanzado como un disparo mortal, el no del «espíritu que niega». ¿Cómo podía el joven Fausto —se preguntaba Maria— no ceder ante tanta lucidez? El espíritu que niega, en efecto, y Maria se sentía constantemente observada. «Amargamente lloré, amargamente lloré», cantaba Margarita, «pero en el corazón quedome / siempre fijo vuestro rostro.»

Cosquillas en la nuca. Maria, todavía acalorada y despeinada, levantó la mano, y Giosuè, agachado detrás de su silla, le cogió los dedos. Había entrado de puntillas y se había acercado caminando con las rodillas dobladas, para no ser visto ni reconocido desde los palcos de enfrente. Le acariciaba los hombros desnudos, con pequeños movimientos circulares. Después le desató el lazo, por detrás; ella se lo consintió.

Así siguieron, ella haciendo de escudo a Giosuè, pero sintiendo sus maniobras delicadas y decididas a sus espaldas, durante toda la escena del jardín.

En la «noche del aquelarre» Maria abandonó su sitio retrocediendo lentamente en la oscuridad, muy despacio. Giosuè la estaba esperando en el saloncito, desnudo. Había colocado la capa de ella sobre el reservado de madera calada para crear una apariencia de intimidad, pero no importaba. La ayudó a tirar de las cintas y a deshacerse del vestido, que dejó con cuidado al lado de su ropa. Maria miró por encima del biombo: estaban a oscuras y eran invisibles, incluso para los binóculos. Giosuè, detrás de ella, le susurraba al oído las palabras que una vez le escribió:

—Quiero abrazar con mis manos tu cintura desnuda, la cintura mía, ascender hasta los racimos elásticos, hasta el cuello blanco y cálido, quiero de ti un beso, sólo uno, pero el beso que te vuelve loca. —Y mientras tanto la acariciaba por entero, desde la entrepierna hasta el cuello.

Se lanzaron el uno contra el otro en su afán de tocarse, lamerse, besarse, morderse; después se amaron con fuerza, demorándose en los momentos de silencio, conteniéndose a duras penas y dolorosamente, y dejándose llevar luego cuando la orquesta retumbaba y las voces se desplegaban.

«¡Riamos, riamos, que el mundo ha caído! / ¡Riamos, riamos, que el mundo está perdido!», cantaba el coro en un torbellino infernal.

Volvieron a vestirse, pegajosos. Los rostros tumefactos, victoriosos. Con los aplausos del segundo acto se sentaron juntos en el palco, los más imperturbables del público, los más concentrados, los más ausentes.

L'altra notte in fondo al mare la romanza más desgarradora de la ópera, los acompañó como un canto fúnebre dentro de la pasión que, consumada, no se había aplacado. «Tened piedad de mí», cantaba Margarita. La soprano tendía los brazos hacia el vacío.

¿Cómo es posible?, pensaba Maria. Ha matado a su hijo, ha matado a su madre. Se ha dejado seducir. En lugar de la implicación que la romanza exigía de forma automática, Maria sintió algo cómico que le hacía aflorar la risa a los labios. Y mientras tanto contemplaba a su compañero, a su Giosuè, tan engalanado y fuerte pero con una traza de la reciente descompostura entre el collar blanco y las solapas de la chaqueta.

Le entraba esa risa apenas perceptible, que nunca había sido suya. Una acometida del violonchelo reclamó su mirada en el foso y la llevó después a buscar la conmoción entre el público. Giosuè, Pietro. Como Leonora, dos hombres. No, no era lo mismo. ¿Y Marisa? «¡Ah! Sí, huyamos..., ya me parece soñar / un hechizado refugio de paz, donde / dulcemente unidos viviremos para siempre.»

Margarita estaba a salvo. Era el amor lo que la salvaba.

Tal vez esté embarazada, pensó. Y volvió a mirar el cuello de Giosuè, hubiera querido ajustárselo.

«Caballero ilustre y sabio, / ¿cómo os puede interesar / una chica simple de aldea / con su rústico perorar?»

Margarita, vestida de blanco, se resistía al cortejo de Fausto. Había dulzura, ternura y, a la vez, insidia, amenaza.

Maria era incapaz de concentrarse. Estaba suspendida en su nueva y extraña soledad.

Sólo Angelo Formiggini se había dado cuenta de que esa mujer acarreaba a la vez desazón y fiebre: la había escrutado con esos ojos suyos acostumbrados a perforar la coraza de sus interlocutores y había buscado un camino para su sentido del humor. De buena gana habría acuñado uno de sus extravagantes lemas latinos para la hermosa Maria, pero no se le había ocurrido nada. Entonces, acordándose de una historia que la atañía, y que se le había quedado grabada —se la había oído contar a su mujer—, le dijo:

—¿Y si nos tomamos un café?

35
«Ora veni lu patri tò»

Rita Sala nació el 14 de septiembre de 1927, veinte años, dos meses y un día después de su hermana mayor Anna, la primogénita de los cónyuges Sala. Pietro estaba fuera de sí de alegría.

La recién nacida tenía tres días y ya era una belleza: con el pelo oscuro de los Sala, los aterciopelados ojos en forma de almendra de su madre y unos párpados marcados «de cosecha propia», decía el padre. Pietro, que había superado los sesenta, estaba orgullosísimo del recién nacido, cuyo nacimiento no había sido planificado, se encargó de enfatizar, al contrario, había sido una *acchiata*, como se decía en dialecto de las cosas buenas que suceden sin razón lógica alguna.

Los parientes más cercanos y algunos amigos íntimos celebraron el nacimiento en la casa de Girgenti. Habían venido el tío Nicola desde Roma, Roberto con su novia Barbara, desde Pinerolo, Filippo y Leonora con su hijo Zino de diez años, desde Camagni, y las hermanas Sala con sus respectivos maridos e hijos. También estaba Giosuè Sacerdoti, diputado del régimen y presidente de la Sociedad Dante Alighieri, Egle y Andrea Prosio.

—La niña tiene ictericia; madre e hija están descansando —les anunció Anna—. Las visitas se posponen hasta mañana. —Y luego volvió a la habitación de Maria.

Los adultos se habían quedado solos después de cenar. El carrito de los vinos y licores todavía seguía en la terraza por orden de Maria.

Giuseppina, con los años, no había dejado de engordar. Le costaba trabajo sentarse, tenía las mejillas rojas como manzanas, que casaban mal con sus labios finos y el velo de pelusa. Inclinándose pesadamente hacia su hermano le preguntó:

—Pero ¿cómo se te ocurre, a tu edad? ¿No te parece una locura?

—¡Hay que ver lo exasperante que eres, Giuseppina mía, y no mejoras con la edad! —respondió Pietro—. Pero te quiero de todos modos. Bueno, visto que todos los que estamos aquí somos adultos y estamos vacunados, os cuento cómo fue concebida *'sta nica,* esta cría... —Y repitió—: ¿Somos todos adultos y estamos vacunados? —Obtenido el asentimiento, continuó—: No pensábamos tener otro hijo, Rita ha llegado por casualidad. ¡Un caso curioso! —Con la copa en la mano, Pietro concentraba toda la atención—: Vamos a empezar por el calendario. Todos nuestros hijos han sido concebidos en otoño: se ve que en esos meses algo funciona mejor de lo habitual, tanto en mí como en Maria. Será una cuestión climática, quién sabe. Maria había regresado, después de una visita a su hermano Nicola en Roma, y de haber ido a ver a los Formiggini, viejos amigos míos a quienes ella conoció nada menos que durante nuestra luna de miel. Volvió a Palermo, con el tren postal, y llegó a casa. Lo primero que me dijo fue: «Qué calorcito más agradable hace aquí, quiero tomar un poco el sol». Y después de comer, en lugar de irse a descansar se echó en la tumbona de la terraza. Tomaba el sol de diciembre, que todavía da calor, y estábamos los dos solos. Yo trajinaba con las mariposas..., las mariposas son importantes porque fue gracias a una mariposa por lo que Maria consintió en aceptarme como marido, o mejor dicho, se concedió a mí, que me había enamorado como un loco de ella. Eran las mariposas de mi hermano Peppino Tummia, en Fuma Vecchia. A ella le gustan las mariposas tanto como a mí. Y ese día, de regreso del viaje, quiso entrar en la jaula de las mariposas que he hecho construir en la terraza de la casa de Palermo. Se le posaron encima, y a ella le gustaba. Me pidió que le pusiera en el brazo un poco de ungüento de néctar, que hago que me manden desde Egipto, y que vuelve locas a las mariposas: se extiende sobre la piel y se te pegan, así puedes admirarlas, estudiarlas, ver cómo se comportan entre ellas... Y yo le obedecí. Ella me decía: «Ponme más..., aquí también... y ahí...», y yo le untaba donde me decía... Era muy bonito verla con los brazos cubiertos de mariposas... ¡Ya sabéis lo guapa que es mi mujer! Al cabo de un rato, Maria se cansó de tanto ungüento y tanta mariposa, y me pidió que le preparara un baño con sales y hierbas aromáticas, una de mis especialidades. Se lo preparé, en mi cuarto de baño. Y eso fue lo que pasó, ella fue a bañarse y estuvo un buen rato haciendo todo lo que le he enseñado para relajarse... —Pietro guiñó un ojo—. Le pregunté si podía entrar, con una excusa, y la vi untándose aceite perfumado sobre la piel, con la pluma de avestruz... Eso también se lo he enseñado yo... A continuación, me dijo: «Date tú también un baño de sales, y yo te pondré aceite con la pluma de avestruz...». La cosa acabó como acabó..., y vino *'sta nicarella,* esta criaja.

—¿Pero qué cosas nos cuentas? —masculló Giuseppina.

Giosuè estuvo a punto de intervenir, de lo ofensiva que le parecía respecto a Maria y a *su* hija aquella obscena historia en la que se regodeaba Pietro. Tuvo que alejarse durante el soliloquio, recibido por los demás con grandes muestras de aprobación y carcajadas, y repetirse varias veces que aquella puesta en escena de Maria era fundamental para el bien de Rita. Al día siguiente podría conocer a su hija: no veía el momento, pero también se sentía ansioso. Tendría que tratarla como si fuera hija de Pietro, para siempre.

A la mañana siguiente, Anna fue a llamar a su puerta alrededor de las ocho.

—Mamá dice que, si quieres verla, éste es el momento apropiado. Rita acaba de terminar su toma y se está quedando dormida. Así podrás irte luego a tu cita.

¡Maria le había organizado incluso la excusa para verse a solas y poder marcharse luego de esa casa!

Giosuè nunca había entrado de día en el dormitorio de Maria. Estaba emocionado. Desde la distancia le llegaba una canción de cuna:

O figghia mia, lu Santu passò
E di la bedda mi spiò
E iu ci dissi ca la bedda durmia,
Dormi figghia di l'anima mia,
dormi figghia di l'anima mia
Vo vo vo vo
Vo vo vo vo

Figghia mia fa la vo vo
Vo vo vo vo
Vo vo vo vo.

Oh, hija mía, el Santo ha pasado
y por mi hermosa me ha preguntado,
y yo le dije que la hermosa dormía,
duérmete, hija del alma mía,
duérmete, hija del alma mía.
al run run run
al run run run.

Hija mía, duérmete ya
al run run run
al run run run.

Era Maria la que estaba cantando. Giosuè oyó a Anna que le preguntaba:

—¿Puedo dejar pasar a Giosuè?

—Claro —respondió ella—. Por favor, vete a la cocina y pide que nos traigan un café para él y una limonada con azúcar para mí, ¿te importa?

Y entonces empezó a cantar la primera estrofa de la canción de cuna:

Ora veni lu patri tò,
E ti porta la siminzina,
La rosa marina e
Lu basilico,
Vo vo vo vo.

Ahora viene tu padre,
y te trae pipas de calabaza,
la rosa marina y
la albahaca,
al run run run.

Y repitió *«ora veni lu patri tò»,* hasta que Giosuè tuvo entre sus dedos el pequeño puño de su hija Rita.

Antes de marcharse, Giosuè pidió que les dejaran a solas para hablar con Maria.

—Nicola y Leonora me piden que te proponga algo inusual y poco convencional, para que lo consideres. Nicola quiere un hijo de Leonora, y ella está dispuesta a tenerlo. Sabemos que el matrimonio entre Filippo y Leonora no es y no puede ser feliz, por razones claras: él gana muy poco para las expectativas de ella. Nicola no quiere causar más amarguras a Filippo; está enamorado de Leonora desde hace muchos años y quisiera tener la posibilidad, que me será negada a mí, de conocer a fondo e íntimamente a su hijo, y poder pasar tiempo con él en sus primeros años de vida. La propuesta es que alojes en tu casa al hijo de Nicola con su ama de cría, y más tarde con su niñera durante tres o cuatro meses al año, de modo que Nicola pueda ir como invitado a tu casa y disfrutar de su hijo. Leonora iría también, de vez en cuando, y así la familia estaría reunida. Esto evitaría ulteriores humillaciones a Filippo: en Camagni ya se habla demasiado sobre ese «trío»..., así es como lo llaman. A cambio, Nicola te ofrece la posibilidad de ser su invitada en Roma, cuando quieras y con quien quieras, por periodos largos o cortos, llevándote a Rita, de modo que yo también pueda conocerla. Nosotros también podríamos reunirnos en su casa. Tiene otros pisos en el mismo edificio.

Maria se comprometió a pensar en ello después de hablar con Filippo, que debería estar al corriente y aprobar la propuesta.

Y así sucedió.

36
1935. Entregad el oro a la patria

Maria se había despertado temprano. Había hecho el café ella sola: no quería sacar de la cama al personal de servicio sólo por ella. A través de las rendijas de las contraventanas se filtraban los primeros rayos del sol, que doraban las columnas de los templos dispersos en el valle como un belén. Al fondo, el mar brillaba de color turquesa como un telón dispuesto a levantarse.

Con todo aquel mar era como si pudiera verse el tiempo. Pasaba y daba la impresión de no tocar la sustancia de las cosas. El paisaje parecía seguir siendo el mismo. La suma de los días se mezclaba con el lento movimiento de las aguas. Cuántas veces había sentido que era una sola cosa con aquella inquieta y aparente inmovilidad. Y sin embargo, uno tras otro, los acontecimientos también habían tocado la esencia de las cosas, y el tiempo había marcado Girgenti e Italia.

Era suficiente con echar la vista atrás y la secuencia de lo sucedido revelaba los acontecimientos en perspectiva, como rostros en una sarta de espejos. ¿Consistía en eso, como oía decir por ahí, pertenecer a la Historia, a la Historia con mayúscula?

Después del nacimiento de Rita, todos los años, a finales de noviembre, Maria iba a Roma con sus hijas. Se alojaba en el Hotel d'Inghilterra. Era una visita otoñal alegre: hacían las compras de Navidad, se reunían con amigos y familiares. Y Maria volvía a ver a Giosuè. Aquel año, 1935, había ido sola, invitada por Angelo y Emilia Formiggini: Giosuè estaba desde hacía algunos meses en la embajada italiana en Washington, con una misión diplomática delicada. No le escribía.

El viaje tenía también otro propósito: donar su anillo de bodas a la patria en respuesta a la llamada del Duce para compensar los daños causados por las sanciones económicas impuestas a Italia por la Sociedad de Naciones, como consecuencia de la invasión de Abisinia.

Echaba de menos a Giosuè, muchísimo. Más de lo que hubiera creído. Habían sido meses solitarios: de reflexión, de limpieza interior y de búsqueda de un nuevo equilibrio en el que él, ahora, no tenía sitio.

Sin embargo, la suerte había sido generosa con ella: una familia sólida, su boda con un hombre rico que la había amado mucho, tres hijos estupendos, independencia económica y una casa muy hermosa. Vivía en una época que magnificaba la técnica, que acortaba las distancias, que ensanchaba las perspectivas. La sensación de entrar en un gran futuro intensificaba el deseo de cambiar, de conocer y de probar nuevas experiencias. De ensanchar los límites de nuestro conocimiento.

Pese a todo, Maria se sentía prisionera. No había conseguido lo que deseaba: estudiar música, trabajar, ganarse el pan de cada día. Y un amor verdadero y a cara descubierta, declarado al mundo, no ese oculto y negado al que se veía constreñida. A veces, el amor con Giosuè le parecía equivocado y casi incestuoso.

Maria había decidido ir a Roma para pagar el óbolo solicitado por el Duce, por Giosuè, quien creía en ese hombre ridículo y de desagradable aspecto que se transformaba en Mesías cuando hablaba a la nación por la radio o desde el balcón de piazza Venecia. Sin embargo, como hija de su padre sentía que aquél era un mundo falso. A pesar de todo, lo que Mussolini había creado parecía sólido, real, excitante... y aterrador. El pueblo deliraba por él, los hombres trataban de copiar sus gestos y su aspecto, las mujeres soñaban con su alcoba.

El cinematógrafo había empequeñecido el mundo y lo había unido. El público que abarrotaba las salas se amoldaba a los actores, que se fundían con sus papeles. Maria adoraba a la Garbo: la recordaba como Mata Hari seduciendo al joven Ramón Navarro bajo la imagen de la Virgen; pero sobre todo no dejaba de volver una y otra vez a la escena de *La reina Cristina de Suecia* en la que la protagonista, tras pasar una noche de amor con el embajador español, toca todos los objetos de la habitación para no olvidar jamás aquella posada aislada en la nieve.

Las sanciones la devolvían a la realidad. Siempre la misma: dura, difícil, dolorosa. Malvada. Maria recordaba la crueldad de la guerra y de la conquista en África en busca de una presencia imperial que se había convertido en un retazo del pasado. El racismo contra los negros. Y contra los judíos en Alemania. Las palabras de Giosuè sobre las torturas que habían acompañado la conquista de Libia.

Entregar el anillo de bodas fue un gesto simbólico. Rompía incluso su último vínculo con Pietro. ¿Qué futuro les esperaba a sus hijos? ¿Qué equilibrio podrían alcanzar? Maria, desde luego, no podría mostrarles el camino, como habían hecho con ella sus padres. ¿Qué clase de vida sería la suya? ¿Y la de Giosuè? ¿Y la de ella misma? Y si no fuera feliz, ¿por qué prolongarla?

La muerte de sus padres había fortalecido la concepción de la vida que le había sido inculcada. Su padre había sido atendido hasta el final por una mujer adorable y adorada. Titina se arreglaba para él como si fuera a ir a la ópera: polvos de arroz, colorete, el pelo perfectamente peinado, ropa diferente cada día y unas gotas del perfume preferido de él, para darle un adiós glorioso y sensual.

Testaruda, Titina se había reunido con su marido después a su voluntad, rápidamente, rechazando la comida: un acto de amor y de egoísmo. Pensar en ellas mismas: ¿no era ése el derecho que les era negado a las mujeres, y que muchas ni siquiera se atrevían a concebir? El papel de la mujer era procrear, cuidar y servir. Maria renegaba de todo ello. Quería ser feliz, y para conseguirlo necesitaba el amor. Siempre.

¿Con qué objeto prolongar la vida? Agriarse, marchitarse. Los sentidos que se atrofian y acaban por desvanecerse. La muerte era una alternativa satisfactoria. A su alcance. Entonces podría ser feliz. Al igual que su padre, Maria no se sentía cristiana. Estaba convencida, como él, de que su espíritu sobrevolaría la tierra junto con otros impulsada por vientos ligeros o tormentosos, descendiendo a veces para recoger semillas y polvo que transportar a otra parte, impermeable al dolor. Disfrutaría de la belleza del mundo y ayudaría a perpetuarla.

Fue sola a donar la alianza de Pietro. Un momento emocionante y fúnebre. Se encontró en una riada de gente, y luego, en una cola. Por último, se quitó el anillo del dedo y se lo entregó al hombre sentado detrás de una mesa con una balanza de joyero a su lado y un libro enorme.

Una vez hecho lo que tenía que hacer buscó la soledad. En medio de las plantas. Fue al Pincio. Ese día los jardines de la Casina Valadier estaban desiertos. La naturaleza —también ella cruel y superlativamente egoísta— la calmaba, siempre. Caminaba y se le despertaban de nuevo los sentidos: olía una hoja, tocaba la corteza de un tronco, miraba el denso follaje de los árboles, escuchaba el susurro de las alas de los pájaros que se lanzaban en vuelo, en bandadas, desde las ramas más altas.

Ella también quería ser capaz de morir como sus padres. «Uno muere cuando quiere morirse», solía repetir su madre. Nunca como entonces, Maria había querido morir. En la paz del Pincio.

Un ruido detrás de ella. Un hombre caminaba por el paseo central con movimientos descoordinados, desgreñado, mascullaba en un dialecto que Maria no entendía, primero en voz baja, luego más alto, chabacano. Algunos hombres con camisa negra bajaban por los escalones de la Casina, dirigiéndose también al jardín: el paseo de después del almuerzo. El idiota se había detenido, esperándolos. Los increpó y pareció hacer un saludo burlón con el brazo extendido. Maria, desde detrás de los arbustos, lo observaba. Dos de los hombres con camisa negra se apartaron del grupo y se dirigieron hacia él. Una o dos palabras, nada más, una orden, pero el idiota seguía mascullando y ellos, esgrimiendo sus porras, lo golpearon sin piedad, rápidamente, hasta que cayó al suelo sangrando.

Una injusticia gratuita y excesiva. Maria no podía morir, por sus hijos adultos, Anna y Vito, y por Rita, una niña. Debía seguir profesando su credo silencioso, como sus amigos Angelo y Emilia. Y los muchos otros de los cuales advertía, segura, la existencia.

37
Carta desde Buenos Aires

Desde la muerte de Maricchia, Maria recurría para hallar consuelo a Marisa, que vivía, ya desde hacía años, en Buenos Aires. Se escribían poco, pero con regularidad, y al hacerlo se contaban sus vidas de mujeres administradoras del patrimonio familiar. El marido de Marisa dirigía como experto restaurador los locales que regentaban —ya eran cuatro— mientras ella se encargaba de la administración y de la gestión del personal. Las dos mujeres establecían frecuentes comparaciones entre Italia y Argentina, y Marisa la invitaba a menudo a ir a visitarla a Buenos Aires.

Maria había abierto la última carta anticipando el placer de sentir cerca a su amiga a través de sus historias. Sin embargo, se encontró con una carta sobrecogedora: Marisa le escribía que seguían llegando muchos judíos alemanes que huían de las leyes raciales de Núremberg, convencidos de que para ellos la vida empeoraría, y mucho. Ellos —que después de haber luchado en la guerra ocupaban posiciones destacadas en la sociedad, el ejército y en el Parlamento— no se habían percatado inicialmente del recrudecimiento del antisemitismo, y casi hasta lo justificaban desde un punto de vista político: era necesario para contrarrestar a los comunistas rusos y a los revolucionarios de toda Europa. Compartían ese punto de vista y creían en una democracia diferente, tanto respecto al comunismo como a los excesos del capitalismo; sólo más tarde pudieron darse cuenta de que se trataba de auténtico odio contra los judíos, un odio de profundas raíces que se extendía con una fuerza extraordinaria contra los homosexuales, los gitanos y, en general, contra cualquier persona que no perteneciera a la llamada raza aria.

Marisa vislumbraba el embrión de una actitud semejante en Mussolini y el fascismo, y le hacía notar a Maria que la oposición al *madamismo** y las leyes que prohibían los matrimonios mixtos entre italianos y etíopes eran indicios seguros de que Mussolini acabaría compartiendo el antisemitismo de Hitler.

> Los italianos siempre hemos aceptado a los hijos «del amor». Mi marido conoce a militares que querían llevarse de vuelta a Italia a su mujer e hijos: contentos, veían a sus hijos como italianos, aunque fueran de sangre mixta. Pero el fascismo desalienta lo que llama «mestizaje», y considera seres inferiores y carentes de derechos a esos hijos de italianos y de mujeres etíopes. Ahora ha declarado ilegales las relaciones sexuales con negros: ésta es también una ley racial.

En Argentina, la situación era muy diferente: Giosuè podría encontrar trabajo, Maria podría traerse a sus hijos. Había tierras, quienes querían vivir bien y ser libres tenían la posibilidad de hacerlo. Y Marisa concluía —revelando una preocupación que en ese momento parecía exagerada— implorándole que hablara con Giosuè.

Mademoiselle, que se había convertido en la institutriz de Rita, le había hablado de gente que no era judía pero tampoco de sangre aria, y en particular de una familia de amigos originaria de Rumanía. Se sentían bajo presión y mal vistos en Múnich, donde vivían; convencidos también ellos de que las cosas irían a peor, se habían trasladado a Suiza.

En cuanto a los judíos, Mademoiselle llevaba ya tiempo contando humillaciones atroces infligidas a profesionales que habían sido incluso héroes de la primera guerra mundial: un abogado amigo de una familia con la que había trabajado, muy renombrado en los tribunales de Berlín, se había visto obligado

* El término *madamismo* o *madamato* se empleaba para referirse a las relaciones de cierta estabilidad que soldados y civiles italianos mantenían con mujeres nativas de las colonias, de las que tenían hijos. Inicialmente toleradas por las autoridades, con la promulgación de las leyes raciales quedaron prohibidas y fueron perseguidas. *(N. del T.)*

por las SS a caminar por la calle en calzoncillos, con un cartel en el que se le denunciaba como enemigo del país y abogado deshonesto.

A Maria no se le ocurría con quién hablar del asunto excepto con Emilia Formiggini, quien, sin embargo, no parecía querer saber nada. Eso la preocupó aún más, porque Emilia, por lo general, era atenta y curiosa. Se lo había mencionado a Giosuè antes de que se fuera a Estados Unidos.

Fue en una de las ocasiones en que se vieron en Roma, comiendo en Alfredo. Giosuè le había dicho que dejaría su escaño en el Parlamento para convertirse en presidente de dos organizaciones:

—Estarás contenta de saber que se trata de la Asociación Nacional de las Familias de los Caídos en Guerra y de la Unión Italiana de Asistencia a la Infancia. Mientras tanto, seguiré asesorando al Ministerio de Defensa. Me gustaría hacer algo en el campo de la educación, pero tenemos que esperar hasta que haya un sillón vacante.

—¿Por qué has dejado la política? —le preguntó Maria inmediatamente, ansiosa.

—No es por las razones que tú crees. El Duce habla muchas veces sin pensar. Entre sus hombres de confianza hay algunos a quienes no les gustan los judíos, pero yo tengo todas las cartas en regla: no soy practicante, no voy a la sinagoga. Muchos ni siquiera saben que soy judío. Además, se da la circunstancia de que mis amistades se cuentan casi todas entre los no judíos. He hecho mucho por el Estado, y hasta ahora Mussolini siempre ha respetado a los que le han ayudado. Por lo menos, que yo sepa.

—Así que no estás realmente seguro.

—Estoy tranquilo.

Sin embargo, Giosuè no se mostró sereno ni en Alfredo ni después, en la intimidad.

La correspondencia con Argentina, entretanto, se había vuelto penosa: Marisa le daba en cada carta noticias tristísimas de Alemania. Maria decidió que no volvería a hablar del asunto con Giosuè.

En aquella época se volvió más consciente que nunca de su propia edad. Tenía cuarenta y seis años y sentía que él, que tenía tres más, aún podía reconstruir su vida y tener hijos; tal vez irse al extranjero con ella, Rita y probablemente Vito y Anna también, resultara peor que las molestias que pudiera crearle un régimen que remedaba al alemán sin atreverse a tocar a los amigos judíos del fascismo.

38
El *Almanaque de la mujer italiana*

A Maria le gustaban los ritmos de las estaciones. Siempre, en la primera semana de enero, se remontaba con el pensamiento a los años pasados y planificaba el que acababa de empezar. Era un momento de serenidad después de las fiestas navideñas. Pietro había montado el magnífico belén napolitano ayudado por sus hijos; y únicamente con Rita, su predilecta, el árbol de Navidad. Rita unía a la familia y había traído a casa la felicidad. Giosuè, de regreso del extranjero, tenía muchos cometidos en Sicilia y Maria lo veía a menudo; le escribía con regularidad y le mandaba fotografías de Rita. Giosuè, a su vez, le enviaba libros y revistas. Cada año le hacía llegar por correo el *Almanaque de la mujer italiana*, que contenía también un calendario en el que anotar las fechas importantes.

Como cada año, sentada en el escritorio de su habitación, Maria desató la cuerda, desenvolvió el papel del paquete y liberó por fin de su envoltorio el libro que la acompañaría durante los doce meses sucesivos.

Antes de guardar el del año anterior, lo hojeó y volvió a leer la introducción de Silvia Bemporad:

> Amigas colaboradoras y lectoras antiguas y nuevas, os convoco hoy aquí para pedir vuestra colaboración en una obra útil para el gran número de mujeres que trabajan, sea por necesidad o por exigencia de su espíritu, o —lo que es mejor— para contribuir al bien social... Sabemos que un número cada vez mayor de mujeres debe renunciar con frecuencia a la alegría de formar una familia para mantenerse con su trabajo a sí mismas y a otros; sabemos que muchos

ven el trabajo de la mujer fuera del círculo doméstico con ojos hostiles, como si siguiera siendo posible prescindir de él en fábricas, escuelas y hospitales. Como si ellos mismos estuvieran dispuestos a proporcionar pan y techo a las mujeres que no tienen medios y carecen de trabajo sin nadie que pueda mantenerlas. Es necesario que surja un sentido de solidaridad femenina que sirva para hacer más sereno y apreciado el sacrificio y el esfuerzo de las que podríamos llamar abejas obreras, sacrificio gravísimo para aquellas —y son muchas— que tienen habilidades necesarias para convertirse en abejas reinas.

El *Almanaque* estaba lleno de información interesante. En 1935 había proporcionado estadísticas sobre la presencia de las mujeres en las universidades. En la facultad de su padre, Derecho, había 10.118 hombres y 391 mujeres. En Medicina y Cirugía, 9.960 frente a 341. En Farmacia, la diferencia era menor (1.594 contra 1.137), e incluso los hombres quedaban en minoría cuando se trataba de Filosofía y Letras (951 frente a 1.769). El propio *Almanaque* comentaba negativamente la preponderancia de las mujeres maestras, y proponía una división equitativa, al cincuenta por ciento.

En las veintidós corporaciones que representaban a los trabajadores italianos de cada categoría sólo había cinco mujeres. Era necesario que las mujeres se acercaran a las carreras sindical y corporativa, y que la orientación profesional se extendiera no sólo a las estudiantes, sino a toda la población femenina de la nación.

Maria sentía una predilección especial por la sección de moda: se sentía realmente italiana cuando llevaba un vestido cosido en una casa de modas de Turín, con zapatos y bolso florentinos, sombrero de Milán, pañuelo de seda veneciano, joyas romanas y pasamanería del sur. Y después de las secciones dedicadas a las actividades de las asociaciones nacionales y de las federaciones profesionales sindicales, al final estaban sus páginas preferidas, las de la «Agenda de la vida práctica». Allí se ofrecían consejos para una buena administración, sobre la forma de calcular los gastos, dividir el dinero disponible y trucos de ahorro, pese a comer y vivir bien. La vida práctica de Maria era la de una madre con un marido poco de fiar.

Rita había cumplido unos meses antes ocho años. «¡Una niña sin abuelos!», decía la gente, incluso sus cuñadas, olvidando que su madre vivía precisamente en casa de Pietro.

Maria había dejado de aceptar el cómodo diagnóstico de «locura» y había querido poner a prueba a su suegra con Rita recién nacida: la llevaba consigo a sus habitaciones y le daba de mamar delante de ella. Las monjas se estremecían ante su desfachatez y temían por la incolumidad de la niña. ¿Y si se la arrancaba del pecho y la tiraba al suelo?

Durante la lactancia, Maria murmuraba arias, cancioncitas y cantilenas, hablaba a la niña. E involucraba a su suegra, cosa que nunca había hecho cuando Anna y Vito eran pequeños.

—¿La ves, *nicare'*? Ésta es tu abuela..., es la mamá de tu padre, tu hermana Anna se llama como ella.

Al oír su nombre, la suegra interrumpía el trabajo y se quedaba inmóvil, con la madeja de lana en la mano izquierda, el hilo entre el dedo índice y el pulgar de la derecha, como sometida a un hechizo, con su mirada vacua puesta en la madre y la hija. Y escuchaba.

—*Cu è?* ¿Quién es? —preguntaba, confusa.

—Es vuestra nieta, mi hija —contestaba Maria.

La anciana esbozaba el principio de una sonrisa, pero no conseguía completarla.

—Es la hija de Pietro —continuaba Maria.

La mirada de la suegra se enturbiaba.

—¿Pietro? Pietro...

—¡Vuestro hijo!

—No, no, no... no, Pietro no... —Parecía asustada.

Maria no entendía.

Había tratado de forzarla con una pregunta:

—No queréis que os quiten a Pietro, ¿verdad? —Y luego—: Le queréis mucho..., es vuestro hijo.

Rita, desde su cesta, empezó a lloriquear y Maria tuvo que

atenderla. Cuando se dirigió de nuevo a su suegra, se dio cuenta de que ella no había vuelto a sus labores: estaba llorando.

Maria jugaba con Rita y la llamaba:

—Amor mío, amor mío.

Su suegra la escuchaba, atenta; miró a su alrededor para asegurarse de que no estuvieran las monjas, y luego le preguntó:

—¿Hija de amor? Tu hija, ¿hija de amor? —Maria la miró perpleja, mientras que su suegra insistía, excitada—: Mi marido quiere hijos... ¡Luego los roba, los roba! —Y se puso a enmarañar la lana como una posesa.

Maria no conocía las circunstancias del nacimiento de Pietro. Se resolvió por fin a preguntar a la mujer de Leonardo, cuyos padres estuvieron al servicio de los Sala. Después de cierta reticencia inicial, Rosalia le explicó que el viejo caballero Sala, el abuelo de Pietro, deseaba inmensamente un nieto varón. Después del nacimiento de su primera hija, Anna cayó en un estado de postración y rechazaba a su marido. El caballero Sala apeló entonces a Giovannino: esperaba que tomara mujer y que fuera él quien le diera el tan codiciado nieto.

—¡Pero allí no había tela que cortar! De modo que el caballero le dijo a su hijo Vito: «Tú eres *masculo,* y ella *fimmina:* ¡dadme de una vez ese nieto!».

Las mujeres de la casa contaban que los gritos de la pobre Anna llegaban a la luna cuando su marido cumplía con su deber, y que después del nacimiento le quitaban a los recién nacidos por temor a que los matara. Sentía terror ante su marido y sus hijos.

Desde entonces, Maria tomó la costumbre de llevar a Rita a ver a su abuela todos los días; entre las dos se había establecido una relación muy especial: era Rita la que, al crecer, cuidaba de su abuela, no a la inversa. Se quisieron a su manera, hasta el día en que Anna murió, tranquila, mientras dormía.

Rita también tuvo un compañero de juegos: Stefano, hijo de Leonora y ahijado de Nicola. Crecían como hermanos, porque

Stefano pasaba mucho tiempo en la casa de Girgenti. Las relaciones entre las cuñadas eran afectuosas aunque superficiales. Leonora informaba a Giosuè de la llegada de Maria y a veces recibía de su parte cartas y regalos para ella. De su vida privada, Leonora y Maria preferían no hablar.

Vito había sido un niño modelo, obediente, tranquilo, atento. En el internado, en Roma, había estudiado música y después del bachillerato se graduó en el Conservatorio. La administración de los bienes de la familia no le apasionaba; hubiera preferido una carrera como músico, pero se daba cuenta de que tarde o temprano tendría que ocupar el lugar de su madre. Su actividad principal era, mientras pudiese, divertirse tocando en casa con un grupo de amigos. Cultivaba el jazz y aquello no siempre era visto con buenos ojos. Ya era un hombre, y no parecía interesado en el matrimonio, pero se sabía que estaba enamorado de una profesora de piano de Girgenti mayor que él.

Maria confiaba en que Anna llevara una vida diferente a la suya y trabajara. Pero Anna, a sus veintinueve años, no parecía manifestar deseo alguno de trabajar ni de casarse. Maria no la animaba porque había sufrido una gran desilusión: consiguió rehacerse, pero ya no quería pensar en su futuro. Parecía satisfecha de vivir en casa, de hacer de segunda madre a Rita; además, llevaba una vida muy activa en compañía de los jóvenes de Girgenti y le gustaba viajar.

Lo que había sucedido era que, después de salir del internado de Roma, Anna había regresado a Girgenti con muchas ganas de disfrutar de la vida: tenía diecisiete años, era una muchacha alegre y amaba la compañía. En el internado había hecho buenos amigos y con frecuencia viajaba con su madre y Rita al norte de Italia para ir a visitar a amigos de la familia.

Su compromiso con Marco Altomonte, en el otoño de 1924, llegó tras un rápido cortejo: Anna, al principio, no mostraba excesivo interés, pero él, brillante y desenvuelto, había logrado conquistarla. Sabía sorprenderla con pequeños regalos y detalles que demostraban lo atento que estaba a cada una de sus palabras.

En aquel periodo, en el teatro municipal de Girgenti se llevaban a cabo representaciones de compañías itinerantes de ópera. Hubiera sido incómodo para Marco volver a Naro ya bien entrada la noche, después de la función, y Maria se ofreció a alojarlo. Permitir que dos prometidos durmieran bajo el mismo techo era un comportamiento muy moderno, pero a Maria no le cabía duda de que era lo correcto, y Pietro, que vivía en Palermo y acudía con regularidad a Girgenti, se mostró de acuerdo.

Lia no estimaba a Marco. Maria era consciente de ello merced a sus medias palabras, pero tendía a interpretarlo como una extensión de la antipatía que sentía Lia por Sistina, que la trataba como una sirvienta. «No me gusta nada, pasa mucho tiempo en vuestra casa», decía Lia. Maria le respondía que no hacía daño a nadie, y que Anna parecía feliz. «¡Bah!» Y Lia la miraba, esperando una explicación. Pero Maria optaba por el silencio. En otra ocasión, Lia le refirió que Marco, en su afán por hacer regalos que gustaran a su prometida, requería a menudo el consejo de su doncella personal, Tildina. Tampoco entonces dijo nada Maria.

Maria estaba en su habitación pasándose por las piernas la bola de cera egipcia que Pietro le había regalado. Llamaron a la puerta: era Lia.

—¡Rápido, vístase! ¡Esos dos están haciendo cosas mu' pero que mu' feas en la habitación del *zito* de la señorita Anna!

Se dirigieron inmediatamente a las habitaciones de invitados. El personal de servicio con el que se toparon por los dos pasillos, atareados o fingiendo estarlo, las seguían con miradas de entendimiento.

En la puerta de la habitación de Marco, Maria susurró:

—Lia, ¿estás segura?

—Escuchadlo vos misma.

Maria acercó la oreja a la puerta, y cuando Lia le preguntó si podía abrir, ella asintió.

Entraron de puntillas, las cortinas estaban echadas. En la penumbra, se detuvieron al pie de la cama. Los suspiros y los ruidos no daban lugar a dudas acerca de lo que estaba ocurriendo. Los ojos se habían acostumbrado a la oscuridad: con el culo al aire, Marco jadeaba. Debajo de él, Tildina gemía. Maria miró los pies temblorosos de Tildina, después oyó el grito sofocado de ella mientras Marco se abandonaba sobre su cuerpo.

A una señal suya, Lia encendió la luz del techo,

—¡Vestíos! —ordenó Maria, y desató el desbarajuste en la cama.

Sin piedad, se quedaron observando en silencio cómo ambos se vestían. Tildina no encontraba sus cosas y de pie, con los hombros encorvados y la mano en la entrepierna, buscaba frenéticamente medias, enaguas y bragas, tiradas por el suelo en el ímpetu inicial. Las bragas habían ido a parar a donde estaba Lia, quien no se había movido para ayudarla, y la observaba con desprecio mientras ella, aún desnuda, se agachaba para recogerlas.

Marco, después de subirse los pantalones, trató de explicarse:

—No es lo que piensa...

—Cállate. —Pero fue la mirada de Maria, más que esa palabra susurrada, lo que hizo enmudecer al joven.

Cuando ambos estuvieron listos —Marco tuvo que esperar a que Tildina acabara de vestirse—, Lia les mandó que se arreglaran el pelo.

—Fuera —le dijo después a la criada con un gesto de la mano, y la siguió.

Maria hizo lo mismo con Marco: lo guió desde atrás. «A la derecha», dijo al llegar al final del pasillo; «a la izquierda», al final del otro. Al llegar al atrio, Maria lo precedió y abrió la puerta.

—Vete. Y ni se te ocurra volver a aparecer por aquí.

Decepcionada y humillada, Anna no albergaba la menor duda: rompería el compromiso, Marco no era digno de ella. Maria se sintió aliviada.

—Tratarán de hacerte cambiar de idea, e insistirán —le dijo a su hija—, si al final le perdonas, respetaré tu decisión.

Las cuñadas, horrorizadas por el comportamiento de Maria, que consideraban excesivo —cosas como ésas sucedían en las mejores familias—, sacaron a colación, una vez más, las sospechas, y hasta las acusaciones, de que ella tenía o había tenido amoríos adúlteros; se hablaba del ingeniero Licalzi, de un personaje importante de Roma, incluso del profesor Paci, el arqueólogo que solía encargarse de acompañar a Girgenti a los estudiosos que solicitaban ver la colección de Pietro.

Para Maria, asistir al dolor de Anna y a las presiones de los Sala resultaba penoso. Pero Anna se mantuvo firme. Al final, los Altomonte se jugaron su última carta: el obispo en persona se presentó en casa de los Sala. La familia, y sobre todo Marco, unos fieles a los que estimaba mucho, le habían implorado —quiso recalcar esa palabra, *implorado*— que fuera a verles.

—La compasión y el perdón son elementos fundamentales —dijo, y pidió a Anna clemencia para la debilidad de la carne del joven—. Marco había sido embelesado y seducido por esa criada... Había cedido —fue el resumen del prelado. Le pidió a Anna que rezara al Señor con el fin de que le diera la fortaleza y la compasión para perdonar a Marco, que nunca más volvería a caer.

Anna prometió que se lo pensaría, y si cambiaba de opinión, se lo comunicaría de inmediato a Su Ilustrísima.

Si las demás hermanas habían renunciado, Giuseppina estaba decidida a inculpar a Maria. Había estrechado relaciones con Leonora, y trataba de indagar. Estaba segura de que había un hombre, y no de Girgenti; tenía que ser uno de fuera. Llegó al extremo de instigar a Pietro a que presentara una instancia al tribunal para que se le confiara la administración de los bienes de sus hijos, aduciendo el pretexto de que, en la vejez, había recuperado la cordura y abandonado el estilo de vida derrochador de su juventud. Antes de hacerlo, lo consultó con un abogado, que mencionó el asunto delante del prefecto. Paolini advirtió inmediatamente a Giosuè.

Días después, el presidente del Tribunal de Girgenti convocó al abogado y lo reprendió severamente por haber calumniado a la señora Sala y haber divulgado información confidencial de sus clientes, por lo demás infundada: Pietro Sala había sido acusado de ser un cornudo, y su mujer, una adúltera. El presidente le dio a entender que tendría que sopesar la posibilidad de informar a sus superiores. El asunto, dijo, podría llegar hasta el Gran Consejo Fascista.

Asustadísimo, con una serie de excusas y explicaciones engorrosas, el abogado consiguió, no sin dificultad, librarse de Giuseppina. Y ella, de mala gana, aceptó callar.

39
Creer, obedecer, combatir

Maria y Giosuè se reencontraron en Palermo en agosto de 1937. Mussolini y el rey asistían a las grandes maniobras del ejército en el valle del Belice. Maria llevaba a Rita a bañarse a Mondello, un pequeño puerto pesquero convertido en un moderno centro de turismo playero, con tumbonas y sombrillas a orillas del mar.

Giosuè estaba alojado en el Grand Hotel des Palmes con otras personas que habían acudido con ocasión de las maniobras, pero no formaban parte del Gobierno. No se veían desde hacía dos meses y Maria lo encontró estupendamente; sus nuevos cometidos le gustaban y por fin disponía de tiempo para tomar lecciones de piano con la famosa maestra alemana Madame Stutz, que vivía en la Ciudad del Vaticano. Felices de volver a verse, Maria se alojaría en el hotel con él, mientras que Rita y Anna irían a casa de los Carta, parientes de los Savoca, cuyo hijo mayor, Pippo, cortejaba a Anna.

Había algo en Giosuè que le hacía pensar que no era del todo claro con ella; notaba en él una fuerte preocupación que no le daba tregua. Maria se preguntó si tendría alguna otra mujer. En su relación era algo que se contemplaba, por más que después del nacimiento de Rita Giosuè le había dicho que trataría de evitarlo.

Las noticias procedentes de Alemania eran cada vez peores y ya hacía un año que en Italia se habían promulgado las leyes raciales. Se oía hablar de judíos que se trasladaban a París o a otros lugares. A pesar de todo, Italia era respetada en toda Europa, el

Reino se había convertido en un imperio y las sanciones impuestas por la Sociedad de Naciones habían unificado el país y despertado un inesperado patriotismo. El impulso de la educación era una constante, «y eso», sostenía Giosuè, «basta para hacerme sentir orgulloso de ser un fascista».

—Pero si has dimitido, has renunciado a la política —objetó Maria.

Él le hizo una caricia:

—Déjame ver las fotografías de Rita.

Ciertamente, para la juventud fascista la enseñanza era obligatoria y, además del cuidado de la salud, también estaba prevista la actividad deportiva. Ciertamente, los ciudadanos del Reino se estaban convirtiendo en italianos gracias al servicio militar obligatorio, a la difusión de la radio en todas las familias, al cine y al desarrollo de la prensa nacional. Ciertamente, para los pobres y para muchos otros que vivían al día, la calidad de vida seguía mejorando: frente a eso, contaba muy poco que el fascismo fuese una dictadura. También era cierto que la respuesta de las mujeres italianas a la solicitud de donar sus anillos de boda para ayudar al Duce contra las sanciones económicas de la Sociedad de Naciones por la invasión y anexión de Etiopía era una muestra inequívoca de una novísima voluntad, también por parte de las mujeres, de formar parte de Italia.

Pero todo eso se basaba en una deificación del Duce, tras los éxitos de la política de expansión en Albania y en Etiopía, con el apoyo de toda la nación. Sus palabras se recogían escritas con letras enormes en las fachadas de edificios, fábricas y hogares: CREER, OBEDECER, COMBATIR. Maria consideraba las maniobras en el valle del Belice el ápice del entusiasmo de los sicilianos por el fascismo, pero no de todos los sicilianos. Entre éstos se encontraba ella, Maria Marra, que había tratado de sentirse genuinamente fascista y no lo había logrado.

Los que tenían dudas y recelos no se atrevían a manifestarlos. Ella debía hablar del asunto una vez más con su amado, por su propia seguridad, y animarle a acercarse a un Gobierno por el que ella estaba perdiendo toda forma de aprecio.

Maria le pidió a Giosuè que intentara conseguir un puesto gubernamental; eso sí que lo protegería y, sobre todo, aliviaría sus temores. Él le contestó con impaciencia:

—¡Deja ya de sentir lástima, eres una auténtica madre siciliana! Y además, si este Gobierno no te gusta, ¿por qué quieres que vuelva a formar parte de él? La cuestión es que Mussolini se ha convertido en un personaje relevante en Europa, y no tiene la menor intención de ser menos que Hitler. Por ahora cultiva su amistad, porque sabe que Hitler tiene el ejército más poderoso de Europa, Inglaterra incluida: bien entrenado y con armas novísimas. Habrá una guerra, todos lo sabemos. Si se alía con Hitler, la victoria será más rápida, y entonces Mussolini volverá a ser el italiano que conocemos, un dictador que lleva en su corazón el bien de su pueblo.

A la mañana siguiente, en las maniobras, Giosuè consiguió asientos en la tribuna para Maria, Anna, Rita y Pippo y les prometió que cenarían juntos en el restaurante de las instalaciones playeras de Palermo.

Para Maria era doloroso observar el entusiasmo de la gente por el Duce; quizá Giosuè tuviera razón y era ella la que estaba exagerando. Durante la cena trató de mostrarse alegre, pero no lo conseguía. Más tarde, cuando Anna y Pippo se levantaron de la mesa para ver la luna sobre el mar, se quedaron los tres solos: Giosuè, Rita y ella. Algo que ocurría con poca frecuencia. Maria tenía la mirada perdida, la de cuando estaba preocupada. Giosuè pasó la mano sobre la mesa y rozó la suya; «Maria...». La mirada y el roce decían mucho.

Rita, como si se hubiera dado cuenta, le tomó la otra mano; ella también trataba de consolar a su madre por algo que desconocía pero que, estaba segura, la preocupaba.

—No es nada —murmuró Maria. Y añadió—: ¿Quieres colines? Están muy ricos.

Inmediatamente, Giosuè tendió la cestita a Rita. Ella cogió un colín y empezó a mordisquearlo, sin retirar la mano de la de su madre.

—¿Quieres otro? —le preguntó Giosuè, con voz muy tierna.

—Gracias, me basta con éste —dijo Rita. Estiró el brazo y puso firmemente su otra mano sobre la de él.

Estaba claro que Rita no sabía nada, pero era igual de cierto que sentía algo.

40
Via San Callisto

En junio de 1938 Maria fue a Roma, a casa de Nicola, con la excusa de asistir a la boda de la hija de una pareja de amigos.

Comió en Alfredo con Giosuè. Detallista, atento, cariñoso, quería saberlo todo de todos, y especialmente de Rita. El recibimiento del propietario fue de una torpeza desconocida, y desde las otras mesas a Giosuè le lanzaban ojeadas de soslayo, cuando no trataban de evitar su mirada. A Giosuè no le importaba, o tal vez estuviera resignado, como si no fuera la primera vez.

Maria había hablado de ello con Ilaria Paolini, que estaba al corriente de su relación. Ilaria le había confirmado que la situación de los judíos, después de las leyes raciales, era rara: no todos eran tratados de la misma manera. Se ofreció a organizar una cena en su casa e invitó a su primo, un cardenal, que había expresado su deseo de volver a ver a Giosuè; se apreciaban, y aquel encuentro podría serles útil a ambos.

Y así fue. Después de la cena, el cardenal hizo un aparte con Giosuè en la terraza. Desde allí podía verse toda Roma iluminada: un esplendor. Maria estuvo observándolos; el cardenal le dio una tarjeta de visita a Giosuè, que la miró y luego se la guardó en el bolsillo.

Giosuè la llevaba de vuelta a casa de Nicola al volante de su Augusta.

—¿Cómo te ha ido con el cardenal? —le preguntó Maria.

—Me ha ofrecido ayuda si alguna vez la necesito. Hice mucho por ellos en la época de los Pactos de Letrán. Pero no será como tú te temes, el Duce no es tan estúpido. No se atreverá a hacer daño al país privándolo de la contribución de los judíos a la industria, a la economía y al mundo académico. Y no alejará de la vida pública y de la sociedad civil a quienes lucharon con honor en la Gran Guerra y en los campos de África, y apoyan el fascismo.

—Pues Angelo piensa de otra manera.

—Angelo es un soñador. Y está deprimido, como todos los hombres graciosos —dijo Giosuè cortante.

—¡Entonces habla con el Duce, tranquilízame! —le imploró Maria.

Desde entonces Giosuè le escribió una sola vez, a principios de octubre, en referencia a la conversación que habían tenido en Roma. Le expuso de manera concisa sus ideas acerca de las leyes raciales: habían sido promulgadas para complacer a Hitler, y nada más. En esencia, ni a él ni a los demás judíos fascistas de antigua lealtad les pondría la mano encima nadie. Para apaciguarla, le confirmó que había solicitado un encuentro con el Duce sobre el que le daría cumplida cuenta.

Después de aquello, silencio total.

Maria se había vuelto dependiente de las cartas de Giosuè. A mediados de noviembre, corroída por la preocupación, se decidió a anticipar su habitual visita a Roma para las compras de los regalos. Informó de ello a Leonora y a Emilia Formiggini, y a nadie más. Sus hijas se reunirían con ella a mediados de diciembre; Anna, comprometida con Pippo Carta, un cirujano palermitano, aprovecharía para comprar también ropa para su ajuar. Maria se alojaría en el Hotel d'Inghilterra, donde ella y su familia siempre ocupaban las mismas habitaciones. Nada más llegar, recibió un telegrama de Emilia Formiggini: la informaba del suicidio de Angelo y le pedía que fuera a verla a Módena. La noticia de aquel suicidio, que la prensa había mantenido completamente en silencio, fue un mazazo en su corazón. Su primer pensamiento fue: ¿y Giosuè?

Angelo Fortunato Formiggini era un hombre rico y de una vasta cultura, siempre abierto a las ideas y a los estímulos. Había fundado una editorial y creado diversas colecciones, muchas de gran éxito, y revistas. Había colaborado con el régimen y había sido el primero en poner de relieve la necesidad de una enciclopedia nacional. Pero nunca había tragado a Giovanni Gentile y su filosofía de Estado. Más allá de eso, las razones de su profunda y amarga decepción eran tan evidentes que lo empujaron a pensamientos sin retorno. Planificó su suicidio en secreto y hasta el más mínimo detalle: tras dejar a su mujer en Roma, donde tenían una casa, regresó a su Módena y se tiró desde el Ghirlandina, la torre del campanario de la catedral, gritando «¡Italia! ¡Italia!» en un gesto de desafío al régimen en el que tan profundamente había creído y al que tanto había respaldado. Angelo había mantenido la fe y una especie de devoción hacia Mussolini, a pesar de sus desacuerdos con algunos jerarcas y de que le hubiera molestado la actitud del régimen hacia los etíopes. Al final, marcado como judío —y por lo tanto enemigo e inferior— y, por si fuera poco, despojado de la ciudadanía italiana, no pudo aguantar más.

Maria regresó a Roma a principios de diciembre, deprimida y preocupada. Giosuè no se había puesto en contacto con Emilia, ni siquiera para una llamada de condolencia. Ni tampoco con ella, por más que Leonora le hubiera hecho llegar una nota en la que le informaba —según lo acordado— de que estaba en la ciudad.

Después del nacimiento de Rita, Maria y Giosuè habían establecido unos acuerdos detallados sobre cómo mantenerse en contacto sin despertar sospechas. Él le escribiría una vez a la semana por lo menos, enviando sus cartas a un apartado postal. Le telefonearía con prudencia y raramente. Maria, en cambio, nunca le escribiría, pues la policía secreta y los servicios de inteligencia controlaban el correo de diputados y hombres del poder, con la esperanza de encontrar material para chantajearlos. Leonora informaba a Giosuè, con un lenguaje codificado, de las visitas de Maria a Roma. Si Maria necesitaba urgentemente hablar con él, se lo haría saber a través de Leonora o Nicola. En caso de emergencia lo llamaría por teléfono en persona, usando una frase acordada. Sin embargo, salvo una vez, cuando Rita se puso enferma de neumonía, no llegaron a producirse ni urgencias ni emergencias. Sus encuentros, en Roma o en Sicilia, siempre los sugería él, que le ofrecía distintas opciones, de hora, fecha y lugar.

Maria estaba segura de que encontraría en la recepción —como de costumbre— una carta de bienvenida de Giosuè. Nada. Leonora le confirmó que había mandado la nota. Todos los días preguntaba Maria si había correo para ella; nunca había nada. Empezaba a temer lo más absurdo: que Giosuè hubiera huido a Argentina, como ella le había sugerido en el pasado, o a cualquier otra parte; que hubiera muerto de repente. Pero en ese caso lo habría sabido por los periódicos. Después reflexionaba y contemplaba la posibilidad de que, al igual que con Angelo Formiggini, el jefe de policía hubiera ordenado expresamente no difundir la noticia. Lo que descartaba era que Giosuè se hubiera desenamorado de ella: eso no, eso no era posible.

Habían hablado varias veces, después del nacimiento de Rita, de la posibilidad de que uno de los dos muriera, y de cómo el otro mantendría vivo el recuerdo a través de los *cunti*.

Tenía que rebuscar en la memoria, reunir información, recuerdos y acontecimientos de la vida de Giosuè, y escribirlos para Rita, en caso de que ella muriera. Sabía que Anna y Vito, sus hermanos, y Egle mantendrían viva para Rita la memoria de ella, de su madre. Pero sólo ella podía custodiar para su hija la memoria de Giosuè. Por él, Rita nunca preguntaba.

También era necesario hablar con Giosuè, y preguntarle qué quería que se le dijera a su hija. A Maria le harían falta cartas, papeles y fotografías en las que basarse. Un equipaje de recuerdos que crearía volviendo a las costumbres de la juventud, cuando, en el jardín de la casa de los Marra en Camagni, hablaban sin parar de sí mismos, de sus experiencias y de sus pensamientos. En Módena, mientras escuchaba a Emilia, Maria se había dado cuenta de que no sabía nada de las noches, de los sueños y de los despertares de Giosuè: era el eslabón perdido en la cadena de información sobre su vida cotidiana. Maria decidió arriesgarse y escribirle en persona; dejaría una carta, escrita en forma de poema, en un sobre para ser entregado a quien trajera una carta dirigida a ella. Acabaría llegando a Giosuè, lo sentía.

Tras entregar el sobre al conserje, Maria se hizo la enferma y se quedó en su habitación bordando al lado de la terraza, para observar fuera, por si acaso aparecía.

Llegó el día siguiente. Lo reconoció por sus andares. Iba vestido de sacerdote; un sombrero negro de ala ancha le cubría la cara. Había retirado el sobre que ella le había dejado y lo sujetaba en la mano.

> Nunca he pasado una noche entera contigo.
> No sé
> cómo te adormeces, cómo son tus despertares, si tus sueños se interrumpen ni cuándo;
> si te despiertas en plena noche preocupado,
> si lees antes de quedarte dormido, o si te despiertas por la noche para leer.
> No sé
> si recuerdas tus sueños,
> si alguna vez has tenido pesadillas o simplemente malos sueños.
> No sé
> si te despiertas satisfecho y descansado,
> si tienes ansiedad y malos presentimientos.
> No sé
> si te despiertas sediento, ni de qué.
>
> Me gustaría saberlo.

La respuesta, dejada poco después al conserje, era lapidaria:

> A las seis de la tarde, en el bar Luci de via San Callisto. Toda la semana.

Maria salió del hotel, esperanzada y fragante de limpieza, como una adolescente en su primer encuentro con su enamorado. A las almendras y pistachos sin cáscara, al queso de oveja con pimienta que siempre le traía de Sicilia, había agregado una botella de vino de Marsala e higos secos. En un impulso, no se había traído consigo un camisón voluptuoso, sino el de algodón de uso diario, por si Giosuè no «quería».

No conocía bien la red de pasajes y callejones de la Roma papal; además, el corte de la via della Conciliazione había trastornado el barrio, pobre y degradado, y ella, acostumbrada a la antigua Roma medieval, se confundía. Sin embargo, gracias a las indicaciones de un frutero consiguió llegar a via San Callisto fácilmente y con antelación. Se sentó en el bar Luci, impaciente. En una mesa cercana, una pareja de enamorados no se quitaba los ojos de encima. No había nadie más. La hora había pasado, eran las seis y cuarto. El camarero se le acercó, y ella pidió una limonada. Pero no conseguía bebérsela, tenía la garganta cerrada, y sin embargo salivaba. Era incapaz de controlar el deseo que sentía por él, quería verlo, tocarlo, besarlo de inmediato —en los labios, en el cuello, en las manos, en el mismo bar, en el portal de casa, por las escaleras. Pero de Giosuè no había rastro alguno.

Un golpecito en el hombro. Siguió en silencio al sacerdote del sombrero de ala ancha. La pareja sentada en el bar los observaba perpleja. La gruesa llave de hierro entró, como una mano en un guante, en la cerradura de una puertecilla encajonada entre otras casas adosadas y se abrió fácilmente, chirriando. Era un edificio estrecho, de tres plantas y tejado inclinado. La escalera era muy empinada, los escalones estaban desportillados. Giosuè le indicó que subiera ella primero. Aún no le había dicho una sola palabra. Maria se volvió:

—¿Qué hago?

Él se llevó un dedo a los labios y susurró:

—Aquí no se debe hablar. Vamos al desván, yo voy delante.

Le quitó de las manos la bolsa de la compra —Maria se estremeció ante ese mero contacto— y la adelantó.

Estaban en el último descansillo, muy estrecho. Una luz mortecina iluminaba dos tanques de agua y un armario desvencijado. Giosuè lo abrió: estaba vacío. Deslizó el fondo, que daba paso a un hueco; entró y, después de ayudar a entrar a Maria, cerró de nuevo el fondo del armario. Entonces se quitó la sotana y la colgó cuidadosamente de un clavo. Había perdido algo de peso. El ático era pequeño; lo llenaban un diván, una mesa y dos sillas. Al fondo, pilas de cajas de cartón, y en los lados, donde el techo inclinado casi tocaba el suelo, una hilera de libros. En el medio, una estructura de mampostería que llegaba hasta el techo, como la cabina de un ascensor. A un lado, un piano; al otro, una puerta ventana con cristales oscuros, que a Giosuè le costó trabajo abrir: daba a una terracita interna, incrustada en el tejado inclinado, invisible desde el exterior. Allí había dos cántaros, con sólidas tapas de madera, un lavabo de hierro que descansaba sobre un trípode y una pequeña cisterna con un grifo. En un alambre tensado entre dos clavos había puesto a secar un par de calcetines. Una escoba y un recogedor colgaban de un clavo.

—Minúsculo pero suficiente. Como en la cantina de la Universidad Gregoriana, y me dejan usar un baño con otros... —Giosuè la miró fijamente a los ojos, duro— judíos.

Le rodeó la cintura.

—¿Quieres?

La poseyó en el diván, con impaciencia, sin darle tiempo a desvestirse. Luego otra vez, y otra más. Como adolescentes hambrientos.

—No creía que fuera tan importante para ti que durmiéramos juntos —dijo Giosuè. Uno frente al otro, con las piernas entrelazadas, yacían sobre el diván.

Él le cogió un pie; lo cubrió de pequeños besos, luego el otro. Le daba masajes, con la palma abierta, empezando por los pies, luego pasaba a las pantorrillas, a los muslos, como para soltarle los músculos, mientras ella lo toqueteaba. Después Giosuè se arrodilló. Se miraron a los ojos. Decidido, echó hacia atrás los tobillos de Maria, y cuando su espalda estuvo firmemente apoyada en la cama, la poseyó de nuevo.

Comieron pan y queso, higos secos y el vino. Giosuè le explicó que permanecería oculto en la Gregoriana, los católicos lo protegerían.

—Te escribiré a la lista de Correos de Palermo. Saldremos de ésta. Te echaré de menos. Como tú a mí.

—Si estalla la guerra y uno de nosotros muere, es posible que el otro no lo sepa nunca... —Maria estaba desolada—. No saber, ése sí que es el peor de los dolores: no saber.

—El caso es que, una vez que me convierta en espíritu, volaré hacia ti —le contestó él—. Ya lo sabes, nosotros dos no podemos olvidarnos. Jamás. ¡Estaré siempre a tu alrededor, acariciaré tus mejillas, me meteré bajo tus sábanas, probaré lo que comes!

Maria tenía frío, y él le había puesto un manto sobre los hombros. Ella le besó los dedos.

—¿Cómo te las vas a apañar ahora que eres un cura? —le preguntó ella.

Él hizo como que no la entendía.

—Exactamente igual que antes. Aquí tratan bien a los prelados. En cuanto al resto, y la liturgia, creo que sería capaz de celebrar misa, o los rituales valdenses de la Mesa, gracias a tu madre y a Maricchia.

—¿Cuánto tiempo te vas a quedar en Roma?

—Está por ver. Si entramos en guerra rápidamente, desde aquí podría ser útil para la diplomacia. Si el conflicto se extiende, probablemente me vaya a otro sitio: a algún convento del sur, preferiblemente en Sicilia para estar cerca de ti y conocer mejor a Rita. —Titubeó—. Tiene inteligencia y capacidad para ir al liceo clásico. Maria, me gustaría que fuera educada en la escuela pública. La proximidad con otros jóvenes menos afortunados la hará más fuerte durante la guerra.

—¿Estás seguro de que estallará la guerra?

—Sin lugar a dudas. Podría ser rápida y acabar con la victoria del Pacto de Acero: los nazis acabarían fagocitándonos. La alternativa es un conflicto largo y global. De resultado impredecible. —Se quedó callado. Volvió a la elección del colegio para Rita—. En Palermo hay colegios excelentes. ¿Te importaría pasar en la casa de Palermo los periodos escolares? Sería más fácil también para nosotros dos: nos mantendríamos en contacto a través de la lista de Correos, pero no sabrás dónde estoy. Espero poder trasladarme siguiendo la costa del Tirreno inferior, de monasterio en monasterio. Los trapenses y los jesuitas me han ofrecido su ayuda. —Luego, bajando la voz, añadió que pronto se marcharía de ese desván: Roma estaba cada vez más llena de alemanes.

Hablar de la guerra había puesto melancólica a Maria.

—Venga, ¿tocamos nuestro *Nocturno* de Chopin a cuatro manos? —dijo él, y se acercaron al piano.

—¿Y no nos oirán? ¿No es peligroso?

—Probablemente sí, pero no es peligroso, todo lo contrario. Creerán que es la señora Stutz la que está tocando. Por lo menos tengo este consuelo.

La música, como siempre, expresaba mejor que las palabras sus sentimientos, y los fortalecía en la convicción de que cien años antes un joven polaco había vivido las mismas sensaciones que sentían ellos, y las había transcrito en la partitura.

Era tarde.

—¿Nos vamos a dormir? —dijo Giosuè—. Ésa es la razón por la que has venido, ¿verdad?

Estaban exhaustos. Fue Maria quien le enseñó a dormir en un espacio exiguo: abrazados, con las piernas cruzadas y los brazos de él envolviendo la cintura de ella.

En el duermevela matutino, Giosuè le rozó un pecho:

—Me has escrito «No sé si te despiertas sediento, ni de qué». Tengo la respuesta: de tus pechos. Me gusta tocarlos, apretarlos, lamerlos, pellizcarlos. Chuparlos. —Y la besaba entera. Luego se echó hacia atrás para verla mejor—. Desde siempre —dijo, y la acarició.

—¿Eso qué significa?

—Me despierto sediento de ti, y de tus pechos, desde que éramos unos críos. Y te los veía. Debería avergonzarme... A menudo, cuando te vestías..., te acercabas con frecuencia a la ventana. La cortina era fina y con un bordado calado. Te veía desde mi habitación con los binoculares. Y me excitaba. Como ahora.

41
La muerte de Pietro

En septiembre de 1939 Rita iba al liceo Garibaldi de Palermo. Estaba en el centro de la ciudad, en un monasterio franciscano expropiado a la Iglesia y utilizado al principio como internado y más tarde como escuela. Vivían en el edificio de los Sala, cerca del teatro Massimo, donde Pietro y sus hermanas tenían cada uno su propia vivienda.

Rita había sido criada sólo por su madre y como ella quería, a pesar de que fuera la hija predilecta de Pietro, muy contento de no estar involucrado en asuntos que a esas alturas consideraba triviales. Maria había secundado con entusiasmo la sugerencia de Giosuè de que Rita fuera al colegio en Palermo en vez de ir a un internado. Después de su boda, Vito y Beatrice «la pianista», como la llamaban en familia, habían tomado plena posesión del piso de Girgenti. En el edificio de Palermo, en cambio, la planta principal había sido dividida en dos viviendas, una para Maria y otra para Pietro: así se mantenía una apariencia de unidad familiar en las comidas —todos juntos— y en las relaciones sociales. Era lo que hacían también muchos otros, visto que el matrimonio era indisoluble. Maria se sentía infeliz en el edificio de los Sala, pero no por la proximidad de Pietro: ahora que cada uno tenía su propia vida, conversaban agradablemente; cada tarde, cuando acababa sus deberes, Rita iba a ver a su padre y se divertían con los monos. Esto permitía a Maria ir a visitar a la tía Elena, viuda ya desde hacía años, que se levantaba de la cama cada vez con menos frecuencia.

El problema eran sus cuñadas, que ocupaban las otras plantas del edificio. Hacían lo imposible para dificultarle la vida, especialmente Giuseppina, que parecía obsesionada por la malevolencia: se veía en las miradas que le lanzaba cuando se tropezaban. Maria seguía administrando en persona las propiedades de sus hijos; el señor Puma la mantenía informada sobre la marcha de los cultivos y estaba en contacto con el tenedor de libros para la contabilidad, mientras que el ingeniero Licalzi se ocupaba de las minas, que seguían dando beneficios, aunque modestos. Maria iba a Girgenti cuando era necesario y se pasaba largos ratos sentada ante una mesa haciendo cuentas y revisando sus inversiones. Siempre había disputas sobre los bienes en común con sus cuñadas, a pesar de que sus cuotas fueran mínimas. A Maria le resultaba desagradable cruzarse con ellas por las escaleras y oír que hablaban con Pietro en la terraza: nunca faltaba una pulla contra ella. Se refugiaba de buen grado con la tía Elena, a quien le hubiera gustado tenerla cerca y que se había ofrecido para poner a su disposición la segunda planta de la villa.

Rita estaba feliz: adoraba el colegio, los profesores le gustaban y se llevaba bien con todo el mundo. Había hecho muchos amigos, también entre las familias con las que tenían trato. Anna —que se había casado con Pippo Carta— vivía cerca y la mimaba como a una hija: la llevaba a conciertos en el Politeama y al cinematógrafo.

Convencida de una victoria inmediata, Italia declaró la guerra a Francia y a Gran Bretaña el 10 de junio de 1940. El puerto de Palermo era el centro de distribución de hombres, armas y equipamiento para el ejército que luchaba en África. Además de los astilleros, en Palermo se habían construido grandes depósitos subterráneos de hormigón para el gasóleo, extraordinariamente funcionales y modernos. La ciudad estaba en el punto de mira de la fuerza aérea francesa con base en Túnez y Argelia, desde donde el 23 de junio —trece días después de la declaración de guerra— despegaron los aviones del primer bombardeo. Eran viejos biplanos cargados de bombas pequeñas, diseñadas más para asustar que para matar. El objetivo de los franceses era el puerto, pero fallaron, alcanzaron la ciudad y mataron a veinticinco personas. Ningún otro bombardeo francés causó tal número de muertes.

Durante el primer año de la guerra, los bombardeos fueron raros y se concentraban en el puerto. Nadie abandonó sus casas, la vida de la ciudad continuó como antes. Las falsas alarmas, pese a todo, eran numerosas. Los palermitanos se habían resignado a las sirenas que sonaban varias veces al día, al riesgo constante, pero no excesivo. Habían dejado de correr a los refugios. Se habían vuelto imprudentes y a veces morían precisamente por eso. El edificio de los Sala nunca fue alcanzado.

Imposibilitado para viajar, y definitivamente anciano, Pietro había reemplazado el juego con dos pasiones: los animales y los trabajos manuales.

Además de las mariposas, criaba macacos de Somalia, llamados monos catarrinos. De tamaño entre pequeño y mediano, sin cola y de tupido pelaje rojizo, eran muy inteligentes y estaban acostumbrados al contacto con los seres humanos. Los tenía en la terraza en una enorme jaula que parecía un mirador, pero cada día se los llevaba a casa durante unas horas y los dejaba libres. Le gustaba comer fruta con ellos.

Pietro decoraba los marcos de las telas que compraba a jóvenes artistas, con frecuencia —como si no quisiera perder su reputación de derrochador— a un precio excesivo. Los pintaba y luego pegaba encima pan de oro, tachuelas de latón, y a veces hasta cintas, que barnizaba a continuación. No le quedaban mal, y en algunos casos eran incluso mejores que las pinturas enmarcadas. Leonardo era su ayudante.

Murió repentinamente un día de finales de marzo de 1941. Tenía setenta años de edad y no gozaba de buena salud. A causa de una debilidad inexplicable en las piernas caminaba poco y, desde que se había vuelto un poco duro de oído, llevaba una vida de ermitaño, él, a quien tanto le gustaba la compañía y que había sido un narrador tan brillante. Sus hermanas apenas lo visitaban. Pietro estaba obsesionado con los marcos y con los monos, dos pasiones caras. Había que conseguir plátanos y otras frutas en el mercado negro, búsqueda que —al igual que la de las latas de pegamento, de la pintura dorada o incluso del polvo de oro— se estaba volviendo más ardua cada día. Pietro se pasaba horas encorvado sobre el trabajo, pegando el pan de oro e inhalando el olor denso, acre, embriagador del pegamento. Se lo dejaba oler incluso a *Masina*, su mono favorito.

Leonardo contó que se lo había encontrado en la jaula de los monos, con la puerta cerrada, boca abajo, ensangrentado. Muerto ya. Había tenido una mala caída y se había herido: los monos se esforzaron por socorrerlo, y luego cuidaron de él a su manera. Tenía entre los dedos residuos de pegamento, pero no en el dorso de las manos, pues los monos los habían lamido hasta no dejar nada. Ahora uno apenas se sostenía de pie, y a los otros no les faltaba mucho. *Masina*, que había permanecido junto a su amo, trataba de quitarle unos piojos imaginarios.

El ataúd, adornado en la medida de lo posible, quedó expuesto en el salón. En el duelo hubo muchas personas: además de Maria, Anna con su marido, Vito y su mujer, y Rita, estaban las hermanas de Pietro con sus respectivas familias, parientes y amigos. Ninguno de los Marra pudo venir de Camagni. Como siempre, ante la muerte, las divergencias entre los miembros de la familia vivieron una tregua. Y, como siempre, la tregua no duró mucho: hasta el entierro.

Esa noche, Maria escuchó ruidos en la escalera. Se asomó: Leonardo y el portero bajaban cargando a hombros unos pesados sacos con los cuerpos de los monos.

—*Signuri* —dijo Leonardo—, mi corazón llora porque *u patruni murì...*, porque el amo ha muerto, ¡pero llora mucho más al tener que dar de comer a estos monos mientras tantos *puvirazza*, tantos desgraciaos se mueren de hambre!

Una vez muerto Pietro, Maria abandonó el edificio y se trasladó con Rita a casa de tía Elena.

Las declaraciones de guerra a Yugoslavia y a Rusia, en abril y junio de 1941 respectivamente, dejaron claro que el conflicto no iba a terminar rápidamente. Los alemanes habían tomado el control de la isla; Maria estaba molesta y los evitaba, pero otros parientes los recibían en casa y los invitaban a excursiones por sus tierras. Los bombardeos proseguían sin ningún daño grave y sin gran pérdida de vidas.

En el otoño de 1942, las incursiones aéreas aumentaron, al igual que el número de muertes. Los aviones ingleses con base en Malta estaban equipados con bombas de gran potencia; sus bombardeos destruyeron los buques de guerra amarrados en el puerto y toda la zona portuaria. A pesar de ello, no se detuvieron.

La ciudad estaba llena de refugios: la señal rectangular con una mano blanca sobre fondo azul, cerrada en un puño y señalando con un dedo la palabra REFUGIO, estaba por todas partes. Adultos y niños aprendieron a distinguir el sonido de los cañonazos italianos del fragor de la explosión de una bomba: lo primero inspiraba confianza, porque era la defensa del ejército. Después caía un pesado silencio.

Durante los bombardeos se apagaban las luces; las paredes se movían, un terremoto que provenía del cielo con diferentes epicentros y sacudidas de variada intensidad. Cuando la bomba alcanzaba un edificio o caía cerca, toda la estructura se balanceaba. Los muros —todos, incluidos los de carga— oscilaban. Por el tejado levantado llovía sobre la escalera una cortina de polvo. Quien no acudía al refugio permanecía inmóvil, en la oscuridad, aterrado.

42
Las cartas de Giosuè

Después de la noche que pasaron en via San Callisto, Maria no volvió a ver a Giosuè hasta tres años más tarde, una tarde en la primavera de 1941, en la abadía benedictina de San Martino delle Scale. A ella le gustaba pensar que siempre había estado allí, en la montaña, con Palermo a sus pies. Y que por lo tanto, en cierto sentido, nunca había dejado de verla desde la abadía. De hecho había sido así, la había buscado, la había espiado, la había tenido cerca, incluso durante esos años de alejamiento, a través de la grieta de la escritura. Cartas y más cartas la habían perseguido y alcanzado, como gestos, como actos de amor.

Los automóviles privados todavía podían circular, pero el combustible escaseaba. Ella consiguió encontrar un bidón, y Leonardo la acompañó con el Fiat. La carretera discurría cuesta arriba cruzando un bosque mediterráneo —encinas, robles, algarrobos—; a cada curva revelaba unas vistas maravillosas de la Conca d'Oro. El mar se agrandaba poco a poco, Monte Pellegrino adquiría gravedad y vida propia. Maria estaba ansiosa. En esos años de separación, el único contacto con Giosuè había sido a través de las cartas de él, enviadas a la lista de Correos de Palermo, a las que ella no contestaba. La entrevista duraría media hora, de acuerdo con los tiempos marcados por la norma benedictina. Se sentía minúscula a los pies de la monumental escalera, diseñada para mostrar el poder de la orden. Siguió al fraile que le había abierto la puerta y la conducía a la biblioteca. En la enorme mesa, los incunables. De pie junto a la ventana, Giosuè vestido de monje.

—¿Aquí nos oyen? —preguntó ella, nada más entrar, y dejó el sobre con fotos de Rita en la mesa.

—Probablemente sí. —La voz de Giosuè era arrulladora. Se sentaron, muy cerca. Él estudiaba las fotografías de Rita, ávidamente—. Ahora que es una señorita, el parecido con los ojos de mi madre es intenso... —Y dirigiéndose hacia ella, le preguntó—: Y tú, ¿cómo estás? —con la dulzura de quien dice «Te amo, ¿y tú?».

—Estoy bien y muy contenta de estar aquí. —La respuesta de ella tenía la intensidad de un «Te amo tanto como tú me amas a mí». Se escudriñaban, la cara, el cuello, el pelo, en su afán por descubrir los cambios tras los años de alejamiento; los ojos pasaban revista a cada arruga, pliegue, lunar para reconstruir a la persona amada y su pasado.

—Cuéntame cómo es tu día a día, así podré pensar en ti e imaginarte. —Giosuè había roto el silencio. Esa petición, como una fórmula mágica, los devolvió de inmediato al cenador del jardín de Camagni cuando aún desconocían que de aquella complicidad inocente acabaría naciendo un amor atormentado. Hablaron y hablaron, mirándose fijamente a los ojos.

Llegó el momento de la despedida.

—Ten fe, Maria: este infierno acabará y allí estaremos nosotros. —Giosuè le apretó los dedos con fuerza, hasta hacerle daño. Y aquél fue su único contacto, la única referencia a la felicidad que tan bien conocían. Después abrió la puerta, para descubrir al fraile que los estaba escuchando a escondidas pegado al ojo de la cerradura.

En diciembre de 1942, la delegación de educación de Palermo decretó el cierre de todas las escuelas de la ciudad a partir del 1 de enero de 1943 a causa de los bombardeos diurnos. Los alumnos pasarían al curso siguiente con las notas del trimestre que concluiría en diciembre; la idea de perder un año de estudios le sentó fatal a Rita, pero el decreto era prudente. Los colegios de Palermo eran en su mayoría antiguos conventos someramente adaptados y en mal estado: el peligro de derrumbe era más que real: se hacía necesario alejar a los jóvenes de Palermo.

La sabiduría de la decisión del delegado de educación quedó confirmada justo esa Navidad con una burla de los británicos. Cuarenta y dos bombarderos despegados de la base de Malta surgieron en formación por detrás de las montañas. Sonaron las sirenas, los ciudadanos corrieron a los refugios. Los motores rugían, los aviones que volaban sobre Palermo empezaron a soltar, en lugar de bombas, mapas de Italia en los que estaban marcadas las ciudades ya bombardeadas —Turín, Milán, Génova, Cagliari, Nápoles, Taranto y Catania— y folletos en los que se decía: «La verdadera guerra se acerca, porque vamos a bombardearos».

El 7 de enero hubo una nueva incursión amigable: esta vez lanzaron octavillas con las palabras FELIZ AÑO NUEVO.

Unas horas más tarde las fortalezas volantes, los potentes cuatrimotores Boeing de la aviación estadounidense, aparecieron en el cielo de Palermo para realizar el primer bombardeo sistemático norteamericano en Europa. El *Bersagliere*, un cazatorpedero cargado de municiones, fue alcanzado y hundido en el puerto en nueve minutos. Luego llegó el turno del centro histórico de la ciudad.

Volvieron el 23 de enero, y luego una y otra vez. Palermo sufrió en 1943 los peores bombardeos, intensivos, sistemáticos, por parte de dos ejércitos aliados: el estadounidense, desde África y por el día, y el inglés, desde Malta y por la noche. La ciudad y sus habitantes no conocían tregua. La propaganda fascista ridiculizaba a los enemigos y hablaba de una victoria cercana. El patriotismo era aún firme y los insumisos escasos. En compensación, entre los ricos aumentaba el número de quienes sobornaban para ser declarados inútiles.

Maria no temía los bombardeos, estaba segura de que no estaría entre sus víctimas. No quería morir. Se sentía del lado correcto y quería vivir, y vivir con Giosuè después de la guerra. Ella lo esperaba a él tanto como él la esperaba a ella. Era su mujer, y, en todo caso, morirían juntos. Giosuè le hablaba cada vez más de amor. Maria lo atribuía a la guerra y a las bombas, que agudizan la voluntad de sobrevivir como individuo y como especie. Al intensificarse los bombardeos, que —estaba segura— Giosuè observaba desde lo alto, sus cartas profundamente eróticas daban en el blanco. En cada una de ellas había una frase, un saludo, una esperanza que entraban en la imaginación de Maria y la sacudían, la inflamaban y la consolaban.

21 de diciembre de 1938

Tú tienes derecho a mi pensamiento, a mi sangre, a mi vida. Eres mi mujer. Maria, no puedo decirte lo que eres para mí. Hermosa, hermosa, hermosa, Maria hermosa, Maria hermosa mía, Maria toda entera mía y toda entera hermosa, Maria, Maria, Maria... Yo pongo en mi escritura, en la pronunciación de tu nombre, toda mi pasión, toda mi ternura, todo mi aliento. ¿Me odias? ¿Me ves? Tengo la cabeza en llamas, me tiembla la mano; con todo, reúno fuerzas; extraigo de pensar en ti las fuerzas para superar el desbarajuste de mis fibras enfermas.

4 de enero de 1939

No estás en esta casa, pero estás dentro de mí hasta el delirio. Morir juntos; morir juntos, sí: para que nuestra felicidad asuste al mundo, para que el mundo sepa hasta dónde ha llegado nuestro amor. ¿Quieres? ¿Quieres? Maria, bendita seas, ahora y siempre.

12 de marzo de 1939

Yo, Maria, que dudo de tantas cosas, que de tanto pensar me he vuelto tan inseguro y vacilante. Yo tengo una certeza, firme, indestructible, soberbia. Que tu amor será el consuelo de toda mi vida, que absorberá todas mis potencias afectivas, toda mi capacidad de amar. Maria, Maria hermosa, Maria buena, te ciño entre mis brazos hasta ahogarte, te levanto en vilo, pego mis labios a tus labios, te bebo el alma, la vida, te bebo entera.

8 de enero de 1940

Maria, he escrito esta carta lentamente: he escrito una frase y luego me he pasado un cuarto de hora pensando. Me parecía una manera de permanecer más tiempo contigo, Maria mía, alma mía, suspiro mío. Contigo, a quien mando todos mis besos.

12 de enero de 1940

Cada vez que te escribo, tomo mentalmente nota de todas las cosas grandes y pequeñas que quiero decirte, pero luego siempre se me olvida algo.

10 de marzo de 1940

Tal vez estaría un poco mejor si pudiera dejar a un lado toda ocupación del espíritu; pero aquí eso me es imposible, pues el trabajo es mi única distracción. Abandonar los estudios, irme a temblar de amor entre tus brazos: sí; pero eso no puede ser. Así que..., así que me toca seguir adelante lo menos mal que sea posible, apoyado en la esperanza de Palermo. Palermo significa Maria, amor, alegría, placer, consuelo, paz, sonrisa, belleza, regocijo.

15 de mayo de 1940

¿Hay algún rincón de tu corazón, algún pliegue de tu cuerpo donde no haya entrado mi pensamiento, donde no se haya posado mi boca? ¿Cómo podría embellecer tu belleza que he medido y poseído? Más bien, más bien casi haría falta que fueras menos hermosa, que te supiera menos deliciosa... ¡Y ya me ves, diciendo tonterías! Maria, tú eres la que eres. Eres la Maria que me arrebató de la frialdad, de la enemistad con la que yo consideraba a todas las mujeres. Vos, señora, siendo como sois, blanca, fragante, elástica, dulce, me habéis seducido el alma y turbado la carne sin remedio. ¡Seguid siendo como sois, como os conozco, como os deseo! Quiero tus pies descalzos en mi cara. Quiero tu carne desnuda contra mi carne, te quiero completamente desnuda para hacerte gritar, para hacer que te retuerzas, para hacerte morir, para morir yo gritando contigo, sobre ti. Más..., más..., más...

11 de julio de 1940

Quiero tu boca, ¿lo entiendes? ¿No quieres tú libarme la vida? Para ti la médula de mis huesos hasta la última gota. Dame tus manos blancas y rosadas, búscame entero, hasta las fuentes de la vida. Bajo tus manos, contra tu boca, en tus carnes quiero yo diluirme hasta la muerte.

7 de febrero de 1941

No estoy enamorado de ti, vivo de ti...

Maria, ¿sabes dónde te beso hoy? ¡En los párpados, y en la punta de los dedos!

1 de abril de 1941

Había aparecido, se había asomado un poco desde los balcones del cielo, sonriendo: de repente dejó de verse. ¿De qué habla Giosuè? Maria lo ha adivinado, habla de la primavera. Hemos tenido tres días de mal tiempo, de agua y de viento, que me han ofuscado la visión de nuestra estación. ¡No importa! Volverá para no irse más, ha dejado las huellas de su primera aparición. Las aceras están bordeadas por una hilera de árboles de acacia que extienden sus ramas desnudas y secas al cielo. Una sola rama de una sola de estas plantas ya está vestida de hojitas verdes. Todos los días examino uno por uno los árboles. Todos los días hago el cálculo de cuánto se alargan. Antes, las luces se encendían a las cinco menos diez, ahora a las cinco y media. Y ahora que te escribo, después de haber interrumpido un momento esta carta para echar una mano al barbero, el azul y el sol han vuelto, cuando hace una hora todo era gris. Ya llega la primavera, Maria; ya llega nuestra amiga.

4 de abril de 1941

Ya no es una sola acacia la que se viste de hojas, sino todas y todas las robinias; ya hay aires de primavera; en este momento en el que te escribo escucho un insistente gorjeo de pájaros, el cielo es azul; ayer no se podía estar al sol del calor que hacía.

En Palermo se había vuelto difícil encontrar comida. Todos tenían su cartilla de racionamiento, pero el mercado negro era la norma. Los Sala y sus amigos no sufrían hambre; eran gente acomodada y recibían de sus tierras pollos, cabritos, fruta, queso y trigo; por otra parte, tenían amigos entre los militares, incluso entre los alemanes.

Los que padecían hambre, en cambio, eran los pobres. La tía Elena quedó trastornada por la muerte del sobrino de una criada. La madre del niño se lo había llevado agonizante a su hermana. El pequeño tenía el estómago hinchado y los brazos y las piernas como palillos, y sus hermanos mayores estaban demacrados. La tía decidió entonces convertir el jardín de la villa en huerto y, a sugerencia del párroco, ayudar a las familias del personal y a alguna otra familia pobre del vecindario.

Maria empezó ayudándola, pero acabó convirtiéndose en la organizadora de todo. Le gustaba, porque pensaba en Giosuè, y se imaginaba dialogando con él. ¿Cuánto queso compro? ¿Dónde puedo encontrar ollas de cobre? ¿Le pregunto al director de Villa Giulia si se me permite recoger la menta que crece en los parterres? La idea de Giosuè era constante con cada bombardeo. Él, donde quiera que estuviera, estaba escondido en un desván, en un sótano, en la celda de un monasterio, y no podía escapar.

43
Siroco

Era el 3 de mayo de 1943. Maria se había despertado temprano a pesar de la terrible noche. La tarde anterior las sirenas parecían enloquecidas de lo mucho que gritaban. Levantándola con silla y todo, habían transportado a la tía Elena al refugio habilitado en la cripta de la antigua iglesia de San Francisco, y estuvieron esperando. A esas alturas, todos se conocían en el refugio; era una cita casi cotidiana. Algunos grupos familiares —como los de las hermanas de Pietro— tenían trato entre sí y nada más; contestaban a los saludos casi con esfuerzo, no compartían su comida y no aceptaban cuanto les ofrecían amigos y conocidos: los garbanzos tostados o *calia,* almendras, un trozo de pizza de masa gruesa llamada *sfincione,* o un trozo de pan negro, un níspero. Muchos, en cambio, tras el desaliento inicial, abandonaban la arrogancia, la timidez y la desconfianza y se integraban en el grupo. Se ayudaban unos a otros, consolaban a los que lloraban, cuidaban juntos a enfermos y niños. Raramente, en las largas esperas o durante las falsas alarmas, mantenían conversaciones agradables, era imposible. Sin embargo, a veces los viejos jugaban a la escoba utilizando un taburete como mesa.

Prevalecía entre todos una regla no escrita: si faltaba un miembro de un grupo familiar, no se preguntaba dónde estaba ni se hablaba de él. Maria se había dado cuenta de ciertas miradas compasivas suscitadas por la ausencia de Rita, en Carini con Anna y la familia de su marido, y había captado algunos comentarios: «¡Una chica tan guapa!», «¡Qué ojos orientales tenía!», «Con lo joven que era...». Le entraron ganas de gritar: «¡Callaos de una vez, todos! ¡Mi Rita está viva y feliz!», pero no hubiera sido justo. Maria no reaccionó ante aquellos lastimeros comentarios: miraba hacia otro lado. Y, en cualquier caso, ni siquiera sabía cómo gritar, nunca había levantado la voz, ni siquiera de niña. Nunca le había hecho falta.

Maria sentía muchísimo la ausencia de sus hijos. Anna y Vito, después de haber completado su educación en un internado de Roma —conforme a los deseos de su suegro, que murió antes del nacimiento de Rita—, habían regresado a vivir con ella en Girgenti; ambos se casaron en 1939 y aún no tenían hijos. Anna y Pippo tenían una casa en Palermo, mientras que Vito y Beatrice vivían en el edificio de Girgenti y cuidaban de la colección de antigüedades.

Anna había sido evacuada a Carini, a casa de los padres de Pippo. Los jóvenes habían formado una comitiva, de la que también formaban parte los adultos. Rita, a sus quince años, tenía un pretendiente, Paolo Carta, primo de su cuñado. Maria iba a visitarlos en tren. No se sabía nunca cuándo llegaban los trenes: a lo largo de la línea costera había un vagón con una ametralladora que, durante las incursiones aéreas, se ocultaba en los túneles y luego, según las necesidades, era empujado de nuevo fuera. Una vez en la ruta, bloqueaba el tráfico.

A finales de junio había que tomar una decisión respecto a la educación de Rita. Había varias opciones: volver a Girgenti y vivir en casa de Vito y Beatrice para asistir al colegio; quedarse con su madre en Palermo y ser educada en casa, de forma privada, o irse a Camagni con Filippo y Leonora y asistir a la escuela local. Maria también pensó que había que tener en cuenta la simpatía por Paolo Carta. A la edad de Rita, ella se disponía a casarse con Pietro. ¿Y si esa simpatía se convertía en amor, y después en matrimonio? Maria sonrió: le gustaba participar en la vida sentimental de sus hijas, como cómplice. Y soñar.

En cuanto a sí misma, Maria no tenía alternativa: se quedaría en Palermo. Así lo deseaba. No para hacer compañía y cuidar de su queridísima tía Elena —la última de la generación de sus padres—, ni tampoco por la cocina de los pobres que alimentaba a tantas personas, en la que ella creía tanto como la tía y la gratificaba enormemente. Maria quería quedarse en Palermo por amor. Para no faltar a la cita en la oficina de Correos de via Roma, para estar disponible a la primera señal de Giosuè, para alimentar sus sentimientos a través de las cartas. Por su propio placer. Sentía que estaba obrando bien, también en relación con Rita.

Últimamente estaba preocupada por la incolumidad de Giosuè. ¿Y si una bomba lo hubiera matado? No, no era posible. Giosuè no quería morir. Y no moriría.

Maria había hablado con su madre de la voluntad de morir y de la capacidad para llevarlo a cabo. *Uno muere cuando quiere morirse.* Su lugar estaba junto a Ignazio. Maria le imploraba que bebiera y comiera, la vida continuaba y ella podría seguir disfrutando de ella a través de sus hijos y nietos. «No, ésta es la solución correcta, perfecta. Tarde o temprano tendré que dejaros. Esta voluntad es un regalo hecho a unos pocos, a los que han conocido una gran felicidad y una gran infelicidad. Yo me cuento entre éstos.»

Cuando Titina rechazó por enésima vez la taza de caldo que Maria le ofrecía, le había implorado: «Déjame hacer lo que siento que he de hacer. Deja que las personas mueran si así lo quieren. La muerte puede ser un acto de amor».

Apoyada en la barandilla del balcón, Maria observaba la lejanía. Desde el primer piso no podía verse la calle, ni tampoco los parterres de los jardines de la piazza Castelnuovo, delante de la casa de la tía Elena. Las cepas florecidas de las jacarandás y las ramas de los Ficus benjamina, plantados a ambos lados de la calle, habían ido entrelazándose al crecer y habían sido podadas para formar una alfombra de vegetación suspendida en el aire, que acababa al comienzo del viale della Libertà. Allí se veía, a través de las hojas de flecos de las palmeras, el teatro Politeama, en cuyo proyecto había colaborado el tío Tommaso. Fácilmente localizable desde lo alto, corría menos riesgo de ser bombardeado que las fábricas, las casas vecinales de empleados y artesanos y el abarrotado centro histórico, donde los palacios nobles estaban rodeados de *catoi,* las humildísimas y diminutas viviendas, carentes de condiciones higiénicas, donde los pobres vivían hacinados.

Giosuè sostenía que en un conflicto armado no convenía bombardear los monumentos. «Para obligar al enemigo a rendirse se deben bombardear sobre todo las zonas populares: allí muere mucha gente, las familias quedan diezmadas, se multiplican los mutilados y se desgarra el alma de un pueblo. Ahora lo sé: la agresión militar no es nunca la decisión correcta; la acaban pagando quienes menos culpa tienen.» No era casualidad, por lo tanto, que el teatro Massimo y el teatro Politeama, rodeados de grandes plazas, se salvaran, y con ellos el Palacio Real, la catedral y el Duomo di Monreale. Los bombardeos de Palermo, honrada por el régimen con el título fascista de Ciudad Mutilada, lo demostraban.

Maria no quería morir bajo las bombas. Más allá del Politeama veía el cielo de un azul intenso, al fondo campeaba la extensión azul cobalto del mar: ella quería disfrutar todas las mañanas de aquellas maravillosas vistas y pensar que Giosuè también podía disfrutar de ellas desde lejos, dondequiera que estuviera, y en el futuro desde ese balcón, junto a ella.

Una figura oscura se acercaba resollando. Maria frunció los ojos para enfocarla mejor: era un monje, y se dirigía hacia la casa de la tía Elena. ¿Estaría buscándola a ella?

El hermano Licata se había presentado en Villa Savoca a las nueve en punto: llevaba un sobre dirigido a la «Señora Maria Sala», con las iniciales E.P.M. en la esquina inferior izquierda.

—En la dirección del sobre pone edificio Sala, via Pignatelli Aragona —le explicó a la portera de Villa Savoca—, y allí he ido. —Sin embargo, el portero del edificio Sala le había informado de que la señora Maria, viuda de Sala, se había ido a vivir a la casa de su tía. De modo que el hermano Licata se había presentado en Villa Savoca: tenía instrucciones de entregar el sobre directamente a la señora Sala y de acompañarla a la Casa Professa, pues así lo quería el rector, el padre Giordano.

Maria se arregló a toda velocidad, cogió el pan de azúcar, las almendras y los pistachos sin cáscara que tenía listos por si acaso aparecía Giosuè, el sobre con las fotografías más recientes de Rita, y, tras dar un rápido beso a su tía, bajó para reunirse con el fraile.

Soplaba el siroco y hacía mucho calor. Palermo estaba vacía. Cruzaron los jardines de piazza Castelnuovo; en el silencio, el rebuzno de un burro, seguido por otro rebuzno; ¿de dónde provenían? No había ni un alma. Tampoco automóviles privados, debido a la prohibición del tráfico rodado, pero tampoco se veían vehículos del Eje (italianos o alemanes) o coches de caballo de alquiler. Por via Dante bajaban en fila una decena de carritos cargados de frutas, verduras y hortalizas en dirección al mercado de Borgo Vecchio. Como los fieles en la procesión, el hermano Licata y Maria se echaron a un lado y se detuvieron para asistir a su paso.

El olor a tierra húmeda que aún desprendían las verduras y las hortalizas y el aroma de las naranjas tardías daban una apariencia de normalidad. Aquel olor despertaba los sentidos. Como en un flash, Maria recordó las palabras escritas por Giosuè antes de que volvieran a verse, en el otoño de 1941, después de su encuentro en San Martino delle Scale:

> Si das tu consentimiento a mis locos deseos, si tú también quieres enloquecer y hacer todo lo que yo quiero, que tus labios se posen en toda mi carne, que ni un solo pliegue de tu cuerpo escape a mi boca, que yo te posea entera desde la punta de los pies hasta la punta de los cabellos, entonces yo ardo y vibro como si estuviera a tu lado. Si no siempre, ojalá las cartas tuvieran el mismo efecto que las manos unidas a las manos, las bocas unidas a las bocas. No te lamentes de que este efecto sea doloroso, más doloroso es, créeme, para mí.

Y le vino a la memoria su primer encuentro después de esa carta.

Giosuè estaba en el interior de la provincia de Palermo, en Mezzojuso, en un monasterio de fe greco-ortodoxa. Ella llegó hasta allí en autocar desde Palermo. Bajó en el cruce y subió la cuesta a pie, sola. Se cruzó con campesinos a lomos de mulas que se dirigían a los campos y con un rebaño que iba en su misma dirección, hacia el pueblo, ocupando toda la calzada. El rebaño la había rodeado —con los cencerros al cuello de todas las ovejas tintineando— y luego se había recompuesto ondeando, con ella en el centro. En el pueblo había visto a dos soldados alemanes sentados a la mesa de un bar. Por lo demás, era como si la guerra ni siquiera hubiera rozado aquel puñado de casas. Sus instrucciones eran cruzar el pueblo y seguir subiendo hacia el bosque de castaños en torno a la ermita. También aquel año había invitado el prior a todo Mezzojuso a compartir la recolección, que a esas alturas se había convertido en una verdadera romería en la que se cantaba, se asaban castañas, se comía y se bailaba. Maria pasó a través de la multitud en la que los monjes se mezclaban con los aldeanos.

Lo localizó inmediatamente bajo el gran castaño enfrente de las rocas. Giosuè, en sotana, la estaba esperando. Sin saludarse siquiera, él empezó a ascender por la colina hacia un grupo de castaños cargados. Ella lo siguió. Estaban a la vista de todos y la conversación era sosegada —sobre la familia y los amigos— y en voz alta, para ser escuchados. Cuanto más subían, más despejado de gente estaba el monte.

Se agachaban para recoger las castañas caídas, susurrándose sus cosas, pero la tensión estaba matando las palabras. Se comunicaban a través de miradas y suspiros. El deseo de esos años y de esas cartas se agudizaba. Maria miraba de soslayo a Giosuè; él recogía las castañas con rabia, como si fueran los besos que hubiera querido darle, y las tiraba al cesto. Con las manos, más fuertes a causa del trabajo en el jardín, empezó a arrancar las malas hierbas y a separar las ramas tiernas de las plantas silvestres para amontonarlas al pie de una albarrada, como si fuera un camastro. Y después la miraba, concupiscente. Ella recogía las castañas, sin preocuparse de si estaban maduras, una por una, lenta, como si fueran partes del cuerpo de Giosuè y dijeran: «Acaríciame, tómame».

Su deseo por él era insoportable; Maria evitaba mirarlo. Después, instintivamente, se alejó. Quería que la viera, y que viera su cuerpo. Llevaba un vestidito de lana ligera con una falda godet que revelaba sus formas. No se atrevía a mirarlo a los ojos; giraba alrededor del castaño y levantaba los brazos para alcanzar las ramas más altas, después las sacudía. A sus pies, Giosuè recogía las castañas. Y la observaba; volvía a tomar mentalmente posesión del cuerpo amado.

Fue un suplicio para los sentidos.

44
Los baños judíos en Casa Professa

Via Ruggero Settimo estaba desierta. Bordearon rápidos las hileras de tiendas, en la planta baja de edificios con las contraventanas atrancadas, cuyos propietarios, evacuados, las habían abandonado. Algunas estaban cerradas, con el cierre metálico echado. Tras pasar por piazza Massimo y los Quattro Canti, tomaron por la segunda perpendicular, después de la universidad, y entraron en el barrio donde se hallaba la Casa Professa. El hermano Licata había acelerado el paso; coleaba como un pez en el laberinto de callejuelas, callejones y pasajes: estaba en su territorio.

Entraron en via del Ponticello:

—¿No había un puente aquí? —preguntó ella.

El hermano Licata se volvió dicharachero:

—Tiempo atrás pasaba un río por aquí mismito, el Kemonia. Después lo enterraron. Cuando llueve a base de bien, se ve que busca el cauce suyo, donde nació, y, hala, to' inundao. Yo estaba allí, en el treinta y uno, cuando Palermo se volvió clavaíto un lago. ¡Dicen que bien de agua dulce iba cargado, el tal Kemonia!

Via del Ponticello terminaba en una explanada muy grande a la que daba el complejo barroco de Casa Professa, que incluía la monumental iglesia del Gesù, con oratorios, capillas, biblioteca, internado y las viviendas de los jesuitas alrededor de dos claustros. El hermano portero despidió abruptamente al hermano Licata y condujo a Maria a través de un laberinto de pasillos al claustro central. La hizo pasar a una habitación de la planta baja. Casi no había nada: cinco sillas, una mesa y, en la pared, un crucifijo.

—Voy a avisar al rector de que habéis llegado. Esperad aquí —le aconsejó, con una mirada que lo decía todo.

La luz entraba por una ventana reconstruida en el siglo XIX, muy alta; se entreveía parte del porche de la segunda planta y un gran triángulo de cielo. Maria trataba de imaginar cómo se desarrollaría el encuentro con Giosuè; no lo conseguía, estaba demasiado agitada. ¿Y ahora? ¿Qué va a pasar?, se preguntaba. Esta guerra, estos muertos..., ¿qué futuro nos espera?

El hermano portero había abierto de par la puerta para permitir el paso al padre Giordano, el rector, y a Giosuè, que vestía también el traje talar. La túnica ceñida de los jesuitas le sentaba bien. Parecía rejuvenecido, tenía las manos y la cara bronceadas. El rector permaneció con ellos para las formalidades de rigor; luego hizo que les trajeran café de orzo y los dejó solos.

Maria se tomó a pequeños sorbos su bebida, incómoda. Fue Giosuè quien tomó la palabra. Había sabido por el rector que las escuelas de Palermo estaban cerradas: ¿cuándo reabriría el instituto Garibaldi? ¿Qué estaba haciendo Rita entretanto? Tenía que aprender sin falta bien inglés, le sería muy útil en el futuro. Después, la pregunta que le angustiaba, en voz baja:

—¿Sabe que tiene sangre judía?

—No, no —contestó rápidamente Maria, y buscó la mano de Giosuè. Él se estremeció; le apretó los dedos con fuerza y luego la soltó.

—No me toques. Aquí se me conoce como jesuita.

El sonido de la sirena. Inmediatamente después se abrió la puerta: el portero hermano, que se había quedado de guardia, les anunció que el rector le había ordenado llevarlos al refugio. Fueron engullidos por el nutrido populacho del barrio de Albergheria, que había entrado en la casa de los jesuitas a través del edificio confinante. Todos se dirigían hacia la escalera de caracol del centro del claustro, por donde se bajaba a dos grandes cisternas construidas en el siglo XVII para el suministro de agua al internado del Gesù. El vocerío era ensordecedor. La llamada de las sirenas era un acontecimiento casi cotidiano; los niños de Albergheria jugaban a reconocer la nacionalidad de los atacantes por el rugido de los motores: *'mericani? Inglisi? Francisi?* La gente se movía sin agobios, charlando, casi ajenos al peligro y a la realidad. A veces había quien se quedaba en casa, por pereza, o para proteger su propiedad de los saqueadores que merodeaban bajo las bombas, y en ocasiones perdían la vida. Con el tiempo, los grupos familiares habían conquistado zonas reservadas y se comportaban como si estuvieran en su casa: los niños discutían, lloriqueando; sus madres los reñían. Sólo cuando empezaban los silbidos y las explosiones, aquel espejo distorsionado de la sociabilidad cotidiana se hacía añicos. Las familias se agrupaban, con los adultos apretados unos contra otros y los más pequeños a sus pies. Se veían por doquier aglomeraciones de personas enmarañadas en abrazos lacrimosos. Y todo era un farfullar de oraciones e invocaciones a los santos. Con la intensificación de los ataques aéreos, aumentaba la gente y disminuía el espacio.

Giosuè había agarrado el brazo de Maria y se quedaron así, aplastados el uno contra la otra. El hermano portero —quien, acatando las órdenes recibidas, no los había abandonado— se había dado cuenta. Trataba de cruzar la mirada con el rector, que no se hallaba lejos de ellos, con otros jesuitas, una mancha negra en medio de la multitud variopinta.

Maria pensaba en Rita y rezaba para que no le hubiera ocurrido nada. La mano de Giosuè alcanzaba, casi invisible, a rozarle el cuello, a suscitarle inefables oleadas de bienestar. Él la amaba.

—No me importaría quedarme así para siempre —le susurró al oído. A continuación, un nuevo rugido. Muy cerca. Silencio.

Los aviones enemigos habían vaciado sus bodegas de bombas y regresaban a la base. La gente iba subiendo, resignada. Algunos se retrasaban, melancólicos, por temor a encontrar su casa destruida. El padre Giordano se les acercó; habló un rato con Giosuè de la comunidad judía de Palermo a lo largo de los siglos.

—Si no os importa quedaros, quisiera enseñaros el lugar del que os hablaba. —Y los condujo a la segunda cisterna. Allí, el calor, la humedad y el olor a sudor y a orina eran insoportables. Los pocos que quedaban recogían sus pertenencias para escapar de aquel infierno. Una jovencísima madre trataba de sacar afuera a sus tres hijos; los dos mayores, por fin libres, rehuían sus manos turnándose y corrían rozando las paredes de la cisterna, con grititos de emoción, tocando y cogiendo del suelo lo que veían: piedras, papeles, cáscaras de frutas y estiércol. Maria se había detenido a observarlos; sonrió: la vida de los niños se reanudaba con normalidad, de inmediato.

—Vamos —le exhortó Giosuè, y pasándole la mano por una cadera la animó a seguir al rector.

Un estrecho pasaje en la pared de la cisterna —había que agacharse— conducía a un pasillo iluminado desde arriba a través de una rejilla de hierro. Enfrente, una abertura rectangular daba a otro pequeño aljibe. Una escalera muy estrecha llevaba a la superficie. El jesuita subió las escaleras de dos en dos y levantó la trampilla que cerraba el pasaje: la luz invadió el rellano, revelando que lo que parecía un aljibe era más bien una bañera tallada en la roca y todavía llena de agua. El padre Giordano se había traído unos espejos no mayores que un naipe; colocándolos en puntos predeterminados y manejándolos hábilmente consiguió llevar los rayos del sol al interior de la cueva.

—Ése es el baño.

Giosuè ya estaba dentro. Tallada en la roca y poco profunda, la bañera, claramente de origen muy antiguo, todavía era apetecible: el agua se veía cristalina, con hermosos reflejos de color esmeralda. Por un lado sobresalía una roca plana. En la pared opuesta se habían excavado otros dos huecos, similares a alcobas, uno junto al otro. Allí, el agua parecía más profunda. Giosuè, de pie en el borde, procurando no mojarse, tomó un poco de agua en las manos y la probó.

—Es agua dulce, de manantial.

—El río Kemonia —explicó el padre Giordano— fue enterrado cuando construimos el complejo de Casa Professa. —Luego se dirigió a Maria—: En tiempos de la invasión musulmana este barrio fue ocupado por los judíos; hemos encontrado restos que lo confirman, pero ninguno de los lugares destinados a los baños rituales. Se cree que bajo la iglesia de San Nicolò di Tolentino estaban los baños masculinos, y éstos parecen ser los femeninos. Los descubrimos cuando vaciamos las cisternas para usarlas como refugio.

—No son baños en sentido estricto, como los romanos o los *hammam* —intervino Giosuè—. Aquí se sumergían después de haberse lavado en otro lugar, es un rito purificatorio que se llevaba a cabo después de la menstruación y el parto, y antes de unirse en matrimonio.

El agua exudaba directamente del río a través de la piedra porosa que lo cubría, y tenía vida propia. Era cristalina, como si hubiera sido milagrosamente purificada de algas, líquenes e insectos. Maria metió un dedo y se lo llevó a la boca. La voz del sacristán que llamaba al rector quedó tapada por los chillidos de los niños y el grito de una voz inmadura, como de niña:

—¡Ayudarme, me se ha caído to'! *I fasola! I fasola!*

Era la joven madre de antes. A sus pies había una bolsa de trapo, vacía. En el mantillo, a su alrededor, las judías. Sostenía a su hijo más pequeño en el brazo izquierdo, y agarraba con la otra al mediano, de no más de dos años, que trataba de soltarse dando patadas y mordisqueándole la mano. El mayor corría como un endemoniado por el perímetro de la cisterna ya vacía, consciente del lío que había montado al tirar por el suelo el preciosísimo alimento, que su madre se había traído consigo por miedo a que le fuera robado de la casa sin vigilancia. Maria se acercó a ella y comenzó a recoger las judías.

—¡Señor rector! ¡Señor rector! ¡Os están buscando! —repetía desde lo alto el hermano portero.

El rector trató de meter prisa a Maria. Ella levantó la cabeza y dijo:

—Es la comida de esta familia, os alcanzo más tarde. —Y siguió recogiendo.

—¡Señor rector! ¡Señor rector! —repetía desde lo alto la voz.

El rector echó un último vistazo a las dos mujeres, y uno de soslayo a Giosuè, quien se había quedado a un lado.

—Él —y recalcó la palabra «él»— debe venir conmigo: yo soy su guardián hoy. —Luego, dirigiéndose a Maria, añadió—: ¡Reúnase con nosotros cuando acabe! —Y con un toque de sarcasmo—: Tómese su tiempo.

La madre, sus tres hijos y la bolsa de judías subían por la escalera de caracol. Maria, en cambio, había regresado a la cisterna. Tenía las manos, las rodillas y los pies sucios. Se quitó las sandalias; se las había comprado a un zapatero que había utilizado para las correas los restos de un neumático sustraído de un almacén. Las sumergió en el agua para limpiarlas. Se las puso todavía húmedas. Se sentía como un nadador listo para lanzarse al agua, sólo que ésta no superaba allí el medio metro. Estaba en el primer escalón. Por los pies mojados le subía una gran sensación de bienestar, como si absorbieran linfa nueva y ella estuviera cambiando. Descendió con cautela en la pila, levantando su vestido. El fondo no era resbaladizo en absoluto, el agua le llegaba hasta las rodillas. La sensación de bienestar seguía recorriéndola y la transportaba a otro mundo.

Esa mañana Maria se había concedido el largo baño que por lo general tomaba de noche y ahora comprendió que todo estaba predestinado: debía estar limpísima para sumergirse en esa agua pura, refrescante. Con un propósito. Sentía que estaba haciendo «lo correcto», aunque no supiera bien cómo actuar para seguir haciéndolo. La estaban protegiendo, guiándola desde lo alto. No había sido una casualidad. Y sin pensar en nada más, convencida de estar sola y de que lo seguiría estando durante el tiempo necesario, porque así tenía que ser, se quitó el vestido, la combinación, el sujetador, los dobló perfectamente y los colocó cuidadosamente en un hueco de la pared. Caminando por el agua baja se acercó a la cuenca que había indicado Giosuè. Allí, el agua era más profunda. Maria se agachó y se acurrucó en posición fetal; no sabía por qué, pero así debía estar, en la posición de un feto en el seno materno.

Luego estiró las piernas y se sumergió por completo, cabellos incluidos. Cuando sacó la cabeza chorreante, se sintió completamente nueva, como un recién nacido. Limpia. Purificada. Para su esposo.

Se volvió a vestir a toda prisa, mojada aún, por temor a que apareciera alguien. En el rellano vaciló. La trampilla había quedado abierta para ella, pero no era para ella: no habría hecho «lo correcto» si hubiera subido por la escalera reservada para las mujeres judías. Ella era Maria. Sería una falta de respeto. Así que usó la escalera del refugio.

Sentados en un banco debajo de un limonero, Giosuè y el padre Giordano la estaban esperando mientras seguían charlando sobre el baño judío. Maria, turbada, se atusaba los cabellos húmedos hacia atrás con los dedos. Ninguno de ellos parecía prestar atención a su apariencia. Se pusieron silenciosamente en camino, pero en lugar de detenerse en el punto en el que se habían encontrado antes, prosiguieron hacia el porticado. El padre Giordano abrió una puerta y los invitó a entrar:

—Aquí hay comida y todo lo demás, volveré dentro de una hora. —Y se alejó rápidamente.

Maria miró a Giosuè.

—¿Y ahora qué va a pasar?

Él cerró la puerta tras ellos.

—Lo que tú quieras, Maria mía.

45
9 de mayo de 1943. Bajo las bombas

Empezó con el ruido sordo de los aviones; a continuación, desde el sur y el sudeste, por detrás de las montañas, aparecieron en el cielo las escuadrillas de cuatrimotores norteamericanos, las fortalezas volantes que se dirigían hacia la ciudad. Al cabo de pocos minutos Palermo quedó a oscuras, cubierto por las siluetas de cientos de artefactos. En formación compacta, avanzaban y se dejaban caer sobre la ciudad. Estupefactos, los palermitanos, desde las ventanas y en la calle, contemplaban esa escena apocalíptica sin buscar refugio, como hipnotizados. No podían concebir que los estadounidenses quisieran exterminarlos.

Las bombas martillearon Palermo hasta que los vientres de las fortalezas volantes quedaron vacíos; mientras regresaban a sus bases, nuevos aviones surgían de detrás de las montañas, listos para soltar sus bombas, en una sucesión infinita presagio de destrucción y de luto.

Palermo quedó devastada desde Monreale al puerto, desde Boccadifalco a la estación, desde la desembocadura del río Oreto hasta las faldas del Monte Pellegrino. Pero eso no fue todo. Una vez cumplida la misión, el perímetro de la ciudad vieja se iluminó como si desde su interior hubiera crecido una muralla de fuego hediondo que impedía la fuga de la gente atrapada en los refugios y hogares: era el efecto de las bombas incendiarias de fósforo.

Maria había pasado días felices, sumida en el recuerdo de su encuentro con Giosuè en la Casa Professa. Habían desafiado la guerra y reafirmado la vitalidad del amor; ella creyó que había un futuro para ellos, y que lo peor había quedado atrás. Giosuè pensaba que la derrota del Eje era inminente; hablaba con convicción, como si tuviera todas las certezas, y ella le creyó. El bombardeo del 3 de mayo alcanzó el palacio Riso —sede del Fascio— y la adyacente piazza Bologni justo durante las celebraciones del día del Imperio y de la concesión del título simbólico de Ciudad Mutilada a Palermo. El complejo de Casa Professa, no muy alejado, sufrió daños ingentes. Un claustro entero, los oratorios y las capillas del interior, las viviendas de los jesuitas y el internado quedaron reducidos a escombros. La iglesia del Gesù fue duramente golpeada: la cúpula, el techo y parte de la bóveda central se derrumbaron.

Maria volvió a caer en la desesperación. A la lista de Correos no llegaban cartas para ella. ¿Habría sido Giosuè una de las víctimas? Había ido a la Casa Professa con la esperanza de que alguien pudiera decirle si se habían identificado los cuerpos de los religiosos, pero nadie sabía a ciencia cierta cuántos ni quiénes eran los muertos. Se quedó fuera, en la plaza destrozada, frente a la iglesia destruida, como si pudiera interrogar a las ruinas para saber dónde estaba Giosuè. Bajo la luz deslumbrante del mediodía parecía un fantasma, muy oscura en medio de las nubes de la polvareda. Se movía con paso inseguro siguiendo los muros laterales, que habían resistido y contenido los escombros de las naves. Al esparcirse por el interior, los escombros habían cubierto los altares de las capillas laterales, las esculturas de Serpotta y la exuberante decoración mural. Cuando fue a verlo, Maria recordaba que Giosuè, en el momento de la despedida, intentó prolongar su visita: se la había llevado a la iglesia para enseñarle su revestimiento de *tramischio* —una suerte de taracea de mármoles policromados—, obligando al hermano portero a seguirlos al interior, accesible al público, donde hubiera sido aconsejable no dejarse ver. Había sido su forma de demostrarle a ella y a sí mismo que su aislamiento terminaría pronto.

Las personas de Albergheria que se habían quedado sin casa, adultos y *picciriddi,* trataban de recoger todo lo que podía ser utilizado o vendido. Incluso Maria había subido a las montañas de escombros —mármoles, el yeso de los bajorrelieves, el revoque pulido y casi deslumbrante en el que estaban clavadas las vigas del techo— con la vana esperanza de encontrar algo que perteneciera a Giosuè. Ambos se habían despedido creyendo que volverían a verse y que superarían la destrucción y la muerte durante la guerra. Pero ahora todo hacía pensar lo contrario.

Maria cayó en un estado de profunda depresión, agravada por un hecho inquietante del que había sido testigo Rita.

Habiéndose salvado de los bombardeos de Palermo, Rita había vuelto a Carini con Anna, y a principios de junio habían ido todos de excursión a la casa de campo de Paolo para celebrar en la era la cosecha de trigo con una gran fiesta, la *famiata,* en la que se elaboraba pan y *sfincione.* La añada había sido particularmente buena y se seguía trabajando según el método antiguo, separando el grano de la paja en la era ventosa: las gavillas se extendían formando una alfombra de espigas que tres mulas vendadas pisaban para separar los granos de trigo de la paja y el cascabillo. A continuación, los campesinos hundían los bieldos en aquel mar amarillo y los levantaban contra el viento: la paja, más ligera, era empujada más lejos formando cúmulos y por el suelo sólo quedaban los granos y el cascabillo, que era eliminado a su vez al repetirse la operación con paletas de madera. Rita estaba entre la «gente de la ciudad» que seguía curiosa las diferentes fases del trabajo.

Cada vez que los ingleses despegaban de Malta en formación para bombardear Palermo sobrevolaban esos campos, y así ocurrió ese día también. Uno de los cazas, en lugar de seguir adelante con los otros bombarderos, dio un cerrado viraje, volvió a pasar por encima de ellos a muy baja altura y empezó a ametrallar la era donde los hombres trabajaban la paja. En la estampida general, se veían los chorros de tierra y paja levantados por las ráfagas de ametralladora, disparadas en una clara dirección: el aparcero. Éste se había dado cuenta y se había quedado petrificado en medio de la era hasta que cayó al suelo muerto. Sólo entonces volvió a tomar altura el caza británico para reunirse con su formación.

La muerte de aquel campesino desarmado, por pura diversión, trastornó a Rita. En particular, temía que su madre pudiera morir en Palermo durante los bombardeos y quería que fuera con Anna y con ella. Maria aceptó la llamada de sus hijas y pasó una semana con ellas. Luego quiso volver a Palermo.

Era un junio de mucho calor y bochornoso. La gente que podía se marchaba. La tía Elena se negaba a dejar la casa y a los pobres a los que alimentaba comprando alimentos, ahora más caros, en el mercado negro. Maria vivía en perpetua espera de noticias. La visita diaria a Correos se había convertido en un calvario. Buscaba el nombre de Giosuè en las listas de víctimas y no encontrarlo no suponía consuelo alguno. Al contrario, se desesperaba pensando que probablemente era conocido bajo otro nombre, y se afanaba por ser admitida en los reconocimientos de los cuerpos de las víctimas no identificadas, cosa que a menudo se le negaba porque no podía dar el nombre real de Giosuè.

El 13 de junio, al día siguiente de un bombardeo, Maria volvió a Carini: era el cumpleaños de Pippo. Todos sus hijos estaban juntos y la presionaban para que abandonara Palermo. Ella se resistía.

—Dinos la verdad: ¿por qué? —le preguntó Vito, dejándose de rodeos.

—¡No me digas que la tía Elena y los pobres son más importantes que nosotros! —se hizo eco Anna.

—Entonces, ¿por qué? —la apremiaba Rita.

Fue incapaz de darles una respuesta, se limitaba a repetir:

—Es mi vida y no voy a morir.

—¿Y cómo lo sabes? —objetó Rita.

—Una siente ciertas cosas —insistió Maria—, tu abuela «sentía» la muerte y la vida, y «quería» morir cuando lo hizo; no sé cómo explicártelo, es irracional, pero es así.

Por la noche, antes de irse a dormir, Rita entró en la habitación de su madre. No corría el aire, el calor era insoportable. Maria, en camisón, estaba tumbada en la cama, despierta, con la cabeza vuelta hacia la ventana.

—Mamá, tienes mal aspecto. ¿Estás enferma?

—No estoy bien, pero no es nada de que preocuparse.

—¿Qué te pasa?

—Tengo un dolor.

—¿Qué dolor? ¿Dónde?

—Es un dolor mío, no se puede curar.

—Pero qué dices, mamá: ¡te llevo a ver al médico! —Rita había puesto su mano sobre el hombro de su madre para inducirla a volverse hacia ella. Maria seguía mirando la ventana.

—Déjame tranquila, no es una enfermedad.

—Dime qué es lo que te hace tan infeliz.

—Son cosas que pasan.

—Compartir las preocupaciones y dolores, me lo has enseñado tú, es bueno para todos.

—No es justo que pesen sobre ti.

—Lo que no es justo es que no se lo cuentes a tus hijos... ¿Ni siquiera a mí puedes decírmelo?

Maria no se movió. No hubo respuesta. Rita se quedó esperando, y luego le espetó:

—Mamá, ¿ni siquiera a mí? ¿Aunque tenga los ojos de la madre de Giosuè?

Maria respondió con un silencio prolongado. Le devolvió una mirada de complicidad, lejos del entendimiento, pero líquido de emoción.

Rita se tumbó, como para buscar u ofrecer compañía. Dejó que pasara un rato y se levantó. Dio la vuelta a la cama y vio a su madre dormida, con las mejillas hinchadas y la almohada húmeda.

Al día siguiente, Maria dejó a sus hijos y tomó el tren a Palermo. Un día después, el 15 de junio, hubo un segundo bombardeo, y otro el 27.

46
En la *opera dei pupi*

Maria era consciente de haber decepcionado a sus hijos. Se había comportado como una egoísta, y no se arrepentía: en esos momentos Giosuè y la cocina de los pobres eran sus prioridades. Tocaba el piano de mala gana, escogiendo el tristísimo *Nocturno* de Chopin, opus 27; cuando la tía recibía visitas, bordaba algo apartada, y si era necesario intervenía para animar la conversación; además cuidaba de su tía, cuya asma había empeorado. Se sentía inconsolablemente triste. Aunque pocos se sorprendieron: Palermo se había despoblado y los habitantes que permanecían en la ciudad estaban, como ella, al borde de la desesperación.

Tía Elena, obstinadamente decidida a quedarse, ya no se encargaba casi de la cocina de los pobres. Maria trabajaba cada día junto con el personal de servicio y los voluntarios: limpiaba las verduras, cocinaba con las mujeres y escuchaba asiduamente la radio para recibir información fresca. Por la noche estaba agotada. En casa, el temor a encontrarse solos bajo un bombardeo se había convertido en una auténtica pesadilla. Las diferencias de clase se atenuaban: por la tarde, las criadas cargaban con sus quehaceres —zurcidos, plata que bruñir, ropa limpia que doblar, lentejas a las que quitar pajitas y piedras— y se reunían en la antesala de la tía Elena o incluso en el salón, a la espera, todas juntas, de los aviones enemigos, de las sirenas, de las explosiones de las bombas, de los gritos de los heridos y de sus familiares.

Maria acudía a la oficina de Correos puntualmente, como si se tratara de un voto.

Era el 28 de junio. El día anterior había habido otro bombardeo. Al pasar por via Bara, Maria se percató de que había un pedazo de papel clavado en la puerta de un almacén cerrado:

EL CUENTACUENTOS DON PAOLO APRILE
PRESENTA
«LA HISTORIA DEL PALADÍN ORLANDO»
EN VILLA GIULIA, HOY,
A LAS CINCO DE LA TARDE

«La ciudad resiste y renace», pensó. Luego precisó mejor aquel pensamiento: pero yo no. Y aceleró el paso. Tras superar la iglesia de Sant'Ignazio all'Olivella —una bomba había destruido la cúpula central y el crucero, dejando intacta la fachada barroca y las torres gemelas del campanario—, la calle doblaba a la derecha y avanzaba hasta detrás del edificio de Correos. Cada día, al mirar a su alrededor, la lista de los daños se ampliaba. Los bombardeos continuaban y había muros inestables que era necesario abatir, edificios alcanzados hacía tiempo que se derrumbaban de repente, calles repletas de escombros, tejas, madera y marcos de ventanas. Una masacre. Las ruinas se habían convertido en patrimonio común de la gente pobre, de vagabundos, de bandas de mendigos y de perros callejeros que vagaban en medio de los escombros. De los boquetes, a menudo malolientes, asomaban ratas peludas, y desde lo alto llegaban gaviotas en busca de desechos.

Maria no recibía correo desde finales de abril. Junio llegaba a su fin, y ella estaba cada vez más segura de que Giosuè había muerto. Un gato, acurrucado sobre los escalones de una *putia* cerrada, la miraba sin interés.

El edificio de Correos, revestido de mármol gris y construido en el estilo racionalista del régimen, campeaba en la novísima via Roma, un trazado rectilíneo que destripaba dos barrios antiguos. Una amplia escalinata llevaba a la entrada monumental, marcada por diez enormes columnas desprovistas de base y de capitel, detrás de la cual corría un porticado desnudo y paredes lisas con arcos en correspondencia con las aberturas entre las columnas. Allí se abrían las puertas de las salas reservadas al público. El revestimiento de mármol se detenía aproximadamente a tres cuartas partes de la altura del pórtico; en lo alto, paredes y techos estaban pintados de rojo pompeyano. Giosuè había invitado a Pietro y a Maria a su inauguración, en 1934, y después les había enseñado el edificio. Maria aún podía oír su voz: «El rojo del revoque, en contraste con el gris, da un toque de profundidad a la fachada: ha transformado un poderoso caserón en un edificio de vibrante elegancia». Les había señalado, en las oficinas reservadas a la dirección, los frescos de Benedetta Cappa, una artista del movimiento futurista. «El régimen ha querido embellecer nuestra Palermo barroca con lo mejor del racionalismo; en este caso, la pintura de una mujer artista. Y lo ha logrado», le había dicho, orgulloso de «su» régimen fascista. Entonces. Nueve años antes.

Todos los empleados de la lista de Correos la conocían; Maria llevaba yendo allí cuatro años. Ni siquiera le pedían la identificación. La empleada del mostrador le hizo un gesto para que se acercara, tenía una carta en la mano. A Maria se le dibujó una sonrisa, la primera en mucho tiempo. ¡Giosuè estaba vivo! Se echó a un lado y abrió el sobre: «Maria de mi corazón, sé que nos encontraremos de nuevo dentro de cinco días en la Casa Professa, sólo quiero decirte que no veo la hora de volver a abrazarte». Miró la fecha del sello: 27 de abril. Se apoyó contra el mármol frío. Gélido.

—¡Señora, señora! —la llamaba otra empleada de la lista de Correos. Maria no quería piedad y fingió que no la oía. La otra seguía llamándola—: ¡Señora, señora! ¡Hay otra carta! ¡Ésta es más reciente, para usted!

La mujer le entregó el sobre a través de la ventanilla. Maria le dio las gracias, mientras el corazón le brincaba en el pecho: la M de su nombre era mayor de lo necesario: volverían a encontrarse, era el código establecido. Salió al porticado a leer: «En la *opera dei pupi,* a las once de la mañana, el 2 de julio; o si no, al día siguiente, a la misma hora. Enséñasela a la taquillera, que sabrá qué hacer». Las cartas de Giosuè tenían dos tonos: uno imperioso, apasionado, carnal, cuando no había ninguna esperanza de volver a reunirse pronto, y otro lapidario, preciso, racional, cuando se trataba de organizar un encuentro.

Con la espalda apoyada en una columna, con los ojos clavados en la hoja, Maria, feliz, lloraba sin recato.

En lugar de volver sobre sus pasos hacia la piazza Politeama, siguió hasta la estación central y luego tomó por via Lincoln en dirección a Villa Giulia. El señor Paolo Aprile estaba rodeado por su público: niños del pueblo, sin zapatos, harapientos, y ancianos. Lo miraban admirados. Se veía que era muy querido. Después, cuando llegó la hora, recibió de su ayudante la espada de madera y subió al escenario a *cuntare La batalla de Orlando y Rinaldo,* las intrigas, los amores y las traiciones que el público se sabía de memoria. Hizo una lista de los nombres de personajes —paladines, gigantes, guerreros— en un *crescendo* musical, rítmico, que ayudaba a visualizar rostros y cuerpos. Incluso Maria escuchaba *'u cuntu,* las palabras del señor Paolo encendían la imaginación y hacían volar la fantasía.

Volvió a casa tarde, serena.

«En la *opera dei pupi»,* le había escrito Giosuè.

Estuvieron allí por primera vez en el verano de 1937, poco antes de que Rita cumpliera diez años.

Estaban tomándose un helado en la piazza Massimo, los tres solos, y Giosuè propuso la visita entre una cucharada y otra de *spongato* de café con nata, como si se le hubiera ocurrido de repente.

En realidad, ya estaba todo acordado y el señor Paolo Aprile, de profesión titiritero o *puparo,* e hijo de *pupari,* los estaba esperando junto a sus hijos y alumnos. Su abuelo, el fundador de una familia de *opranti* palermitanos, había sido uno de los primeros en hacer evolucionar los títeres «armados» —protagonistas de obras caballerescas de las gestas de los paladines de Carlomagno contra los moros—, relacionándolos con las modas literarias de los siglos XVII y XVIII, y más tarde con la ópera del siglo XIX: había dado forma a un repertorio modular pero regulado, de modo que el público pudiera encontrar a sus héroes, reconocerlos, esperarlos en cada nueva aventura. Los paladines, de menos de un metro de altura, llevaban espléndidas corazas metálicas, una *faroncina,* una faldita muy colorida y un yelmo con penachos y plumas, con la espada en la vaina a un costado. El *puparo* los manejaba desde los lados del escenario mediante una varilla de hierro que doblaba la cabeza y estaba enganchada al torso, y otro hierro que movía el brazo derecho. Las rodillas eran articuladas y el brazo izquierdo estaba sostenido por un hilo. Los gestos rígidos de la varilla conferían a los movimientos inmediatez y energía; el espectáculo era musical —mediante un organillo tocado a mano— y vocal, porque el *oprante* daba voz a las marionetas; los combates eran ensordecedores y electrizantes. Las marionetas, incluyendo los personajes secundarios —mujeres y moros—, eran únicas, ya que cada *puparo* se construía las suyas: tallando la madera y pintándola, repujando los metales para las armaduras, cosiendo las prendas de vestir.

El señor Paolo le había explicado todo esto a Rita con palabras muy sencillas mientras le mostraba los detalles de los vestidos y tocados —de los turbantes a los yelmos— de los que sus alumnos y él eran los artífices. También le ofreció pequeñas muestras de la representación y le enseñó a mover las marionetas —la mano izquierda sostenía la marioneta, mientras que la derecha le daba el movimiento— para cortar las piernas y las manos a sus enemigos, y al final decapitarlos.

Rita estaba fascinada. Se había dado cuenta de que quien tocaba el organillo, sentado en el extremo derecho, a los pies del escenario, no era mucho mayor que ella: giraba la manivela muy atento, con los ojos fijos en el *maniante,* que manejaba los títeres entre bastidores, invisible para el público, pero no para él.

—Es mi hijo Totò: debe tener mucho cuidadito, ser experto y rápido en obedecer mis órdenes, le basta una *taliata,* una mueca o la indicación rapidísima del número de la música con los dedos, mientras manejo el *pupo* —le explicaba don Paolo—, y mu' calladito el chavalín frena, acelera los tiempos y cambia el ritmo...

Después de superar esa prueba, Totò pasaría a otros cometidos entre bastidores: ayudante de escenario, combatiente de tercera, luego de segunda y por último del primer bastidor.

—¡Después se convertirá en *oprante* de los de verdá, *com'a mmia,* como yo! —concluyó don Paolo, con orgullo

—¿Puedo ser vuestra alumna? —preguntó Rita.

—*Nonzi.* —Don Paolo sacudió la cabeza: la *opera dei pupi* era un arte reservado sólo a los hombres, que hasta hace pocos años eran también los únicos que tenían derecho a asistir a las representaciones.

—Entonces podría convertirme en cuentacuentos —dejó caer Rita, ya de pequeña dispuesta siempre a hallar un punto de acuerdo.

—*Nonzi! 'U cuntastorie masculu avi a essiri!* ¡No, señor, el cuentacuentos ha de ser varón!

Todos se rieron, excepto madre e hija. Giosuè miró a Maria y se acarició la mano izquierda: era su modo de mostrar un reconfortante abrazo en los hombros.

Eran las once de la mañana del viernes 2 de julio de 1943. Maria —perfumada y con la bolsa llena de limonada, almendras y albaricoques— se había presentado en la *opera dei pupi* del señor Totò Aprile, hijo del señor Paolo. La función empezaría a primera hora de la tarde. Al lado de la garita de la taquilla había un recién nacido en su cesta, en el suelo; en la taquilla estaba su jovencísima madre, de pecho turgente. Cogió el *pizzino,* el papel, lo leyó y exclamó:

—*Totò, veni cca!* ¡Totò, vente p'acá!

Un hombre joven levantó la cortina que separaba el vestíbulo del patio de butacas; como si conociera a Maria, la dejó pasar.

En el angosto espacio inmerso en la oscuridad había cinco largos bancos. El telón estaba echado. Totò abrió una puertecita que conducía al escenario y la precedió por los empinados escalones. Allí, todo estaba listo para la función; las marionetas colgadas de alambres, en su sitio; las de las escenas siguientes colgadas en las filas de atrás, ocultas por los bastidores. Cruzaron el escenario. Detrás de otra cortina, nuevos escalones y una amplia sala que servía como espacio auxiliar del escenario, almacén, oficina, depósito. En los laterales, en estantes altos y profundos, había alineadas cestas repletas de cabezas de madera, algunas ya talladas, manos, pies y piernas; otras cestas estaban destinadas a los accesorios, yelmos, armaduras, espadas. Y otras más contenían telas, pasamanería, plumas, trozos de cuero, cinturones, hebillas. De pared a pared había alambres tendidos con ganchos de los que colgaban decenas y decenas de marionetas: reyes, obispos, caballeros, soldados, bandidos, sirvientes y *carusi;* reinas, damas y criadas; moros, monjes y juglares. En un rincón, una estufa de carbón, algunas ollas y una sartén, platos y cubiertos.

Giosuè, vestido de monje benedictino, estaba sentado con las piernas cruzadas sobre un colchón tirado en el suelo. Se puso de pie y dio las gracias a Totò:

—Siempre te estaré agradecido por esto.

Y el otro replicó:

—Era mi obligación por todo lo que vos hicisteis por mi padre. —Volvió a subir al escenario y desapareció.

Giosuè hizo ademán de abrazar a Maria; ella titubeó:

—¿Estamos solos? —preguntó. Pero no esperó la respuesta.

Giosuè mordisqueaba las almendras. Decía que el Vaticano le ayudaría a encontrar un alojamiento adecuado, y mientras tanto se quedaría con Totò para acostumbrarse a la vida social, a la espera de la libertad. Necesitaba ropa interior, ropa de calle y zapatos.

—¿Por qué no vienes a casa de la tía Elena? Te esconderemos allí, nadie te encontrará —sugirió Maria esperanzada.

—El resultado final de la guerra no es totalmente predecible —dijo él. Era necesario ser cautos. En el improbable caso de una victoria del Eje, él, como judío, sería deportado a un campo de concentración. La emigración a Estados Unidos o a Sudamérica sería la opción más adecuada. Si el Eje era derrotado, corría el riesgo de ser encarcelado por los aliados como jerarca fascista: era conocido por haber participado en delegaciones militares de visita a Estados Unidos y a Inglaterra, y en negociaciones diplomáticas. Lo más prudente era permanecer oculto, y esperar a que el Vaticano sondease al AMGOT —el American Military Government Occupied Territories— para obtener la confirmación de que no sería detenido en su condición de ex miembro del Gobierno fascista. Se trataba de esperar un par de semanas, no más.

—¿Y después? —preguntó Maria.

—Después ya veremos. —Y se miraron.

Hablaban en voz baja mientras el público entraba ruidoso —*vuciare* de niños y ancianos—; Totò y su ayudante subieron al escenario, listos para dar comienzo al espectáculo. La música del organillo se difundía en la sala. Se levantó el telón y el vozarrón de Totò anunció *'U cuntu di Orlando*. Giosuè y Maria siguieron el espectáculo sin verlo, de pie, con el brazo de él sobre los hombros de ella. Había empezado el combate: las espadas se cruzaban y en el escenario y entre el público fue aumentando el alboroto, todo era puro griterío.

—Ven —dijo Giosuè, y se la llevó a un rincón apartado. Se quitó el hábito y le tomó la cara entre las manos:

—Te voy a dar un beso que te volverá loca, y luego me darás tú uno como tú sabes, que hará que me vuelva loco yo.

Maria acudió al *puparo* durante dos semanas: veía a Giosuè todos los días. Se había hecho amiga de Francesca, la mujer de Totò. Tenía dieciocho años y se había casado a la misma edad que ella. El principio de su vida de casada había sido dramático: durante un bombardeo el teatrillo fue alcanzado: los daños fueron leves, pero les habían impedido trabajar. Se hizo necesario reparar la puerta como se pudo, encontrar otros bancos y arreglar las marionetas. Cuando su marido fue llamado a las armas, ella, que estaba embarazada, se negó a dejarlo y lo siguió.

Dado que Francesca no podía presentarse en el cuartel, Totò encontró una cueva en un monte no muy alejado, tan pequeña y baja que no se podía estar de pie en su interior: una especie de madriguera, con paja infestada de pulgas y chinches. La limpiaron con fuego y ella permaneció oculta allí durante dos semanas, a la espera de su marido, que todos los días subía a llevarle su rancho.

Después, por voluntad divina, lograron llevarla al pueblo de su madre, donde nació su hijo, y Totò, herido, obtuvo la licencia.

—En mi vida he conocido el cielo, el purgatorio y el infierno —decía Francesca con una sonrisa dulcísima, y miraba a su hijo—. Va a ser artista, como su padre.

Maria buscaba en casa de su tía lo que había quedado de su ajuar: enaguas de batista, ropa de cama, tapetes, manteles; abandonó el bordado y confeccionaba blusas y blusones para el recién nacido y, a veces, remendaba ropa vieja de la tía Elena para hacer blusas o faldas para Francesca.

47
Un paseo juntos por Palermo

Maria se había afanado para encontrar lo necesario para vestir a Giosuè. Le explicó a su tía que había aparecido de repente en casa del *puparo* vestido de benedictino, sin ropa, excepto lo que llevaba puesto; tenía que permanecer oculto hasta que estuviera claro si lo buscaban los fascistas. A sus hijos les dijo lo mismo. Encontrarle ropa no resultó difícil, ya que Vito, aunque más bajo, era de su misma talla y a Giosuè le quedaban bien incluso algunas prendas que pertenecieron al tío Tommaso. El problema era encontrarle zapatos: desde la época de la autarquía, el caucho y el cuero se habían vuelto una rareza. Vino en su ayuda la portera de su tía, que en los últimos años había ido almacenando para revenderlos los zapatos de los que se deshacían los señores. Le dio a elegir:

—Los que escoja son un regalo.

El 17 de julio, Giosuè, vestido y calzado, dio su primer paseo por Palermo. Estar entre la gente lo confundía. Habían decidido ir al puerto. Era el atardecer y via Maqueda se llenó de repente de uniformes estadounidenses. Todos parecían tener una meta. Y en efecto, así era. Enfrente de una casa convertida en burdel se hacinaban soldados blancos y negros, unos borrachos, otros con botellas de cerveza en la mano. *Vuciavano* desde la cola, esperando su turno. Un poco más allá, salían por una puertecita. Algunos tenían que apoyarse contra la pared y avanzaban lentamente, quién sabe hacia dónde. Hasta que llegaron dos jeeps de seguridad y los soldados de la policía militar no tardaron en realizar su cometido. En la estampida general, a algunos los levantaban del suelo y los metían en el interior del vehículo. Giosuè apretó con fuerza el brazo de Maria: sentía todo el deterioro de la «liberación».

El litoral, allanado por las bombas, estaba en ruinas y era poco visitado. Se detuvieron a mirar el Monte Pellegrino.

—Te imaginaba allí, en la cueva de la santa —le dijo Maria. Le había cogido del brazo, pero le parecía que era ella la que lo sostenía. Trataba de imaginar los sentimientos de Giosuè, libre después de pasarse los últimos cinco años escondido. ¿Estaba confundido? ¿Alborozado? ¿Qué sentía ante las ruinas causadas por los bombardeos?

Giosuè no respondió: miraba el mar, como si quisiera huir. Le pidió que volvieran a casa, a la del *puparo*. Luego, a salvo en el almacén del teatro, le explicó que cuando salía del monasterio para encontrarse con ella lo hacía cubierto por un saco. Maria comprendió que era necesario ponerle al día sobre todo lo que había ocurrido en la ciudad, a la familia, a los amigos y en la política. Se dio cuenta de que le había tenido al corriente sobre su familia e hijos, pero no le había contado la muerte de Pietro. De él no hablaban nunca.

Cuando se lo dijo, Giosuè se quedó pensativo.

—De modo que eres libre de tomar un segundo marido... si sigo valiéndote... —Y le acarició la mejilla, tímido de repente.

Se temían nuevos bombardeos y Giosuè prefirió no abandonar su madriguera. Ella iba todos los días para cuidar de él; le llevaba comida y algunas delicias como fruta seca, sin olvidarse de la familia de Totò y Francesca. Hablaban de todo, limitándose al pasado; ninguno de los dos se atrevía a pensar en el futuro, a pesar de que la frase «De modo que eres libre de tomar un segundo marido» no había sido olvidada.

La noticia del desembarco de los aliados en la costa entre Gela y Licata el 10 de julio llegó rápidamente, corriendo de boca en boca. La radio callaba o decía falsedades. Maria no sabía si se habían producido conflictos armados, y si había habido víctimas, si las ciudades y pueblos habían capitulado ante el avance enemigo o habían resistido. Los bombardeos sistemáticos proseguían en la costa meridional para despejar el camino a la infantería estadounidense, en el oeste de Sicilia, y a la británica en el este.

Vito había sido evacuado a Fuma Vecchia. Anna y Rita seguían en Carini.

El 22 de julio de 1943, el general norteamericano Keyes, acompañado por el general italiano Molinero —que era el comandante en jefe de Palermo y se había entregado voluntariamente—, hizo su entrada en Palermo, entre el júbilo de la multitud. Tres días más tarde, en el Gran Consejo del Fascismo, Mussolini fue expulsado del Gobierno del Reino a propuesta del jerarca Dino Grandi. Sólo seis de los presentes votaron por él, en contra de los diecinueve que apoyaron a Grandi.

Mussolini fue a ver a Vittorio Emanuele III, convencido de poder imponer su voluntad ante él, pero fue detenido y confinado en el Gran Sasso. Para Sicilia significó el inicio de la administración estadounidense —el AMGOT, para ser precisos— que emitió moneda en liras y que permanecería en vigor durante varios años. El ejército alemán había abandonado la isla cruzando el estrecho de Messina. La mafia, fortalecida por el apoyo del hampa norteamericana formada por los emigrantes, apoyaba al AMGOT.

Giosuè, que seguía viviendo en el teatrillo de Totò, había conseguido ponerse en contacto con su hermana, que había emigrado con su familia en los años treinta y vivía en Filadelfia. Había invertido el dinero que había heredado de la madre junto con Giosuè y lo invitó a reunirse con ella: no le faltaría con qué vivir desahogadamente.

Bramaba a la espera de noticias del Vaticano, que por fin llegaron. El AMGOT le daría luz verde y su pasado fascista sería borrado: era necesario, sin embargo, esperar la confirmación desde las altas esferas. Durante la espera, podría dejar de estar con Totò e irse a otra parte sin dejarse ver demasiado por ahí.

Tía Elena lo recibió con todo el calor del que era capaz. Se estaba apagando poco a poco. Maria, en cambio, estaba muy ocupada; las condiciones de vida en Palermo habían empeorado, no había de nada y el mercado negro prosperaba. La cocina de los pobres continuó bajo su dirección.

A sus hijos se les informó de la presencia de Giosuè por medio de la tía, pero ninguno de los tres expresó deseos de ir a verlo. A Giosuè eso le afectó mucho, especialmente en el caso de Rita. Habló largo y tendido con Maria sobre cómo volver a ganarse a su hija y revelarle finalmente sus orígenes. En pocas semanas había vuelto a ser el de 1937, ambicioso, decidido, dispuesto a aprovechar lo que se le ofrecía. Pensaba en el futuro; le atraía el mar, la idea de ir al extranjero, a Estados Unidos en particular. Estaba por fin con Maria, para siempre. La felicidad se hallaba a su alcance.

Durante el día se veían muy poco, con excepción del paseo que daban por la tarde, al ocaso, que siempre tenía el mismo destino: el jardín botánico, todavía desierto o muy poco frecuentado. Entonces hablaban de sí mismos y del futuro.

Esa tarde caminaban por el paseo flanqueado por árboles botella, cuyos troncos estaban cubiertos de grandes espinas y cuyo follaje exhibía flores amarillo-rosadas.

—Nuestra vida es como estos árboles —dijo Giosuè—, hay que escalarla evitando las espinas, los campos de minas, y todos los demás horrores, para llegar a la cima, toda ella fronda y flores... Y luego... —La miró—: ¡Y luego disfrutar de ella!

Maria asintió en silencio.

—¿No tiene nada que decir?

—Estoy cansada, Giosuè, muy cansada. Tu cautiverio ha sido doloroso, pero en el fondo saludable. Leías, estudiabas y trabajabas en el jardín; pensabas. Yo me he visto inmersa en la guerra, con muertos en la familia, hijos a los que cuidar, una tía a la que atender, propiedades que administrar: campos, minas, cosechas de trigo... Y además aquí, en Palermo, tres años de bombardeos, de destrucción, y el compromiso de la cocina... Estoy cansada.

—Discúlpame, debería habérmelo imaginado. —Giosuè le tomó la mano y se la besó—. Ya pensaremos más adelante en nuestro futuro juntos, y en Rita...

—Y en Anna y Vito —le corrigió Maria.

Luego, por la noche, en la intimidad de su habitación, el deseo de vivir y de amarse reaparecía con fuerza en ambos.

Pero Giosuè era incapaz de no seguir hablando de marcharse. Maria, reacia a tomar una decisión, en el fondo prefería quedarse en Sicilia al lado de sus hijos mayores.

—Fuiste tú quien me metió en la cabeza la idea de ir a Sudamérica a ver a Marisa, ¿te acuerdas? —le hizo notar él.

—Sí, hace años. Rita era una niña, ahora es una mujer. A su edad yo ya estaba casada. Tiene un pretendiente... —Y luego añadió—: ¿Por qué quieres dejar el lugar donde nacimos y crecimos?

—Quiero crecer. Y para crecer hace falta cambiar. Aquí las cosas no van a ir bien, serán años difíciles. La situación italiana está poco clara y los populares católicos formarán un partido fuerte, opuesto al comunismo. El socialismo en Italia está acabado.

—Quiero quedarme aquí y ayudar a la nación. —Y Maria lo miraba con ojos cansados—. Me siento vieja para empezar de nuevo.

—Escúchame, Maria: yo no tengo otra opción, *tengo* que empezar de nuevo, aquí o en el extranjero. Las oportunidades están en el extranjero, en América, para tus hijos también. ¿Es que no quieres venirte conmigo? —Y trató de taparle la boca con un beso.

Ella lo aceptó, largo rato. Luego regresó al tema de la emigración:

—Por supuesto que iré contigo si no tengo otra opción. Soy tu mujer. Pero ¿por qué me obligas a tanto y tan rápidamente? Pensémoslo juntos, y pensemos en Rita: veamos qué quiere hacer ella.

48
Deseada y amadísima

El encuentro con sus hijos, tan deseado por Maria, se produjo antes de lo esperado y por necesidad. Tía Elena murió mientras dormía el último domingo de agosto. En su testamento nombró heredera universal a Maria; una decisión predecible, dado el afecto que la unía a ella, pero que no resultó grata para Nicola, Filippo y Roberto.

La noche del funeral sólo permanecieron en la casa los hijos de Maria y sus cónyuges. Giosuè y ella habían salido a dar un paseo, y los hijos debatían la posición de Giosuè en la familia. No lo habían visto en el entierro, porque al no tener todavía el plácet del AMGOT se había quedado en casa, en su habitación. A los tíos maternos se les había dicho que era un invitado de Maria y que, por delicadeza, prefería mantenerse al margen. A los demás no se les había dicho nada.

—¿Es que no lo veis? Hay algo entre ellos. —Anna estaba segura de lo que decía—. Lo veo en la forma en que la mira, y no me sorprende: ahora mamá está viuda. Yo creo que él está enamorado de ella desde que era un crío.

Vito no estaba de acuerdo. Entre su madre y Giosuè siempre había habido un gran afecto, habían crecido juntos, pero en su opinión aquello no era más que una ternura reavivada, debido a la difícil situación en la que se había visto Giosuè. Al fin y al cabo, había estado prácticamente preso en los monasterios. Y en el pasado había tenido muchas mujeres.

—¡En cualquier caso, no me parece algo serio!

Rita los escuchaba, curiosa.

—¿Hace cuánto que lo has notado, Anna?

—Maricchia me lo decía cuando yo era pequeña, que él estaba enamorado de mamá. Y ahora parece claro que a ella le gusta atenderle: se quieren.

—¿Y qué más te decía Maricchia? ¿A mamá le gustaba él cuando eran jóvenes? —insistió Rita.

—Giosuè era un hombre de gran atractivo, muy inteligente, y también guapo. Gustaba a todo el mundo. Era un seductor famoso, me lo han dicho mis amigos de Roma.

Vito estaba preocupado.

—¡No me digas que mamá está pensando en casarse con él!

Anna contestó que no tenía ningún indicio o sospecha de una posible boda.

—Entre nosotros es inútil que nos engañemos: mamá ya ha tenido un matrimonio infeliz, no querrá otro.

—Pero papá la quería... —murmuró Rita.

—¡Si a eso lo llamas amor! —Anna se encogió de hombros—. Cubrirla de deudas, obligarla a vender sus joyas para pagarlas... Cosas todas de antes de que tú nacieras, cosas feas. Mamá nunca te habla de ello porque es buena.

—Papá era muy cariñoso conmigo —insistió Rita.

—También conmigo era bueno... ¡cuando quería! —Anna tenía que contarle toda la verdad a su hermana, y le dijo—: A ti te mimaba mucho, porque eras la pequeña y naciste por error...

—¿Eso qué significa?

—Papá siempre contaba no sé qué historia entre mamá y él en la terraza, entre las mariposas. Un florecimiento tardío del amor...

—¿Fui una hija no deseada, entonces? —Rita estaba molesta. Anna la abrazó.

—¡Pues claro que eras deseada, y mucho! A mamá le habría gustado tener muchos hijos, pero a papá no.

Mientras tanto, Maria y Giosuè habían vuelto a casa. Él se había retirado a su habitación, ella se había reunido con sus hijos.

—Mamá, ¿soy una hija deseada o nací por error? —le preguntó Rita a quemarropa.

—Deseada y amadísima, como tu hermana y tu hermano —respondió Maria con calma—. ¿Qué pregunta es ésta?

—Estábamos hablando de matrimonios. Nos preguntábamos si Giosuè te corteja y pretende casarse contigo —dijo Vito, tenso.

—Giosuè es el amigo más antiguo que tengo, de toda la vida. Llegó a nuestra casa a la edad de seis años, a la muerte de su padre, y allí se quedó.

—Mamá, no respondes a la pregunta —intervino Rita—. ¿Te corteja o no?

—Un cortejo entre nosotros dos estaría fuera de lugar. —El tono de Maria era serio.

—¿Así que quiere casarse contigo? —insistió Vito.

—Casarse o no es irrelevante. Yo le quiero mucho. Siempre estaremos cerca, de todos modos.

—Él es un apátrida. El fascismo le privó de la ciudadanía por ser judío. Ahora tú eres una mujer rica..., recuérdalo, mamá —le advirtió Vito.

Maria se levantó, con las manos en los respaldos de las sillas de sus hijas.

—¡Avergüénzate, Vito, de lo que estás diciendo! Debes saber que Giosuè siempre me ha ayudado sin otro interés que no fuera mi propio bien. Fue él quien me preparó para los exámenes de maestra, se estudiaba los libros y luego me los enseñaba. Cuando más desesperada estaba tratando de buscar dinero para pagar las deudas de vuestro padre, tuve que ir a Roma a casa del tío Nicola para vender joyas y objetos: nadie quería comprarlos. Vuestro padre llamó a Giosuè, que entonces era diputado, para pedirle que me ayudara, y me los compró de su propio bolsillo, sin decírmelo. Pagó una cifra superior a lo que valían, lo que me permitió cancelar todas las deudas sin tener que vender la colección de antigüedades. Eso me lo contó el tío Nicola, Giosuè nunca me lo ha mencionado. Me apoyó en todas las decisiones difíciles de las minas y en las dificultades con determinados sujetos. Estuvo a mi lado cuando murieron mis padres. Nunca me ha pedido nada a cambio. Y cuando vuestras tías las Sala trataron de impugnar el testamento de vuestro abuelo, levantando incluso graves acusaciones contra mí y el administrador de las minas, fue él quien logró evitar el escándalo y la vergüenza. Deberías estarle agradecido.

Se quedó en silencio. Lo miraba, ofendida.

—Discúlpame, no pretendía... —murmuró Vito.

Después del funeral comenzaron las visitas de pésame. Giuseppina Tummia, que se había quedado viuda, y Carolina permanecieron en Palermo. Los hermanos de Maria y Leonora habían estado charlando con Giuseppina, que les había informado de las «injerencias» de Maria en los negocios de la familia Sala, hasta lograr ser designada administradora de los bienes de sus hijos. Maria ahora había hecho que la nombraran heredera universal de su tía, consiguiendo otra vez echar mano del dinero destinado a otros.

—Siempre se le dio bien engatusar a los ancianitos, desde que era joven. Y ha seguido con vuestra tía... ¡La de cosas que tendría para contaros! —Y Giuseppina sacudía la cabeza.

—¿Vamos a tomar un café a Caflisch? —sugirió Leonora.

Y allí, entre un pastelito y otro, Giuseppina vomitó todo el veneno que tenía dentro contra Maria. Los demás bebían sus palabras con avidez. Al final, Giuseppina hurgó en la herida, con la certeza de que a los tres les habría sentado muy mal la herencia perdida:

—Entre nosotros, ni siquiera estoy segura de que Rita sea hija de mi hermano y tenga derecho a los bienes de la familia Sala. De vuestra hermana una puede esperárselo todo: va a resultar que ese Giosuè Sacerdoti tiene dinero fuera, escondido, como muchos jerarcas fascistas, y que en realidad es un millonario... Tal vez sea por eso por lo que vuestra hermana quiere casarse con él.

Leonora tenía muchas esperanzas depositadas en la herencia de la tía Elena: Nicola, que poseía pisos en Roma, hacía años que recibía muy poco o nada de los inquilinos que no habían huido y le pasaba muy poco dinero. Ella y los dos hermanos sostenían que Maria debería rechazar la herencia y repartirla a partes iguales con ellos. Así que decidió ver cómo estaban las cosas. En cuanto tuviera ocasión trataría de hablar con Giosuè a solas, con cualquier excusa.

La ocasión le surgió a los pocos días. Hablaban del AMGOT, como todo el mundo, y ella expresó su deseo de aprender inglés. Giosuè lo había estudiado y lo hablaba bien; Leonora le pidió consejo.

Se retiraron a uno de los salones interiores. Después de recibir respuesta a sus preguntas, Leonora quiso saber:

—¿Es verdad que estás pensando en irte a Estados Unidos? ¿Y con qué vas a vivir allí?

Él le explicó que tenía dinero en América, invertido por su hermana, y que no tendría preocupaciones financieras.

—¿Y a quién le dejarás toda esa riqueza? —preguntó ella, impertinente.

—Pues no lo he pensado. Seguramente a mis familiares.

Estaban junto a la ventana que daba al patio. En ese momento Rita y Anna pasaban por debajo, y la mirada de Giosuè cayó sobre ellas. Leonora captó en esa mirada una enorme tristeza, e intuyó lo que había detrás. Utilizaría esa intuición para convencer a Maria de compartir la herencia con sus hermanos. Mientras tanto, se la «regalaría» a Giuseppina.

Las esperanzas de Giosuè de irse pronto a vivir a Estados Unidos con Maria no tardaron en convertirse en un deseo inalcanzable, al menos de forma inmediata. Maria no sólo tenía mucho que hacer con las gestiones de la herencia, sino que Rita no quería abandonar Palermo. Decidió entonces que se encargaría de la devolución de los bienes que el fascismo le había confiscado a él y a sus familiares. Sólo las acciones de la FIAT le permitirían vivir holgadamente para siempre. Permanecer en Sicilia suponía para él la enorme ventaja de poder conocer y amar a Rita y de ser amado por ella. Hubiera querido llevársela con él a Estados Unidos, donde un judío podía sentirse seguro, pero también debía ser el deseo de ella.

Decidió comprar una casa en Palermo; hermosa, cómoda y toda suya. No quería vivir en la villa de los Savoca.

En el otoño de 1943, un viejo amigo de Giosuè le había mostrado una finca en Altarello, cerca de Monreale, con una villa del siglo XV. Se entraba en un huerto de cítricos como muchos otros en la Conca d'Oro: naranjas, limones y nísperos silvestres. La carretera subía en espiral hasta la villa. Los cítricos cedían el paso a un jardín a la italiana con parterres bordeados por setos de boj y grandes arbustos y árboles ornamentales. En el centro, una fuente octogonal cuya pila estaba decorada con azulejos moriscos y con un solo chorro de agua en el centro, que llegaba muy alto. Pequeñas gotas caían sobre los jazmines que llenaban los parterres alrededor de la fuente, haciendo que desprendieran su aroma. Era un jardín formal del Renacimiento temprano inmerso en un jardín islámico del siglo XII. El aroma del azahar se mezclaba con el de los jazmines, las rosas y la lavanda.

A la villa se entraba a través de una galería de tres arcos. El vestíbulo era enorme, con una abertura muy grande en el patio interior. Una escalera de dos rampas conducía a la planta noble, a otro vestíbulo más pequeño. A los lados, cuatro grandes dormitorios: en las paredes, enormes cuadros del siglo XV, dos retratos de antepasados y dos paisajes. El techo era de artesonado pintado de oro y colores oscuros. La araña de hierro forjado aún iluminaba mediante velas.

Desde la galería, con suelo de mayólica y a la que unas columnitas en la base de los arcos daban mayor donosura, podía verse toda Palermo: los tejados de los monasterios y las huertas de cítricos, después el Palacio Real, la catedral, los campanarios, las cúpulas, el teatro Massimo y el Politeama. Las torres de agua brotaban aquí y allá. Al fondo, el mar y el Monte Pellegrino. Era como estar recostado en una alfombra verde, y como si Palermo fuera una isla con vistas al mar de cobalto. No había nada extranjero en la casa. No tenía influencia española, ni barroca, era una villa italiana del siglo XV, un legado de la Sicilia orgullosa e independiente, antes de que el Reino se convirtiera en moneda de cambio de los tratados internacionales entre las grandes potencias europeas, y colonia del propietario de ese momento.

Maria se quedó maravillada, pero no hablaba.

—¿Estás pensativa? —le preguntó Giosuè—. ¿Tienes dudas?

—No. Es hermoso, es muy hermoso esto. Demasiado hermoso.

—¿Así que te gusta? —Giosuè sintió crecer sus esperanzas.

—Es un lugar maravilloso.

—¿Te gustaría que nos quedáramos con esta casa? ¿O crees que está muy aislada?

—No, es estupenda.

—Entonces, ¿por qué estás tan pensativa?

—Rita... debería saberlo.

Giosuè le cogió la mano

—Tal vez debamos hablarle cuando decidamos dónde vivir. Mientras tanto, deberá saber que nosotros dos siempre estaremos juntos, hasta la muerte, casados o no.

—Me siento feliz, completamente feliz —dijo Maria en voz baja—, hasta el punto de que podría morir.

—¿Qué dices?

—Uno puede morirse de felicidad; es una elección si uno lo quiere.

Giosuè se inclinó sobre ella y la besó.

—Todavía no.

49
1948. La visita de Ruben

Maria y Giosuè volvían a Altarello después del funeral de Giuseppina, con Egle y su marido Andrea Prosio. Giuseppina, en el umbral de los noventa años, había sido atropellada delante de la casa de los Sala por un jeep que iba a toda velocidad; ninguno de los transeúntes, de los porteros y de los habitantes de los edificios de alrededor guardaban recuerdo alguno del vehículo, o del conductor y los pasajeros. Ni, por supuesto, del número de la matrícula. Se *murmuriava* que al volante iba el hijo de una figura política muy conocida, también él, como su padre, en pleno ascenso.

Egle y Andrea habían asistido al funeral y Maria los había invitado a comer.

Giosuè le tenía mucho cariño a Egle y, tan pronto como pudo, trató de localizarlos. Había sido evacuada con su marido a Belmonte; desde su regreso a Palermo, los cuatro se veían a menudo. Maria y Giosuè eran, de hecho, pareja; de amigos fraternales, como declaraban oficialmente, y de enamorados que vivían como marido y mujer para sus amigos de confianza. A sus hijos no les habían hablado de su relación ni de la paternidad de Rita. Se daba por hecho que iban a vivir juntos, a pesar de no compartir el dormitorio, y que sus hijos estarían involucrados en todas las decisiones que Maria tomara sobre su futuro.

Maria no había querido casarse. Temía que la armonía que reinaba entre ella, su familia y Giosuè pudiera resquebrajarse, porque en ese momento resultaría inevitable tener que declarar a sus hijos la verdadera paternidad de Rita. Además, Maria temía la reacción de Giuseppina. Ésta, tras la muerte de Pietro, se había embarcado en una feroz campaña de acusaciones particularmente desagradables contra ella, y afirmaba que Rita no era hija de Pietro y que, por tanto, no tenía derecho a la herencia paterna; ella no podría obtener del asunto ventaja económica directa alguna —de acuerdo con la ley, la parte de Rita se dividiría entre Anna y Vito—, pero esperaba que Maria le pagara, y mucho, por su silencio. Era un auténtico chantaje: su hijo Carlo había despilfarrado el patrimonio y había terminado en la cárcel por robar ilegalmente el trigo destinado al almacenamiento impuesto por el Estado; Carolina, solterona, no tenía de qué vivir. Giuseppina necesitaba dinero, de modo que había hecho todo lo posible para obtener pruebas de la paternidad real de Rita: poseía una declaración efectuada ante un abogado por parte de Catalina, su criada, quien afirmaba haber sabido por un sobrino de Maddalena, la criada de Maria, de la relación entre Maria y Giosuè, incluyendo las fechas de sus encuentros en la casa de Girgenti. Y había ido más allá. Había obtenido una fotografía del primer matrimonio de la madre de Giosuè, quien se parecía mucho a Rita: la misma forma de los ojos, los mismos párpados marcados, el mismo nacimiento del pelo —con un pico en medio de la frente— y la misma sonrisa.

Egle lo había sabido por Carolina, quien, ahora que estaba en la miseria, había reanudado contactos con personas que —como ella— dejó de tratar en su momento al considerarlas inferiores. Carolina hablaba mucho de todo, y con cualquiera. A Egle le contó también que su madre había tenido que pagar una gran suma al juez para que le concediera una reducción de pena a Carlo. En el funeral se había acercado a Maria y —agradecida por su presencia— le había pedido disculpas, sin ir más allá. «Estoy de tu lado», le dijo como despedida. En la mesa, los cuatro discutían si era oportuno que Maria se pusiera en contacto con ella. Al final decidieron que se reunirían en la casa de la tía Elena, donde también vivían Anna y su familia: tenía una hija de tres años, Rosa, la primera nieta.

Egle y Andrea se habían ido. En el mirador, Giosuè y Maria tenían ante sus ojos la conmovedora belleza de la Conca d'Oro, espolvoreada por la luz del crepúsculo.

—Me gustaría que fueras mi mujer. Ahora que soy rico, ¿a quién dejaré mi herencia? Si muero hoy, iría a parar a mi hermana. Al menos podría adoptar a Rita, por los impuestos de sucesión.

—Esperemos un poco... No quiero más problemas con mis parientes.

—Llevo cinco años esperando, Maria. Somos unos ancianos. Yo tengo sesenta años, tú cincuenta y ocho.

—Hablaré con Carolina.

—Prométemelo. Podríamos viajar, ir a América, me gustaría... Pero también quedarnos aquí sería maravilloso.

Soplaba una ligera brisa. Los barcos de pesca salían de la Cala para la pesca nocturna, y se iban empequeñeciendo poco a poco en el mar reluciente. Las barcas los seguían, despacio, después se detenían, esperando a que cayera la noche para encender las lámparas. ¿América?, se preguntaba Maria, imaginándose una distancia y un futuro no deseado. Ella, una mujer de pueblo, había aprendido a querer a Palermo y la sentía como propia después de los duros años de la guerra y de los igualmente tortuosos de la posguerra. Había recepciones, inauguraciones, reuniones y un lento pero febril retorno a la vida social. A la normalidad. Giosuè y ella eran felices; tenían un reducido grupo de amigos —disfrutaban de su recíproca compañía y no querían llamar demasiado la atención—, participaban en la vida social de los familiares de Maria y acudían a los eventos culturales de la ciudad: exposiciones, conciertos, representaciones teatrales y ópera.

En estas ocasiones, en las salas abarrotadas, en el ligero aturdimiento de la música, del humo de los cigarrillos, de las bebidas alcohólicas, Maria no dejaba de notar que Giosuè, bronceado y bien parecido, destacaba por su presencia y apostura, y cómo estaba indefectiblemente rodeado de mujeres jóvenes y menos jóvenes que reclamaban su atención, su asentimiento. No eran más que gajos de conversación, gestos, zalamerías, parpadeos, pero eran más que suficiente para dar fe de que cuanto más «suyo» era Giosuè, más sentía el mundo femenino su atractivo. Un apuesto sesentón, se encontró pensando más de una vez casi en voz alta, mientras se sentaba aparte para observarlo. Un apuesto sesentón, en pleno vigor de su masculinidad, emergido de años de pesada reclusión y listo para disfrutar de la vida.

Ella, por el contrario, se sentía exhausta. No marchita, sino exhausta. Anna había intentado varias veces sugerirle tal o cual especialista. Maria no era inmune a la fatiga, ni al dolor en el pecho, ni tampoco a ciertos desfallecimientos que la dejaban agotada y jadeante. Estaba saciada de vida y no le importaba que esa sensación coincidiera con el declive de su firmeza física. Espantaba la palabra «enfermedad» como se espanta a un insecto, no le gustaba que la gente pensara en ella como en una mujer enferma. No lo era. Prefería esa profunda e insondable condescendencia a su cansancio. Cuanta más rabia y desdén le provocaba la perspectiva de una enfermedad, más acogía en su interior su progresiva familiaridad con su cansancio como una crepuscular familiaridad con la vida vivida. Al igual que las hebras de la juventud bordaban los paños de un futuro ajuar, así veía Maria entrar el hilo de los adioses en el tejido de su tiempo futuro, y trazar un hermoso patrón, todavía incierto.

Rita tenía veintiún años y al año siguiente se licenciaría en Lenguas Modernas, especializándose en inglés; estaba enamorada del joven cónsul estadounidense, al que había conocido cuando era un teniente en el AMGOT, y que luego volvió a Palermo por ella. No se hablaba de matrimonio, pero Maria sentía que se acercaba la hora de tomar una decisión. La casa de la tía Elena había sido completamente reformada. La fachada recién enjalbegada descollaba en la piazza Politeama, que todavía mostraba las secuelas de la guerra. El piso de Maria y Giosuè estaba separado del resto de la casa. Anna y su familia vivían en la segunda planta, donde había otro piso, listo para Rita. Maria había conocido al joven, Giosuè no. Rita evitaba presentárselo. Estaba claro que tenía que decirle que él era su padre. Pero ¿cuándo? ¿Cómo?

Fue un domingo, en Altarello. Un domingo que había comenzado tarde, como si Maria y Giosuè hubieran sentido un profundo hálito de cansancio. En el almuerzo tomaron un bocado rápido y luego llegó la llamada telefónica de Rita. Iba a ir a visitarlos dentro de una hora con Ruben, que se prepararan, sería una visita oficial, y diciendo esto se echó a reír: un trino alto, suave, como el de una niña. Después recobró la compostura y dijo:

—Quiero que Giosuè conozca a este joven cónsul, *this love of mine.*

—¿Estás segura? —le preguntó su madre.

Y Rita había dicho que sí, con la misma levedad que antes.

—Vienen los chicos —anunció Maria.

—¿Qué chicos?

—Los únicos a los que puedes llamar chicos y que te atañen de cerca. Su nombre es Ruben Goldsmith. Prepárate.

Maria tomó un largo baño, echó en el agua sales, pétalos secos de la rosaleda y un manojo de romero.

Salió al jardín con un vestido ligero de color malva; en cuanto la vio, Giosuè recorrió el sendero para ir a su encuentro, después volvieron juntos al mirador. Él buscó entre los discos uno bailable y le tendió la mano para invitarla a acompañarle. Maria al principio puso reparos. Después aceptó, y ambos se entrelazaron dando al suave fox la gracia de unos pasos casi ingrávidos.

—Cuántas cosas hemos vivido, amor mío —susurró Maria.

—Y cuántas hemos visto hasta llegar aquí.

Giraban en el porche bajo la cálida luz de la tarde.

La compra de la villa había sido un arrebato. Estaba aislada, tenía vistas sobre toda la Conca d'Oro, se vivía en una paz absoluta, pero la ciudad estaba cerca y se llegaba rápidamente a pesar del estado aún precario de las carreteras.

—Al final han ganado los americanos —dijo Maria con una sonrisa traviesa apoyando la cabeza en su hombro.

—Sí. También han ganado nuestras elecciones. Nada de comunismo en Italia. Somos una república hija del Plan Marshall.

—¿Te gustaría volver a la política? —preguntó Maria.

Giosuè dejó de bailar.

—La política me horroriza. El nuevo poder de la derecha está henchido de silencios cómplices y de corrupción, igual que la mafia. Y al igual que ésta, no tiene miedo a matar; estamos condenados a los secretos de Estado.

—Exageras...

—¿Te acuerdas de la mañana del jueves 19 de octubre de 1944? Hacía diez meses que había terminado la administración AMGOT; estábamos viendo una casa en la esquina de via Maqueda y via Divisi, pensando en comprarla. Entonces pasó una manifestación de huelguistas, mujeres, hombres, chicos jóvenes y hasta niños: era una huelga de empleados municipales contra el aumento del coste de la vida. Pacíficos y desarmados. Pasaban por delante de nosotros, enfrente estaba el palacio Comitini, la sede de la prefectura. Las reivindicaciones sindicales se convirtieron en protestas contra el precio del pan. «Pan y pasta y trabajo», coreaban. Nos asomamos: ante nuestros ojos, dos camiones y cincuenta hombres, al mando de un joven, empezaron a disparar a esos desgraciados, sin piedad. Mataron a veinticuatro y dejaron más de ciento cincuenta heridos. —Maria se llevó las manos a la cara al recordarlo. Sin hacer caso, Giosuè continuó—: «La matanza del pan», la llamaron inmediatamente, y fue una matanza, la vimos nosotros dos. No tardó en ser olvidada, y al final se dio carpetazo al proceso penal contra los militares por parte de las cúpulas militar, política y administrativa. Yo tenía la esperanza de que en cuanto se fortaleciera la administración civil, la nueva clase política demostraría conciencia cívica y no depredadora. Que respetaría la justicia. Me equivocaba. La sentencia de la Corte Militar de Taranto, en febrero del año pasado, redujo el delito de masacre a exceso de legítima defensa, eximiendo a los soldados y sus jefes. —Giosuè tomó aliento y prosiguió—: Éste es uno de los muchos ejemplos de la voluntad de los políticos de no proteger a las personas, de no respetar la justicia y de gobernar en función de sus propios intereses y no por el bien de los ciudadanos.

Se apartó de Maria para mirarla mejor a los ojos.

—Han sido ellos los que han armado a Salvatore Giuliano.

Lo han apoyado ellos, e igual que lo han apoyado pronto se desharán de él. Nadie dirá nada. Y nadie lo sabrá.

El disco graznaba en el plato del gramófono.

Maria pasó una mano por el pelo de Giosuè.

—Nunca hemos tenido miedo a la realidad. Ni tampoco a esta Sicilia nuestra.

Y él replicó:

—Quiero poder amarte para siempre. Veo un gran futuro. Para nosotros y para los chicos.

Se oyeron los acelerones de una moto. Rita apareció en la verja, la abrió y detrás de ella un joven alto, todo hombros, empujó su Guzzi Falcone por los adoquines de la entrada.

Acalorados y felices, los dos jóvenes fueron acompañados a la casa. Después de besar a su madre y a Giosuè, Rita se dio la vuelta:

—Os presento a Ruben Goldsmith. Me ha dicho que su tío se ha casado con una siciliana emigrada a Nueva York. —Se volvió hacia su acompañante—: Ruben, *this is my mother, Maria, and this is Giosuè, my father.* —Y luego continuó, sin dejar de charlotear. Al final, tomó de la mano a Ruben y lo arrastró fuera para enseñarle la villa.

Maria estaba sentada en una butaca; miraba al cielo y no decía nada.

—¿Has oído? —dijo Giosuè.

—Sí.

—Rita es más inteligente que nosotros: lo ha solucionado todo, si puedo decirlo, con gran elegancia. Lo sabe, y lo dice.

—Lo sabe, y lo dice... en inglés.

—¿Qué significa eso? ¿Qué quieres decir?

—Digo que Rita quiere darnos a entender que podría vivir en el extranjero, como hija nuestra.

—Maria, tenemos dos opciones.

—Tú. Yo tengo tres.

—¿Cuáles?

—Irnos a América, quedarnos aquí...

Giosuè le apretó la mano con fuerza.

—¿Y la tercera...?

La pareja regresó.

La reunión prosiguió y no fue formal en absoluto. Giosuè hizo que el joven cónsul se sintiera cómodo y a Ruben no le costó demasiado disfrutar de la visita: miraba sin cesar a su alrededor y no ahorraba los cumplidos por el «ameno lugar»; eso era lo que decía, «ameno lugar».

Después dijo que había traído un regalo y sacó de la bolsa de cuero en bandolera media docena de discos.

—*I got them two weeks ago.*

Giosuè agradeció el regalo y se dirigió de nuevo al gramófono.

Una nueva música llegó hasta ellos. Maria hizo que trajeran bebidas que sirvió en la mesa del café.

De disco en disco, repasaron un repertorio de piezas de jazz, instrumentales, muy intensas, refinadísimas. Luego vino una voz profunda, aterciopelada, de cantante de color.

«I'm feeling mighty lonesome. I haven't slept a wink.»

—¿Quién es? —preguntó Maria.

—Sarah Vaughan.

Maria buscó la cubierta del disco. Aparecía el nombre de la cantante y el título: *Black Coffee.*

Se dejó arrastrar al interior de aquella melodía dolorosa pero no patética, al interior de esa estela vocal suave pero poderosa, y sonrió. Sonrió porque aquel café hizo que le viniera a la cabeza otro, del que los presentes nada sabían, ni siquiera Giosuè.

Dijo que le habían entrado ganas de un buen café azucarado.

—Pero si nunca lo tomas con azúcar —objetó Giosuè.

—Hoy me lo puedo permitir. ¿Te acuerdas de hace cinco años? Era tan feliz que hubiera podido morir. Y tú no me permitiste que lo hiciera.

—Lo recuerdo.

—Hoy me siento aún más feliz.

Giosuè se echó hacia atrás, buscó algo que hacer, sin saber qué. Luego se encargó del café.

Los dos chicos salieron a bailar bajo el cielo que se iba volviendo de un intenso color azul. Eran dos figuras casi sin consistencia. Hermosas y llenas de gracia, abrazadas la una a la otra. Siguieron bailando incluso cuando la canción acabó. Y siguieron bajo la luz incluso cuando Giosuè volvió con una taza de café y se dio cuenta de que Maria, con una sonrisa exhausta en la cara, ya no respondía. Había dejado de mirar, de escuchar, excepto tal vez a la brisa que bajaba desde las montañas que tenía a sus espaldas.

Nota de la autora

Son de rigor algunas anotaciones relacionadas con la Historia, con «hache» mayúscula, que recorre las páginas de esta novela y que han sido para mí motivo de curiosidad, de investigación, de descubrimientos y de experimentación literaria.

«Se duda siempre de las cosas más hermosas»
Las cartas de Giosuè a Maria que aparecen en el capítulo 42 pecan de una deliberada forma de inexactitud. De hecho, son el resultado de una selección y una reelaboración de algunas cartas recogidas en el maravilloso volumen *Si dubita sempre delle cose più belle,* editado por Sarah Zappulla Muscarà y Enzo Zappulla, y publicado por Bompiani, libro que amo profundamente y que deseaba introducir de alguna manera en mi novela como tributo a uno de los escritores sicilianos verdaderamente grandes, y no menos importante, como fuente de inspiración.

Ya he hecho llegar a Sarah Zappulla Muscarà y a Enzo Zappulla mi estima por el trabajo llevado a cabo sobre tan inmenso y revelador material.

El editor Formiggini y el pueblo de Crespi d'Adda
Aparecen en mi novela algunos personajes inspirados en personas que realmente han existido. Me gustaba la idea de que mis personajes tuvieran relaciones de amistad con el editor Angelo Fortunato Formiggini y su mujer Emilia, que los trataran en Roma y que los visitaran en Módena, donde por lo demás residían los Formiggini. No hace falta aclarar que la manera como los introduzco en mi historia es fruto de mi fantasía.

Del mismo modo aparecen, recién mencionados, algunos miembros de la familia Crespi (en este caso, Daniele Crespi y Silvio y Teresa Crespi). Mediante la hipótesis de una relación de amistad, mis personajes pueden visitar de esta manera, en los años de su mayor gloria, el Villaggio Crespi d'Adda (incluido desde 1995 en la lista de los lugares Patrimonio de la Humanidad como ejemplo excepcional de pueblo industrial, el más completo y el mejor conservado del sur de Europa) y rendir homenaje a una iniciativa empresarial moderna y europea, abierta a experimentos importantes tanto desde el punto de vista productivo como social.

La temporada de la Scala de 1924
Ha de señalarse, para no incurrir en los reproches de los estudiosos de la ópera, que el *Mefistófeles* de Arrigo Boito inauguró la temporada de la Scala de 1924. Mis personajes necesitaban que fuera la de 1926.

Las leyes raciales
Con la esperanza de que sea en beneficio de las lectoras y los lectores, dedico unas líneas más a la cuestión de las leyes raciales, que afectan profundamente a las vicisitudes de esta novela y, en particular, a la historia de amor que une a Maria con Giosuè. El tema me ha intrigado y me ha incitado a no circunscribirlo a la última década del régimen fascista.

Última invitada al reparto colonial del mundo extraeuropeo, Italia traza una forma muy particular de entender la relación entre dominadores y dominados, en la que las relaciones de poder atañían también la confrontación entre diferentes razas y culturas. Es así como las leyes raciales fascistas revelan raíces más lejanas, por más que deban adaptarse a las leyes antisemitas del aliado alemán. Reconstruyo a grandes rasgos su dinámica.

Desde los primeros años de la presencia italiana en África Oriental estuvo vigente en las colonias el llamado *«madamismo»*, es decir, una relación *more uxorio,* como marido y mujer, con una amante indígena, bien visto por las propias autoridades. El término *madamato* designaba, en un principio, una relación temporal *more uxorio* entre un ciudadano italiano (principalmente soldados, pero no sólo éstos) y una mujer nativa de las tierras colonizadas, llamada en este caso *madama*, según la tradición local del *dämòz* o «bodas por merced», una forma de contrato matrimonial que vinculaba a los cónyuges a una reciprocidad de obligaciones, que incluían para el hombre la de atender a la descendencia, incluso después de la terminación del contrato. Muy a menudo, sin embargo, los italianos entendieron el *madamato* como una forma de libre acceso a prestaciones domésticas y sexuales de chicas vírgenes de doce años en adelante, sin preocuparse demasiado por los deberes que implicaba tal unión.

A pesar de que Ferdinando Martini, el primer gobernador de Eritrea, considerase esa forma de convivencia un engaño y un abuso en relación con las mujeres y las tradiciones locales, el *madamismo* condujo al nacimiento, y al concomitante abandono, de un número elevadísimo de mestizos no reconocidos por sus padres, cuyo único destino era el de acabar en las inclusas religiosas. No faltaron, sin embargo, convivencias marcadas por un mayor sentido de la responsabilidad por parte de algunos italianos e hijos reconocidos con todas las de la ley. Muchos de los soldados que recurrieron al *madamato* eran solteros.

Después de la conquista de Libia, el *madamismo* se extendió también por esas zonas. Mientras tanto, el nacimiento de mulatos aumentó en las colonias, en particular en Etiopía. Fue entonces cuando el Real Decreto n.º 880 del 19 de abril de 1937 —la primera de las medidas promulgadas para proteger a la raza italiana contra los africanos— prohibió el matrimonio y la convivencia de los italianos con las mujeres de color «súbditas de las colonias africanas», que se castigaba con penas de cárcel de hasta cinco años, prohibiendo el reconocimiento de los hijos de sangre mixta. Las mujeres italianas que mantuvieron relaciones sexuales con hombres de color fueron tratadas aún peor, porque ofendían «la pureza racial» y «la virilidad del hombre blanco». Por consiguiente, el decreto se basa en el color y parece no tener nada que ver con el antisemitismo alemán. Es una ley autóctona y completamente italiana.

A cambio, el Gobierno se hizo cargo del envío a África Oriental de un buen número de prostitutas italianas.

En Etiopía los nativos, clasificados oficialmente como de raza inferior, se vieron obligados a vivir en barrios separados de los de los italianos; si un etíope se cruzaba con un italiano, tenía que bajarse de la acera para dejarlo pasar.

Frente a aquellos que reclamaban una mayor tolerancia, el régimen respondió que el Imperio fascista era el imperio del trabajo y de la construcción, digno escenario de las mejores energías de la Estirpe, prolongación transmarina de Italia. El nuevo colono fascista debía ser el más típico y digno representante de la Estirpe inmortal.

Esta teoría discriminatoria estaba justificada por el pensamiento del antropólogo Lidio Cipriani, según el cual Italia no debía tratar de elevar el nivel de vida de los pueblos colonizados, ni imponer su civilización, ya que éstos eran inferiores e incapaces de asimilarla. Un cruce de las razas conduciría a la decadencia de la población europea.

Me parece adecuado reproducir, aunque sea más conocida, la *Declaración sobre la raza* aprobada por el Gran Consejo Fascista el 6 de octubre de 1938, posterior, por lo tanto, a los acuerdos con la Alemania nazi, y declaradamente antisemita:

> El Gran Consejo del Fascismo, tras la conquista del Imperio, declara la urgente actualidad de los problemas raciales y la necesidad de una conciencia racial. Recuerda que el Fascismo ha desempeñado desde hace dieciséis años y sigue desempeñando una actividad positiva, dirigida a la mejora cuantitativa y cualitativa de la raza italiana, mejora que podría verse gravemente comprometida, con consecuencias políticas incalculables, por cruces bastardos y la consecuente degeneración. El problema judío no es más que la vertiente metropolitana de un problema general.

El Gran Consejo del Fascismo establece:

a) La prohibición de matrimonios de italianas e italianos con elementos pertenecientes a las razas camitas, semíticas y a otras razas no arias.

b) La prohibición para los empleados estatales y las autoridades públicas —personal civil y militar— de contraer matrimonio con mujeres extranjeras de cualquier raza.

c) El matrimonio de italianas e italianos con los extranjeros, incluso de razas arias, deberá contar con el preventivo consentimiento del Ministerio del Interior.

d) Deberán reforzarse las medidas contra quienes atentan contra el prestigio de la raza en los territorios del Imperio.

Judíos y judaísmo

El Gran Consejo Fascista recuerda que el judaísmo mundial —sobre todo después de la abolición de la francmasonería— ha sido el animador del antifascismo en todos los campos, y que el judaísmo extranjero o italiano en el exilio ha sido en determinados periodos destacados, como en 1924-1925, y durante la guerra de Etiopía, unánimemente hostil al fascismo. La inmigración de elementos extranjeros, fuertemente acentuada desde 1933, ha empeorado el estado de ánimo de los judíos italianos en relación con el Régimen, no aceptado sinceramente en su condición de antítesis de lo que es la psicología, la política y el internacionalismo de Israel. Todas las fuerzas antifascistas están encabezadas por elementos judíos; el judaísmo mundial se alinea en España del lado de los bolcheviques de Barcelona.

AGRADECIMIENTOS

Esta novela tiene una larga génesis. Desde que hablé de ella con Carlo Feltrinelli en el lejano 2012, trabajo, familia y amigos fueron llenando mi tiempo, superponiéndose e impidiéndome la extensa investigación histórica necesaria antes de iniciar su redacción.

Mi agradecimiento va en primer lugar al profesor Christopher Duggan, de la Universidad de Reading, prematuramente fallecido, por su apoyo y por sus ensayos históricos sobre la Sicilia de los dos últimos siglos, leídos y releídos; a Gaetano Briuccia, pariente reencontrado y autor de *Ottanta anni di vita in Sicilia,* su autobiografía, en la que me he basado para describir Palermo durante la segunda guerra mundial y bajo los bombardeos de los años 1941-1943; a Mimmo Cuticchio, fundador de la Figli d'Arte Cuticchio, patrimonio cultural intangible de la Humanidad de la Unesco, y autor de *La nuova vita di un mestiere antico,* publicado por Liguori, de quien aprendí a conocer y amar la *Opra dei Pupi.* Gracias, además, a Marida Planeta, por haberme guiado —delante del piano— en la elección de la música interpretada por Maria.

Doy las gracias a Beatrice Fini por haberme buscado y regalado varias publicaciones de la época fascista como el *Almanaque de la mujer italiana.*

Un segundo agradecimiento póstumo es para Antonio Gambino, por haberme hecho comprender mejor Italia y a los italianos con su *Inventario italiano.*

Doy las gracias a Rino Messina, colega de la universidad y gran amigo, antiguo presidente del Tribunal Militar de Palermo y autor de *La strage negata,* publicado en 2015 por el Istituto Poligrafico Europeo: una reconstrucción histórica de lo ocurrido en Palermo el 19 de octubre de 1944, cuando el ejército disparó contra una multitud pacífica de hombres, mujeres y niños que se manifestaban al grito de «pan, pasta y trabajo», mató a 24 personas e hirió a 156, y los avatares judiciales que siguieron a la masacre (la sentencia del Tribunal Militar de Taranto del mes de febrero de 1947 rebajó los cargos de masacre a «homicidio por exceso de legítima defensa»).

Doy las gracias a aquellos que me han abierto sus casas antiguas y sus bibliotecas personales, y que me han contado sus experiencias durante el régimen fascista y la segunda guerra mundial, por su amabilidad y paciencia para escucharme y responder luego a mis apremiantes preguntas.

Gracias a Cristiana y Riccardo Mastropietro, de los Pesci Combattenti —los productores de *George y yo,* el programa de televisión transmitido en RAI 3—, por haberme secundado en la filmación en la Scala de Milán y en Crespi d'Adda, donde he ambientado algunas escenas de la novela. Doy gracias a la dirección de la Scala de Milán por haberme abierto las puertas y los palcos del teatro al que quise llevar a mis personajes, y al municipio de Crespi d'Adda —magnífico pueblo industrial y patrimonio de la Unesco, todavía intacto— por haberme facilitado la visita al pueblo y al cementerio.

Doy las gracias a todas las personas que me han hecho llegar sugerencias, libros, memorias, documentos e indicaciones bibliográficas.

Gracias también a Giovanna Salvia, diligente y crítica editora.

Gracias por último al director literario de la editorial Feltrinelli, Alberto Rollo, que me ha acompañado en todas mis novelas, por su maestría editorial y por haberme servido de guía en la Scala y en Crespi d'Adda. Gracias a él, la escritura de *Café amargo* ha sido un intenso placer, incluso en sus partes más sufridas.

MAXI
TUSQUETS
EDITORES